URSHURAK

BASTEI
LÜBBE

Eine Schöpfung der
GEBRÜDER HILDEBRANDT
und
JERRY NICHOLS

BASTEI-LÜBBE-PAPERBACK
Band 28128

Art Direction and Design by Ian Summers and Sally Bass
Deutsche Lizenzausgabe 1985
Bastei-Verlag Gustav H. Lübbe GmbH & Co., Bergisch Gladbach
Originaltitel: Urshurak
Ins Deutsche übertragen von Martin Eisele
Umschlaggestaltung: Quadro-Grafik, Bensberg
Druck und Verarbeitung:
Clausen & Bosse, Leck
Printed in Western Germany
ISBN 3-404-28128-4

Der Preis dieses Bandes versteht sich einschließlich
der gesetzlichen Mehrwertsteuer.

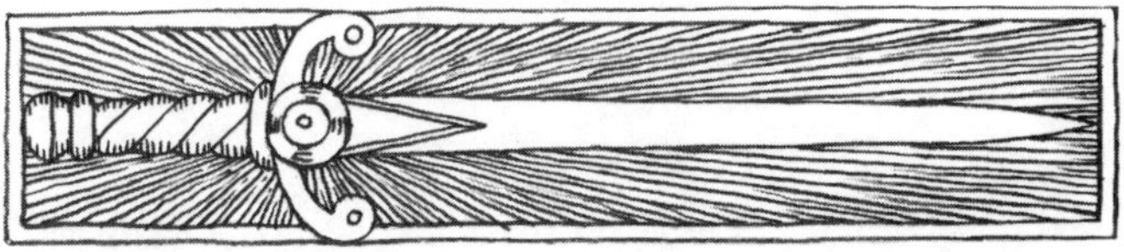

„... Und siehe, noch bevor die Sonne untergeht am Tag der Erfüllung, werden sich zwei desselben Blutes begegnen und beide werden Erfüllung finden. Nur einer jedoch wird den Kronhelm davontragen.

Und in dieser Stunde wird sich das Schicksal des Landes Urshurak entschei-den..."

GOLGORATH
BALTA-MEER
BORGE
NORBRUK
SKELF CLAN
FJORD
HELSTROM CLAN
KOZMOR
ZWERGE
EBENE VON KIBERUK
BERGE VON ARBROIK
FROKALD-MEER
ALFANDEL
KOLGAR-BERGE
ANDELUVIEN
RETNOR PASS
CRYSLANDON
PENDERAK
LEHMENDE
STRASSE VON TARAL
DER WALD MODRA
DELVINOR
EVSHIMIN
VANDOR
BOLGAD BERGE
GENDI-BERGE
AZMURIA
NON GARL
TAL-AMON
BUCHT VON ABAQUI
CAMEN-PASS
ABUSAMBAR
MARSCHLAND v. ZORAK
KROALISCH SÜMPFE
AZANTE-WÜSTE
DANGARISCHER DSCHUNGEL
ZAN DURA
KRESNAISCHES MEER

1

DER WALD DELVINOR

©HILDEBRANDT

Die drückende Stille des Todes lastete über dem friedlichen Ort. Selbst das hektische Sirren und Summen der Insekten war verstummt. Die Natur schien den Atem anzuhalten und schreckerstarrt jener Dinge zu harren, die nun geschehen mochten.

Der einsame Mann beachtete diese eigenartige Stimmung nicht. Mit brennenden Augen starrte er auf die Gräber, die er soeben zugeschüttet und mit großen Flußsteinen beschwert hatte. Er nahm Abschied. Abschied von seiner Frau und seinen Kindern, die er in die würzig duftende Erde gebettet hatte. Sein Gesicht war von harten, verbitterten Linien gezeichnet.

Die schräg einfallenden Strahlen der Frühlingssonne glitzerten auf schneebedeckten Gipfeln, die wie megalithische Wächter hinter dem einsamen Haus hoch droben in den Bolgad-Bergen aufragten. Die Sonnenwärme vertrieb die Morgennebel, aber sie fand keinen Weg ins Herz Hugh Oxhines. Nichts als Haß und das unbändige, brennende Verlangen nach Rache erfüllten den einsamen Mann.

Ein letzter Blick, dann drehte sich der Hugh um. Er wußte, daß er keine Zeit mehr verlieren durfte. Mit langen, geschmeidigen Schritten ging er davon und ließ die Gräber seiner Liebsten und sein Heim hinter sich zurück. Er folgte der Fährte der Mörder. Nordostwärts führte sie, über hügeliges Grasland, hin zu Delvinor, dem großen Wald.

Hugh Oxhines einsamer Abstieg zu den Vorbergen hatte begonnen.

Der erste Tag neigte sich seinem dunkelrot glühenden

Ende entgegen, dann der zweite und der dritte. Der schlanke Vandorer rannte in ausdauerndem Wolfstrab durch die endlose Weite des Hügellandes. Am siebenten Tag wich das sanft abfallende Gelände steilen Abhängen und tiefen Schluchten. Vereinzelt aufragende Bäume warfen bizarre Schatten.

In den zurückliegenden Tagen hatte Hugh Oxhine nur hin und wieder einen kurzen Halt gemacht, um ein karges Mahl hinunterzuschlingen und auszuruhen, doch jetzt begann das angestrengte Tempo seinen Tribut zu fordern. Müdigkeit und Hunger zerrten an seinem hageren und doch kräftigen Körper. Aber er dachte nicht daran, sich zu schonen. Sein brennender Haß verlieh ihm die Kraft der Spur weiter zu folgen.

Noch nie zuvor hatte der Vandorer eine derartige Fährte gesehen. Er folgte etwa zehn Kreaturen, die weder Mensch noch Tier sein konnten . . . Aber das verwirrte Hugh nicht. Seine Heimat, der vom Meer umschlungene Kontinent Urshurak, hatte niemals dem Menschen allein gehört. Da gab es das uralte Elfenvolk, älter als die Menschen, die Zwerge von Penderak, und dunkle Gerüchte berichteten von dämonischen Völkern hoch im Norden. Urshurak war eine Welt der Magie, und auch wenn Hugh den alten Legenden nie recht geglaubt hatte, war er nun bereit, sich gegen alles zu wappnen. Vielleicht dachte er für einen Augenblick bitter, ist der Verlust meiner Lieben die Rache für meine Skepsis.

Die Sonne war fast hinter den fernen Bolgad-Bergen verschwunden, als die Spuren zu einem gewaltigen Steilhang führten. Hugh arbeitete sich zum Kamm hinauf und blieb stehen. Tief atmete er ein. Der legendenumwobene Wald Delvinor lag vor ihm und beherrschte den gesamten Horizont. Eine lange Schneise, von hoch aufragenden Bäumen flankiert, erstreckte sich vom tiefsten Wald ausgehend in seine Richtung. Die Bäume – das waren die Trocalas, die *Alten.*

Ein tiefer Graben, aus dem der Abendnebel stieg, durchschnitt geradewegs das Gelände zwischen der Schneise und jenem Kamm, auf dem der Vandorer stand. Eine große, umgestürzte Trocala überspannte den Abgrund, schuf eine lebende Brücke, und davor erhob sich ein riesiges Felsportal. Die Spuren führten direkt darauf zu.

Langsam stieg Hugh hinunter. An den beiden Steinsäulen verhielt er und starrte empor, erstaunt über ihre massive Konstruktion und die uralte Herkunft, die in dem zerfressenen, abgenutzten Stein deutlich wurde. Erst jetzt kam ihm recht zu Bewußtsein, daß Tor und Schneise künstlichen Ursprungs sein mußten. Schließlich riß er sich von dem Anblick los und schritt über die Baumbrücke. Er betrat die lange Trocala-Allee, die einst eine Straße gewesen sein mochte. Hoch türmten sich die Bäume auf. Etwa dreihundert Fuß über ihm bildete ihr Blattwerk einen Baldachin. Er nahm die Spur seines Wildes wieder auf und folgte ihr. Sein vorübergehendes Staunen wurde wieder von tödlicher Entschlossenheit verdrängt, als die Spur die Schneise verließ.

Bald war er mitten im tiefsten Wald. Langsam bewegte sich der große Mann im dumpfen Schweigen Delvinors. Es wurde äußerst schwierig, dem Weg der Kreaturen zu folgen. Brennend war sich Hugh der Tatsache bewußt, wie leicht sich sein Wild verstecken und ihm einen Hinterhalt legen konnte. Er war auf der Hut. Beim leisesten Geräusch, das aus dem Unterholz drang, hielt er in seinen Bewegungen inne, und als die Spuren in den Moospolstern des Waldbodens verlorengingen, verharrte er vollends. Einen Moment lang stand er zweifelnd, erfüllt von unterdrücktem Zorn. Dann entdeckte er rechterhand eine leichte Bewegung. Wind hatte sich im Blattwerk gefangen . . .

Hugh folgte dem Rascheln der Blätter und gelangte ans Ufer eines Flusses, dessen Wasser sich schnell dahineilend durch den Wald schlängelten. Im weichen Untergrund fand er die Spuren jener, die er verfolgte, wieder. Dieser Erfolg peitschte Hugh Oxhine voran. Im Laufschritt eilte er weiter. Hoch über sich konnte er das Krächzen von Krähen hören, und er rannte noch schneller, sprang über heruntergefallene Äste und die mächtigen Wurzeln, die sich dem Wasser entgegenreckten. Felsen ragten aus den Fluten, wurden brausend und gurgelnd umschäumt. Dann mischte sich das Donnern fallenden Wassers in das Geräusch der Stromschnellen und das aufgebrachte Geschrei der Vögel. Hugh umrundete eine Biegung und sah einen tosenden Wasserfall, der kaskadenartig in eine felsige, unter Nebelwolken verborgene Kluft donnerte.

© HILDEBRANDT

Und noch etwas sah er . . .

Die Wesen, die er verfolgt hatte!

Schreckliche Scheusale waren es, menschenähnlich, jedoch riesig groß. Ihre Körper waren vornübergebeugt, mit grobem, zottigem Fell bewachsen. Lange, sehnige Unterarme mündeten in furchtbaren Krallenhänden. Die Schädel glichen denen von riesigen Ratten.

Die Tierwesen fletschten die Zähne und knurrten erregt . . . Im nächsten Augenblick griffen sie ihre vermeintlichen Opfer an: zwei Zwerge und einen schlanken Jüngling, der bis an den Rand des Abgrunds zurückgedrängt worden war. Voller Verzweiflung verteidigten sich die Zwerge. Ärgerlich brüllend schwangen sie ihre Streitäxte mit einer solchen Wildheit, daß die Angreifer nicht in der Lage waren, näher an sie heranzukommen.

Aber der blondhaarige Jüngling schwebte nach wie vor in äußerster Gefahr. Er war nur mit einem kurzen Schwert bewaffnet. Jeden Augenblick mußte er den Rattenkreaturen zum Opfer fallen! Der Kampf gegen drei der Bestien hielt ihn in ständiger Bewegung, und nur der gähnende Abgrund deckte seinen Rücken.

Hugh zögerte nur eine Sekunde lang, dann griff er nach einem Pfeil . . .

Der Jüngling wirbelte im gleichen Augenblick herum, wollte einen Angreifer abwehren. Er stolperte – und fiel auf ein Knie.

Triumphierend brüllte eine Rattenbestie auf! Mit klaffenden Kiefern sprang sie vor . . .

Doch ihre Mordgier blieb unbefriedigt! Ein vandorischer Pfeil traf sie mit tödlicher Wucht! Tief fraß sich die stählerne Spitze in ihre Halsmuskeln. Die riesige Bestie wankte, zerrte an dem Pfeilschaft, dann stürzte sie und schlug hundert Fuß tiefer ins gischtende Wasser.

In einer gleitenden Bewegung zog Hugh Oxhine einen zweiten Pfeil, legte ihn an, zielte und schenkte ihm die Freiheit. Der gefiederte Tod fand sein Ziel. Die zweite Rattenkreatur fiel. Ein dritter erfolgreicher Schuß war nicht mehr möglich. Der Jüngling und der noch lebende Angreifer waren im Kampf umklammert zu Boden gegangen.

Hugh ließ seinen Bogen fallen und rannte los.

Im Lauf zog er seinen Dolch. Aber er kam einen Augenblick zu spät! Das Rattenwesen durchbrach die Abwehr des Jungen! Die langen Reißzähne senkten sich in seine Schulter! In wildem Schmerz schrie er auf und fiel zurück.

Im nächsten Sekundenbruchteil war der breitschultrige Vandorer über der Bestie. Mit einem Ruck riß er den Rattenschädel von der Kehle des Hilflosen!

Überrascht fletschte die Bestie die Zähne und schnellte mit unglaublicher Schnelligkeit herum, um sich dem neuen Widersacher zu stellen. Hugh fing den Angriff ab. Seine Rechte krallte sich in das zottige Fell . . . Dennoch konnte er nicht mehr verhindern, daß ihn die Bestie niederwarf. Verbissen kämpfte jeder von ihnen um den kleinstmöglichen Vorteil, eng umschlungen rollten sie über die nebelbedeckten Felsen. Die überlegene Größe der Bestie und Hughs Erschöpfung machten sich jetzt bemerkbar. Der Vandorer wurde unter dem Tier festgenagelt, sein Kopf über den Klippenrand gedrängt. Die schrecklichen Kiefer näherten sich seiner Kehle . . . Geifer schäumte aus dem Rachen der Bestie. Verzweifelt stemmte sich Hugh gegen den massigen Körper . . . Nur mehr ein paar Zoll war der Rachen jetzt entfernt. Heißer Raubtieratem schlug ihm ins Gesicht. Da riß er den Rest seiner Kraft zusammen, warf sich gegen das drückende Gewicht, das ihn niederhielt, schaffte es, seinen rechten Arm freizubekommen – und seinen Dolch tief in die zottige Kehle des Gegners zu jagen. Der stinkende Blutschwall ließ ihn würgen. Voller Ekel wuchtete Hugh die tote Kreatur von sich und riß seine Klinge frei.

Die Kampfgeräusche, die mit dem Tosen der Wasser gewetteifert hatten, waren erstorben. Die rotbärtigen Zwerge standen über den beiden von ihnen getöteten Rattenwesen, während sich der Rest der mörderischen Horde hastig in die Sicherheit des Waldes zurückzog.

Die Zwerge eilten an die Seite des bewußtlosen Jünglings. Einer von ihnen fiel auf die Knie, legte sein Ohr an die Brust des Burschen, die Augen ängstlich geweitet.

»Sein Herzschlag ist sehr schwach«, zitterte die Stimme des Zwerges.

Der andere sprach Hugh direkt an. »Herr! Unser Dank muß ganz kurz gehalten sein, da wir dem Jüngling sofort Hilfe verschaffen müssen. Erbin und ich – wir können ihn nicht tragen. Wir brauchen Eure weitere Hilfe . . .« Er hielt inne, denn er bemerkte, daß Hughs Aufmerksamkeit gänzlich dem Wald galt, in dem die Bestien verschwunden waren.

»Sie werden entkommen«, murmelte er.

»Das macht nichts«, erwiderte der Zwerg hastig.

Und Erbin, der den Kopf des Jünglings in seinen Händen barg, rief: »Wir müssen uns beeilen! Seine Chancen stehen zumindest schlecht! Wenn Ihr uns nicht helft, und das sofort, so wird er bestimmt sterben! Verdammt, Mensch! Ihr könnt nicht all unsere Mühen verkommen lassen . . .«

Hugh blickte in die Gesichter der Zwerge. Das eine war bittend, das andere ärgerlich. Er trat zu dem bewußtlosen Jungen, beugte sich über ihn und nahm ihn auf seine Arme. »Einer von euch trägt meinen Bogen«, wies er die Zwerge an. »Er liegt dort drüben, am Ufer.«

»Hier entlang«, rief Erbin und steuerte auf das Waldland zu.

Hugh folgte ihm eilends. Der schlaffe Körper des Jungen drückte gegen seine Brust.

Immer tiefer ging es in den großen Wald hinein. In regelmäßigen Abständen blickte der eine oder andere Begleiter des Jünglings zurück, um sich zu vergewissern, daß Hugh nicht weit zurückfiel. Und der große Vandorer hatte in der Tat beträchtliche Schwierigkeiten, mit dem ungestümen Schritt, den die Zwerge vorlegten, mitzuhalten. Er war am Rande der totalen Erschöpfung. Sein Körper war völlig zerschlagen von dem gnadenlosen Kampf auf den Felsen. Das Hemd unter seinem Waffenrock klebte naß von seinem eigenen Blut. Hugh blickte auf das leblose Gesicht des Jünglings hinunter. Das lange, blonde Haar des Jünglings war zurückgefallen und enthüllte die eigenartig zugespitzten Ohren.

»Beeilt Euch, Herr!« ermahnte die Stimme des Zwerges, dessen Namen Hugh noch nicht kannte. Er war ziemlich weit zurückgeblieben, und jetzt bemühte er sich, aufzuholen. Hughs Atem kam nur noch stoßweise, und Schmerz begleitete jeden seiner Schritte.

Hugh wollte noch etwas sagen, aber er schaffte es nicht. Sein Blick, die ganze Umgebung – alles verwischte. Ein strahlendes Licht erschien plötzlich vor ihm, näherte sich. Es stürmte heran, hinterließ eine von rhythmischem Hufschlag begleitete Funkenspur. Der Vandorer schüttelte den Kopf und versuchte, sich von diesem Spukbild zu befreien. Er hörte das Rufen der Zwerge . . . Und dann das Rufen und den Hufschlag und das Hämmern seines Herzens. Die Umgebung und das strahlende Licht wich absoluter Finsternis. Hugh stürzte. Noch im Fallen drehte er sich, um den verletzten Jungen nicht unter sich zu begraben.

Die aufgeregten Stimmen der Zwerge und eine dritte Stimme, tief und voll klingend, und ebenfalls von Drängen erfüllt, ließen ihn wieder zu sich kommen. Hugh verspürte die Kühle des schwammigen Waldbodens in seinem Gesicht. Er drückte sich hoch, verlagerte sein Gewicht auf seine Ellenbogen – und zuckte ungläubig zusammen!

Die Zwerge hoben den bewußtlosen Jüngling soeben auf den Rücken eines pferdeähnlichen Wesens von überragender Schönheit. Sein weißes Fell leuchtete in der schattigen Dämmerung des Waldes. Als spüre es seinen Blick, wandte sich sein gehörnter Kopf, um den Vandorer anzusehen, und als der Blick dem seinen begegnete, bemerkte er, daß das kein normales Tier war. Es besaß – Persönlichkeit.

Inzwischen hatte sich einer der Zwerge hochgezogen und ließ sich hinter dem Jungen nieder. Sofort wirbelte das schöne Wesen herum und galoppierte davon, leuchtende Funken regneten hernieder, seine blitzenden Hufe hämmerten, scheinbar ohne die Erde zu berühren. Verbissen klammerte sich der Zwerg an den Jungen und die Mähne des seltsamen Pferdes. In Sekundenschnelle waren sie verschwunden.

»Seid Ihr in Ordnung, Bursche?« Die Stimme des Zwerges dicht hinter ihm schreckte Hugh aus seiner Trance. Der rotgesichtige, schnautzbärtige Erbin beugte sich über ihn. Der Vandorer erhob sich, ohne die Frage zu beantworten, aber als er stand, bemerkte er, wie müde und schwach er war. Der Hunger wühlte mächtig in seinem Bauch.

»Es scheint Euch schlecht zu gehen«, stellte Erbin fest. »Der Junge, den Ihr gerettet habt, ist ungeheuer wichtig, und ich möchte zu ihm, so schnell ich kann. Wenn Ihr Euch dazu entscheidet, mir zu folgen, so wird man Euch jede Stärkung geben, die wir zu bieten haben, ganz gleich, wie dies hier enden mag. – Besser, Ihr trennt Euch nicht von uns.« Und er reichte Hugh den Bogen.

Als Erbin zu ihm aufblickte, sah Hugh in den kleinen Zwergenaugen die Sorge um den verletzten Jungen.

»Ich kann sehen, daß Ihr zögert«, fuhr der Zwerg fort. »Aber wenn Ihr kommen wollt, so folgt einfach diesem Pfad. Er wird Euch direkt nach Modra führen. Dort werdet Ihr uns finden. In Modra.«

Mit diesen Worten drehte sich Erbin um und eilte davon. Der Vandorer sah dem Zwerg nach, bis er nicht mehr zu sehen war, dann wandte er sich ab und schritt in die entgegengesetzte Richtung. Es gab keinen Grund, sich weiter einzumischen. Er konnte dem sterbenden Jungen nicht mehr helfen, und seine Rache war unerfüllt geblieben.

Er war nur ein kurzes Stück Wegs gegangen, als seine Schritte zögernder wurden. Schließlich blieb er vollends stehen und blickte zurück. Er schaffte es nicht, das Bild des Jungen mit dem blassen Gesicht aus seinem Sinn zu vertreiben, ebensowenig, wie er das Gefühl gelassener Kraft vergessen konnte, das er wahrgenommen hatte, als ihn das Pferdewesen angesehen hatte. Zwischenzeitlich mochten sie ein gutes Stück entfernt sein, doch ihre Gegenwart war noch immer im schweigenden Schatten des großen Waldes zu spüren.

»Verdammt«, murmelte Hugh Oxhine. Er wußte plötzlich, daß ihm seine Gedanken so lange keinen Frieden lassen würden, bis er herausgefunden hatte, ob der Bursche noch lebte oder gestorben war. Außerdem, so tröstete er sich, hatte der Zwerg Pflege und Gastfreundschft versprochen, und beides brauchte er in vollem Maße.

Er kehrte um und folgte dem Pfad, der ihn zu einem Ort namens Modra geleiten würde.

2

MODRA

© HILDEBRANDT

Hugh Oxhine ließ den Wald hinter sich und trat auf die Lichtung hinaus. Dies mußte Modra sein. Alles war in den Frieden eines unirdischen grünen Lichts getaucht, das von einem die Lichtung beherrschenden steinernen Turm ausstrahlte.

Müde blieb Hugh stehen. Zauber schwebte wie ein feines Gespinst über den großen Bäumen, dem stillen Bach, der am Waldrand dahinplätscherte, der Brücke, die lockte, sie zu überqueren. Magie sang aus jedem Stein der dicken Mauer und dem Strohdach des Hauses, das im Zentrum der Lichtung aufragte. Das weiche, grüne Schimmern, das aus den Bogenfenstern des Turmes wehte, verbreitete Frieden und Kraft über alles, was Modra war.

Schließlich setzte sich Hugh wieder in Bewegung. Er erreichte das Haus. Etwas, das an Ehrfurcht erinnerte, vibrierte im Herzen des Vandorers. Langsam schwang die Tür auf, und gab den Weg zu einer geräumigen, jedoch leeren Halle frei. Im Hintergrund entdeckte er einen offenen Kamin. Ein Feuer verbreitete freundliche Wärme in dem großen Raum und offenbarte feingeschnitztes Balkenwerk und Möbel.

Eine Weile stand Hugh auf der Schwelle und lauschte dem völligen Schweigen im Innern des Hauses. Er schien ganz allein zu sein. Dann fühlte er eine Bewegung hinter sich, und als er herumkreiselte, sah er, wie sich die schwere Tür schloß. Gleichzeitig hörte er in einem dunklen Korridor, der etwa fünfzehn Schritte von seinem Standort entfernt aus der großen Halle hinausführte, ein Geräusch.

Rasch und leise schritt der Vandorer in diese Richtung.

Das andere Ende des Korridors war schwach beleuchtet, und Hugh sah, daß eine Tür geöffnet worden war, die, wie er glaubte, der Eingang zum Turm war. Ein schlanker Mann erschien in dem Durchgang. Er war in ein hell gefärbtes Gewand gekleidet, das auf den ersten Blick mit seinem langen, weißen Haar und seinem Bart verschmolzen schien. In seinen Händen trug er einen glänzenden Kelch, aus dem das gleiche grüne Glühen waberte, das Hugh vorhin draußen wahrgenommen hatte. Der alte Mann verhielt vor einer Tür, drehte sich um, musterte Hugh einen Augenblick lang, dann betrat er den Raum. Trotz der Entfernung und des knappen Blicks, den ihm der alte Mann geschenkt hatte, empfand der Vandorer die Macht, die von dieser großen, weißen Gestalt ausging.

Vorsichtig bewegte Hugh sich auf die angelehnte Tür zu, aus deren Spalt ein sanftes, grünes Leuchten drang. Ein halb geflüstertes Murmeln war zu hören. Hugh spähte hinein. Der Raum wurde in das aus dem Kelch wabernde Glühen gebadet. Der alte Mann stand, seinen Rücken zur Tür gewandt, und blickte zu dem Gefäß auf, das er jetzt emporhielt. Dann sprach er die beschwörenden Worte: »Möge dieses Übel durch die Kraft der Liebe besiegt werden, die jetzt aus dem Kelch des Friedens strömt!«

Hughs Blicke waren auf den alten Mann geheftet, dennoch hatte er die anderen Gestalten bemerkt, die sich in diesem Raum aufhielten. Der Jüngling lag auf einem Bett. Er war nicht mehr von tödlicher Starre umfangen, sondern wand sich im Fieber. Ein Mädchen saß bei ihm und versuchte, ihn zu beruhigen. Am Fuße der Bettstatt standen zwei junge Männer. Die beiden Zwerge hockten neben dem Mädchen, und direkt hinter ihnen war eine weitere kauernde Gestalt zu sehen, welcher der Vandorer jedoch nur einen flüchtigen Blick widmete. Der Zauberer – Hugh war inzwischen davon überzeugt, daß der Mann ein Zauberer sein mußte – wandte sich dem Jüngling zu, der im Fieber sprach. »Der Herr des Todes . . . Er – er hat es herausgefunden! Gorta . . . Alles ist verloren . . . Alles . . . Der Feldzug . . . Die Mission! Verloren . . .«

»Tief atmen, mein Sohn!« Der alte Mann beugte sich zu dem verletzten Jüngling hinunter, so daß die grünen

Dämpfe um ihre Gesichter wirbelten. Voller Wärme und Beschwichtigung war die Stimme des Zauberers. Der Junge gehorchte der Anweisung. Augenblicklich senkten sich seine Lider, schlossen sich, und er fiel in tiefen Schlaf.

Der Zauberer erhob sich. »Er wird friedlich schlafen und bis zum Morgen genesen sein«, sagte er. Mit diesen Worten setzte er das magische Glühen in Bewegung . . . Es verschwand im Kelch. Im gleichen Augenblick lebte neben dem Bett die Flamme einer Kerze auf. Der plötzliche Wechsel erschreckte Hugh. Zum ersten Mal sah er deutlich jenes Wesen, das neben den Zwergen stand, und seine Hand fiel auf den Griff seines Dolchs. Das pelzige Wesen bemerkte dies und brachte sich hinter dem alten Mann, der seine Hand hochriß, in Sicherheit.

»Warte, Vandorer! Dies ist keinesfalls – wie du annehmen dürftest – ein kleiner Verwandter jener scheußlichen Bestien, gegen die du vorhin gekämpft hast!« Sanft zog er das verschreckte Wesen nach vor. »Dies ist Oolu, ein Gwarpy aus Lehmende, und das sanftmütigste aller Wesen.« Mit geweiteten Augen blickte der Gwarpy zu dem großen Vandorer auf.

Hughs Hand ruhte noch immer auf dem Dolch. Der alte Mann trat neben ihn und legte einen Arm um Hughs breite

Schultern. »Behalte deine Vorsicht nur bei, mein Sohn«, beschwichtigte er lächelnd. »Aber jetzt – erlaube mir, meinen und meiner Freunde äußersten Dank für deine Tapferkeit und Selbstlosigkeit auszudrücken. In diesem Augenblick magst du die Wichtigkeit deiner hilfreichen Tat noch nicht verstehen, aber ich entbiete dir unseren herzlichsten Dank dafür.«

Hugh entspannte sich, als der alte Mann fortfuhr: »Aber mehr darüber später. Darf ich mich jetzt vorstellen? – Ich bin Elgan. Und diese beiden jungen Burschen sind Glenden und Ianen.« Er deutete zu den Jünglingen hinüber, die, obgleich Haar und Hautfarbe ein wenig dunkler waren, große Ähnlichkeit mit dem verwundeten Jungen besaßen. Beide waren sie gutaussehend und schlank. Ihre schrägstehenden Augen und die spitzen Ohren ließen sich nicht übersehen. Sie nickten Hugh gleichzeitig zu.

Der Zauberer fuhr fort: »Und dies ist ihre Cousine Gwynn. Sie ist nicht nur eines der hübschesten Mädchen in ganz Urshurak, sondern auch eines der tapfersten.«

Das Mädchen mit dem kastanienbraunen Haar schenkte dem Vandorer ein Lächeln voll Freundschaft und Dankbarkeit. Ihre Haut war wie die ihrer Vettern dunkler als die des verwundeten Jünglings, und sie war wirklich schön. Hugh erwiderte Gwynns und der beiden Jünglinge Gruß, und Elgan schloß die Vorstellungen: »Diese Unentwegten, die bereits im Kampf an deiner Seite standen, sind die Zwillinge Erbin und Evrawk. Und Oolu kennst du nun ja bereits.«

Alle drei standen sie in einer Reihe vor dem Vandorer, und jeder, der vorgestellt wurde, grinste von einem Ohr zum anderen, um seiner Freude über die Begegnung Ausdruck zu geben. Die rötlichen Gesichter der Zwerge zeigten deutlich die Dankbarkeit, die sie für Hughs Heldenmut empfanden. Der stämmige Gwarpy war noch der Größte des Trios, trotzdem reichte er dem Vandorer kaum bis zur Brust. Er überraschte Hugh allerdings gewaltig, als er unvermittelt voller Fröhlichkeit verkündete: »Oolu froh, Hugh zu treffen. Oolu jetzt laufen, Hugh zu trinken holen.« Der pelzige, kleine Bursche grunzte fröhlich und huschte aus dem Raum.

Elgan nahm den Vandorer beim Arm und führte ihn zur Tür.

»Zweifellos wirst du Geschmack an Essen und Erfrischung finden, und es scheint, als bedürftest du ärztlicher Fürsorge. Ich werde einen kleinen Trank bereiten, der deine Verletzungen heilen wird, und dann wollen wir vor dem Herd sitzen, wo du ausruhen und die Gastfreundschaft Modras genießen kannst.«

Noch während Hugh Oxhine zuhörte, kam ihm der Gedanke, daß er diese Stimme schon einmal außerhalb dieses Hauses gehört hatte. Dann fiel ihm ein, wo und wann das gewesen war: Vor weniger als einer Stunde, in Gegenwart des Pferdewesens, draußen im Wald, nachdem er sein Bewußtsein wiedererlangt hatte. Er starrte den großen, alten Mann an. Und plötzlich kam ihm die Frage in den Sinn: »In Rolmars und Dunstans Namen, – wer *ist* der geheimnisvolle Bursche, den ich gerettet habe? Und in welch seltsame Welt bin ich hier geraten?«

*

Zum ersten Mal seit mehr als sieben Tagen kam Hugh Oxhine zur Ruhe. Er saß mit Elgan an einem schweren, eichenen Tisch. Das Feuer im Herd prasselte und knisterte. Große, mit Bier gefüllte Krüge standen vor den beiden so ungleichen Männern. Das Gebräu war Hugh unbekannt, aber er trank doch kräftig davon, und seine Stimmung hob sich, während sein Verstand klar blieb.

Elgan hatte zu einer Pfeife gegriffen. Zufrieden paffte er vor sich hin. Offenbar hatte er seinen Spaß daran, hellpurpurne Rauchringe zu erschaffen, die – scheinbar gegen jedwede Luftströmung unempfindlich – um seinen und Hugh Oxhines Kopf schwebten.

Irgendwann begann der alte Zauberer zu sprechen, und seine Stimme klang sachlich. Über Modra sprach er, das, wie er erklärte, bereits seit mehreren Jahrhunderten seine Heimstatt war. Hätte ein anderer diese Behauptung aufgestellt, der Vandorer hätte ihn mit Geringschätzung gestraft. Aber an diesem verzauberten Ort bewahrte er sein Schweigen. Elgan sprach dessen ungeachtet weiter. Er wußte davon zu berichten, daß die Vollkommenheit dieses Hauses von den Ahnen Erbins und Evrawks erschaffen worden sei, und daß er, Elgan, es gewesen war, der den Turm errichtet hatte. In dieser Behauptung lag, wie Hugh mit feinem Instinkt feststellte, keinerlei Prahlerei. Es war eine einfache Feststellung von Tatsachen, um die besondere Natur des Turmes zu erklären. Wie dieser schlußendlich entstanden war – ob man Stein auf Stein legte oder durch eine Zaubertat – das führte Elgan nicht weiter aus. Aber der Vandorer glaubte ohnehin zu wissen, daß sein Gegenüber beider Schaffensweisen fähig war.

Dann nahm die Stimme des Zauberers einen ernsthafteren Unterton an. Er fragte Hugh nach jenen besonderen Gründen, die ihn in den Wald Delvinor geführt hatten, und die mörderische Greueltat der Rattenbestien flutete mit brennendem Schmerz in den Geist des Vandorers zurück. Rauh war seine Stimme, als er seine Geschichte erzählte: Mit seiner Frau und seinen beiden Kindern hatte er fern von seinem Volk gelebt. Die Kleinlichkeit der Vandorer und ihr streng altväterliches, selbstgerechtes Denken hatten ihn abgestoßen. Er hatte die Einsamkeit und den Frieden in den Bolgad-Bergen dem falschen Trubel in den Städten vorgezogen.

»Ich mache mir Vorwürfe«, sagte er. »Meine Frau teilte meine Ansichten durchaus nicht. Sie hätte gerne Nachbarn gehabt. Aber meinetwegen – meinetwegen verzichtete sie darauf.« Von der Erkenntnis seiner Schuld bedrückt verstummte er.

Sanft fragte der alte Mann: »Und dann? Was ist dann geschehen?«

»Ich war unterwegs . . . auf der Jagd. Unsere Vorräte waren knapp geworden. Als ich zurückkehrte . . . Als ich unser Haus betrat . . .« Seine Stimme wurde brüchig, aber er redete weiter: »Sie waren tot. Alle lagen sie in ihrem Blut . . . Ihre Kehlen – zerrissen . . . Meine Marya war über den beiden Kleinen zusammengebrochen. Bei dem Versuch, sie zu beschützen, muß sie den Tod gefunden haben.« Wieder verfiel er in Schweigen.

»Sprich weiter, Hugh Oxhine«, sagte die alte, ruhige Stimme Elgans.

Hugh betrachtete seine Hände, erinnerte sich. Als er aufblickte, war sein Gesicht wie aus Stein gemeißelt und seine Stimme sachlich. »Ich habe sie gewaschen. Immer hielt sie alles so sauber und hübsch. Deshalb . . . deshalb habe ich sie gewaschen. Und dann beerdigte ich sie.« Hugh atmete tief ein. »Daraufhin brach ich auf. Ich folgte den Spuren der Mörder. Fünf von ihnen sind jetzt tot. Bleiben noch drei. Ich werde sie finden.«

Elgan erhob sich. Seine Augen waren gerötet von den Tränen, die Hugh Oxhine zu vergießen sich nicht erlaubt hatte. Der alte Mann legte seine Hände auf Hughs Schultern, drückte sie fest darauf und murmelte etwas Unverständliches. Gleich darauf fühlte der Vandorer, wie die mörderische Verzweiflung in seinem Herzen einer warmen Flut wich. Frieden breitete sich in ihm aus und erfüllte schließlich sein ganzes Ich. Mit einem tiefen Seufzer fiel sein Kopf gegen die Stuhllehne zurück. Nach sieben langen Tagen entspannten sich Hughs Muskeln zum ersten Mal.

Erbin kam aus der Küche zurück. In jeder Hand trug er einen Krug Bier.

Als Elgan ihn gewahrte, wandelte sich seine Stimmung augenblicklich. Die angespannte Ernsthaftigkeit, mit der er sich mit Hugh Oxhine unterhalten hatte, wich kindlicher Verspieltheit. Derartige Stimmungswandel waren beileibe nichts Ungewöhnliches bei den Angehörigen dieser Gruppe. Hugh sollte das in den folgenden Tagen noch entdecken. Augenblicklich jedoch war er völlig damit zufrieden, alles mitzumachen, was sich mitzumachen bot.

»Aha, Erbin, alter Freund!« rief der Zauberer. »Ich glaube, du hast genug von diesem ausgezeichneten Gebräu gekostet . . . Wie sonst wäre es zu erklären, daß du die Energie für die lange *Reise* von der Küche hierher aufbrachtest?«

Die Wangen des Zwerges glühten förmlich auf, und das war höchst verräterisch.

Elgan fuhr fort: »Nun, ich schätze, daß eine solche Reise mindestens einen Krug Bier erforderlich macht . . .?«

»Äh, verzeih, Elgan, aber dieses Mal war deine Schätzung nur zu einem Drittel richtig«, erwiderte Erbin grinsend und hielt drei Finger hoch.

Die beiden kicherten und waren im Begriff, sich auf einen endlosen Disput über die verdienstvollen Eigenschaften des ›Gebräus‹ einzulassen. Das war zuviel für Hugh Oxhine. So erschöpft wie er war – seine Neugier ließ sich doch nicht verleugnen.

»Gibt es einen Grund, der es euch verbietet, mir zu sagen, wer der Bursche ist, den wir gerettet haben?« fragte er.

»Nein«, versetzte Elgan gedehnt. »Du sollst es wissen. Ich gebe mir ziemliche Mühe, genau den rechten Moment abzupassen, in dem ich es dir sagen könnte. Doch da du fragst . . .« Elgan blickte direkt in Hughs Augen. »Er ist Ailwon – Ailwon, der Prinz der Weißen Elfen von Alfandel.«

Das war in der Tat eine Neuigkeit. Hughs Körper straffte sich.

»Ich war bisher stets der Meinung, die Erben des Thrones von Alfandel seien allesamt umgebracht . . .«

Der alte Mann schien überrascht. »Daß du das weißt!« meinte er verblüfft. »Versteh mich richtig: Diese Feststellung ist keineswegs eine Beleidigung. Aber mir ist seit langem die Unwissenheit bekannt, die sich aus der Passivität deines Volkes ergibt.«

»Nur wenige Vandorer gibt es, die die Grenzen Vandors überschritten haben und in andere Lande gereist sind. Das stimmt schon. Aber jene Leute, die es getan haben . . . Nun, ich habe sie aufgespürt. Schon als kleiner Junge interessierten mich ihre Erzählungen. Trotzdem weiß ich nicht besonders viel, und bisher glaubte ich gar, daß vieles von dem, was ich weiß, reine Legende ist.«

Elgan strich sich langsam über seinen langen, weißen Bart. »An dem, was du vernommen hast, bin ich äußerst interessiert, Hugh«, sagte er.

»Nun, ich hörte von den Weißen Elfen und ihrem legendären Kronhelm und davon, wie sie vor vielen Jahrhunderten auf unseren Kontinent kamen und sich daran machten, ihn zu befreien. Ich hörte vom großen Herrn des Nordens und des weiteren, daß der letzte Erbe des Kronhelms vor ein paar Jahren starb. Es hieß auch, daß nun niemand mehr am Leben sei, der dem Bösen zu trotzen vermag. Aber, wie gesagt, bisher war ich der Ansicht, daß vieles Legende und Mythos ist.«

»Alles von dem, was du berichtet hast, entspricht der Wahrheit, nur die Behauptung, der Kronhelm habe keinen Erben . . . die ist ein Mißverständnis. Weißt du von der Prophezeihung?«

»Nein.«

»Bei der Erfüllung dieser Prophezeihung hast du dank deines Eingreifens eine wesentliche Rolle gespielt.« Elgan machte eine Pause und fragte dann unvermittelt: »Ist dir Gorta, die Hexe von Zorak, ein Begriff?«

»Seit meiner Kindheit habe ich von ihr gehört, sie aber immer als Märchengestalt abgetan.«

»Sie existiert so wirklich wie du oder ich«, erwiderte Elgan. »Sie war es, die die Rattenbestien oder Blegons, wie sie von Gorta genannt werden, ausgeschickt hat. Sie suchten den Prinzen, dessen bin ich sicher. Ihre mörderischen Triebe machen sie zu den Todesboten der Hexe . . . Deine Familie muß ihnen zufällig in den Weg geraten sein. Besonders intelligent sind diese Bestien nicht, aber dafür ist ihr Blutdurst umso schrecklicher ausgeprägt. Sie ermordeten deine Liebsten aus purer Mordlust, und das macht es noch schlimmer. Doch – wer weiß?« Elgan schüttelte traurig seinen Kopf. »Die Tragödie, die über dich hereinbrach, führte dazu, daß du Ailwons Leben gerettet hast . . . Glaube mir: Wenn ich den Mord an den deinen hätte verhindern können – keine Sekunde hätte ich gezögert, es zu tun. Aber es lag nicht in meiner Macht. Oft bin ich Gefangener der Launen des Schicksals – genau wie du.«

Hugh Oxhine nickte. »Natürlich hast du recht. Wenn ich nur nicht darauf beharrt hätte, so weit von den anderen zu leben . . . meine Frau und meine Kinder wären jetzt noch am Leben.«

Elgan wollte antworten, doch er hielt sich zurück. Er ahnte den Aufruhr in den Gedanken des Vandorers. Er wußte auch vom ungeheueren Wert dieses Mannes, von seiner Kraft und seinem Mut, seiner Intelligenz und Freundlichkeit. Er hoffte, daß solch ein Mann an der Seite Ailwons stehen würde, wenn der Feldzug begann. Ja, und da war auch noch die tiefe Zuneigung, die er zu dem Vandorer gefaßt hatte. Der Schmerz, den Hugh Oxhine empfand, war somit auch sein, Elgans, Schmerz, und er war versucht, irgend etwas tröstendes zu sagen. Doch wußte er, daß seine Worte auf taube Ohren treffen würden.

Nun trat Erbin, der die ganze Zeit über still geblieben war, zu ihnen.

»Meine *Herren*«, sagte er förmlich. »Ich glaube, daß wir alle dringend eines guten Mahles bedürfen, nach welchem nicht nur der Bauch verlangt, sondern ebenso Körper und Seele, die davon ja bekanntlich zusammengehalten werden. Nun denn, seht her!« Beinahe triumphierend hatte das geklungen. Er machte eine schwungvolle Geste zum Korridor hin. »Unser Festmahl trifft ein! Laßt uns damit Prinz Ailwons Rückkehr nach Modra und die Ankunft unseres neuen Freundes Hugh Oxhine aus Vandor feiern!«

Und mit dieser Erklärung traten Evrawk und – hinter ihm gehend – Oolu ein und hielten riesengroße Tabletts, auf denen dampfende Speisen aufgetürmt waren. Würzige Aromas erfüllten die Halle. Die Hitze der Herdfeuer und ein weiterer Krug Bier hatten Evrawks Nase und Wangen noch eine Schattierung heller als die seines Bruders werden lassen.

Er sang: »Hayaa! Das Essen ist gemacht, und dabei war keine kleine Kunst am Werke . . . Doch jetzt ist's vollbracht, und den Koch, sich jeder merke: Rasch, rasch, nehmt eure Plätze ein!«

Oolu setzte seinerseits noch einen Reim hintenan. Er krähte:

»Damit endlich schlägt auch Oolu sich sein Essen rein!«

*

Alle hatten an dem Festmahl teilgenommen. Sämtliche Köstlichkeiten, die auf den Tabletts angehäuft gewesen waren, verschwinden zu lassen, hätte, wie es schien, ein kleines Wunder erfordert. Und so schob einer nach dem anderen seinen Stuhl zurück und erlaubte seinen Beinen, sich auszustrecken und dem Bauch, sich auszudehnen.

Erbin verließ den Tisch und kehrte mit einem Tablett voller gefüllter Bierkrüge zurück. Unter der Last schwankte er leicht. Seine Lider waren halb geschlossen, seine Mundwinkel zu einem kindlichen Lächeln hochgezogen. Normalerweise hob das reichhaltige Gebräu die Stimmung – und zwar ohne den Verstand zu betäuben. Nun, bei Erbin schaffte es Ersteres mühelos – während es bei Letzterem kläglich versagte.

Nach dem Essen kam eine angeregte Unterhaltung in Gang. Der Vandorer hielt sich zurück. Er war in seine eigenen Gedanken vertieft, doch lauschte er trotzdem mit einem Ohr dem, was gesprochen wurde. Er registrierte eine Spur von Erwartung, die die Diskussion trotz des deutlichen Versuchs aller Teilnehmer, Gleichgültigkeit zu wahren, durchzog.

Irgendwann waren die Krüge geleert, und dies schien auch auf die Köpfe der Anwesenden zuzutreffen. Die Unterhaltung versickerte. Fast gleichzeitig erhoben sie sich, räumten ihre Teller zusammen und trugen sie davon.

»Du bist unser Gast, Hugh«, sagte Elgan. »Ich bitte dich, – bleib sitzen. Ich komme bald zurück.« Und damit nahm der Zauberer Hughs Teller und marschierte in Richtung Küche.

Die beiden Jünglinge, Glenden und Ianen, wünschten dem Vandorer gute Nacht; ebenso Erbin, der nun bereits merklich schwach in den Knien war und entsprechend unsicheren Schrittes den Raum verließ. Dann berührte eine schmale Hand Hughs Schulter. Er sah auf. Gwynn lächelte ihn an. Wie schon beim ersten Mal bemerkte er wieder die direkte Offenheit, die ihr ins Gesicht geschrieben stand.

»Bevor ich dir eine gute Nacht wünsche, Hugh, möchte ich dir mein tiefstes Mitgefühl für deinen Verlust ausdrükken. Aber auch meine höchste Dankbarkeit will ich dir entbieten für deine selbstlose Tat. Ich und mein Volk – immer werden wir in deiner Schuld stehen.«

»Ihr schuldet mir nichts, Lady.«

Sie nickte und lächelte. »Wie du willst, Hugh Oxhine.«

In Hughs Magen verdichtete sich das Unbehagen. Jahrelang hatte er schöne Frauen irgendwie – verachtet, obgleich er seines eigenen guten Aussehens wegen viele angezogen hatte. Stets hatte er sie für oberflächlich und ohne Zielbewußtsein gehalten. Jetzt begriff er, daß diese Ansicht ziemlich töricht gewesen war. Niemanden durfte man allein nach seinem Aussehen beurteilen . . . Gwynn war das lebende Beispiel dafür. Sie war ein Mädchen von seltener Lieblichkeit, und doch schien sie auch stark und entschlossen zu sein.

Zu seiner großen Erleichterung nahm sie die Hand von seiner Schulter und verließ die Halle, nachdem sie ihm eine gute Nacht gewünscht hatte. Oolu und Evrawk hatten den Raum bereits verlassen, und so blieb Hugh ganz allein zurück.

Er wandte seine Gedanken dem kommenden Morgen zu. Elgan hatte behauptet, daß die für die Ermordung seiner Lieben Alleinverantwortliche die Hexe Gorta war. Wenn dies stimmte – und er zweifelte nicht daran – dann blieb ihm keine andere Wahl, als sie aufzuspüren und zu töten. Zugegeben, er wußte nicht, wie er das anstellen sollte – und, ob er überhaupt Chancen hatte, lebend zurückzukommen. Aber außer Rache zu nehmen für die Vernichtung seiner Familie und seiner Träume gab es für ihn nichts wirklich Wichtiges mehr zu tun auf dieser Welt.

Der große alte Mann, Elgan, und der Zwerg Evrawk traten ein. Evrawk setzte sich Hugh gegenüber, während Elgan sich wieder an seinem gewohnten Platz am Kopfende des Tisches niederließ und nach seiner Pfeife kramte, die er in einer unergründlich tiefen Tasche seines Umhanges vergraben hatte. Der Zwerg holte seine Pfeife aus einem Beutel hervor.

Elgan machte es sich bequem. »Jetzt können wir reden, ohne daß das Nagen des Hungers unsere Gedanken ablenkt«, meinte er lächelnd. Dann, nach einem langen Blick zu Hugh hinüber, begann er: »Erst vor kurzer Zeit haben deine tapferen Taten die sichere Versklavung von uns allen – von allem, was Urshurak ist, abgewandt.«

Hugh Oxhine war verblüfft. »Was habe ich schon getan«, versetzte er rauh.

»Du warst es, der den Erben des Kronhelms der Weißen Elfen gerettet hat. Wie gesagt, der Jüngling, dem du zu Hilfe eiltest ist Prinz Ailwon, von dem die Prophezeiung sagt, daß er der einzige sei, der gegen die Unterdrückung zu kämpfen vermag . . . Gegen die Unterdrückung, die uns sonst allesamt ersticken wird. Die Macht des Kronhelms wird der entscheidende Faktor beim endgültigen Zusammenprall jener Kräfte sein, die seit zehn Jahrhunderten bereits gegeneinander kämpften und das Schicksal des Kontinents entscheiden. Nur zwei gibt es, die von dieser Macht Gebrauch machen können. Ailwon ist der eine . . . Torgon, der Herr des Todes der andere.

Doch in der Prophezeiung selbst liegt ein Rätsel verankert, heißt es doch, daß beide Elfenvölker vom selben Blut Erfüllung finden werden.« Er seufzte hingebungsvoll. »Die Zeit des Handelns ist gekommen, und uns allen wird das

Äußerste abverlangt werden. Bleibt uns der Erfolg versagt, so werden jene, die nicht mit dem Herrn des Todes verbündet sind, getötet oder versklavt werden.

Morgen früh brechen wir auf . . . Morgen früh, denn wir müssen alle Völker Urshuraks zusammenrufen und sie in der Zitadelle von Cryslandon vereinigen. Dort wird Ailwon der Kronhelm überreicht werden, und von dort aus wird er die vereinten Völker gegen Torgon führen.«

»Natürlich hörte ich Erzählungen über diesen Torgon«, sagte Hugh. »Aber viel ist es nicht, was ich von ihm weiß. Wer – oder was – ist er genau? Und wie kommt es, daß er eine derartige Bedrohung für die Völker Urshuraks darstellt?«

»Er ist mächtig, sehr mächtig, dieser Torgon«, meinte Elgan. »Er lebt in einer ungeheueren stählernen Festung, die sich zu Golgorath aus dem Krater des Todes dem Himmel entgegenreckt. Gorta, die Hexe, fällt trotz ihrer Macht demütig vor ihm auf die Knie. Er ist im Besitz unglaublicher Kriegsmaschinen. Legionen primitiver Barbaren stehen unter seinem Kommando, und mit seinen geheimnisvollen Kräften schuf er jene schrecklichen Scheusale, die Vilderonen, welche seine gigantischen Armeen befehligen. Dennoch kennt Torgon keine Zufriedenheit. Nach stets neuer Macht gelüstet es diesen finsteren Herrscher. Seine Begierde, den Kronhelm zu besitzen, ist schon fast mit Besessenheit zu vergleichen, so unerschütterlich ist sie. Jedwedem Argument von Liebe und Vernunft und dem Angebot von Freundschaft ist er verschlossen. Torgon ist es, der seit tausend Jahren den Schatten der Furcht über die Länder wirft und der jetzt, da die Erfüllung der Prophezeiung naht, ganz Urshurak mit dem Rot des Blutes und der gelben Galle der Sklaverei zu beschmieren droht!«

Hastig hatte Elgan seinen Vortrag gehalten, und die Klangfarbe seiner Stimme war angestiegen. Seine letzten Worte hallten ringsum in dem großen Raum. Der Vandorer glaubte an die Wahrheit dessen, was er soeben vernommen hatte. Sein Leben lang hatte er das unbestimmte Empfinden einer Atmosphäre der Unterdrückung wahrzunehmen geglaubt, die das Leben seiner Landsleute bedrückt und eingeschränkt hatte.

»Schätze, daß dies mit den Geschichten zu tun hat, die ich

über jene großen Schlachten vernahm, welche gen Norden des Kontinents geschlagen wurden«, sagte Hugh nachdenklich.

Der Zauberer blieb steif in seinem Stuhl sitzen, doch seine Stimme nahm wieder ihren gewohnt beruhigenden Tonfall an. »Ja«, sagte er. »Diese Schlachten wurden seit Jahrhunderten mit beinahe grausamer Regelmäßigkeit in der Kolgar-Gebirgskette geschlagen, die sich quer über den Kontinent zieht. Jene Versuche, die gemacht wurden, den Frieden zu sichern, endeten nur zu oft tragisch.«

Elgan sackte in sich zusammen. »Heute Abend fühle ich die Jahrhunderte meines Alters . . . Aber genug davon. Evrawk, sei du so freundlich und skizziere unserem Freund diese Dinge in groben Zügen. Bald ist es an der Zeit für uns, schlafen zu gehen, und ich schweife immer wieder ab.«

»Sicher, Elgan.« Der Zwerg blies eine große Wolke Pfeifenrauch in die Luft, bevor er fortfuhr: »Morgen, so mußt du wissen, Hugh Oxhine, morgen beginnt der Feldzug, der Urshurak die endgültige Freiheit bringen soll. Elgan bricht auf nach Tal-Amon, das im ostwärts gelegenen Azmurien zu finden ist. Dort erwartet ihn Shandar, der Prophet. Gemeinsam werden sie die alte Krone von Alfandel aus ihrem Versteck holen und sie sodann zur Zitadelle von Cryslandon, der Hauptstadt der Weißen Elfen, bringen. Hier werden sie die Ankunft des Prinzen Ailwon abwarten. Der Shakin der Azmurier, Ali Ben Kara, führt seine Armeen gen Norden zur Hauptstadt. Gwynn und Glenden und Ianen machen sich indessen nach Nordwesten auf, nach Penderak. Dort wartet mein Volk auf die Botschaft, den Treck gen Osten zu beginnen. Ist dies alles getan, so wird sich Gwynn weiter in ihr Land Andeluvien begeben und dort versuchen, ihren pazifistischen Onkel, König Zarin, zu überreden, diesem Kampf seine Unterstützung zu gewähren. Es mag dahingestellt bleiben, ob sie dies schafft. Fest steht, daß sie ihre Rebellentruppe auf jeden Fall nach Cryslandon führen wird.«

Evrawk stand auf, verschränkte seine im Verhältnis zum Körper großen Hände auf dem Rücken und schlenderte zu dem steinernen Windschutz vor dem Kamin hinüber.

»Oolu, mein Bruder Erbin und ich werden Prinz Ailwon begleiten. Wir ziehen südlich, in Richtung des Marschlandes von Zorak. Unsere Aufgabe ist es, die Hexe Gorta aufzuspüren. Sie muß vernichtet werden. Wenn die Götter des Schicksals mit uns sind, werden wir diese häßliche Aufgabe erfüllen und daraufhin weiter südwärts ziehen können. Hinter dem Danger-Dschungel, unten, an der Südspitze des Kontinents, liegt Zan-Dura, die Heimat der Kriegerfrauen, der Amazonen. Wir beabsichtigen, um den Beistand dieser kühnen Kämpferinnen zu werben. Ohne sie dürfte unsere Siegeschance ziemlich dürftig sein. Aber damit stellt sich uns beileibe keine leichte Aufgabe. Es ist schwierig, die Amazonen als Verbündete zu gewinnen. Doch *wenn* es uns gelingt, werden wir in den Norden zurückkehren – und zwar auf dem großen Fluß Garnon und an Bord amazonischer Kriegsschiffe. In Cryslandon werden uns dann die vereinten Armeen erwarten sowie – hoffentlich – die Nordmänner aus Norbruk. Sodann führt uns unser Weg weiter gen Norden, und am Tag der Erfüllung wird der König von Alfandel auf den Todesherrn von Golgorath treffen und das Schicksal unseres Kontinents entscheiden.« Evrawk verstummt und blickte in Elgans Richtung.

»Hervorragend, alter Freund«, meinte der Zauberer. Er klopfte die Asche aus dem Kopf seiner geschwungenen Pfeife. Nach einer kurzen Pause stellte er die entscheidende Frage: »Eine Menge Informationen . . . Hugh Oxhine – wirst du dich morgen früh Ailwon und seinen Gefährten anschließen, wenn sie aufbrechen, ihre Mission zu erfüllen?«

»Ja.«

Elgan nickte.

»Aber ich werde sie lediglich bis Zorak begleiten«, schränkte Hugh düster ein. »Trotz der Verbindungen, die du zwischen diesem geheimnisvollen Herrn des Todes und der Hexe Gorta aufgezeigt hast, ist sie es – und nur sie allein! – mit der ich in tödlichem Streit stehe. Wenn ihr mich noch bei euch haben wollt, so versteht eines: Ich werde eurem Prinzen das Recht streitig machen, sich mit dieser üblen Hexe zu befassen. Ich beabsichtige keinesfalls, eure Pläne zu zerschlagen, im Gegenteil, ich werde alles in meiner Macht stehende tun, dafür zu sorgen, daß sie ausgeführt werden können. Doch wenn der Augenblick der

Wahrheit kommt, halte ich es für *mein* Recht, die rächende Waffe gegen Gorta zu führen.« Hugh hielt inne, um seinen Worten durch Schweigen das nötige Gewicht zu geben. »Ich bin ein neugieriger Mensch«, fuhr er schließlich fort, »und viele Fragen gibt es noch zu stellen. Gleichzeitig jedoch bin ich so praktisch wie neugierig veranlagt, und mir deshalb vollauf bewußt, daß ich den Schlaf einer ganzen Nacht brauche, bevor ich aufbreche, diese Reise zu tun. Gibt es also noch irgend etwas, das ich wissen muß, und das mir unterwegs nicht mehr erklärt werden kann?«

»Nun, du mußt wissen, was dich in den Sümpfen von Zorak erwartet. Ich werde mich so kurz wie möglich fassen. Und wenn ich fertig bin, begeben wir uns in die Küche. Dort bereite ich dir einen Kräutertrank, der dir Schlaf der erholsamsten Art bescheren wird. Ist das genehm?«

Der Vandorer nickte zustimmend.

»Gut«, räumte Elgan ein. Im Feuer zerbrachen ein paar Kohlen und die Flammen prasselten und zischten mit neuer Kraft empor. Der Zauberer warf Hugh Oxhine einen durchdringenden Blick zu.

»Gorta ist äußerst mächtig. Mächtiger und gefährlicher, als du dir vorzustellen vermagst. Ihr Reich liegt irgendwo in den Sümpfen von Zorak, und vieles dort erscheint wie ein böser Traum, der Wirklichkeit geworden ist – und es auch bleibt, solange sie im Besitz ihrer Kräfte steht. Gorta und ihr Kessel, der die Quelle ihrer Macht darstellt, müssen zerstört werden! Gelingt dies nicht, so ist es so gut wie aussichtslos, darauf zu hoffen, Torgon schlagen zu können!

So, das war es, was ich dir noch sagen wollte, Hugh. Nun wollen wir nicht mehr von diesen Dingen sprechen. Komm mit mir, gehen wir in die Küche . . .«

Der Zauberer erhob sich und schritt Richtung Korridor. Hugh Oxhine und Evrawk folgten ihm.

Wenig später betraten sie die Küche. Sie war jenem Raum gegenüber gelegen, in dem Prinz Ailwon schlief. Goldgelbes Kerzenlicht sickerte durch die Ritze zwischen Tür und Boden aus dem Zimmer des Prinzen in den Korridor. Der Vandorer vermutete, daß Gwynn an Ailwons Bett wachte. Obwohl nicht darüber gesprochen worden war, gab es für ihn eigentlich keinen Zweifel daran, daß sich die beiden jungen Leute liebten.

Die Küche war groß, gut bestückt und fleckenlos sauber. Kochgeschirr aller Formen und Größen hing in doppelter Reihe und bedeckte fast eine ganze Wand. Sämtliche Kräuter- und Wurzelarten waren zum Trocknen aufgehängt. Hölzerne Fäßchen stapelten sich vor einer anderen Wand, und eine Vielzahl irdener Krüge und hölzerner Eimer, mit Getreide gefüllt, waren im Halbrund um den Küchentisch aufgestellt.

In einer Ecke neben dem Butterfaß lag Oolu in einen ehemaligen Pulverkasten geschmiegt und schlief selig. Ein großer, gelber Kater döste zwischen den Beinen des Gwarpys, seine schneeweiße Gefährtin auf Oolus Schoß.

Hughs Lippen verzogen sich zu einem leisen Lachen. »Ich hoffe, bald ebenso friedlich ruhen zu können . . .«

»Das wirst du, versichere ich dir«, erklärte Evrawk und deutete auf Elgan, der damit beschäftigt war, eine Vielzahl von Kräutern zusammenzumischen.

»Der Gwarpy ist völlig anders als jedes Wesen, das ich in meinem bisherigen Leben gesehen habe«, meinte der Vandorer sinnend. »Es besitzt einige Charaktermerkmale des Menschen – und doch gleicht er so sehr einem Tier.«

»Ich hielt Oolu immer für das harmonische Bindeglied zwischen Menschen und Tieren«, erwiderte der Zwerg. »Er scheint mit beiden auskommen zu können – und im Hinblick auf seine Welt empfindet er ziemlich wenig für Hierarchie.«

»Wie meinst du das?«

»Nun, er scheint *allen* Dingen Wert beizumessen und kümmert sich ganz offensichtlich nicht allzusehr darum, den Wert einer Sache gegen den Wert einer anderen abzuwägen. Nie hörte ich, daß er irgend etwas mit etwas anderem verglichen hat . . . Und doch ist er einer besonderen Vorliebe für ganz bestimmte *Arten* von Dingen ebenso fähig, wie die meisten von uns.«

Die Katze auf Oolus Schoß öffnete ihre Augen spaltbreit und hob ihren Kopf, um zu erkennen, wer ihren Schlaf störte. Nachdem sie Bescheid wußte, rollte sie sich wieder zu einem bewegungslosen Pelzknäuel zusammen, während ihr gelber Gefährte und Oolu fröhlich weiterschliefen.

Evrawk grinste. »Oolu mag alle Lebewesen. Er versteht die Wirklichkeiten des Überlebens vollkommen. Er liebt

Kaninchen, Mäuse und sogar für Ratten kann er sich begeistern. Aber obwohl das so ist, stört das seine Freundschaft mit den Katzen kein bißchen.«

»Sicher stammt seine Vorliebe für Tiere daher«, warf Hugh ein, »daß er nahe daran ist, selbst eines zu sein. Versteh mich richtig, Evrawk: Ich meine das beileibe nicht beleidigend, nicht einmal abfällig . . . Ich mag ihn. Allein seiner Sprechweise nach zu urteilen, scheint es jedoch deutlich, daß er viel mehr Tier als Mensch ist.«

»Oh, laß dich durch Oolus Art, mit Worten umzugehen, nicht täuschen«, warf Elgan ein, und er wandte sich vom Herd ab. Zwei Tassen mit dampfendem Inhalt trug er zu dem kleinen Tisch hinüber und stellte sie vor Hugh und Evrawk hin. »Oolu hält es – im Gegensatz zu mir – nicht für nötig, viele Worte zu machen . . .«Elgan drehte sich um und sah den Gwarpy nachdenklich an.

Hugh Oxhine streckte sich und stieß ein ungeheueres Gähnen aus.

»Ah«, sagte Elgan, »die Kräuter haben ihre Arbeit also bereits aufgenommen . . . Komm, wir ziehen uns zurück.«

Er nahm die flackernde Kerze auf und verließ die Küche. Evrawk und Hugh tappten hinter ihm her.

Der Zauberer öffnete eine Tür, trat ein und steckte die Kerze neben der bequem und einladend wirkenden Bettstatt an.

»Ich bin sicher, daß du es hier ganz gemütlich finden wirst«, sagte er lächelnd.

»Das bin ich auch«, versetzte Hugh Oxhine lächelnd. Er machte sich nicht einmal die Mühe, das einfach ausgestattete Gemach zu untersuchen. Sehnsüchtig starrte er auf das Bett und die warme Decke, die darüber ausgebreitet war.

»Schlaf gut«, verabschiedete sich Elgan einfach und verließ das Gemach.

»Ja . . . Gute Nacht auch dir, Elgan! – Und dir Evrawk!« Die Stimme des Vandorers war durch das Kapuzengewand, das er über seinen Kopf auszog, gedämpft. Rasch entkleidete er sich. Es war nicht einfach. Seine Sachen waren mit Schweiß, Staub und getrocknetem Blut gesättigt und klebten an seinem Körper. Er ließ sie zu Boden fallen und kroch in das Bett, das seinem müden Körper willkommen hieß, wie eine Geliebte das getan hätte. Nur ein vorbeihuschendes, kurzes Nachdenken über die seltsamen Vorkommnisse des Abends geisterte durch Hughs Sinn, dann glitt er in den dunklen Frieden des Schlafes hinüber.

*

Seite an Seite schritten Elgan und Evrawk den Gang entlang. Schließlich blieben sie vor einer geschlossenen Tür stehen. Aus dem dahinter liegenden Gemach kam Erbins rhythmisches Schnarchen.

»Ich wundere mich«, sagte Evrawk, »daß Glenden und Ianen bei diesem Getöse schlafen können! Hoffentlich wird mir dieses Glück ebenfalls beschieden sein.« Er wandte sich an den Zauberer und seine Stimme wurde ernst. »Also morgen – morgen geht es endlich los.«

»Ja, Evrawk«, nickte Elgan. Seine Stimme war nicht viel-mehr als ein Flüstern. Er blickte zur Tür seines Turmes hinüber, bevor er weitersprach: »Elfgard . . . Es lag so lange im Schlaf. Die Zeit ist gekommen, das Elfenschwert aus dem Tal des Lebens zu holen.

Evrawk stand da und sah den Zauberer an, dann drehte er sich um, grüßte und betrat das Schlafgemach, das er mit seinem Bruder und Glenden und Ianen teilte. Leise schloß er die Tür hinter sich. Erbins Schnarchen war verstummt.

Der alte Zauberer aber trat in den schwach beleuchteten Vorraum am Ende des Korridors. Ihm gegenüber war die Tür zum Turm. Dort oben würde er die letzten Vorbereitungen für den kommenden Morgen treffen. Elgan löschte die Kerze in der Wandhalterung und setzte sich auf eine Bank, die der Tür genau gegenüber stand. Er lehnte sich zurück an die kühlen Mauersteine und blies dann auch die Kerze aus, die er in Händen hielt.

Seine Gedanken wanderten zwanzig Jahre in die Vergangenheit zurück.

Damals war Evrawk vor ihm gestanden und hatte ein neugeborenes Kind hochgehalten. Schweiß rann von den Brauen des Zwerges, vermischte sich mit den Freudentränen, die seinen Augen entströmten. Der Säugling wurde sodann in die Arme seiner Mutter, der Königin gegeben, und sie sprach seinen Namen aus: »Ailwon sollst du heißen. Ailwon, der Träger des Lichts!«

Shandar, der Prophet, berührte das Kind, und die Kraft seiner unausgesprochenen Worte durchdrang die Mauern des verdunkelten Landsitzes, welcher tief in den Wäldern Andeluviens verborgen lag.

Elgan lächelte in die Dunkelheit hinein, die ihn umgab.

»Und jetzt ist die Zeit gekommen. Der Prinz des Lichts ist bereit«, murmelte er kaum hörbar. »Bereit für seine große Mission. Bereit, obwohl wir ihn beinahe verloren hätten. Oh, – gnädiges Schicksal . . .«

Die fast tragisch ausgegangenen Ereignisse dieses Tages aber wiesen auch darauf hin, daß irgend jemand genau wußte, daß Ailwon lebte. Trotz aller Geheimhaltung. Trotz aller Vorsichtsmaßnahmen während der vergangenen beiden Jahrzehnte. Konnte es gar sein, daß jener Mörder, der Ailwons Vater und jeden bekannten Erben umgebracht hatte, wieder am Werke war?

Wir werden wachsam sein müssen, dachte Elgan. Wir können nicht – wir dürfen nicht! – versagen!

Dann formte sich vor seinem inneren Auge ein Bild des Morgens. Von Ailwon, wie er hoch aufgerichtet und entschlossen dastand . . . Des Jungen Mut, Intelligenz und Feingefühl waren in zwei Jahrzehnten der Erziehung vorzüglich entwickelt. Und natürlich würde ihm auch die Macht des Elfenschwertes Elfgard helfen, und, noch mehr,

die des Kronhelms. Inbrünstig hoffte Elgan, daß das genügen würde. Es *mußte* genügen!

Der Zauberer stellte sich die Räumlichkeiten seines Turmes vor, sah sich die steinerne Wendeltreppe bis zur höchsten Kammer emporsteigen.

Im Zentrum dieses Gemachs erschien ein großer, weißer Baum. Aus seinem Fuß entsprang eine Quelle, und dahinter, im Baum, leuchtete ein Schrein aus Gold und Silber. Ein Schwert manifestierte sich darin. Die Vision des Baumes verblaßte, zerfaserte vollends, und auf einer alten Steinplatte im Zentrum des Turmgemachs lag ein glänzendes Schwert . . .

Elgan erhob sich, trat über die Schwelle und schloß die massive Turmtür hinter sich. Dann stieg er die Stufen hinauf.

*

Die Taral-Straße führte durch ganz Delvinor, mündete im Norden des großen Waldes und erklomm sodann die Vorberge des Kolgar-Gebirges. Zweihundert Meilen weit entfernt, im Hause Modra, war alles still und friedlich. Aber hier, auf einem Kamm, der hoch über Delvinor aufragte, waren dumpfe Geräusche zu hören, und sie schwollen an, wie rhythmisches Donnern, das über den Ebenen des Graslandes zitterte. Unter der schmalen Sichel des Mondes hetzten Reiter auf eine Anhöhe, bewaffnete Wesen, die – in Reihen zu vieren nebeneinander – auf gewaltigen Hengsten ritten. Ein Dutzend, nein, zwei Dutzend waren es, die die weiche Erde zu Staub zermalmten.

Der Anführer der finsteren Horde riß seinen Arm hoch, und die Unheimlichen zügelten ihre Reittiere. Wild und ungestüm schnaufend stoppten sie. Große Augen glühten in unirdischem Licht. Unruhig stampften die Hufe.

Mondlicht glitzerte auf schwerer Rüstung und Helmen. Der Anführer zeigte auf den Wald hinunter, dessen Ausläufer knapp eine Meile entfernt lagen. Er hob sein Visier – und zeigte das schreckliche Antlitz eines Wesens, das kein Mensch sein konnte! Er war ein Vilderone, einer jener vom Herrn des Todes geschaffenen Vollstrecker! Seine Stimme war dem tiefen Knurren eines Raubtieres nicht unähnlich.

»Vor uns liegt die Straße, die uns zum Heim des verfluchten Zauberers führen wird«, grollte er. »Dort werden wir den Elfenbalg erwischen . . .«

Er schloß das Visier seines Helmes wieder und hieb die Sporen in die massigen Seiten seines Pferdes. Wild preschte es los. Die anderen Unheimlichen folgten, und der dunkle Haufen galoppierte zum Wald hinunter. Das Dröhnen der Hufschläge waberte wie ein Pesthauch über die Hügel, bis sich der Klang in der Stille der Nacht verlor . . .

3

ELFGARD

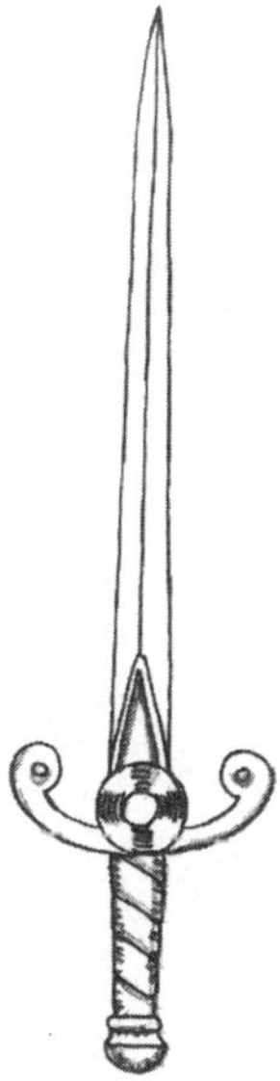

Seit ungezählten Jahrhunderten reckten die gigantischen Trocala-Bäume, die Delvinor schützten, ihr Astwerk gen Himmel. Zweihundert Meilen weit erstreckte sich der Wald von Norden nach Süden und zweihundertfünfzig Meilen von den Bolgad-Bergen ostwärts zum Fluß Garnon.

Der Wald bot einen dunklen Kontrast zum zunehmenden Licht des Morgengrauens. Obwohl die Nacht noch unter dem Dach des Blattwerks nistete, waren die Geräusche der Nachttiere verstummt. Eine Singdrossel stimmte eine zaghafte Melodie an, eine Dohle erwiderte mit heiserem Kontrapunkt. Bald schloß sich den beiden eine Unzahl anderer Vogelstimmen an, und die Waldlichtung wurde von ihrem Jubelieren erfüllt.

Dieser Chor schaffte es nicht, Hugh Oxhine aus den Tiefen seines Schlummers zu reißen. Das Klirren von Metall auf Metall war es, was ihn seine Lider heben ließ. Dunkelheit herrschte noch in seinem Gemach. Wo war er? – Wie lange mochte er geschlafen haben?

Langsam kehrten die Ereignisse der vergangenen Tage in sein Gedächtnis zurück. Wie an jedem Morgen, seit er seine Liebsten tot in ihrem Blut liegend gefunden hatte, kamen die Sorgen und der Haß . . . Aber an diesem Morgen war es anders. Die tragischen Bilder waren weniger scharf umrissen, weniger lebhaft. Der Schmerz pochte nur noch dumpf, nicht mehr mit derart schrecklicher Intensität, und der Zorn, den er normalerweise mit solcher Leichtigkeit heraufbeschwor, schien sich nur widerstrebend wecken zu lassen.

Weitere klirrende Geräusche.

Zweifellos hatten sie ihren Ursprung in der Küche.

Kerzengerade setzte sich Hugh auf. Welche Mahlzeit wurde da vorbereitet? Hatte er länger als nur eine Nacht geschlafen? – Jetzt hallten Schritte draußen, im Korridor, eine Tür wurde geöffnet und wieder geschlossen.

Der Vandorer schwang seine Füße aus dem Bett und richtete sich auf. Er schritt zum Fenster und zog die schweren Vorhänge zurück. Noch war das Licht des Tages schwach, aber er konnte die schattenhaften Gestalten Erbins und Evrawks dennoch mühelos ausmachen, die mit Bündeln beladen den Abhang zum Stall hinuntertrotteten. Eine gedrungene Gestalt, die Hugh als den Gwarpy Oolu erkannte, kam ins Freie, um die Zwerge zu begrüßen. Eine leise geführte Unterhaltung und unterdrücktes Lachen wehte zum Haus herauf. Der Gwarpy wieselte den Abhang herauf.

Hugh wandte sich vom Fenster ab. Seine Kleider lagen nicht mehr dort am Boden, wo er sie in der Nacht hatte fallen lassen. Nackt und leise fluchend schaute er unter dem Bett nach. Da unterbrach ein sachtes Klopfen an der Tür seine Suche.

»Wer ist da?« fragte er gereizt.

»Es ist Oolu, der hier steht. Hat Sachen, die Hugh wohlfühlen lassen werden.«

Der Vandorer öffnete die Tür einen schmalen Spalt und sah den grinsenden Gwarpy, der eine brennende Kerze in seiner rechten Hand hielt, während über seinem linken Arm ein ordentlich gefalteter Stapel Kleider hing. Oolu reichte Hugh die Kerze und die gesäuberten Kleider, und als dieser ihm beides abnahm, griff er hinter sich und holte einen Eimer mit frischem Wasser und Handtücher hervor.

Hugh murmelte seinen Dank. Der Gwarpy grinste, und seine Augen waren – wie immer – groß und freudestrahlend. Offensichtlich war er von Hughs Größe fasziniert, da er noch nie zuvor einen derart großen Burschen gesehen hatte.

»Hugh bestimmt mächtig groß«, radebrechte er. »Hat auch große Muskeln.«

Dann riß er sich herum und raste davon.

Lächelnd schloß der Vandorer die Tür. Obwohl er sich in

Oolus Gegenwart noch immer etwas unsicher fühlte, fand er es jetzt doch schwer, keine amüsierte Zuneigung für den drolligen Kerl zu empfinden.

Hastig wusch er sich und kleidete sich an. Das Gefühl, saubere Kleider auf dem Leib zu tragen, war herrlich, und er genoß es.

Wenig später trat er auf den Korridor hinaus, nachdem er die Kerze sorgfältig gelöscht hatte. Oolu war zurückgekehrt, hockte am Boden neben der Tür und untersuchte etwas für ihn höchst Interessantes zwischen den Zehen seines rechten Fußes. In seiner Reichweite stand eine irdene Schale, beladen mit Keksen, Obst und einer Speise namens Keku, die aus Korn und Kräutern bereitet war.

»Dies wird dich sättigen, glaube ich«, sagte der Gwarpy und übergab dem Vandorer die Schale. »Erbin sagt: ›Gib Hugh sein Essen und bring es ihm jetzt, Oolu‹, also hab ich es getan.«

Damit sprang der Gwarpy auf und ging zum hinteren Teil des Hauses. Hugh folgte ihm, aß dabei hastig, und die Frage, die er dabei stellte, kam entsprechend undeutlich: »Wir brechen bald auf, eh?«

»Ganz bald, jawohl!« Oolu wandte sich am Ende des Korridors nach rechts, und Hugh blieb stehen, um zur Turmtür hinüberzusehen.

»Der alte Elgan wird auch ganz ziemlich bald draußen sein«, erklärte Oolu, als er Hughs Blick bemerkte.

Sie traten vor das Haus.

Erbin führte einen kastanienbraunen Hengst aus dem Stall. Als der trinkfreudige Zwerg den Vandorer sah, begrüßte er ihn. »Hugh! Komm und sieh dir das prächtige Tier an, das wir für dich ausgesucht haben.«

Hugh und Oolu schritten den Abhang hinunter. Der Zwerg stand unbeweglich und hielt die Zügel des Hengstes.

Drei Ponys standen mit schweren Fellen gesattelt und mit Vorräten beladen vor einer Koppelstange. Ihr Zaumzeug war nur locker daran festgebunden, so daß sie zufrieden von dem saftigen Gras fressen konnten, das hier überall ganz prächtig gedieh.

»Ich glaube, wir haben versäumt, uns danach zu erkundigen, ob du reiten kannst«, meinte Erbin.

»Früher bin ich oft geritten«, erwiderte Hugh. »Aber seit

einigen Jahren . . .« Er zuckte die Schultern. Seine Augen waren bewundernd auf den Fuchshengst gerichtet. »Noch nie saß ich auf einem so schönen Tier!«

Evrawk kam aus dem Stall. Er trug einen Sattel über seinem kurzen, kräftigen Arm. »Guten Morgen, Hugh!«

»Morgen«, entgegnete der Vandorer ein wenig abwesend, während er an die ihm zugewandte Seite des Hengstes trat und den muskulösen Hals streichelte. Beruhigend sprach er dann dem Tier zu.

»Wie heißt er?« fragte er schließlich.

»Da mußt du Gwynn fragen oder einen der Jungen«, antwortete Erbin. »Sie haben diesen großen Burschen von Andeluvien hierher gebracht, wo er aufgezogen wurde. Die Braunen Elfen liefern den Weißen Elfen und den Azmuriern Pferde. Dieser Prachtkerl hier stammt aus jener Zucht, wie sie die Azmurier verwenden. Davon gibt es nicht mehr viele in Andeluvien.«

Hugh hatte sein Frühstück vollends hinuntergeschlungen. Jetzt wandte er sich an Evrawk. »Erlaube mir, ihn zu satteln.«

»Klar«, sagte der Zwerg burschkios und übergab ihm den Sattel.

Hugh legte ihn auf den Rücken des Pferdes und band ihn fest. Dann streifte er ihm das Zaumzeug über und überprüfte sorgfältig dessen Sitz in dem empfindlichen Maul. Dabei fühlte er, wie das Tier auf die Sicherheit seiner Handlungen ansprach. Er konnte die Erregung in der muskulösen Bewegung unter seiner Hand spüren, – so, wie er seine eigene Ruhelosigkeit spürte.

»Wie lange dauert es noch, bis wir aufbrechen?« Ohne auf eine Antwort zu warten, setzte er hinzu: »Ah, – ich hole besser meine Waffen. Ich ließ sie . . .«

Evrawk unterbrach ihn. »Oolu macht das bereits für dich.«

Da kam der Gwarpy auch schon wieder herangewieselt und trug Gürtel, Scheiden, den Langbogen und einen mit Pfeilen gut gefüllten Köcher bei sich. Vor dem Vandorer blieb er stehen, grinste übers ganze Pelzgesicht und präsentierte seine Last.

Hugh grunzte seine Anerkennung und gürtete die Waffen. Man hatte ihm gesagt, der Gwarpy besäße nicht die geringste Neigung zur Gewalt, aber er stellte jetzt doch fest, daß Oolu die Waffen zumindest neugierig begutachtete. Als die letzte Gürtelschnalle geschlossen war, nickte Hugh. Er war bereit.

Doch Erbin führte weiterhin gesattelte und gezäumte Pferde aus dem Stall. Drei schlanke, rehbraune Reittiere wurden zu den Ponys und Hughs großem Fuchs gesellt.

Die Jünglinge Ianen und Glenden traten aus dem Haus. Auch sie trugen verschiedene Reisegegenstände bei sich. Ziemlich angenehme Burschen, dachte Hugh, als sie Grüße austauschten. Aber als fürstliche Persönlichkeiten konnte er sie sich immer noch nicht vorstellen.

Ein rasches Trommeln von Hufschlägen ging dem Erscheinen eines grau-weiß geschecktn Rosses voraus, das Erbin nur unter Schwierigkeiten führen konnte. Oolu trat zu dem lebhaften Tier und sprach mit Grunz- und Glucks-lauten zu ihm. Der Hengst schnaubte und schüttelte seine Mähne – und hörte mit seinem aufgeregten Tänzeln auf.

»Und wer soll diesen ungeduldigen Burschen reiten?« erkundigte sich Hugh.

»Ich!« sagte eine Stimme hinter ihm.

Hugh drehte sich um. Ailwon, der Prinz der Weißen Elfen, kam mit geschmeidigen Schritten auf ihn zu. Gwynn ging an seiner Seite und hielt seine Hand.

Ailwon war ganz in Weiß gekleidet. Hugh machte große Augen. Obwohl ihm die Züge des jungen Mannes, den er vor den Fängen der Rattenbestien gerettet hatte, vertraut waren, schien es ihm, als sehe er den Elfenprinzen jetzt zum ersten Mal.

»Einen guten Morgen wünsche ich dir, Hugh Oxhine«, sagte Gwynn.

»Ja . . . Guten Morgen«, antwortete Hugh, doch sein Blick blieb an der schlanken Gestalt des Prinzen kleben.

Gwynn sah zu Ailwon, dann zurück zu Hugh. »Nun denn«, sagte sie honigsüß. »Das ist nun wirklich nett. Da hat ein kühner und starker Mann einen anderen gerettet, der uns alle in die Freiheit führen soll, und gemeinsam sind sie im Begriff, zur edelsten und gefährlichsten aller Missionen aufzubrechen. Aber es will mir scheinen, daß keiner dieser beiden dazu fähig ist, selbst die einfachste Begrüßung auszusprechen! Hat es euch die Sprache verschlagen?«

Ailwon blickte auf Gwynn, die ihre Bemerkung mit einem sanften Rippenstoß unterstrichen hatte. Er lächelte und sah wieder in Hughs Gesicht. In seinen blauen Augen lag Wärme und Offenheit. Er streckte seine Hand mit der Innenfläche voran aus und legte sie dann fest auf die Schulter des Vandorers.

»Ich weiß, Hugh, daß meine Freunde dir bereits viele Male gedankt haben. Und jetzt danke ich dir selbst, daß du mein Leben gerettet hast.« Ailwon nahm die Hand zurück, sah zu Boden, dann wieder auf Hugh. »Nur meine tiefste Freundschaft kann ich dir bieten, und – die Hoffnung, daß ich dir eines Tages einen ebenso großen Dienst leisten kann, wie du ihn für mich bereits getan hast.« Dann grinste der junge Mann breit: »Hay, ich bin sehr glücklich, daß du bei uns bist, jetzt, da wir aufbrechen, unsere Bestimmung zu erfüllen.«

»Ich bin froh und erstaunt, dich so schnell und derart vollständig erholt wieder auf den Füßen zu sehen . . . Und was deine Mission anbelangt . . . Ich muß betonen, daß sie mich nichts angeht. Du hast meine Begleitung und Unterstützung, da beides meinem eigenen Ziel dient: mich und meine Familie an dieser Hexe von Zorak zu rächen. Stets war ich ein Einzelgänger, aber jetzt – jetzt bin ich wahrhaftig allein. Und wie ich bereits Gwynn erklärte: du schuldest mir nichts!« Er blickte zu dem Elfenmädchen hinüber und sah die Traurigkeit in ihren Augen, als sie seinen Blick erwiderte.

Auch Ailwons Gesicht zeigte Enttäuschung. Abrupt wandte sich der Vandorer ab und beschäftigte sich mit seinem Pferd, wohl wissend, daß auch die anderen Mitglieder der Gruppe ihre Arbeit liegengelassen hatten, um dem Wortwechsel beizuwohnen. Jetzt nahmen sie alle ihre Tätigkeiten wieder auf.

Erneut spürte Hugh eine drängende innere Unruhe in sich aufsteigen.

Verdammt, beinahe schmerzhaft verlangte es ihn, im Sattel und unterwegs zu sein! Brachen denn diese Leute nie auf? Und – wo war der alte Mann?

»Ein schönes Tier, nicht wahr?« Gwynns Stimme war direkt neben Hugh laut geworden. Er sah sie an, und merkte, daß sie seinen Hengst gemeint hatte.

»Ja. Wie heißt er? Und wie kommt es, daß man mir ein so edles Tier anvertraut?«

»Santor ist sein Name. In der alten Sprache bedeutet das *der Starke*. Auch ich fragte mich, weshalb er hierher gebracht wurde, aber Elgan versicherte, er würde irgendwann gebraucht, – und über solcherlei Dinge diskutiere ich nicht mehr mit ihm.« Sie lächelte und bot Hugh die Hand.

»Die Möglichkeit besteht, daß ich dich nicht wiedersehe. Aber ich hoffe, daß sie nicht Wirklichkeit wird.« Ihre Stimme nahm unvermittelt einen bittenden Klang an. »Bitte, – hilf Ailwon. Er braucht deine Unterstützung so dringend . . .« Beim Geräusch der sich öffnenden Turmtür drehte sie sich von dem Vandorer ab.

Elgan stand vor dem Eingang zum Turm. Mit beiden Händen hielt er ein silberweißes Schwert, das in einer ebenso prächtigen Scheide steckte, vor sich.

Ailwon schritt die Anhöhe hinauf, Elgan entgegen, und dann blieben beide stehen und sahen sich an. Der Rest der Gruppe bildete einen Halbkreis hinter dem Prinzen. Hugh blieb neben Santor stehen.

Elgan zog die Klinge aus der Scheide und hielt sie hoch. Flirrend brach sich ein Sonnenstrahl auf dem blanken Stahl.

Plötzlich stellte Hugh fest, daß es still geworden war auf der Lichtung. Die Vögel schwiegen, die Pferde ebenfalls. In dieses andächtige Schweigen hinein brach die Stimme des Zauberers widerhallend und klar, erschreckend mächtig, und sie schien nicht allein aus dieser aufrechten, hageren Gestalt zu kommen, sondern auch aus dem uralten Wald, der sie umgab:

»Dir, Ailwon, Träger des Lichts, Prinz von Alfandel, Erbe des Kronhelms, dir sei die Macht des Schwertes Elfgard anvertraut, die Macht des Schwertes deines Namensvetters. Sie ist die erste, die mächtigste – und wenn die Kraft des Lichtes auf uns ruht, die letzte Waffe, die je von den Weißen Elfen geführt werden soll!«

Und er reichte dem Prinzen das Schwert und die Scheide, und als er weitersprach, war seine Stimme fast zu einem Flüstern geworden: »Mit Abscheu gehen wir in den Kampf, nicht freiwillig, nein, sondern weil wir dazu gezwungen sind! Aber – « Er hob seine Arme wieder gen Himmel – »aber mit Freude beginnen wir den Feldzug, um einen

Kampf von tausend Jahren zu beenden und Urshurak ewigen Frieden und Freiheit zu bringen!«

Die Lichtung wurde plötzlich von klarem Sonnenlicht überflutet, das endlich das Blätter- und Astgewirr der mächtigen Trocalas durchdrungen hatte. Hoch über ihnen schwebte ein Adler mit mühelosem Flügelschlag im Blau des Himmels.

Der Zauberer senkte seine Arme, um den Prinz zu umarmen, und Hugh konnte die sanften Worte des alten Mannes, der von seinen Lieben Abschied nahm, nicht mehr hören. Der Vandorer wandte sich seinem Pferd zu, und die Zwerge und Oolu gingen zu ihren Ponys.

Als sich ihre Schritte näherten, drehte er sich noch einmal um. Evrawk und Erbin und Oolu kamen zu ihm. Der Gwarpy grinste.

»Ziemlich schnell endlich gekommen, eh, Hugh?«

Eine Woge der Erregung überflutete das Herz des Vandorers, als er Santor losband, sich in den Sattel schwang und die Hacken gab. Als er den Hengst herumriß, sah er Elgan, dessen Hand in einer Geste des Friedens erhoben war.

Ailwon und Gwynn lösten sich aus ihrer möglicherweise letzten Umarmung, und einen Augenblick später saß der Prinz im Sattel seines Grauen und galoppierte auf die steinerne Brücke zu. Hugh folgte, dann Erbin, Evrawk und schließlich Oolu.

An den großen Bäumen angelangt, zügelte Ailwon sein Pferd, ließ es zur Seite tänzeln und seine Gefährten an sich vorbeipreschen. Ein letztes Mal winkte er Gwynn, sein Pferd bäumte sich auf – dann trieb er es an. Mit einem wilden Satz verschwand auch er im Wald.

Gwynn küßte den Zauberer und eilte dann, sich Glenden und Ianen anzuschließen, die bereits aufgesessen waren. Aus dem Lauf heraus sprang sie auf ihr wartendes Roß und galoppierte los. Ihre Vettern folgten dichtauf.

Einige Augenblicke später waren auch sie im dunklen Wald verschwunden. Nur Elgan, der Zauberer, blieb zurück.

Er blickte auf. Die Sonne stieg in den klaren Himmel empor, die Vögel zwitscherten wieder, das Summen von Insekten war allgegenwärtig. Sein Blick glitt längs der hochragenden Trocalas tiefer, hinunter zu jenem Pfad, der sich, beginnend bei Modras Steinbrücke, in das schattige Waldland hinein erstreckte.

»So hat der heilige Kampf endlich begonnen«, murmelte er leise, fast wehmütig.

4

DAS ABENTEUER BEGINNT

Hufe donnerten über lockeres Erdreich, wirbelten Staubwolken auf, die wie Schleier hinter Pferd und Reiter herwehten. Die Gruppe preschte die Taral-Straße entlang, zum südlichen Ausgang des Waldes Delvinor.

Wie erstarrte Riesen standen die Trocalas auf beiden Seiten, und ihre Äste und Zweige griffen ineinander, verschränkten sich hoch über der Straße und bildeten eine dichte grüne Decke. Nur gelegentlich fiel ein Lichttupfer durch das Laubdach.

Hugh Oxhine streckte sich und ritt mit schneller, geschmeidiger Gleichmäßigkeit. Schließlich mußte der Vandorer sein Tier leicht zügeln, denn andernfalls wären seine Gefährten bald weit hinter ihm zurückgeblieben.

Ailwon holte auf und blieb an seiner Seite.

Hugh bemerkte seinen Blick und erwiderte ihn. Aber keiner von ihnen sprach etwas.

Hinter ihnen wurde das rhythmische Schlagen einer Trommel laut, dem sich alsbald der Klang einer Flöte anschloß.

Hugh drehte sich im Sattel um. Oolu war es, der die primitive, von seiner Schulter hängende Trommel schlug. Erbin spielte die vergnügliche Melodie auf einer langen, handgeschnitzten Flöte. Nicht lange dauerte es, da sich ihnen Evrawk mit seiner Mandoline zugesellte. Die Melodie der drei Instrumente verschmolz, der Rhythmus paßte genau zum Schlagen der Hufe. Eine Kraft lag in dieser Musik, die nur schwer zu begreifen war, angesichts der so einfachen Instrumente.

Trotz jenes Schutzschildes, den Hugh um seine Gefühle errichtet hatte, bereitete es ihm beträchtliche Schwierigkeiten, sich dem Reiz des großen Abenteuers zu entziehen, dem sie regelrecht entgegenflogen. Er wußte aber, daß sich die begeisterte Stimmung nur allzubald legen würde, wenn erst die Schinderei der Reise und die Härten des Lebens unter freiem Himmel zunahmen. Doch selbst diese anfänglichen Empfindungen waren völlig unerwartet auf ihn eingestürmt, und er kämpfte gegen sie an. Daß der Elfenjüngling, der neben ihm ritt, seine eigenen Schwierigkeiten hatte, wurde dem Vandorer gar nicht bewußt.

Vorhin, als er vor Elgan gestanden war, das legendäre Schwert seiner Vorfahren zu treuen Händen erhalten und jenen hoffnungsfrohen Worten gelauscht hatte, da hatte sich Ailwons Brust beinahe zum Bersten mit dem Stolz jugendlicher Hingabe erfüllt. Das Vertrauen im Gesicht des Zauberers und die Hoffnung, die ihm aus Gwynns Augen entgegen strahlte, als er sie küßte, – alles das hatte dazu beigetragen, ihn weiter anzufeuern. Nichts konnte ihn aufhalten!

Doch vorhin, kurz bevor sie die Straße erreichten, war eine schreckliche Furcht in ihm aufgekeimt, wie eine bösartige Geschwulst. Angst vor dem Versagen war es! Noch nie in all den Jahren, seit er von jener Bestimmung erfahren hatte, die seiner harrte, hatte er diese Angst erlebt.

In seinen Gedanken war ein Bild der gefürchteten Gorta entstanden . . . Ohne daß er dies gewollt hatte. Er wußte nicht, wie die Hexe in Wirklichkeit aussah. Niemand wußte es. Sobald sie den Schutz Delvinors verließen, konnte sie allgegenwärtig sein, in fast jeder Gestalt. Ihre Macht erstreckte sich über die Sümpfe hinaus, weit in das Tiefland. Dies bewiesen ihre zahllosen Untaten während des langen Kampfes um die Herrschaft über den Kontinent nur zu deutlich.

Ailwon konnte sich nicht vorstellen, wie sie sich Einlaß in Gortas Herrschaftsbereich verschaffen würden. Es war lediglich bekannt, daß irgendwo in den riesigen, schwarzen Sümpfen Zoraks ihre Heimstatt verborgen lag. Vorausgesetzt, es gelang ihnen, diese ausfindig zu machen – wie sollte es ihm, Ailwon, dann gelingen, Gorta zu töten?

Und selbst, wenn es ihm gelang . . . Dann gab es da noch

immer die Quelle ihrer Macht: ihren Kessel. So lange er existierte, war Gorta nicht restlos geschlagen, vermochte sie ihre Kräfte zu erneuern.

Ja, das Schlimmste war geschehen! Furcht war in ihm aufgestiegen. Immer wieder war ihm gesagt worden, daß dies Gortas größter Vorteil war: Die Fähigkeit, in ihren Feinden Zweifel – und Angst zu erwecken.

»Sie ist äußerst gefährlich«, hatte Elgan ihm eingeschärft, »jedoch nicht unbesiegbar. Sie ist fanatisch . . . Sie macht Fehler. Demzufolge *kann* sie geschlagen werden. Nicht an ihre Realität darfst du glauben, sondern nur an deine eigene . . .«

Ailwon schüttelte den Kopf und versuchte, sich wieder auf die Musik zu konzentrieren, die die Gefährten hinter ihm zum Besten gaben. Auf die Musik, die er seit den Tagen seiner Kindheit kannte . . .

Er dachte an Gwynn. Sie waren sich begegnet, damals als sie noch Kinder gewesen waren, zu einem Zeitpunkt, da er noch nichts von seiner hohen Geburt oder dem Gewicht jener Verantwortung wußte, die ihm eines Tages aufgeladen werden würde. Mit ihrem Onkel und ihrer Tante war sie gekommen, Penderak zu besuchen. Der König und die Königin von Andeluvien hatten sich nach dem Tod von Gwynns Eltern ihrer angenommen.

Es war ein offizieller Besuch bei den Führern des Zwergvolkes gewesen, dem noch viele weitere in den nachfolgenden Jahren folgten. In dieser Zeit wurden er, Ailwon, und das schöne Mädchen von den Braunen Elfen treue Freunde. Sie waren ungefähr gleichaltrig, doch sie reifte viel schneller als er. Sie war von scharfem Verstand, offen, direkt und gesprächig, während er still und schüchtern war. Darüberhinaus vermochte sie mit Leichtigkeit schneller zu laufen, zu schwimmen und besser zu kämpfen als er. Aber nie erniedrigte sie ihn, und er wußte, daß sie nicht nur ihm, sondern auch den Knaben in ihrem Heimatland überlegen war.

Als Erbin und Evrawk begannen, ihn in der Kunst der Waffenführung auszubilden, war es die stets um neue Fortschritte bemühte Gwynn, die oftmals den Prüfstein für seine Entwicklung und sein Können bot . . . Und ihm nur zu oft seine Grenzen deutlich zeigte.

Trotzdem hatte er Fortschritte in den Kriegskünsten gemacht. Jetzt mochte er ihr ebenbürtig sein – vielleicht gar überlegen. Es machte ihm nichts aus, genausowenig wie ihr. Wichtig war nur, daß ihre Liebe zueinander noch tiefer geworden war. So tief, daß sie sich einander für den Rest ihres Lebens versprochen hatten.

Plötzlich wurden Ailwons Gedanken zerrissen.

Ein kleiner Damhirsch verhielt in der Straßenmitte vor ihnen. Einen Augenblick lang starrte er dem näherkommenden Haufen entgegen, dann huschte er in den Wald davon.

Die Gefährten kamen aus dem Zentrum Delvinors und trieben ihre Pferde in die Trocala-Allee. Die Musik war verstummt. Ohne daß sie dies abgesprochen hatten, wurden sie schneller. Die Pferde preschten dem Licht entgegen, welches vor ihnen den Ausgang aus dem schattigen Korridor signalisierte.

Und dann waren sie im Freien und verspürten die plötzlich über sie flutende Wärme des Morgens. Die Pferde verlangsamten ihre Gangart – jedoch nur um einen Bruchteil – als sie den großen, gefällten Baum überquerten, der von Delvinor zur anderen Seite der Schlucht hinüberführte.

Scharf und hart klangen die Hufschläge auf der harten Rinde der Trocala, die in den Jahrhunderten, die sie als Brücke diente, glashart geworden war.

Schnell erreichte die Gruppe die andere Seite.

Jeder der Gefährten fühlte die Kälte, die von den Schatten des alten Steinportals ausstrahlte, als sie hindurchritten. Und – alle fühlten zum letzten Mal Elgans Allgegenwart . . .

Wieder wechselte das Tempo ohne Vorschlag oder Kommentar, und jetzt gingen die Pferde im Trab, gleich darauf im schnelleren Schritt.

Die Sonne stieg von Osten her in die Höhe. Die Hügel vor den Gefährten erstrahlten in ihrem frischen Grün. Das Frühjahr hielt seinen Einzug.

Der Anblick war gewaltig. Fast völlig ungehindert vermochte man von Osten nach Süden zu blicken und bis zu den fernen, klar umrissenen Bergen, die den weiten westlichen Horizont bildeten.

Pferde und Reiter stellten sich auf das ruhigere Tempo eines langen Ritts ein. Und bald lag der Wald Delvinor weit hinter ihnen.

Irgendwann lagerten sie.

Der Vandorer nahm einen tiefen Schluck kalten Wassers aus dem Metallbecher, gurgelte damit, um seinen Mund zu säubern und spuckte dann ins Lagerfeuer. Das Wasser zischte auf den erhitzten Steinen und der glühenden Asche.

Hugh war ein stiller, zurückgezogen lebender Mensch, aber heute fühlte er sich – scheinbar seit langer Zeit – zum ersten Mal wieder rundum zufrieden. Obwohl sein Leben gekennzeichnet gewesen war von dem Gefühl, etwas zu vermissen, unerfüllt zu sein, hatte er doch stets eine Verbundenheit mit der Natur empfunden.

Aber die heutige Behaglichkeit war etwas anderes. Die Tatsache, daß der erste Tag der Reise vergangen war, vermittelte sie ihm. Ja, und das Wetter war geradezu ideal gewesen. Eine dementsprechend große Wegstrecke hatten sie zurückgelegt.

Trotzdem machte er sich nichts vor. Er zweifelte nicht daran, daß er sich morgen alles andere als behaglich fühlen würde. Jahre waren vergangen, seit er das letzte Mal im Sattel gesessen war. Diese Tatsache würde ihren Tribut fordern . . .

Aber das bloße Vergnügen, das ihm der heutige Ritt geschenkt hatte, machte die für morgen früh zu erwartende anfängliche Steifheit ebenso wie die Schmerzen mehr als wett.

Die Fertigkeiten der Zwerge und des Gwarpys versetzten ihn immer wieder in Erstaunen. Als die Zeit gekommen war, mit der Suche nach einer passenden Lagerstatt für die Nacht zu beginnen, hatte Prinz Ailwon Oolu zu sich gerufen. Das Pelzwesen hatte die Gefährten ein Stück von der Straße weggeführt, und Hugh hatte sich zurückhalten müssen, nicht mit einem gewissen Mißtrauen nach dem Ziel zu fragen.

Sie fanden neben einem schnell dahinplätschernden Bach ein Gelände, das alle notwendigen Voraussetzungen für ein bequemes Nachtlager erfüllte. Sodann hatten es die Zwerge übernommen, den Aufbau des Lagers in Rekordzeit zu organisieren. Holz wurde gesammelt, Wasser geschleppt, ein Feuer entzündet, die Pferde abgesattelt, versorgt und angepflockt, Schlafplätze bereitet. Bald brodelte das Essen in einem Topf, der an einem Bratspieß über dem Feuer aufgehängt war, und eine gerollte Pastete, die in die tiefrote Glut gelegt worden war, bräunte sich. Ein herrlicher Duft zitterte in der klaren Nachtluft über dem Lagerplatz.

Und das Mahl war köstlich gewesen!

Noch nie hatte Hugh Oxhine ein derart ausgezeichnetes Essen zu sich genommen, das im Freien zubereitet worden war.

Nach dem Abendessen folgte das Aufräumen – mit genau der gleichen Schnelligkeit und Gründlichkeit wie die Vorbereitungen. Doch bei all der schnellen Arbeit fehlte nie jene freundliche Lässigkeit, die Hugh zwischenzeitlich bereits mit dieser Gruppe verband. Sie waren alle zum Waschen an den Bach gegangen, bevor sie sich am Feuer niederließen und sich ausstreckten. Die Zwerge holten zwei Weinschläuche aus Ziegenhaut hervor. Als sowohl Ailwon als auch Hugh ablehnten, von dem würzigen Saft zu trinken, war Evrawk ehrlich enttäuscht, während Erbins Bedauern eher vorgetäuscht schien. Er mochte den Wein halt zu gerne! Wenige Augenblicke später hatte er seinen Becher bereits zum dritten Mal gefüllt, und seine Nasenspitze rötete sich langsam aber sicher.

Die beiden Brüder scherzten über ihr Liebesleben. Ailwon fand es amüsant, und Oolu – wie vorauszusehen war – ebenfalls höchst vergnüglich. Es schien überhaupt wenige Dinge zu geben, die dem Gwarpy kein Vergnügen bereiteten.

Wie es den Worten der beiden Zwerge zufolge den Anschein hatte, waren sie bei den Mädchen Penderaks ausgesprochen beliebt, und das, obwohl sie beileibe nicht mehr ganz jung waren. Ihre Beliebtheit hatte mit zunehmendem Alter kaum nachgelassen.

Evrawk war der Bescheidenere der beiden. Er hatte sich schließlich nur mehr der Werbung um zwei von Penderaks Hübschen gewidmet, während Erbin die Hilfe seiner Finger an beiden Händen benötigte, um all die Damen aufzuführen, die nach wie vor seinen Gefallen fanden.

»Wann kommt ihr beiden Burschen wohl endlich zur Ruhe«, spottete Ailwon, der einige ihrer Eskapaden mitbekommen hatte.

»Nun, ganz bestimmt wollen wir es mit der Familientradition nicht verderben«, erklärte Evrawk. »Papa war fünfund-

Hugh im Kampf mit den Bestien

©HILDEBRANDT

Gwynn bei den Zwergen
Links: Elgan enthüllt das Schwert Elfgard

Die Hexe Gorta

vierzig, als er bei Mama hängenblieb, und sie immerhin dreiundvierzig. Seit zwanzig Jahren hatten sie ein Auge aufeinander geworfen, aber immer wieder wurden sie voneinander abgelenkt, wie man sagen könnte. Nun, schlußendlich klappte es doch noch, und dazuhin geschahen noch mehrere Wunder. Zwergenfrauen gebären üblicherweise nämlich keine Kleinen mehr, wenn sie die Fünfundvierzig überschritten haben. Unsere Mama aber bekam zwölf Kinder in den nächsten zehn Jahren . . .«

»Und verpaßte doch kaum einen Abend in der Kneipe.« Erbin war allmählich so weit, daß der Wein seine Wirkung in ihm entfalten konnte. »Vier unserer Geschwister brachte sie nämlich dort zur Welt . . . Um also mit Papa gleichzuziehen, schätzen wir, noch mindestens zwei weitere Jahre vor uns zu haben . . .«

»Drei!« berichtigte Evrawk.

». . . . drei weitere Jahre vor uns zu haben, bis wir eine – öhem – engere Wahl treffen.« Und wieder schickte sich Erbin an, den Inhalt seines Bechers in sich hineinzukippen.

Aber er hielt noch einmal inne und befragte seine Finger nach der Exaktheit der Rechnung seines Bruders.

Dann nahmen sich die Zwerge Oolu vor. Sie erkundigten sich ziemlich direkt nach den Einzelheiten von Oolus Beziehungen zu weiblichen Gwarpys, aber sie ernteten mehr Kichern und Gluckslaute als konkrete Information.

Schließlich entschuldigte sich Ailwon und verließ den Kreis am Lagerfeuer. Evrawk holte seine Mandoline hervor. Als er darauf zu klimpern begann, hob sein Bruder an zu singen.

»Oh . . . der große Glopslukin, Torgon heißt er,
über den gehen folgende Worte umher:
Er wird sicher brüllen und schrecklich ertönen,
und fluchen und knirschen mit seinen kaputten Zähnen . . .
Ein Tritt in den Hintern schließlich,
der wird ihn verwöhnen,
den großen Glopslukin, Torgon heißt er!«

Hugh mußte lächeln. »So, wie du von ihm singst, wirkt er nicht annähernd so gefährlich und furchtbar wie durch des Zauberers Worte«, sagte er sanft.

Evrawk hörte auf zu spielen. »Er ist schrecklich und furchtbar, klar. Mach keinen Fehler, Hugh . . . wir fürchten ihn halt nun schon so lange, deshalb scherzen wir hin und wieder ein bißchen über ihn. Aber Torgon selbst ist kein Scherz. Der nicht. Nicht im Geringsten.«

»Erzählt mir mehr«, bat Hugh.

Evrawk lehnte seine Mandoline vorsichtig gegen einen Felsen, holte seine Pfeife hervor und stopfte sie. Hugh glitt von dem Baumstamm, auf dem er gesessen hatte, lehnte sich dagegen und streckte seine Beine aus.

Der Zwerg steckte seine Pfeife an und paffte ein paarmal. »Torgon ist ein Prinz der Weißen Elfen«, begann er dann. »Ja, so seltsam es scheinen mag – er ist ein Vorfahre Ailwons . . . Oder war es wenigstens. Vor tausend Jahren war er ein Elf.«

»Das klingt fast unglaublich«, meinte Hugh. »Wenn man bedenkt, was ich über ihn hörte . . .«

Erbin nahm einen kräftigen Schluck aus seinem Ziegenhautschlauch. Durch die Hinwendung zu ernsthafterer Unterhaltung schien er ernüchtert . . . Ein Zustand, dem er rasch abhelfen wollte.

»Bis vor zehn Jahrhunderten«, fuhr er fort, »lebten die Weißen Elfen in Frieden. Niemals trugen sie eine Waffe bei sich. Nicht einmal eine Stadt hatten sie zu jener Zeit.

Es gab nur einen einzigen großen Baum. Einen Turm, der sich auf einem Hügel zwischen den Zwillingsseen erhob, die den Fluß Garnon speisen.«

»Der Turm der Erleuchtung«, warf Evrawk ein. »Noch heute steht er. Jedenfalls . . . Es gab einen König und eine Königin: Alamar und Therela hießen sie. Ihnen wurden Zwillingssöhne geboren, Alfheim und Corthren.

In jenen Tagen glaubte man, irgendwo im Norden gäbe es einen Ort von großer Magie und Macht – «

»Einen Ort, den man heute Golgorath nennt«, ergänzte Erbin.

»Richtig«, bekräftigte sein Zwillingsbruder, um daraufhin mit der Geschichte fortzufahren. »Niemand weiß genau, was geschah. Fest steht eigentlich nur, daß sich eines Tages Alfheim und Corthren aufmachten, jenen geheimnisumwitterten Ort zu finden. Als sie nach einem Mond immer noch nicht zurückgekehrt waren, ritt König Alamar aus, seine Söhne zu suchen.

Ein einzelner Reiter begegnete ihm. Zuerst erkannte der König nicht, wer es war. Dann jedoch sah er, daß sich ihm sein Sohn Corthren näherte. Nur – er war verändert, umgewandelt . . .

Daher fragte der König: ›Mein Sohn, – geht es dir gut?‹

Und jener erwiderte: ›Ich bin nicht mehr dein Sohn. Ich bin nicht Corthren!‹

Daraufhin band er einen Beutel los, der an seinem Sattel hing – und er rief zum König: ›Ich bin Torgon!‹

Einen grausigen Inhalt zerrte er aus dem Beutel und hielt ihn hoch. Es war der Kopf Alfheims, seines Bruders! Er schleuderte ihn nach seinem Vater, wendete sein Pferd und ritt gen Norden davon.«

Evrawk legte eine kunstvolle Pause ein, bevor er weitersprach. »Nun, wie du dir gut vorstellen kannst, Hugh, dieses Erlebnis hätte den König Alamar fast um den Verstand gebracht. Aber er kehrte zu seiner Frau und seinem Volk zurück und berichtete ihnen die Schreckensgeschichte. Nur ein paar Tage später jagten Horden von Barbaren, Gnomen und Borgs von Norden her. Allesamt waren sie der Macht Torgons ergeben. Die Weißen Elfen waren hilflos. Jene, die nicht umgebracht oder versklavt wurden, flohen nach Süden. Torgons Truppen folgten ihnen, fingen sie ein und mordeten, so oft sie der Elfen habhaft werden konnten.«

Evrawks Stimme verklang. Düster starrte er in die Dunkelheit, die jenseits des Feuerscheins kauerte. Einen Moment lang war nur das Gurgeln und Plätschern des Wassers zu hören und die Geräusche der Nacht.

Erbin meldete sich zu Wort. »Die Königin Therela ward beim ersten Angriff getötet. Ein Sohn wurde durch den anderen ermordet – der mordende Sohn war durch die bösen Kräfte Golgoraths zu einem blutdürstigen Tyrannen geworden. Alamar war ein Mann des Friedens. Er wußte nicht, wie er einer derartigen Gefahr Herr werden sollte. Alles, was er vorhersehen konnte, waren Sklaverei und Tod . . .«

»Dann kam Shandar zu ihm, Shandar, der Prophet, der von manchen auch der Hexer genannt wird. Gemeinsam gingen sie fort und drei Monde lang blieben sie verschwunden.«

»Die Weißen Elfen«, übernahm Evrawk wieder die Erzählung, »waren bis hinunter zu den Dangar-Dschungeln getrieben worden. Dort hielten sie sich versteckt, und dort traf König Alamar und Shandar wieder zu ihnen. Der König war verändert. Er trug den Kronhelm und das große Schwert Elfgard. Und Shandar prophezeite ihnen . . . Prophezeite ihnen, daß es tausend Jahre keinen Frieden geben würde – und daß es niemals mehr Frieden geben würde, falls sie sich der Tyrannei unterwarfen! Es war ihnen verhaßt, zu kämpfen, doch sie waren gezwungen, es zu tun. Und so kämpften sie . . . Und ihre Kinder kämpften . . . Und die Kinder ihrer Kinder . . . Tausend Jahre lang! Bis zum Tag der Erfüllung und der Freiheit!

Und deshalb leisteten die Weißen Elfen Widerstand. Geführt von ihrem König und der Macht des Kronhelms und des Elfenschwertes trieben sie die Barbaren nach Norden zurück. Sie suchten nach Verbündeten und gewannen die Unterstützung der Azmurier und der Zwerge von Penderak. Schließlich verwickelten die vereinten Streitkräfte die Armeen des Herrn des Todes in der Ebene von Kiberuk in eine gewaltige Schlacht, die unentschieden endete. Die Verbündeten zogen sich nach Süden zurück, Torgons Streitkräfte nach Norden.« Evrawk seufzte und kratzte sich an seinem Schädel. »Damals wurde mit dem Bau Cryslandons rund um den Turm der Erleuchtung begonnen. Und Torgon errichtete seine Festung zu Golgorath.

Fast tausend Jahre lang haben die Verbündeten die Angriffe der Nordarmeen abgewendet . . . Dazu mußten sie sich auch gegen die Attacken wehren, die aus dem Süden gegen sie kamen. Von der Hexe Gorta. Die ganze lange Zeit suchten sie nach Frieden . . .«

Erbin ergriff wieder das Wort. »Vor zwei Jahrzehnten wurde der letzte König der Weißen Elfen, Ailwons Vater, getötet, wie auch all die anderen Erben des Kronhelms. Man glaubt, daß es ein verräterischer Weißer Elf war, der die Morde beging . . . Und es sieht ganz so aus, als sei der Hundesohn erneut tätig.«

»Dann«, sagte Evrawk, »haben Elgan, Erbin, Oolu und ich Ailwons Mutter nach Andeluvien in ein Versteck gebracht. Und zu jener Zeit gewahrte sie, daß sie Leben in ihrem Leib trug. Ailwon wurde geboren, doch nicht lange danach starb seine Mutter. Also haben wir – wir vier, und manchmal Shandar – den Kleinen aufgezogen und ihm mal in Andeluvien, mal in Penderak, mal in Modra eine Heimat gegeben. Wir wollten sicher sein, daß der Verräter nichts von ihm erfuhr. Aber offenbar waren wir nicht vorsichtig genug.«

Der Zwerg hielt einen Moment inne. »Ach ja«, fuhr er fort, als ihm wieder eingefallen war, was er hatte berichten wollen. »Shandar hat den Kronhelm in diesen letzten zwanzig Jahren an einem Ort versteckt gehalten, der nur Elgan und ihm bekannt ist.«

Hugh hatte aufmerksam zugehört. Jetzt verlagerte er seine Stellung, bevor er fragte: »Ihr sagt, daß Ailwons Vater vor zwanzig Jahren getötet wurde. Wer führte dann in der Zwischenzeit die Nation der Weißen Elfen?«

»Hörtest du noch nie von Deciedon?« fragte Erbin voller Erstaunen.

»Nein.«

»Er ist für die Weißen Elfen ein ebenso großer Held wie Rolmar und Dunstan dies für euch Vandorer sind. Deciedon war der jüngste General, der jemals die Lejentors, die berühmte Kavallerie der Weißen Elfen führte.«

»Und«, ergänzte Evrawk, »er war ein guter Freund von Ailwons Eltern. Der einzige, den die Weißen Elfen nach des Königs und seiner Erben Tod anerkannten. Er enttäuschte das in ihn gesetzte Vertrauen nicht. Wie ein König regierte er . . .«

»Seit zwanzig Jahren hielt er die elenden Barbaren Torgons in Schach«, rief Erbin erregt aus. »Jawohl! Er ist der verdammt beste Schwertkämpfer des ganzen Kontinents, und er ist nicht nur tapfer, sondern auch ein umgänglicher Bursche und guter Freund. Vor weniger als einem Mond habe ich ihn gesehen und ein paar Krüge Bier mit ihm geleert«, fügte der kleine Mann lachend hinzu. Dann besann er sich wieder auf den Weinschlauch in seinen Händen und nahm einen herzhaften Schluck daraus.

»Ja, es ist gut, daß Deciedon da oben in Cryslandon ist«,

fügte Evrawk hinzu. »Zweifellos ist Torgon fleißig damit beschäftigt, seine ganze riesige Streitmacht zusammenzurufen, jetzt, da er wahrscheinlich von Ailwons Existenz weiß. Wenn er angreift, so wird es die Zitadelle der Weißen Elfen sein, gegen die er sich zuerst wendet.«

»Müssen Ailwon ganz schnell da 'raufbringen, tja«, erklärte Oolu. Der Gwarpy stand auf, streckte sich und gähnte. »Alter Oolu wird jetzt wirklich gut schlafen. Wird auch wieder früh wach werden. Nunja. Tja.« Er drehte sich um und watschelte zu seinem Grashaufen hinüber, den er sich aufgeschüttet hatte, rollte sich darauf zusammen und schlief beinahe sofort ein.

Hugh Oxhine wischte sich mit der Hand über sein Gesicht und durch den Bart und erhob sich ebenfalls. »Ich kann mich um das Feuer kümmern, bevor ich mich niederlege«, bot er an. Dann fragte er, ohne auf eine Antwort zu seinem Angebot zu warten: »Eh, – der Prinz . . . Wohin ist er eigentlich gegangen?«

»Ich glaube, er wollte ein wenig mit sich allein sein und nachdenken«, meinte Evrawk. »Und was das Lagerfeuer betrifft . . . Darum werde ich mich kümmern. Ehrlich gesagt: Ich kann heute keine Ruhe finden.«

Hugh nickte. »Gute Nacht, also«, wünschte er und ging zu seinem Schlafplatz hinüber, der am Fuße eines sanften Abhangs, unter den weit ausladenden Zweigen einer Gruppe von Tannen aufgeschlagen war. Erbin begleitete ihn.

Evrawk wandte seine Aufmerksamkeit dem Feuer zu. Die brennenden Scheite nahm er heraus und löschte sie. Nur die Glut ließ er am Leben. So würde es jederzeit möglich sein, das Feuer schnell wieder zu entfachen.

Nachdem das getan war, machte er sich auf, Ailwon zu suchen. Eines der Pferde wieherte. Der lebhafte Graue, dachte Evrawk. Einen Herzschlag lang stand der Zwerg still und lauschte. Aber es waren keine ungewöhnlichen Schritte zu hören, und so ging er weiter.

Den Elfenprinz fand er weiter oben am Abhang, auf einem großen Stein sitzend.

»Tut mir leid, daß ich deine Gedanken störe, Junge . . . Aber du hast mich gebeten, dich wissen zu lassen, wenn wir uns zum Schlafen niederlegen.«

Ailwon sah noch immer in den Sternenhimmel hinauf. »Ja . . . Danke, Evrawk«, flüsterte er. »Weißt du – ich habe an Gwynn gedacht. Früher machte ich mir nie Gedanken. Ich meine – sie war in den letzten beiden Jahren oft in Schlachten verwickelt, oft in Gefahr, aber nie hatte ich Angst um sie. Nicht so wie jetzt. Und nun wird mir bewußt, daß ich selbst nie in wirklichen Krisensituationen gestanden habe – wenigstens nicht bis gestern. Während viele andere sich in der Vergangenheit so vortrefflich bewährt haben . . . Gwynn, Deciedon, du, Evrawk, dein Bruder – und viele andere. Und doch ist die große Aufgabe *mir* zugefallen. Auf meinen Schultern ruht das Schicksal Urshuraks.«

»Und dort ist sowohl die Hoffnung als auch das Vertrauen gut plaziert, Junge. Verlier nicht das Vertrauen in die Weissagung . . . Oder gar in dich selbst.«

»Die Weissagung garantiert uns aber keinen Erfolg, Evrawk.«

»Ich will dir etwas sagen . . .«

Der Klang in Evrawks Stimme veranlaßte Ailwon, sich ihm zuzuwenden. »Vom ersten Augenblick – von der ersten Sekunde an, als ich dir auf die Welt half, wußte ich, daß du jener bist, der uns führen wird. Du – und niemand sonst. Du bist es, der sich diesen stinkenden Teufeln Torgons stellt, die uns alle in Ketten legen wollen . . . Und du bist es, der das Volk Urshuraks vereinigt, um für seine Freiheit zu kämpfen.«

Evrawk blickte ihn durchdringend an. »Natürlich war mir damals schon klar, daß du deinem Blut entsprechend der Auserwählte sein mußtest. Aber was ich damals wußte und wessen ich heute, zwanzig Jahre später so sicher bin: Nun, ich will verdammt sein, wenn es nicht noch einen weit gewichtigeren Grund gibt, als allein deine Abstammung und die Weissagungen.«

Für ein paar Minuten gelang es dem Mondlicht, durch die ziehenden Wolkenfelder zu brechen, und Ailwon vermochte die Entschlossenheit und Bestimmtheit im Gesicht des Zwerges zu sehen. Die Wärme, die Weisheit, das wilde Verlangen nach Freiheit. Alles, was Evrawk *war*, strahlte in diesem kurzen Moment aus seinem Gesicht.

Und der Prinz der Weißen Elfen glitt von seinem Stein und kam leicht auf dem Boden auf.

Er legte seinen Arm um die schmalen Schultern des älteren Zwergenmannes und schweigend gingen sie zum Lagerplatz zurück.

*

Die Stille der Nacht, die wie ein feines Gespinst das leere Haus Modra umfangen hielt, wurde urplötzlich zerfetzt!

Mit einem berstenden Krachen schmetterte die Tür nach innen. Ungeschlachte Gestalten drängten nach. Bewaffnete Vilderonen waren es, deren rohe Gesichtszüge von den Visieren ihrer stählernen Helme verborgen wurden. Wie eine schmutzige Springflut stürmten sie in die Halle. Knisternd flammende Fackeln wurden hochgehalten.

»Durchsucht jeden Raum!« knurrte der Anführer, und seine Leute eilten, den Befehl auszuführen.

Stahlbewehrte Stiefel hämmerten über den Hartholzboden und hinterließen Scharten und Kerben darin. Rotes Fackellicht fing sich im blanken Stahl der Schwerter, die sie in ihren Fäusten hielten. Türen wurden aufgebrochen. Der Frieden Modras förmlich mit Füßen getreten.

Immer tiefer arbeiteten sich die finsteren Wesen in das Haus hinein. Schließlich kamen sie in den hinteren Teil.

»Los! Durchsucht diesen letzten Raum! Ich werde mir den Turm vornehmen!«

»Ja, Rogmun!«

Der Führer der Vilderonen warf sich gegen die Tür, die Einlaß zum Turm gewährte. Sie rührte sich nicht einen Millimeter! Noch einmal versuchte er es! Die Tür blieb fest verschlossen.

Da zog das Scheusal sein schweres Breitschwert. Wild riß Rogmun es hoch und zielte auf jene Stelle, an der er den inneren Riegel vermutete. Bevor er jedoch zuschlagen konnte, schwang die Tür auf! Langsam – lautlos wich sie nach innen zurück.

Rogmun blinzelte, dann stürmte er, ohne die Waffe zu senken, in die Dunkelheit des vor ihm liegenden Raumes hinein.

Stille!

Der Vilderone kreiselte mit der Fackel um seine eigene Achse, sah sich um. Die Utensilien des Zauberers Elgan präsentierten sich seinem Blick: Bücher, gestapelt und verstreut liegend, geschlossen oder geöffnet. Schriftrollen, Flakons, Becher, Schalen, Töpfe . . . Ein schwerer, aus dem Holz einer Trocala gehauener Tisch. Nirgends jedoch ein Anzeichen von Leben.

Rogmun hob das schwere Visier. Seine bestialisch glühenden Raubtieraugen hefteten sich auf die steinernen Stufen, die ins Dunkel emporführten. Er näherte sich der Treppe. Das Echo seiner schweren Schritte wurde in die unsichtbaren oberen Bereiche des Turmes hinaufgetragen, hallte dort wider und wehte sodann wieder zu ihm herunter. Mit jeder Sekunde, die verging, wurde dieses Echo schwächer – aber es hörte nicht auf! In ein fernes Klingen wandelte es sich, in ein Klingen, das fast an leises, sanftes Stimmengemurmel erinnerte.

Unbeweglich verharrte der Vilderone, einen Fuß auf der ersten Stufe.

Er blickte zurück, dann wieder hinauf, in das im Schatten der Nacht liegende Treppenhaus. Und dann – dann sah er – es!

Sein massiger Körper zuckte zusammen!

Direkt unterhalb jener Stelle, an der sich die Treppe außer Sicht wand, stand eine große, schweigende Gestalt halb im Dunkel und sah auf ihn herunter!

Uralt schien dies geisterhafte Wesen zu sein. Das weiße Haupthaar und der ebenfalls weiße Bart waren lang und wallend.

Da ertönte hinter dem Führer der Vilderonen eine Stimme: »Nichts und niemanden konnten wir finden, Herr! Und Ihr – Rogmun? Habt ihr den Turm durchsucht? – Rogmun?«

Der Vilderone drehte sich abrupt um. Sein Stellvertreter wiederholte seine Frage: »Habt Ihr den Turm durchsucht?«

Rogmun schaute wieder dorthin, wo er die Gestalt ausgemacht hatte. Die Treppe war – leer!

»Ja«, erwiderte der Vilderone gedehnt. »Ich habe nachgesehen . . . Dort oben hält sich niemand auf!«

Er wandte sich um und schritt zur Tür, dann blieb er stehen und schleuderte seine Fackel in einen Stapel Schriftrollen. »Verbrennt ihn!« brüllte er rauh. »Verbrennt diesen verfluchten Ort!«

Binnen weniger Sekunden stand das Innere von Elgans Haus in Flammen, und als auch der letzte Vilderone wieder auf seinem düsteren Reittier saß, leckten die Flammen gierig tosend gen Himmel. Nicht einmal den Stall hatten die Unheimlichen verschont. Auch er brannte. Die Lichtung wurde aus dem Dunkel gerissen, strotzte vor gleißendem, grellem, hektischem Licht und dem Brüllen und Prasseln gelbweißer Hitze.

Die Vilderonen-Pferde schnaubten und bäumten sich auf, ihre Augen waren vor Angst geweitet.

»Wir haben genug gesehen«, erklärte der Anführer. »Wir reiten weiter . . . Der große Fluß Garnon ist unser nächstes Ziel! Dort treffen wir den Verräter! Los! Haaay!«

Rogmun riß sein Pferd herum und starrte noch einmal zum Haus hinüber. Noch immer waren die klingenden Stimmen in seinen Gedanken lebendig. Er schüttelte den Kopf, hieb seinem Pferd die Sporen in die Flanken und gab ihm die Zügel frei.

Die vilderonische Horde stürmte ihm nach. Sie verließen Modra, donnerten über die Brücke und tauchten im Dunkel des großen Waldes unter.

Hinter ihnen erreichte die tosende Feuersbrunst ihren Höhepunkt. Hitze und Funken spuckte sie in die samtige Höhe. Erlöschend regneten sie wieder hernieder.

Und dann – urplötzlich! wurden die Flammenzungen umgekehrt!

Die Hitzeenergien zogen sich zurück, fanden ihren Ursprung!

Das Feuer erstarb völlig – und hinterließ sowohl Elgans Haus wie auch den Turm und den Stall *unversehrt* im sanften Mondlicht, gerade so, als sei nichts, überhaupt nichts, geschehen.

Stille und Kühle und mit ihnen der Frieden der Nacht kehrten nach Modra zurück.

5

NORBRUK

Tark-Volmar trottete über das bräunlich verfärbte Gras, das der Winter noch nicht aus seinem eiskalten Griff entlassen hatte.

Er war von seinem Heimatdorf Kozmor, das an der Südküste Norbruks liegt, gen Norden, hierher, gesegelt. Mit zwei Schiffen war er gekommen, und mit ihm ein Dutzend Männer sowie seine Frau mit einem Dutzend Angehöriger ihres Volkes.

Tark-Volmar hielt nicht sonderlich viel davon, daß ihn seine Frau begleitete, und das hatte er ihr auch gesagt. Aber sie hatte darauf bestanden, hatte sich geweigert, bei den anderen zu bleiben, und so war sie ihm von der Landestelle aus gefolgt, war hinter ihm die felsige Klippe hinaufgeklettert, während die Brandung der eiskalten See tief unter ihnen donnerte.

Auf der Ebene angelangt, blieb Asar – so hieß seine Frau – einige Schritte hinter ihm zurück. Sie wußte nur zu genau, daß er überaus finsterer Stimmung war. Trotz seines stürmischen Temperaments fürchtete sie ihn jedoch nicht, denn sie kannte sehr wohl den Humor und die Sanftheit, welche unter seinem harten Kern verborgen lagen.

Andererseits aber wußte sie auch von jenem leidenschaftlichen Widerwillen, den er für dieses Treffen hegte. Ein Streit mochte nicht gerade dazu beitragen, die Situation zu bessern.

Sie hatten den Fjord erreicht.

Cruska ward er genannt, der Teilende. Dies war der weitaus längste Fühler des Ozeans und, grob ausgedrückt, stellte er die Grenze dar zwischen Frokald-Meer und Balta-Meer, an deren Ufern Norbruk grenzte. Gleichzeitig aber war der Cruska auch die Grenze zwischen dem Helstrum-Clan und dem Skelf-Clan.

Tark-Volmar, der Anführer der Helstrums, und der Skelf-Häuptling Kolak der Schwarze waren übereingekommen, sich auf den gegenüber liegenden Seiten des Fjords zu treffen, um sicher gehen zu können, daß die Begegnung nicht in einem Kampf endete.

Tark-Volmar und Asar kamen am vereinbarten Treffpunkt an.

Auf der anderen Seite des schmalen Meeresarms wartete niemand.

»Typisch für diesen Hundesohn«, murmelte Tark-Volmar.

Das Oberhaupt der Skelfen, Kolak der Schwarze, war so groß und stämmig wie Tark-Volmar selbst. Und genau wie er war Kolak stürmisch und dickköpfig. Ihr ganzes Leben lang lagen sie schon im Streit miteinander – und führten so die zweifelhafte Tradition ihrer Vorfahren fort, die ebenfalls in stetem Zwist gelegen waren. Doch nichtsdestotrotz: Tark-Volmar hatte immer einen gewissen widerwilligen Respekt für den Gegner empfunden.

Aber damit war es jetzt endgültig vorbei!

Endgültig vorbei seit jenem Zeitpunkt, da der Schwarze damit angefangen hatte, um die Gunst des Herren des Todes von Golgorath zu buhlen!

Die Helstrums und die Skelfen pflegten seit fünfhundert Jahren ihre kleinen Scharmützel – ihre Meinungsverschiedenheiten jedoch hatten sie immer innerhalb der Grenzen ihrer Länder erledigt und auf ihre eigenen Völker beschränkt. In den letzten paar Jahren hatten die Skelfen in zunehmenden Mengen Waffen von Torgon angenommen und schließlich, im letzten Jahr, offen in seinem Auftrag gehandelt. Bei gut einem halben Dutzend Gelegenheiten überfielen skelfische Segler, die mit Kolaks Männern und Torgons Barbaren-Kriegern bemannt waren, die Fischerboote der Helstrums. Diese Angriffe bezahlte Tark-Volmars Volk mit zahlreichen Toten und, was sogar noch schlimmer war: viele Nordmänner wurden zu Torgons Sklaven gemacht! Nordleute als Sklaven! Das konnte man nicht dulden! Kein Zweifel bestand mehr daran, daß Norbruk jenen Ländern zugerechnet werden mußte, die der Herr des Todes für sich erobern wollte, um deren Volk zu vernichten oder in die Ketten der Sklaverei zu zwingen!

So hatte Tark-Volmar dem Skelf-Häuptling eine Botschaft gesandt und vorgeschlagen, sich heute am Cruska zu treffen. Dies war sein letzter, verzweifelter Versuch, die Nordleute gegen die Bedrohung fremder Eroberung zu vereinen. Versagte er – und es gab kaum noch Zweifel daran – so gab es nur wenige andere Möglichkeiten. Eine davon war – bei anderen Völkern Unterstützung zu suchen. Ein Bündnis mit Azmurien, beispielsweise. Bei diesem Gedanken schauderte es ihm allerdings. Die Nordleute und die Azmurier waren seit alten Zeiten erbitterte Feinde, wenngleich auch die Bedrohung, die Torgon darstellte, die Spannungen in den letzten beiden Jahrhunderten ein wenig gelockert hatte.

Damals, als er noch ein Knabe gewesen war, weilte er einmal in der azmurischen Hauptstadt Tal-Amon. Vierzig lange Jahre war das jetzt her, und seitdem hatte es zwischen den beiden Völkern keinerlei persönlichen Kontakt mehr gegeben. Nein, nach wie vor verschwendeten sie keine Liebe zueinander.

Und doch waren die Azmurier Volmars erste Wahl, sollte es nötig werden, ein Bündnis zu schließen. Trotz der gewaltigen Unterschiede in Land und Klima lagen die südlichen Teile Norbruks und die Stadt Tal-Amon nicht zu weit auseinander. Man konnte sie relativ schnell erreichen. Das war auch einer jener Gründe, der – dank der großartigen seemännischen Fähigkeiten der Nordmänner und den guten Binnenwasserstraßen Azmuriens – in den zurückliegenden Jahren des unsicheren Waffenstillstands einen bescheidenen Handel hatte aufkeimen lassen. Und noch wichtiger als die Entfernung war die Tatsache, daß die Nordleute die Azmurier als ausgezeichnete Kämpfer achteten. Meister des Schwertes waren sie, und ebensogut vermochten sie Pfeil und Bogen zu gebrauchen.

So unangenehm es auch sein mochte: Tark-Volmar war vorbehaltlos bereit, nach Tal-Amon aufzubrechen, falls das mit Kolak anberaumte Treffen mit einem Fehlschlag endete.

Die Aussicht, den azmurischen Anführer Ali Ben Kara wiederzutreffen, entlockte ihm ein stilles Lächeln.

Volmar drehte sich um und sah nach seiner Frau. Ruhig stand sie hinter ihm und sah auf das Meer hinaus, den Blick auf jene Stelle konzentriert, an der Kolaks Schiffe auftauchen mußten.

Tark-Volmar fluchte. Natürlich hatte er geahnt, daß der Skelf-Häuptling versuchen würde, ihn warten zu lassen. Deshalb hatte er seine Ankunft bereits absichtlich um einen halben Tag verzögert. Und doch war er es jetzt, der wartete. Tark-Volmar schritt zähneknirschend am Rand der Klippe entlang. Bei jedem Schritt fluchte er leise. Eine heftige Windbö fuhr in seinen Pelzumhang und zerrte daran. Der Nordmann sah zum Himmel empor. Große Wolkenmassen trieben auf das Balta-Meer zu. Wenn er nach Süden segeln mußte, würde dieses Wetter gegen ihn arbeiten, aber das bereitete ihm wenig Sorgen. Die Nordleute waren harte Burschen und hervorragende Seeleute. Wind und Wetter vermochten ihnen nichts anzuhaben.

»Er kommt«, sagte Asar plötzlich.

Drei Segler kamen jetzt in Sicht, deren Ziel ganz offenbar der natürliche Hafen war. Finster dreinblickende Drachenschädel schmückten die hochragenden Buge.

Minuten später kletterten vierzig Skelf-Krieger zur Klippenebene hoch. Tark-Volmar sah ihnen zu und schritt langsam nach vorn.

Der Geschmack Kolaks des Schwarzen – so genannt wegen seines dichten, schwarzen Haupthaares und des ebenso schwarzen, langen Bartes – hatte sich sichtlich geändert und war extravagant geworden. Anstelle des Umhangs aus Tierhäuten und Fellen trug er jetzt einen aus gewebtem Tuch, dessen Saum mit goldenen Fäden durchzogen war. Gold glänzte zudem an Helm, Schwertgriff, Scheide sowie an der Spange, die den Umhang über der Brust zusammenhielt. Groß und stark, mit leicht gespreizten Beinen, die Daumen in den breiten Waffengurt gehakt, stand Kolak da und musterte Tark-Volmar über den Abgrund des Fjords hinweg.

»Nun, laß hören, was du vorzubringen hast«, dröhnte Kolaks Stimme durch die schneidend kalte Luft. »Verständlicherweise brenne ich nicht darauf, mehr Zeit als notwendig zu verschwenden!«

Tark-Volmar biß seine Zähne aufeinander, und seine mächtigen Schultern hoben sich unter einem Seufzer. »Sei versichert, daß dieses Treffen für mich nicht anziehender ist, als für dich. Aber uns bleibt keine Zeit, miteinander zu streiten. Beginnen wir also. Weder ich noch mein Volk kann dein Bündnis mit Torgon übersehen. Du dürftest dich dabei ziemlich sicher fühlen, aber ich sage dir, Torgon wird Tod und Sklaverei über uns alle bringen . . . Uns bleibt nur noch eines zu tun: unseren Streit beiseitezuschieben – wenigstens für eine gewisse Zeitspanne. Wir waren Gegner, beide haben wir getötet und Gefangene gemacht, also kann dein Verrat noch beiseitegeräumt werden. Vielleicht sogar gänzlich vergessen, wenn es uns gelingt, unsere Meinungsverschiedenheiten beizulegen. Wir wären quitt. Wir . . . .«

Kolak warf seinen Schädel in den Nacken, und sein Lachen donnerte und zerriß den Wind ebenso wie Tark-Volmars Stimme. Volmar fühlte die Hitze über seinen Nakken in seinen Schädel kriechen, und dann die leichte Berührung von Asars Hand an seinem Rücken. Wieder knirschte er mit seinen Zähnen, und nach einem neuerlichen, tief empfundenen Seufzer begann er noch einmal:

»Alle sind wir Nordleute, Kolak! Wir haben verdammt

mehr gemeinsam als uns unterscheidet. Es ist an der Zeit – schon längst an der Zeit – unser Volk zu vereinen! Dem Herrn des Todes müssen wir gemeinsam gegenübertreten! Wenn du dich ihm anschließt, kannst du nichts gewinnen. Er wird dich vernichten! Vernichten, wie er die anderen vernichtet hat, nachdem er sie benutzt hatte und nicht mehr gebrauchen konnte. Auch du wirst nicht mehr als sein Sklave sein! Hörst du nicht, was ich dir sagen will? Beim Tod, – selbst jetzt schwörst du ihm noch Gefolgschaft . . .«

Kolak blickte lässig zum Himmel hinauf. Hinter ihm erzählten sich seine Männer Anekdoten. Mit leiser Stimme lachten sie.

Tark-Volmars Gesicht wurde langsam rot vor Wut – und binnen weniger Minuten färbte es sich schon fast bläulich.

»Verdammt, Mann!« brüllte er über den Abgrund hinweg. »Merkst du denn nicht, daß der Hundesohn bereits Herrschaft hat über dich! Niemals kannten die Nordleute einen Herrn . . . Wir sind alle gleich . . . wir alle!«

Die letzten Worte brüllte er mit solcher Kraft, daß die Echos die Fjordwände hinunterrollten.

Tark-Volmar war fertig. Kolak hatte seinen letzten Satz nicht ignorieren können. Er starrte über den Cruska.

»Eh, du lebst in der Vergangenheit, Volmar«, rief er. »Du bist zu dumm, die Macht des Herrn des Todes zu begreifen! Nichts hast du gesehen. Weder seine riesigen Maschinen, noch seine Festung! Nichts weißt du über seine Macht! Ich sage dir, Volmar, Torgon wird ganz Urshurak beherrschen – und ich, ich werde Norbruk zugesprochen erhalten!« Damit wollte er sich abwenden, aber noch einmal blickte er zu Tark-Volmar hinüber, und wieder begann er zu lachen. »Du wirst nie schlau werden, Volmar . . . Nicht, wenn du ein Weib brauchst, um den Mut zusammenzubringen, mir gegenüberzutreten!« Er drehte sich um und stapfte davon, brüllend vor Lachen. Seine Männer taten es ihm gleich.

Asar spuckte in ihre Richtung und fluchte. Tark-Volmar war bleich. Er sah dem Skelf-Häuptling nach, wie er davonstolzierte. Sein golddurchwirkter Umhang bauschte sich hinter ihm, seine muskulösen Arme hatte er um die Schultern seiner beiden Unterführer gelegt und den behelmten Schädel zurückgeworfen. Kolaks schwarze Haare flatterten im Wind.

Und dann erinnerte sich Tark-Volmar plötzlich an das Gerücht.

Unter dem Helm, den Kolak nur höchst ungern in Gegenwart anderer abnahm, sollte er so kahl und glänzend wie ein Adlerei sein!

Volmar grinste und rief der davongehenden Gruppe nach:

»Hay, Kolak, wenn wir uns das nächste Mal sehen, so rate ich dir gut: halte deine Waffen bereit. Und noch etwas. Ich habe einen neuen Kriegsnamen für dich. Willst du ihn hören? Gut, dann paß auf: In Zukunft bist du für mich *Kolak der Kahle*!«

Der Skelf blieb wie angewurzelt stehen. Dann wirbelte er herum und eilte brüllend und fluchend zum Rand des Cruska zurück.

Aber Tark-Volmar und seine Frau Asar hatten sich bereits abgewandt und gingen zu ihren Seglern hinunter. Volmars Arm lag um die Schultern seiner Frau. Beide kicherten sie wie vergnügte Kinder. Sie achteten nicht mehr auf das Brüllen Kolaks des Kahlen, das leiser wurde, je weiter sie sich entfernten.

6

ELGAN

Langsam, bedächtig, schritt Elgan, der Zauberer, durch den Wald. In diesem Stadium des Planes bedurfte es noch keiner Hast. Selbst wenn es Ailwon gelingen würde, seine Mission in kürzester Zeit zu vollbringen, wäre es Elgan immer noch möglich, Tal-Amon zu erreichen, weiter, gen Evshimin zu reisen und mehrere Tage vor dem Elfenprinzen in Cryslandon anzukommen. Wenn er die Wüste erreichte, so hatte Elgan beschlossen, würde er eine schnellere Art des Reisens wählen, aber momentan – nein. Es gefiel ihm, so dahinzuschreiten.

Während der zurückliegenden vier Tage hatte sich die Landschaft verändert. Die gewaltigen Höhenunterschiede, die Abgründe und Schluchten und Wasserfälle jenes Waldlandes, das Modra umgab, hatte er hinter sich gelassen. Vor ihm ragten hoch die Gipfel der Bolgad-Berge auf, und das Land, das nach Osten, zum Fluß Garnon führte, senkte sich und wies nur mehr hier und da einige sanfte moos- und efeubedeckte Hügel auf. Die Wälder waren hier besonders dunkel und feucht. Dichtes Unterholz wucherte um die riesigen Trocalas, und die Blätter der kleineren Bäume, der verfilzte Wuchs der Farne, der allgegenwärtige Efeu und die Erde selbst hielten eifrig fest an der Nässe, die ihnen die Regenfälle der vergangenen Tage hinterlassen hatten.

Jeden Morgen, bereits wenige Augenblicke, nachdem er seine Wanderschaft wieder aufgenommen hatte, waren die Füße des Zauberers sowie der untere Saum seines Gewandes klatschnaß, und sie blieben es bis zum Einbruch der Nacht, wenn er sich an sein kleines Lagerfeuer setzte. Doch

Elgan verschwendete keinen Gedanken daran. Und wenn er es doch getan hätte, so hätte er es keinesfalls als unbehagliche oder unbequeme Sache betrachtet.

Nicht immer war er derart eins mit der Natur gewesen.

Vor langen Jahren, vor Jahrhunderten, beispielsweise . . . Nun, darüber und über ähnliche Dinge hatte er viel nachgedacht, seit er an jenem kühlen Morgen vor vier Tagen aufgebrochen war.

Die vielen Jahre, die inzwischen den Strom der Zeit hinabgeflossen waren, hatten seine Erinnerung nicht trüben können. Er mußte an diese Zeit denken, da er ein reicher Magier und der vertraute Berater der frühen Könige und Barone Vandors gewesen war. Als Tamen von Vandor hatte man ihn allüberall gekannt. Tamen, der Magier. Tamen, der Philosoph, der oberste Ratgeber. Er war der einflußreichste Zauberer unter den Menschen gewesen. Alle suchten seinen Rat und den Segen seiner Magie: Könige, Barone, die reichsten Händler. Den Gemeinen jedoch, denen stand er nicht zur Verfügung. Und wenn, dann lediglich anläßlich besonderer Zeremonien. Beispielsweise, wenn er vor den Massen erschien, um sie mit Wundern zu verblüffen.

Und allen verkündete er die gleiche Philosophie: Er versicherte ihnen den Wert dessen, was sie glaubten. Vandorer standen über den Dummheiten anderer Rassen. Sie waren überlegen. Und die vandorischen Männer waren natürlich den vandorischen Frauen überlegen. Die Erwachsenen den Kindern. Aber das ganze Volk der Vandorer, es war auf dem richtigen Weg und würde es immer sein. Und dann . . . Stimmte es nicht, daß es in vielen Ländern jenseits der Bolgad-Berge Härten und Entbehrungen gab? Nicht jedoch in Vandor.

Natürlich war auch hier harte Arbeit notwendig, um den Wohlstand zu sichern, und alle mußten sie gehorsam sein – wie sonst hätten die Edlen und Reichen die Macht aufrecht erhalten können? Harte Arbeit, Gehorsam gegenüber der Autorität im Lande, der Erwerb von Gütern, Opfer, um diesen Erwerb überhaupt erst möglich zu machen, Ordentlichkeit, Sauberkeit, gute Manieren, Festhalten an Traditionen . . . Das waren die Bestandteile, die das Leben eines Vandorers zu bestimmen hatten. So verfügte es Tamen, der große Zauberer.

Wie dumm er gewesen war.

Elgan hielt in seinen Gedanken inne und schüttelte den Kopf. Noch immer schien ihm eine gewisse Ironie in der Vorstellung zu liegen, daß er ebenso wie Torgon seinen Namen geändert hatte, nachdem er sich auch selbst geändert – grundlegend geändert hatte. Der Zauberer blickte auf. Über ihn frönte ein Vogel einem lauthals trällernden Rufen. Elgan verhielt im Schritt und erwiderte ihm. Sogleich richtete der putzige kleine Bursche seinen Kopf und beobachtete den alten Mann einen Augenblick lang. Dann hüpfte er vom Zweig und flatterte zu ihm herunter. Direkt über Elgan ließ er sich wieder auf einem Ast nieder und stimmte sein Lied erneut an.

Höflich brachte der alte Mann seine Freude zum Ausdruck, einen solchen musikalischen kleinen Burschen getroffen zu haben und ging weiter.

Wie er so ausschritt, nahmen auch seine Gedanken ihre Wanderschaft wieder auf. Damals, als er noch Tamen gewesen war, hatte er nie an das, was er den Vandorern gepredigt hatte, wirklich geglaubt. Allerdings – seinen Zweifeln hatte er sich nicht gestellt. Das zu tun wäre eine ernsthafte Bedrohung für jene Illusion gewesen, die er für sein eigenes Überleben für unerläßlich hielt: seinen materiellen Reichtum, seinen Titel, seine Identität als weiser Mann. Aus all diesen Fragmenten setzte sich seine Macht zusammen. Eifersüchtiger als jeder andere Mensch in Vandor behütete er sie. Und er wandte hierzu die gleichen Taktiken an, wie die anderen. Er unterdrückte seine Gefühle . . . Traurigkeit und Ärger und Einsamkeit. Er leugnete die Empfindung der Leere, die das Ergebnis seiner selbstauferlegten Versklavung waren. Und schließlich traf ihn die Erkenntnis, daß er alt wurde, und die Furcht vor dem Tod griff mit all ihrer furchtbaren Gewalt nach ihm. Ja, der große Zauberer kam der Panik nahe, obwohl seine Ängste tief unter der üblichen Maske aus stoischer Weisheit verborgen lagen.

Irgendwann war die Kunde vom Nahen eines Wanderers in Vandor aufgekommen. Ein schwarzer Mann, ein Hexer, ein Prophet, wie geflüstert wurde, näherte sich. Auf den Schutzwällen Romaks, der zentralen Stadt Vandors, versammelten sich die Edlen und die Reichen – die gesamte Elite der Stadt. Und er, Tamen, war ihr Sprecher. Er rief

Fragen zu dem zerlumpten Propheten hinunter, und der alte Mann sagte den reichen und wichtigen Vandorern, daß sein Name Shandar sei! Seit Jahren war er unter den Völkern Urshuraks umhergewandert und hatte die Veränderung geweissagt, die dereinst über sie kommen sollte: Von einer Kraft, die sie bald vor die Wahl stellen sollte, ob sie zu den alten Sitten, die sie von den Fesseln des Hasses und des Zwistes befreien konnten, zurückkehren oder ihren momentanen Weg fortsetzen wollten. Diesen momentanen Weg, der sie unzweifelhaft unter die eiserne Herrschaft der Sklaverei zwingen würde. Damals hatte sich auch Tamen – ebenso wie alle edlen Vandorer – über ihn lustig gemacht. Als Irren hatten sie ihn beschimpft, und sie waren bereit gewesen, ihn davonzujagen. Bevor sie dies jedoch taten, fragten sie ihn, woher er gekommen sei. Shandar antwortete schlicht, daß er bei den Azmuriern in der Azante-Wüste lebte. Aber einst sei er aus der Erde gekommen und in einen Baum gefahren, und aus dem Baum sei er ein Säugetier geworden und sodann aus dem Tier zu seiner gegenwärtigen Gestalt gekommen. So seien die Kräfte der Veränderung, hatte er gesagt. Und die Vandorer schrien vor Lachen und schickten ihn fort.

Binnen einer Stunde nach diesen Geschehnissen war Tamen erkrankt. Mit jedem verstreichenden Tag verschlechterte sich sein Zustand, und bald lag der große Zauberer im Sterben.

Er fühlte, wie die Lebensenergie seinem Körper entwich, und Angst und Verzweiflung quälten ihn, während sein Leben mehr und mehr versiegte. In die Dunkelheit schrie er hinaus – und er weinte.

Dann war die Ruhe über ihn gekommen, jene Ruhe, die nicht die des Todes war, und er hatte die ungeheueren Kräfte verspürt, die in diesen langen Jahren in Fesseln gehalten worden waren. Er fühlte, wie sie sich vom Kern seines Seins ausbreiteten, stand auf und ging fort von seinem Totenbett.

Er verließ das Haus, und er verließ Vandor. Mit Freuden gab er seinen Titel, seine Stellung, seine Sicherheit, seine Bürgerlichkeit und seinen Reichtum auf. Zu Fuß überquerte er die Bolgad-Berge und folgte dem Camen-Paß und schließlich wandte er sich nordwärts, hin über das gewellte Grasland. Vorwärtsgezogen von Kräften, denen nur wenig Irdisches eigen war, folgte er einem nichtmarkierten Weg, auf dem tausend Jahre lang – bis zur Ankunft des Vandorers Hugh Oxhine – niemand mehr reisen würde.

Weiter ging er, der nunmehr namenlos geworden war. Er aß nichts, und er trank nichts. Und irgendwann ragten vor ihm die gewaltigen Trocalas des Waldes Delvinor himmelwärts, und die Freude über Elgans späte Bestimmung strömte jenen mächtigen alten Bäumen entgegen, sie zu begrüßen. Er schritt zu ihnen hin, in den Bann gezogen, wie es ein kleines Kind gewesen wäre, hätte es die Wunder dieses Waldes geschaut. Mit den Augen der Unschuld sah er die Größe der wachsenden, gedeihenden Dinge, fühlte er den Pulsschlag des Lebens unter seinen Füßen. Und so erreichte er jene Lichtung, die Modra genannt werden würde. Im Zentrum saß Shandar, der Prophet . . .

Schweigend saß er dort.

Schweigend – und wartend.

Und er, der Namenlose, sprach: »Ich bin Elgan«, sagte er. »Elgan, – das heißt *Einssein.*«

Shandar war aufgestanden und zu ihm getreten, und sie hatten sich umarmt. Tränen der Freude entströmten ihm, der als Elgan wiedergeboren war.

Ja, und selbst jetzt, viele, viele Jahre nach dieser Begebenheit, brachte die lebendige Erinnerung daran Tränen der Freude bei Elgan, dem Zauberer hervor. Und diese Tränen erfrischten ihn! Dies war der Zweck seines müßigen Wanderns gen Osten gewesen. Die Heraufbeschwörung seiner Vergangenheit.

In den Tagen und Monaten, die zum eigentlichen Beginn des Kampfes führten, hatte er eine zunehmende Erschöpfung seiner Kräfte und Energien verpürt. Er hatte der Verjüngung bedurft. So furchtbar lang war der Kampf gewesen. Und stets und allgegenwärtig hatte das Wissen in ihm genistet, daß Urshuraks endgültiges Schicksal – ganz gleich, wie stark die Bemühungen auch waren, den Frieden zu sichern – zum Teil durch das ihm und so vielen anderen verhaßte Kriegführen entschieden werden würde. Während der dahineilenden Jahre und Jahrhunderte schrie die kollektive Stimme der Ermordeten nach Sinn – nicht nach Gerechtigkeit und nicht nach Rache. Tief in Elgans Seele pulste die

Abscheu vor jener Schlacht, die unabwendbar kommen mußte. . . Und da war auch die große Genugtuung, daß sich die Erfüllung näherte. Ja, und noch etwas konnte Elgan spüren: Den Geist des Feldzugs, der allüberall im Lande lebendig war, der das Volk in der gemeinsamen Sache der Freiheit vereinen würde.

Die sanfte Stimme eines Flußlaufes drängte sich in seine Gedanken hinein. Elgan beruhigte sich, um das Lied des Wassers und die Aura des Lebens besser wahrnehmen zu können.

Dann kam der Fluß in Sicht, und Elgan ging an sein Ufer, um sich am Wasser zu erfrischen. Viele Tiere sahen aus ihren Verstecken heraus zu, wie der alte Zauberer trank und sich wusch. Er bemerkte ihre Anwesenheit und rief sie, es ihm gleichzutun.

Da kamen sie heraus und huschten zum Wasser, um dem alten Mann Gesellschaft zu leisten.

7

DER STURM

Das ist, wie ich annehme, der Camen-Paß!« Erbin deutete auf die Berge zu seiner Rechten.

Die kleine Gruppe hatte sich nicht weit vom Fluß entfernt, seit sie ihn am vergangenen Abend entdeckt hatte. Der Vandorer, der neben Erbin ritt, schwieg, aber das schreckte den Zwerg überhaupt nicht. »Nun«, fuhr er fort. »Wenn dem so ist, so muß dies der Ort sein, an dem die vandorischen Helden Rolmar und Dunstan Ruhm vor ihrem Volk gewannen, – eh?«

Noch immer gab Hugh Oxhine keine Antwort.

Doch Erbin war unerschütterlich in seinem Streben nach Wissen. Seine Augen blieben auf den historischen Gebirgspaß gerichtet und seine Gedanken lebendig von den Vorstellungen gewaltiger Schlachten.

»Vielleicht«, beharrte er, »gibst du mir einen Bericht über die Heldentaten, die dort getan wurden. Jederzeit, wenn du dazu in Stimmung bist, Hugh . . .«

»Vielleicht«, erwiderte der Vandorer.

Der Zwerg nickte und lächelte verstehend. Erbins Optimismus war nicht kleinzukriegen, und so sah er selbst eine derart vage Antwort als feierliches Versprechen an.

Hugh Oxhine blickte finster drein. Bevor er in der vergangenen Nacht in einen traumlosen Schlaf geglitten war, hatte ihn eine plötzliche Furcht befallen. Er verwuchs zu eng mit diesen Leuten. Seit er mit ihnen zu tun bekommen hatte, waren Zugehörigkeitsgefühle entstanden – und gewachsen. Besonders zu den Zwergen und dem Gwarpy fühlte er sich hingezogen . . .

Er durfte seinen eigenen Kampf nicht aus den Augen verlieren! Wenn er mit seinen Weggefährten Freundschaft schloß, so konnte dies lediglich dazu führen, daß er sein Leben komplizierte – und sich von seinem Ziel ablenken ließ.

Als er heute morgen aufgewacht war, hatte er sich entschlossen, keinen weiteren Einbruch in die kleine festgefügte Welt seiner Gefühle zu gestatten. Deshalb vermied er jede Unterhaltung so gut als möglich, was ihm beileibe nicht leicht fiel. Denn seine Begleiter, besonders Oolu und Erbin, war gut aufgelegt und besonders freundlich zu ihm.

Der Fluß wandte sich nach Südosten, und die kleine Gruppe ritt wieder über hügeliges Grasland. Die Wolken, die den Mond während der ganzen Nacht in ein Rückzugsgefecht verwickelt hatten, gaben sich der Sonne gegenüber höchst freundlich. Dieser Tag war so schön und klar wie der vorhergehende.

Das Gelände fiel zuerst in sanften Hängen ab, aber allmählich wurde es steiler. Große, graue Felsen wuchsen zu beiden Seiten des Flusses in die Höhe, breiteten sich auf das umliegende Land aus und entmutigten zahlreiche Lebensformen, hier ihre Heimat zu suchen. Nach geraumer Zeit tastete nur mehr ausdauerndes, verkümmertes Gestrüpp unter Felsenanhäufungen und Schieferhalden hervor, und weiter bergabwärts verschwand selbst dieses zähe Leben.

Gegen Mittag schließlich breitete sich lebloses Ödland vor den Gefährten aus. Nur der Fluß sorgte für Abwechslung in dieser trostlosen, steinigen Wüste. Aber auch er hatte einen Verlust hinnehmen müssen: Sein Bett war so flach, sein Wasser so spärlich und träge, daß es den Anschein erweckte, stillzustehen. Die Luft flimmerte. Hitzewellen verwischten die Konturen der Landschaft. Langsam trotteten die Pferde voran, suchten sich ihren Weg über den harten, steinigen Boden.

Die Sonne brannte herunter, die Hitze wurde erdrükkend.

Nach anfänglichem Fluchen und Klagen über diese Umgebung erstarb die Unterhaltung vollkommen. Besorgnis keimte in jedem der fünf Reiter.

Ärmel wurden aufgerollt, Waffengürtel an die Sättel gehängt, die Kleidung gelockert. Dennoch wurden die

Hemden, Umhänge und Hosen vom Schweiß der Männer durchtränkt. Salzige Rinnsale perlten auf ihren Stirnen, doch die Furcht vor den sengenden Strahlen der Sonne hielt sie davon ab, ihre Kapuzen abzunehmen.

Schließlich wurde die nicht nachlassende Monotonie des felsigen Geländes am fernen Horizont von unzähligen Farben ersetzt. Die Gefährten drängten ihre Reittiere vorwärts.

Als sie näher kamen, konnten sie sehen, wie überraschend die Grenzlinie gezogen war zwischen dem erbärmlichen Land, das sie nun zu verlassen im Begriff waren, und jenem, in das sie kamen. Ein Meer wilder Blumen gedieh vor ihnen. Die strahlendsten Farben, die sie jemals gesehen hatten – hier gab es sie. Obwohl Ailwons grauer Hengst vor dem Betreten des Landes scheute, trabten sie alsbald durch das ungeheuere Blumenmeer. Die Farbenfülle ringsum berauschte sie.

Da wiegten sich Gänseblümchen in einem zarten Windhauch, dort blaue Akelei, rosafarbener Bitterwurz, dazwischen wilde Rosen, viele verschieden große Glockenblumen, zahllose Goldruten, in deren Mitte rote Flecken saßen, Rittersporn – mancher gar über sieben Fuß groß – und selbst diese Riesen wirkten winzig neben den gigantischen Sonnenblumen. Der Duft solcherlei Überflusses war äußerst mächtig, und je weiter die kleine Gruppe ritt, um so überwältigender wurden die Wohlgerüche.

Die Hitze des Tages hatte kaum nachgelassen, die Luft war feucht. Lethargie griff nach Reitern und Pferden. Langsam wurden ihre Bewegungen – langsam und träge. Die schwere Luft vibrierte in einem kaum hörbaren Summen, das *unter* dem Boden zu entstehen schien.

Oolu gähnte. Erbin ebenfalls. Hugh schüttelte den Kopf und bemühte sich, sein Gehirn von der sich immer rascher verdichtenden Trägheit zu befreien. Sein Wunsch, dagegen anzukämpfen, ließ jedoch allmählich nach. Evrawk sackte in seinem Sattel nach vorn. Er schien zu schlafen, und doch summte er eine vergnügliche Melodie vor sich hin. Erbins Pony trabte zur Seite – und stieß prompt mit Oolus langhaarigem kleinen Roß zusammen. Das war für die beiden Tiere offenbar das Zeichen, stehenzubleiben. Sie senkten ihre Schädel und wedelten langsam mit dem Schweif. Keiner ihrer Herren verspürte Neigung, sie weiterzudrängen.

So lehnten sie aneinander. Der rechte Arm des Zwerges legte sich um die pelzige Schulter des Gwarpys. Oolu schnarchte, während Erbin mit seinem Lächeln und den halb geschlossenen Augen so aussah, als habe er mindestens zehn Becher Bier in Rekordzeit in sich hineingeschüttet.

Ailwon schüttelte die bedrückende Atmosphäre in einer gewaltigen Willensanstrengung ab.

Irgend etwas wollte ihn regelrecht zwingen, abzusitzen, sich zwischen die prächtigen Blumen zu legen und zu schlafen. Er wehrte sich dagegen und wandte sich den anderen zu. Nur das Pferd des Vandorers trottete noch vorwärts. Hugh Oxhine schwankte im Sattel. Seine Augen waren glasig.

Ailwon rief nach ihm . . . Er *wollte* rufen. Nur ein Flüsterton kam über seine Lippen.

»Hugh . . . Wir – wir müssen zu entkommen versuchen, Hugh . . . Eine Falle . . . Eine Falle!«

Hugh schüttelte schwach den Kopf. »Unsinn . . .«, erwiderte er mit schwerer Zunge. »Hier – eine Falle? Dies ist der schönste Ort, den ich in meinem ganzen bisherigen Leben sah . . . Hierbleiben . . . Komm, – legen wir uns nieder . . . Ja, ausruhen . . . Schlafen . . .«

Ailwon wollte protestieren.

Die Worte bildeten sich in seinem Verstand, – aber als er sie aussprechen wollte, brachte er keinen Ton über seine Lippen. Wie betäubt fühlte sich sein ganzer Körper an. Auch sein Pferd blieb nun stehen. Der Elfenjüngling glitt aus dem Sattel, und er wäre zu Boden gefallen, hätte er nicht den Sattelknauf erwischt und sich daran festgehalten.

Er sah zu den Blumen hinunter. In allerintensivster Realität standen sie da, einzeln – und doch hatte es den Anschein, als würden sie miteinander zu einem dichten Teppich verschmelzen.

Langsam ritt Hugh Oxhine an ihm vorbei. Er blickte auf Ailwon herunter und lächelte, als sei er betrunken. Gemächlich trottete Santor mit seinem Reiter voran und ließ die anderen zurück. Fasziniert starrte Hugh auf das vor ihm flirrende und wogende endlose Farbenwirrwarr.

Vielleicht wäre es besser, anzuhalten und auszuruhen, dachte er. Ja, ich bin müde . . . Schlafen . . .

Der Himmel verdunkelte sich.

Unvermittelt dachte Hugh, er sei bereits dabei, auf dem Pferderücken einzuschlafen. Das leise Summen war verstummt – momentan existierte überhaupt kein Geräusch mehr. Absolute Stille herrschte.

Hugh verspürte eine leichte Brise, die in sein Gesicht fächelte. Kühle zitterte darin und Feuchtigkeit. Schnell veränderte sich jetzt das ferne Firmament. Nur mehr ein schmaler Lichtstreifen säumte den Horizont. Der Wind wurde stärker. Die Wolken trieben hektischer über den Himmel, verdichteten sich, ballten sich zusammen und hinderten das Sonnenlicht daran, zur Erde herniederzufallen. Die Nacht schien plötzlich hereinzubrechen. Die feuchte Luft geriet in Aufruhr, lud regelrecht die Atmosphäre. Ein Blitz zuckte gleißend auf und verästelte sich in geisterhaftem Schweigen. Der nachfolgende Donnerschlag ließ die Erde beben. Heftige Windböen bildeten den Auftakt für den aufziehenden Sturm. Feine Wassertröpfchen wurden von ihnen dahergetragen.

Fast augenblicklich wurde Hugh von der Lebenskraft, die mit der plötzlichen Veränderung der Umgebung einherzog, gestärkt, ebenso Santor, sein Hengst. Er wieherte und bäumte sich auf, als ein zweiter Lichtstreifen von Ost nach West gegen die Dunkelheit zuckte, wiederum gefolgt von krachendem Donner. Dieses Mal war der Schlag bereits wesentlich lauter und näher erklungen als der erste. Hugh beruhigte den großen Hengst. Dann begann es zu regnen.

Und Hugh hörte Stimmen – Stimmen, die hinter ihm laut wurden. Er wandte sich um. Seine Gefährten waren aus dem lethargischen Bann erwacht, und auch sie bemühten sich, ihre Reittiere zu beruhigen – inmitten dieses Chaos aus Blitz und Donner und Sturm und Regen beileibe keine einfache Aufgabe.

Von überall her knisterten und flirrten jetzt die Blitze und ebenso die Echos des Donners. Wieder stieg Santor auf – und es fehlte nicht viel, da hätte er Hugh aus dem Sattel geschleudert. Eine unglaubliche Lichtkugel war direkt vor die Vorderläufe des Pferdes gerollt. Jetzt explodierte sie zwischen den anderen Mitgliedern der Gruppe. Die Pferde waren verrückt vor Angst. Erbin flog in hohem Bogen von seinem Pony. Irgendwie gelang es ihm dennoch, die Zügel festzuhalten und so sein Tier am Fortlaufen zu hindern.

Eine zweite Lichtkugel materialisierte direkt aus dem Nichts!

Keine zwanzig Schritte entfernt orgelte sie vorüber!

»Dies muß das Werk der Hexe sein!« rief Evrawk.

Ailwon dirigierte seinen Grauen zu dem Vandorer und es war nicht leicht. Der Hengst scheute, war panikerfüllt. Seine Augen rollten.

»Hugh!« brüllte der Prinz und übertönte damit beinahe noch den Lärm des Gewitters. »Einen Unterschlupf . . . Evrawk hat recht! Hier ist Hexerei am Werk!«

Der Vandorer wandte sich nach Süden. Der Regen prasselte in sein Gesicht. Triefend naß war seine Kleidung; sie klebte förmlich wie eine zweite Haut an seinem hageren, zähen Körper. Der Wind fauchte heran und geißelte ihn. Er fröstelte.

Das Meer der Wildblumen wurde gepeitscht und gedroschen – und es schien vor der ungestümen Macht des Windes zurückzuweichen.

Santor hatte sich beruhigt. Unerschütterlich stand er und wartete auf den Befehl seines Herrn. Der Vandorer wandte sich den anderen zu. Die Ponys hatten sich zusammengedrängt. Mit zitternden Flanken erwarteten sie, was ihre Herrn unternahmen. Ailwons Grauer tänzelte nervös. Noch nie hatte Hugh Oxhine eine derart durchnäßte und jammervolle Gruppe gesehen.

Und plötzlich brüllte er vor Lachen!

»Kommt, ihr Burschen!« rief er. »Ich sage euch, dieser Prachtregen ist niemals ein Werk des Bösen!«

Seine Begleiter starrten ihn an.

Wieder lachte Hugh Oxhine – über die Zwerge, Oolu, Ailwon und sich selbst und den Sturm, der ringsum tobte. Das Haar des Vandorers hing verklebt um seinen Kopf, aus seinem Bart perlte das Wasser. Aber seine Augen blitzten leidenschaftlich. Keiner der anderen hatte vorher mehr als eine Andeutung auf diesen Charakterzug in der Miene des Vandorers wahrgenommen.

»Haay!« brüllte er verwegen, »wenn ihr alle in Deckung rennen wollt, so tut, was ihr nicht lassen könnt! Ich jedenfalls habe noch immer vor, nach Süden zu reiten . . . Und zwar *jetzt gleich!* Denkt nach! Wenn dies *wirklich* das Werk der Hexe von Zorak ist, so halte ich sie für verdammt dumm!« Er deutete in ihre Richtung. »Na, – fällt es euch ein? Noch vor einigen Augenblicken waren wir Sklaven dieser betörenden Blumendüfte ... Der Bann der Lethargie hielt uns schon umfangen. Und dann kam dieser Sturm ...«

Seine Stimme ging unter in einem gewaltigen Donnerschlag.

Santor schnaubte, und dabei riß er seinen Schädel hoch. Der Vandorer besänftigte das Pferd und lenkte es nach Süden. Hoch richtete er sich in den Steigbügeln auf, und dann brüllte er dem Wind entgegen – so laut, daß seine Gefährten hinter ihm mühelos jedes Wort verstehen konnten:

»He ... Wind! Ob du nun natürlichen Ursprungs oder das Teufelswerk dieser stinkenden Sumpfhexe bist! Ich werde es mit deinen Kräften aufnehmen!«

Er ließ sich wieder in den Sattel fallen und hieb seine Absätze in die Flanken des Hengstes. Santor schoß vorwärts und bahnte sich einen Weg durch das wildbewegte Blumenmeer. Eisern bot der Vandorer dem ihm entgegenfauchenden Wind Widerstand.

Hughs Gefährten blickten ihm nach. Dann sahen sie sich gegenseitig an. Kurz wurden ihre Gesichter von einem Blitz erhellt.

Ailwon war es, der sich als erster fing. Er trieb seinen Grauen an. Oolu und die Zwerge taten es ihm nach. Sie alle versuchten, den Reiter einzuholen, der vor ihnen her dem dunklen Horizont und den Sümpfen von Zorak entgegen galoppierte.

8

PENDERAK

©HILDEBRANDT

Direkt in den Granit-Wänden der Kolgar-Berge wurzelte Penderak, die Stadt der Zwerge. Viele Gebäude waren kaum von den wild zerklüfteten Felsen zu unterscheiden, und die Spitzdächer und Zinnen, die von überall aufragenden Türmen und Türmchen und Mauern aufstiegen, bildeten mit den hohen, schlanken Tannen, die die Stadt umringten, einen harmonischen Anblick. Die Handwerkskunst der Zwerge hatte die Stärke und Lebenskraft der Umgegend einzufangen verstanden.

Die Nacht hatte Gwynn und ihre Vettern Ianen und Glenden ereilt, bevor sie Penderak hatten erreichen können. Sechs lange Tage waren sie unterwegs gewesen. Nun, es bereitete ihnen trotz der Finsternis keinerlei Schwierigkeiten, die Stadt der Zwerge auszumachen. Derart überschäumend brach das Leben dieser Gemeinschaft aus der im Dunkel liegenden Landschaft hervor, daß es fast überraschend war. In jedem Mauertürmchen brannten Fackeln, die Fenster waren hell und lebendig vom Licht der Kerzen und Kamine. Lagerfeuer sprenkelten die Felsentürme im Hintergrund der Stadt, und selbst in den hohen Fenstern ferner Türme, die das Hinterland der Stadt bewachten, waren Lichter zu sehen. Solche Wärme war ein willkommener Anblick für die drei müden Reisenden.

Gwynn führte ihre Vettern einen gewundenen Pfad zu der mächtigen Steinbrücke hinunter, die sich über einen natürlichen Graben schwang. Die Wachen am Eingang riefen sie an, aber als sie Gwynn erkannten, ging ein Jubelruf von Posten zu Posten, und sodann in die Stadt hinein, in der das Leben trotz der vorgerückten Stunde brodelte. Die Ankunft der Heldin der Braunen Elfen wurde verkündet.

Die gewundenen Straßen waren vollgestopft mit übermütigen Zwergen, die singend und lachend durch die engen Gassen und über die Plätze wieselten und aus Häusern und Läden und Kneipen stürmten. Eine jede dieser Versammlungen rief beinahe schon zwangsläufig einen Überfluß an herzlichem Lachen, leidenschaftlicher Diskussion und nervaufreibendem Streitgespräch hervor. Und es erschien Gwynn, als habe sich das ganze Zwergenvolk in und um Penderak versammelt. Ein Eindruck, der nicht täuschte . . .

Gwynn hatte lange Zeit in Penderak gelebt. Sie kannte den Geist dieses liebenswerten Volkes, wußte, welche Freude die Zwerge an jeder Art von Zusammenkunft hatten, auf der Gefühle und Bier freien Lauf bekamen. Gleichfalls wußte sie auch, daß niemand außer Erbins und Evrawks Eltern die Gründe für jenen Ruf kannten, den sie erhalten hatten, und der sie aufforderte, in Penderak zusammenzukommen.

Esrund, der Vater der Zwillinge, war bereits seit über vier Jahrzehnten der oberste Sprecher der Zwergenführer. Deshalb waren sie alle seinem Ruf gefolgt. Die ersten kamen vor vier Tagen in Penderak an, und seither warteten sie darauf, den Grund für die Zusammenkunft zu erfahren. Gleichwohl . . . Selbst, wenn sie alle um die Gefahren gewußt hätten, die vor ihnen lagen, so hätte das dem Fest, das jetzt schon die vierte Nacht andauerte, keinen Abbruch getan.

Gwynn und ihre Vettern stiegen von ihren Pferden, banden sie fest und bahnten sich zu Fuß ihren Weg durch die lustige Menge.

Weder Glenden noch Ianen waren bisher zu Gast beim Zwergenvolk gewesen. Die spontane Freude an der Gemeinschaft, die hier herrschte, war ihnen fremd – und erschien ihnen zugleich wunderbar. Jetzt konnten sie Gwynn verstehen . . . Sie hatte eine reichliche Zeitspanne ihres Lebens hier verbracht, und das hatte ihre Persönlichkeit geprägt. Als sie zur Frau herangereift war, hatte sie Gefühle gezeigt, und das war für die meisten Andeluvier gänzlich uncharakteristisch.

Die Burschen waren verwundert über die leichte, beschwingte Stimmung, die Gwynn nun hervorkehrte, als sie mal diesen, mal jenen Zwerg in der hin und her hastenden Menge herzlich begrüßte.

Eine besonders kräftige Stimme donnerte ihr einen Gruß entgegen. Gwynn suchte nach deren Inhaber und strahlte übers ganze Gesicht. »Nolan!« rief sie. »Nolan – und Wilda!«

Ein schwarzbärtiger Zwerg, dessen linkes Auge von einer ebenso schwarzen Binde bedeckt wurde, steuerte durch die tanzende und lachende Menge auf sie zu. An seiner Seite ging eine rothaarige Zwergenfrau, die einen ungeheuer großen Krug Bier festhielt. Unter einem Torbogen trafen sie sich auf halbem Wege und fielen sich in die Arme.

Gwynn stellte ihre Vettern vor. Nolan und Wilda begrüßten sie.

Die beiden waren Mitglieder von Penderaks Regierendem Rat und gute Freunde Erbins und Evrawks. Wildas Augen leuchteten besonders hell auf, als Erbins Name erwähnt wurde. Gwynn bemerkte es, aber sie sagte nichts. Sofort kam sie jetzt zum Thema und erklärte Nolan, daß sie so schnell wie möglich Esrund finden müsse, daß sie eine Nachricht von größter Dringlichkeit zu überbringen habe.

»Sicher«, sagte Wilda. »Er und Maude haben jedem von uns immer wieder gesagt: Achtet mir auf dieses langbeinige Elfenmädchen – Und das seit zwei Tagen, immer und immer wieder!«

Gwynn grinste. »Bereits heute morgen hätten wir Penderak erreichen müssen«, erklärte sie. »Ein wilder Sturm hielt uns jedoch auf . . . Wir verloren viel Zeit.«

»Nun denn, so sollten wir jetzt nicht mehr länger müßig hier herumstehen«, rief Nolan energisch aus, und sein einziges Auge funkelte. »Esrund und seine bessere Ehehälfte sind in diesem Augenblick drüben, im Wirtshaus-Treff!«

»Wie gewöhnlich«, setzte Wilda sarkastisch blinzelnd hinzu.

»Ja, wie gewöhnlich«, bekräftigte Nolan.

Sie drängten sich durch die Menge, und bald erreichten sie einen Teil der Stadt, in der die Gebäude nicht mehr so dicht gedrängt standen. Hier gab es den Großen Platz, den Hauptversammlungsort für alle Einwohner Penderaks. Und in seinem Zentrum erhob sich der Wirtshaus-Treff. Er war

Gasthof, Kneipe, Speisehaus, Tanzsalon und Stadthalle in einem. Hier diskutierten die Zwerge die hochwichtigen Angelegenheiten und Probleme Penderaks und der übrigen Welt. Die ernstesten Debatten und die lästerlichsten Parties – alle fanden sie in diesem Gebäude statt, wobei nur zu oft ersteres letzterem direkt vorausging. Das Selbstverständnis dieses Hauses war tief in einem massiven Holzbalken hineingeschnitzt, der quer über der Tür in die Wand gemauert war:

FREIHEIT – SOLIDARITÄT – NARRETEI

Und gerade in diesem Augenblick waren zahlreiche Zwerge intensiv damit beschäftigt, dieses Anliegen vollständig in die Tat umzusetzen.

Eine chaotische Mischung aus lebhafter Musik und lauten Stimmen wehte den Eintretenden entgegen.

Gwynn und ihre beiden Vettern folgten Nolan und Wilda. Sie traten durch das weit offen stehende Hauptportal, wandten sich nach links und stiegen eine halbe Windung hölzerner Stufen hinunter. Im nächsten Moment umfing sie eine andere Welt. Der große Raum war angefüllt mit Zwergen und Pfeifenrauch, der zur Decke hochstieg und dort, vor den Schlafräumen im ersten Stockwerk einen bläulichen Himmel bildete. Eine Musikergruppe schuf eine heitere Stimmung. Hörner, Fideln und Flöten, von Trommelwirbeln begleitet, ließen die Gefühle der Leute fiebrig werden. Zahllose Tänzer schwangen sich mit verschränkten Armen auf dem Tanzboden, und ihre festen Schuhe trommelten den Rhythmus darauf, während die tomatenroten Gesichter die Freude über den Volkstanz von Penderak ausdrückten. Die Stimmen der anderen Anwesenden vermischten sich mit der Musik. Man debattierte, spielte, aß und trank. Eine lange Tafel bog sich unter den dampfenden Speisen, die auf ihr aufgetürmt waren und leistete einem ständigen Kommen und Gehen hungriger Zwerge Vorschub. Verführerische Düfte von gekochtem Fleisch, Kohl, Salbei wehten hierhin und dorthin, der Geruch scharfen Pfeffers und heißer Pasteten wetteiferte mit den aromatischen Wohlgerüchen, die von einem halben Hundert brennender Pfeifen und heftig paffender Zwerge geschaffen wurden.

Und an einem riesigen, runden Tisch sitzend, und von gut zwanzig Tischnachbarn angefeuert, hatten Esrund aus dem Hause Uxmun und seine Frau Maude ihre Hände in einem Armringer-Wettstreit gegeneinandergedrückt, um zum x-ten Male zu entscheiden, welches Geschlecht nun das wahrhaft stärkere war.

Esrund war fast so dick wie er groß war, und trotz seines vorangeschrittenen Alters gab es nur zwei Personen in ganz Penderak, die ihm als Armringer gefährlich werden konnten. Die eine Person war sein Sohn Evrawk . . . Und die andere – seine fünfzigjährige Frau!

Volle fünf Minuten kämpfte er nun schon gegen seine Maude, und weder er noch sie hatten es bisher geschafft, auch nur einen winzigen Vorteil für sich zu erringen. Plötzlich sah Esrund hoch und rief aus: »Gwynn – mein Mädchen!«

Maude blickte daraufhin ebenfalls auf, sah das Elfenmädchen . . .

Und im gleichen Augenblick drückte Esrund zu! Ihre Knöchel krachten auf den schweren Holztisch nieder.

»Was? – Oh, du betrügerischer Bursche, du . . .«, brüllte sie.

Aber der alte Esrund stand auf, kam um den Tisch herum auf Gwynn zu. Maude schürzte ihre Lippen und flitzte nun ihrerseits los. Wie ein Derwisch rannte sie, und so gelang es ihr auch tatsächlich, ihren Gatten um eine Sekunde zu schlagen. Mit einer wahren Bärenmutter-Umarmung drückte sie Gwynn an ihren Busen.

»Wo bist du so lange gewesen, Liebes?« rief sie dabei aus. »Beinahe zu Tode haben wir uns geängstigt und gesorgt!« Sie löste ihre Umklammerung ein bißchen und sah zu dem lächelnden Elfenmädchen hoch.

Gwynns Lächeln verbreiterte sich, als sie sich sanft aus Maudes Händen löste. Mit ihrer freien Hand zeigte sie im Raum umher. Die Musik schmetterte weiter, die Tänzer stampften noch immer wie toll auf dem Boden herum.

»Klar«, sagte Gwynn dann endlich. »Die Besorgnis und Angst ist hier so dick, daß man sie nur mit dem schärfsten Hackmesser zerschneiden könnte!«

Gejohle und Geschrei flatterten von der Menge auf.

Jetzt war es Esrund, der das Elfenmädchen ergriff und sie

zu seinem Stuhl führte. »Ehrlich . . .«, beteuerte er. »Wir waren vor Angst ganz dumm, Mädchen. Das hier . . . das ist alles nur Schein, weißt du!«

Mit sanfter Nachdrücklichkeit wurde Gwynn auf den Stuhl niedergedrückt. »Komm, laß uns ein paar Bierchen schlürfen . . .«, fuhr Esrund fort. »Dabei magst du uns alles berichten, was es zu berichten gibt.«

Mit Ianen und Glenden wurde ähnlich verfahren. Auch sie drückte man auf Stühle nieder und stellte Krüge, die randvoll mit schäumendem Bier gefüllt waren, vor sie hin.

Gwynn stand wieder auf.

Sie legte Esrund und Maude, die links und rechts neben ihr standen, eine Hand auf die Schulter. »Ihr wißt, wie hoch ich eure Gastfreundschaft schätze«, sagte sie. »Aber . . .« Sie brach ab, zögerte. »Aber wir – wir müssen es eurem Volk sagen . . .« Ein letztes Innehalten, dann sprach sie es aus: »Der Kampf – hat begonnen!«

Das weißhaarige Paar blickte sich an, dann Gwynn.

»Wir wußten natürlich, daß dies wahr werden mußte«, versetzte die Zwergenfrau. »Aber – «

Esrund unterbrach sie. »Aber man will einfach nicht wahrhaben, daß nach all diesen Jahren – nach all diesen langen Jahren die Zeit endlich gekommen ist.« Er blickte auf. »Nun, legen wir los damit!«

Und der Zwerg kletterte auf einen Stuhl. »Hört mir zu, meine Freunde!« rief er laut.

Die Musik brach ab. Die Tänzer blieben stehen. Die Augen aller Anwesenden richteten sich auf ihn.

»Ich habe eine Nachricht für euch, die euch die Ohren aufrollen wird! – Geht hinaus in die Straßen! Ruft alle zusammen! Alle sollen sie herbeikommen, die sich in Penderak versammelt haben . . . Wir treffen uns auf dem Großen Platz!«

Viele Zwerge hatten sich in der Stadt eingefunden, sodaß gar mancher Spaßvogel behauptete, sie platze demnächst garantiert aus sämtlichen Nähten. Da man wußte, daß jedwede großartige Verkündung auf dem Großen Platz gehalten wurde, war es nur verständlich, daß sich dort bereits so viele Zwerge versammelt hatten, wie es gerade noch erträglich war.

Aber obwohl sich derart viele Leute zusammengefunden

hatten, war es ohne übermäßiges Stoßen und Schieben geschehen.

Der Sitte gemäß würden Esrunds Worte von Mund zu Mund weitergegeben werden – bis hin zu jenen, die ganz hinten standen und sie nicht mehr selbst vernehmen konnten.

Bald waren die Häuser und Läden verlassen, die Lichter darin gelöscht. Fackeln beleuchteten den Großen Platz und gelboranges Licht spielte auf Gesichtern und Körpern der Leute sowie den bleigefaßten Fensterläden der umliegenden Häuser. Zwergenmänner, -Frauen und -Kinder standen dicht an dicht oder saßen auf Stufen, Torbögen, Querbalken, auf Veranden, Giebeln und Hausdächern. Alle hatten sie ihre Gesichter erwartungsvoll der Tür des Wirtshaus-Treffs zugewandt, wo Gwynn, Esrund und Maude, Nolan, Wilda und eine Handvoll anderer Zwergenführer standen.

Ianen und Glenden hatten sich unters Volk gemischt und empfanden es als höchst aufregend, Seite an Seite mit den Zwergen dem zu harren, was nun eröffnet werden würde. Bald bat man sie, sich irgendwo hin zu hocken, sodaß auch die hinter ihnen Stehenden noch etwas sehen konnten.

Nur ein leises Murmeln und Raunen ging durch das Gedränge, und als Esrund anhob zu sprechen, verstummte es sofort.

»Freunde . . .«, begann der Zwergenführer. »Die meisten von euch wissen, daß dies Mädchen hier an meiner Seite Gwynn von Andeluvien ist. Und sicher wißt ihr auch von ihren mutigen Taten . . . Mit einer kleinen Gruppe Andeluvier gelang es ihr, fast zwei Jahre lang, die Barbaren Torgons abzuwehren. Nun hat uns dieses tapfere Mädchen etwas zu erzählen, das – wie ich bereits sagte – dafür sorgen wird, daß sich eure Ohren aufrollen!«

Gwynn blickte auf die erwartungsvollen Zwergengesichter und begann zu sprechen.

»Als kleines Mädchen kam ich einst nach Penderak, um euch meinen ersten Besuch abzustatten. Für immer hier zu leben, das war mir leider nicht vergönnt, aber so oft es mir möglich war, kehrte ich hierher zurück. Penderak und sein Volk zu lieben, war und ist das Leichteste, das zu tun ich mich entschlossen habe. Deshalb schwillt mein Herz beinahe bis zum Platzen an bei der Nachricht, die ich zu überbringen ausgewählt wurde. Es ist eine Nachricht des Lebens und der Hoffnung . . . Und doch kann ich kaum ertragen, sie auszusprechen, bringt sie doch auch die blutige Bedrohung des Krieges mit sich.« Ihre Worte wurden fast wie ein Echo durch die Straßen weitergegeben.

»Die Weissagung ist euch allen bekannt. Die Weissagung – und jene Tatsache, daß die Zeit der Erfüllung näherzieht. Ihr glaubt, daß es niemanden gibt, der einen Anspruch auf die Macht des legendären Kronhelms zu vermelden hat und somit niemanden, der auch nur mit einem einzigen Gedanken an ein erfolgreiches Vorgehen gegen Torgon spielen dürfte . . . Und ihr glaubt, daß die Zeit heranschleicht, da ihr und eure Lieben getötet oder in Sklavenketten geworfen werdet. Angesichts solchen Glaubens bin ich verwundert über euren Mut . . .

Aber – es gibt einen Erben!

Es gibt einen Sevena der Weißen Elfen!«

Murmeln brandete in der Menge auf.

Gwynn sprach weiter: »Nachdem König Aradel und die anderen Erben ermordet waren, wurde der Königin Lurona ein Kind geboren, in Andeluvien!«

Jubel stieg von der Menge auf, und dieser Jubel pflanzte sich von Reihe zu Reihe fort.

»Der Prinz Ailwon ist es . . . Er soll bald in Cryslandon gekrönt werden. Und deshalb, Freunde – deshalb bitte ich euch, mit uns zu ziehen . . . Mit uns nach Cryslandon zu gehen. Denn nach Ailwons Krönung . . .« Ihre Stimme senkte sich kaum merklich. »Nach der Krönung werden wir gegen den Herrn des Todes marschieren. Im finsteren Golgorath wird sich das endgültige Schicksal Urshuraks entscheiden!« Jetzt war Gwynns Stimme nur mehr ein Flüstern. Dann blickte sie über die Zwerge hinweg und rief: »Und wenn wir von Golgorath zurückkehren – dann werden wir alle die größte Feier abhalten, die der Kontinent je gesehen hat!«

Das Geschrei war unbeschreiblich.

Gwynn trat zurück, und Esrund ergriff wieder das Wort: »In diesem Augenblick begleiten unsere Söhne Erbin und Evrawk« – sein Arm legte sich um seine Frau Maude – »den Prinzen der Weißen Elfen gen Süden! Gemeinsam werden sie Gorta, die Hexe, vernichten! Sie werden weiter, nach

Zan-Dura, ziehen und die Amazonen als Verbündete gewinnen und daraufhin nach Cryslandon zurückkehren. Wir – wir werden morgen zur Zitadelle der Elfen aufbrechen, so, wie wir das schon oft diskutiert und besprochen haben . . . Wir vereinen uns mit den Weißen Elfen von Alfandel, den Braunen Elfen von Andeluvien, dem Volk von Azmurien, den Nordleuten aus Norbruk und mit den Amazonen von Zan-Dura! Wir – die Zwerge von Penderak!«

Das Volk war begeistert. So oft hatten sie schon über all diese Dinge gesprochen und sich so ihre Meinung gebildet. Das Warten hatte sie nervös gemacht. Jetzt war die Zeit gekommen, da Taten notwendig waren! Das Jubeln verstummte. Einzelne Rufe und jubilierendes Lachen ersetzten es. Die Energie aufmerksamen Zuhörens und freudiger Reaktion wurde in die Tat umgesetzt, als sich die Menge zerstreute, um Vorbereitungen für das einzige wichtige Ereignis ihres Lebens zu treffen.

Die Weissagung erfüllte sich.

Gwynn sah ihnen nach und stieß einen tiefen Seufzer aus. Diese Aufgabe war erledigt. Die nächste sah vor, ihren friedliebenden Onkel, König Zarin, davon zu überzeugen, daß er bei diesem Kampf nicht tatenlos abseits stehen konnte – und durfte. Es würde schwer werden . . . Nicht zuletzt deshalb, weil sie ihn im Grunde genommen verstehen konnte. Er war ein weiser Mann – ein Mann des Friedens . . .

Maude berührte ihren Arm. »Du kannst in Esrunds und meinem Hause unterkommen«, sagte sie, »und natürlich sind auch deine beiden Begleiter willkommen.«

Gwynn lächelte. »Danke für deine Gastfreundschaft. Ich denke, daß sich Glenden und Ianen ungeheuer darüber freuen werden . . . So, wie ich das tun würde, – normalerweise. Aber heute . . . Heute verspüre ich den Wunsch, allein zu sein. Ich – ich werde mir also ein Zimmer im Gasthof nehmen. Ich hoffe so sehr, daß du verstehst . . .«

»Aber natürlich, Liebes!« Die Zwergenfrau drückte Gwynn an sich und sagte gute Nacht. »Komm, Esrund, wir beeilen uns besser damit.«

Die Augen des alten Zwergenführers glänzten, als er vor Gwynn stand. »Meine Rüstung«, sagte er hektisch. »Ich muß meine Rüstung noch hervorkramen . . .«

Gwynn beugte sich zu ihm hinunter und küßte ihn auf die Stirn. Er verdrehte halb die Augen, grinste und stiefelte dann mit Maude und ihren beiden Vettern im Schlepptau davon.

»Komm, Gwynn«, forderte Wilda sie auf, die mit Nolan in der Nähe stehengeblieben war. »Wir sorgen dafür, daß du ein Zimmer im Gasthof bekommst.«

»Selbstredend«, pflichtete Nolan im Brustton der Überzeugung bei und kratzte sich hinter seiner Augenbinde.

Sie gingen los.

»Eh, – gibt es auch keine weiblichen Personen auf dieser Reise, die Erbin angetreten hat . . .?« Die Zwergenfrau hatte das gefragt.

»Nein.«

Wilda schüttelte den Kopf. »Und wenn schon . . . Ich wette, dieser Tausendsassa läßt seinen Kopf bestimmt nicht hängen.« Sie nahm einen kräftigen Schluck aus dem Krug, von dem sie sich offenbar nie trennte. »Diese Amazonendamen . . . Sie werden mächtig auf sich aufpassen müssen!«

Sie seufzte, packte Nolan beim Arm und schlenderte mit ihm durch die sich auflösende Zwergenmenge. Gwynn lächelte, als sie ihnen zum Portal des Wirtshaus-Treffs folgte.

9

ES GEHT WEITER

Eisiger Schrecken fraß sich in Gwynns Schlaf hinein! Schlagartig erwachte sie und fuhr hoch. Laute Geräusche, die von hektischer Betriebsamkeit zeugten, waren zu hören. Sonnenlicht kroch durch die spaltbreit geöffneten Fensterläden.

Das Elfenmädchen sprang aus dem Bett. Sie hatte beabsichtigt, nicht länger als bis zum Tagesanbruch zu schlafen. Jetzt wusch sie sich rasch. Innerhalb von fünf Minuten war sie damit fertig, angezogen und gekämmt.

Gestern abend hatte sie sich noch von Nolan und Wilda dazu überreden lassen, einen Schlaftrunk einzunehmen. Aus dem einen Schlaftrunk waren dann auf wunderbare Weise ein halbes Dutzend geworden, und die entsprechende Zeit hatte ihr an ihrer Nachtruhe gefehlt . . .

Gwynn seufzte, nahm ihre Waffen und das zusammengerollte Bettzeug unter einen Arm und schritt zur Tür. Mit der Hand auf der Klinke blieb sie stehen, lächelte und dachte daran, daß sie jederzeit eine Stunde Schlaf und entsprechend früheres Aufstehen für eine derartige Kameradschaft, wie sie sie gestern abend bei den beiden verspürt hatte, eintauschen würde.

Schritte waren draußen, im Korridor, zu hören. Dann Stimmen. Direkt vor der Tür wurden sie laut. Gwynn öffnete. Ihre Vettern standen vor ihr.

»Guten Morgen, liebliche Cousine!« rief Glenden, der ein so breites Lächeln auf dem Gesicht trug, wie sie es noch niemals bei ihm gesehen hatte.

»Liebliche Cousine . . .?« echote sie verwundert. »Sag mal – was ist denn plötzlich in dich gefahren?«

»Solltest du etwa überrascht sein, Gwynn?« fragte der Elfenjüngling und breitete seine Arme aus. »Es ist ein wundervoller Morgen! Der Tag der Erfüllung nähert sich. Für das Volk von Penderak beginnt der Feldzug. Wie Onkel Esrund und Tantchen Maude erklärten, ist heute – «

»*Onkel* Esrund? *Tantchen* Maude? – Ah, jetzt wird das Bild klarer. Diese beiden Charmeure haben euch die halbe Nacht wachgehalten . . . Ich wette darum! Nunja, ich gab einem ähnlichen Zauber nach . . .« Gwynn neigte ihren Kopf. »Aber – was ist denn mit deinem Bruder? Ihm scheint es gar nicht so gut zu gehen. Nein, er sieht mir ganz und gar nicht begeistert aus, so wie er sich gegen die Wand stützt!«

Ianen stand in der Tat gegen die Wand gelehnt und rieb mit langsamen, kreisenden Bewegungen seine Stirn.

»Wir haben Bier getrunken«, erklärte Glenden stolz. »Ianen sprach dem Gebräu wesentlich begeisterter zu als ich.«

»Gestern abend – da habe ich mich so wundervoll gefühlt«, stöhnte der Junge erbärmlich.

Gwynn nickte. Sie kannte die Gastfreundschaft des Zwergenpaares. Und da gehörte nun einmal auch das Bier dazu.

»Ich kann dein Leid verstehen«, sagte sie mitfühlend. »Aber jetzt – kommt.« Sie ging mit ihnen in die Wirtsstube hinunter. Dann wandte sie sich noch einmal an Ianen: »Du mußt die Zähne zusammenbeißen, weißt du. Nachher, wenn wir reiten, – da wird es vielleicht noch schlimmer werden . . .«

Der Junge stöhnte wieder.

Draußen ertönte der klare Ruf einer Trompete. Als Gwynn das Portal öffnete, antwortete eine zweite Trompete ganz aus der Nähe. Jetzt lag der Große Platz nahezu verlassen, und die drei Braunen Elfen überquerten ihn und schritten zur Hauptstraße hinüber. Hier trafen sie auf die unglaubliche Aktivität und Hektik, die durch die Mobilmachung der Zwergenarmee Penderaks heraufbeschworen worden war. Eine Organisation gab es nicht. Alle und alles rannte durcheinander. Zwerge, Reittiere, Lasttiere und Federvieh. Dazwischen standen Waggons. Momentan schien es unvorstellbar, daß sich diese Menge jemals in Bewegung sezten konnte, aber wenn sie es doch tat, so zählte der Zug Tausende von Zwergen und Tieren. Von überallher eilten Männer und Frauen, zu Fuß und auf Ponys und Maultieren – und ein paar ritten gar auf Kühen. Andere riefen den buckligen Ochsen Anweisungen zu, um sie dazu zu bewegen, die hölzernen Karren zu ziehen. Eine frech meckernde Ziegenherde wetteiferte mit schnatternden Gänsen und gackernden Hühnern – und allesamt trugen sie dazu bei, den Lärm und die allgemeine Verwirrung noch vollkommener werden zu lassen.

Einige der Tiere waren als Nahrung auserkoren, andere wiederum hatten sich lediglich dazugesellt und waren der Menge nachgewatschelt. Um das Chaos zu krönen, hatte jedes Zwergenkind seine winzige Anwesenheit noch hinzugefügt und alle hatten sie die beste Zeit ihres bisherigen Lebens. Sie tapsten zwischen den Karren, Tieren und Erwachsenen herum, jagten sich laut johlend und lachend oder standen einfach nur da und staunten mit offendem Mund und großen Augen.

»Ah, seht, – da ist Onkel Esrund!«

Der alte Zwergenführer kam durch die Menge zu ihnen heran, und dabei klirrte und schepperte er bei jedem Schritt. Er trug eine gewaltige Rüstung, die seit fast 800 Jahren im Familienbesitz derer von Uxmun weilte und dementsprechend zerkratzt, verbeult und verschrammt war. Sonderlich modern war sie auch nicht mehr. Diese Form war vor gut fünfhundert Jahren das letzte Mal hergestellt worden. Kettenpanzer, Brust- und Rückenschild und Schulterschützer wurden von rostigen Scharnieren und Spangen zusammengehalten. Das uxmunsche Breitschwert – dessen Alter in etwa dem der uxmunschen Rüstung gleichkam – steckte in einer Scheide, die lose an einem Schultergurt befestigt war.

Allein Esrunds handwerklichem Genie war es zu verdanken, daß er die Rüstung überhaupt noch tragen konnte. Und hätte er sich einige gußeiserne Töpfe und Topfdeckel auf den Leib gebunden – die Gesamtwirkung wäre wohl diesselbe gewesen.

Aber der Stolz auf Abstammung und Langlebigkeit leuchtete förmlich aus seinem gewitzten Gesicht. Keinen Zwerg in ganz Penderak gab es, der Esrunds Erscheinung anders als strahlend und heroisch angesehen hätte!

Maude ging neben ihrem Mann und Nolan und Wilda dicht hinter ihm.

»Ich kann es noch immer nicht glauben, daß es begonnen hat«, sagte Esrund, als er Gwynn begrüßte. Dann blickte er zu dem quirligen Treiben hinüber, zu den gackernden Hühnern und den kichernden Kindern und Zwergen, die sich um die Karren kümmerten. »Ah, sieht gut aus. Bewegung . . . ja, das ist es! Es geht los . . . Man merkt es richtig!« Und mit sichtlichem Stolz übersah er die Szenerie ungeheuerer Unordnung.

»Ich sehe, daß dir die Rüstung derer von Uxmun erneut gute Dienste tun wird«, meinte Gwynn.

»Fürwahr!« nickte Esrund. »Zum letzten Mal. Ich reparierte sie ein wenig!«

»Und wir haben ihm dabei geholfen«, rief Glenden aus.

Gwynn sah zu ihm hinüber und fragte sich zum wiederholten Mal, ob das der gleiche in sich gekehrte Jüngling war, der erst gestern abend mit ihr nach Penderak gekommen war.

». . . ihm auch hineingeholfen«, fügte Maude hinzu. »Du mußt wissen, daß er diesem Ding ein bißchen entwachsen war. Besonders hier.« Und damit deutete sie kichernd auf seinen Bauch.

Esrund funkelte seine Frau bitterböse an. »Schöne Sache, das! Ich ziehe in die Schlacht, und du – du redest so!«

»Und wenn ich nicht diese steife Hüfte hätte, so wäre ich an deiner Seite . . . Außerdem – ich habe auf dreiundzwanzig Enkel aufzupassen. Du brauchst nicht glauben, daß ich . . . Ach!« Sie blickte auf ihre rundlichen, kleinen Hände, die sie fest ineinandergefaltet hatte. »Ihr – ihr geht jetzt am besten«, sagte sie dann. Sie hatte sich so viel Mühe gegeben, robust und burschikos zu wirken, und jetzt schaffte sie es doch nicht, das durchzustehen. Man merkte ihr die Sorge, die sie sich um ihren Mann machte, deutlich an.

»Äh, ich glaube auch, daß das am besten ist«, stimmte Esrund zu. Spontan beugte er sich zu ihr hinüber, um ihr einen Kuß auf die Wange zu geben. Sie hob ihren Kopf nicht, und Esrund strich ihr noch einmal übers Haar, dann wandte er sich Gwynn und ihren Vettern zu.

»Euch Burschen sehe ich ja dann in Cryslandon«, sagte er mit fester Stimme und schüttelte ihnen die Hände.

»Ganz bestimmt, Onkel Esrund«, antworteten sie wie aus einem Munde.

»Paß auf dich auf, wenn du im steinigen Land bist«, riet er ihr gut. »Vielleicht kommst du auf dem Rückweg besser hier durch . . .«

»Nein«, wehrte Gwynn ab. »Das würde viel zu viel Zeit in Anspruch nehmen. Ich werde vorsichtig sein, großes Ehrenwort. Dank für deine Fürsorge. . .«

Esrund nickte und wandte sich zum Gehen. Maude ging zu ihm, und für einen langen Moment umarmten sie sich. Als er sich schließlich von ihr löste und scheppernd davonmarschierte, strahlte er.

Maud kam zu Gwynn. Tränen rannen über ihre Wangen. »Paß du für mich auf diesen alten Dickschädel auf, hörst du, Mädchen. . .«, sagte sie, als sie die junge Frau umarmte.

Dann war auch sie fort, verloren in dem Durcheinander, das nach wie vor die Straße beherrschte. Gwynn verabschiedete sich auch von Nolan und Wilda und begab sich daraufhin mit Glenden und Ianen zu den Stallungen, in denen ihre Pferde untergebracht und versorgt worden waren.

Als die drei vom Volk der Braunen Elfen schließlich beritten zur Hauptstraße zurückkehrten, war dort ein Wunder geschehen!

Der Treck von Penderak war abmarschbereit!

Auf unerklärliche Weise hatte sich das Chaos in Ordnung verwandelt! Erwartungsvoll stand die Armee der Zwerge bereit. Keiner von ihnen trug ein ausschließlich militärisch praktisches Gewand, und genausowenig gab es irgend welche Abteilungen und Regimenter und Batallione. Größer als vier Fuß war keiner, und die Waffen, die sie trugen, waren oftmals eher für den Hausgebrauch als für den auf einem Schlachtfeld geschaffen. Ein paar besaßen Armbrüste, wesentlich mehr hatten jedoch Steinschleudern in ihren Gürteln stecken. Einige waren mit Breitschwertern und Dolchen bewaffnet, die anderen – und das war das Gros – hatten Sensen, Heugabeln und Sicheln geschultert. Wieder andere trugen Streitäxte, Beile, Hacken, Pickel und Schaufeln, Speere, Keulen und Spieße. Wenn es überhaupt eine Förmlichkeit in dieser Armee gab, so bei jenen kleinen Gruppen, die die Begleitmusik lieferten.

Die Zwergenführer waren am bogenförmigen Portal der von hohen Mauern umgürteten Stadt aufmarschiert. Esrund stieg ein paar Steinstufen empor, bis er ein Plateau erreichte. Er sah über die versammelten Zwerge und räusperte sich.

»Viele unserer Leute«, sagte er dann mit sanfter Stimme, die irgendwie unpassend war und doch bis in die letzte Reihe gehört werden konnte, »viele unserer Leute warten auf uns. Und während sie warten, hungern sie, werden sie geschlagen, mit Eisen gefesselt und in Ketten gebunden. Hart schuften sie unter der Fron des Herrn des Todes! Brutal werden sie gezwungen, sich mit einer Arbeit zu befassen, die das Land langsam ersticken läßt. Sie sind Brüder und Schwestern unseres Blutes. Sie warten auf uns – in Golgorath!

Und nicht nur sie warten! Andere gibt es, die das ebenfalls tun. Die Freunde des Volkes von Penderak, als da sind: die Weißen und die Braunen Elfen! Die Azmurier und die Nordleute! Auch sie sind unsere Brüder und Schwestern!« Er legte eine kleine Pause ein, dann sprach er mit leicht erhobener Stimme weiter: »Ja, auch sie warten auf uns im finsteren Golgorath!« Wieder eine Pause. Wunderbar flirrte das Sonnenlicht auf der Rüstung derer des Hauses Uxmun, die Esrund trug. Und dann durchriß seine Stimme die stille

Morgenluft: »Die Stimmen der Sklaven des Todesherrn sind es, die ich vernehme, Freunde! Wie mit einer Stimme schreien sie es heraus: Befreit uns! Befreit uns!

Mein Volk! Oft haben wir darüber gesprochen. Wir haben diskutiert und gestritten, und wir sind uns einig geworden. Alle haben wir seit langen Jahren auf diesen Tag gewartet. Deshalb: Laßt uns aufbrechen! Unsere Brüder und Schwestern warten! Das sollen sie nicht vergebens tun! Vorwärts – vorwärts also nach Cryslandon!«

Donnerndes Brüllen stieg von den Zwergen auf. Esrund hatte das ausgesprochen, was sie alle tief in ihrem Herzen fühlten, schon lange gefühlt hatten.

Der Zwergenführer stieg die Stufen hinunter und kletterte auf sein Pony. Eine Trompete wurde geblasen.

Das war das Zeichen!

Die Armee von Penderak brach auf, und mit ihr war die Musik von Dudelsäcken, Flöten, Panflöten, Hörnern und das Schlagen von achtzig Trommeln. Sie gaben den Schritt vor.

Die Leute, die in der Stadt zurückblieben, die die Straße säumten, jubelten, als Reihe um Reihe von Zwergen, Tieren, Karren und Wagen über die steinerne Brücke verschwand.

Ein Schauder kribbelte über Gwynns Rückgrat. »Gehen wir«, sagte sie leise zu ihren beiden Vettern.

Sie zogen sich in die Sättel und gab den Tieren die Zügel frei. Freudig wiehernd preschten sie los, aus der Stadt hinaus, über die Brücke – und dann in die Berge hinauf.

An stillen Lagerplätzen galoppierten sie vorbei und weiter, immer weiter.

Bald würden sie die Stadt hinter sich nicht mehr sehen können. Gwynn zügelte ihre Stute und sah zurück.

Auf der anderen Seite der Stadt marschierte die Zwergenarmee eine sanfte Anhöhe hinauf. Die vom Himmel strahlende Sonne hob die unzähligen Farben des Trecks gegen das Braun der Kolgar-Berge ab. Der näselnde Rhythmus, der von den Dudelsäcken vorgegeben und den Trommeln aufgegriffen wurde, wehte zu Gwynn und Ianen und Glenden herüber. Die Zwerge sangen. Gwynn vermochte die Worte nicht zu verstehen, aber die Melodie trug die deutliche Botschaft der Freiheit in sich . . .

10

DIE HEXE VON ZORAK

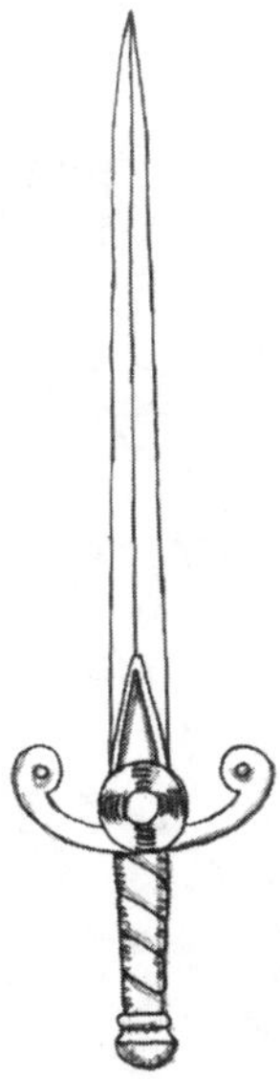

© HILDEBRANDT

Allmählich flachte das Land ab – hin zu den großen Marschen des Südens. Tief über dem Boden waberten große Nebelfetzen um die großen, immergrünen Bäume, die in dichten Gruppen auf vereinzelten kleinen Bodenerhebungen standen. Das weiche Gras wurde von zähem, hartem Schilfgras ersetzt, einem weiteren Boten des Sumpflandes. Hohe Binsen und Schwertlilien waren zu sehen. Rutenförmige, fleischfressende Pflanzen säumten seichte Seen und schwankten verführerisch, um Insekten anzulocken.

Nur mit Mühe und viel gutem Zureden hatten Ailwon, Hugh Oxhine, die Zwergenzwillinge und Oolu ihre Reittiere dazu bewegen können, weiterzugehen. Sie hatten gescheut und sich beharrlich geweigert, dieses offenbar verfluchte Land zu betreten.

Die Reiter waren sich der Gefahr, die hier allgegenwärtig lauerte, wohl bewußt. Von überallher wurden sie von unsichtbaren Augen beobachtet, während sie sich langsam aber stetig der Heimstatt der Hexe von Zorak näherten. Im Unterholz der kleinen Baumgruppen konnten sie immer wieder huschende Schatten und flüchtige Bewegungen ausmachen.

Keiner der Gefährten war in der Stimmung, sich zu unterhalten – außer Oolu. Der Gwarpy veranstaltete ein regelrechtes Frage- und Antwortspiel, stellte sich selbst und seinem Pony die unmöglichsten Fragen, um sie gleich darauf selbst zu beantworten.

»Es ist bestimmt feucht und kühl hier«, murmelte er.

»Nicht wahr, Carrot, nicht wahr, Oolu? – Das sein bestimmt sicher. Überhaupt nicht wie in Lehmende, gar nicht. S'ist nicht annähernd so sonnig hier. Und Berge gibt's auch keine, keine Blumen und nicht einen Bobabo-Baum.«

Rechterhand, etwas abseits, ließ sich ein langes, dunkelgrünes Reptil von einem Baumstamm ins flache Wasser gleiten und verschwand in einem wirren Erlendickicht.

Oolu nahm seinen Monolog wieder auf. »Aber andererseits, Carrot«, sprach er zu seinem Pony, »und andererseits, Oolu, nichts da oben in Lehmende ist da so wie das hier. Hier gibt es Sachen, die es da nicht gibt. Wußtest du das denn, he?« Und gleich darauf: »Aber klar doch wußten wir das schon, tja.«

Und daraufhin blickte Oolu zum fünfzigsten Mal suchend auf das umliegende Sumpfland und massierte sich seinen knurrenden Bauch. »Keine Beeren, keine Nüsse, keine Wurzelpflanzen . . . Bestimmt viel hungriger als da oben, nunja, tja.«

Niemand antwortete ihm, und so schwieg auch er.

Die Zeit verging, und sie erreichten den großen Sumpf von Zorak. Die Gegend hier wirkte noch unheimlicher. Feuchtigkeit trieb in der dumpfen Luft. Blubbernd zerplatzten Gasblasen. Hier und da krächzte ein Vogel, dann herrschte wieder absolute Stille.

Hugh Oxhine fühlte sich unbehaglich, und er wußte, daß es seinen Gefährten keinen Deut besser erging.

Plätschern.

Dann ein Schrei, der unmöglich von einer menschlichen Kehle ausgestoßen worden sein konnte.

Der Vandorer hob lauschend seinen Kopf. Der Schrei wiederholte sich nicht. Schweigen hatte sich über die seltsam unwirkliche Gegend gesenkt. Der Nebel wurde dichter. Wie ein lebendiges Wesen kroch er über den feuchten Boden, der unter jedem Schritt federte.

Sie hielten an und sahen über die riesige Fläche aus stehendem Wasser und Nebel, die sich vor ihnen ausbreitete. Verdrehte Bäume reckten sich in die Höhe, moosbehangene Zweige streckten sich wie tastende Tentakel davon aus. Fäulnislöcher klafften am Fuß der meisten dieser Bäume. Ekelerregender Gestank wehte daraus hervor. Überall eine Fülle primitiver, fleischiger Wasserpflanzen.

»Ich habe diesen Sumpf schon einmal gesehen«, hauchte Ailwon unvermittelt. »Nie bin ich auch nur auf tausend Meilen hierhergekommen, und doch kenne ich diesen Ort.«

Hugh wandte sich dem Elfenprinzen zu. Durch die wehenden Nebelschleier glaubte er, feststellen zu können, wie die alten weisen Gesichtszüge Elgans über die des jugendlichen Prinzen huschten. – Trugbild oder Wirklichkeit?

Der junge Mann stieg von seinem Grauen. Das Pferd schnaubte nervös, und Ailwon strich beruhigend über seinen Hals. Mit der freien Rechten deutete er auf den Sumpf.

»Keine Worte gibt es, die geheimnisvolle Macht dieses Anblicks wiederzugeben. Und dies ist lediglich die Oberfläche jener Gefahr, die hier auf uns lauert.« Er sah zu dem breitschultrigen Vandorer auf.

Hugh blickte über die finstere Gegend, aber er sah sie nicht. In diesen Augenblicken war sein Geist von den Bildern seiner Jugend erfüllt. Er gedachte seiner Abwendung von seinem Volk und schließlich gar von den eigenen Eltern, er vergegenwärtigte sich seine Hochzeit, die Geburt seiner Kinder, den Umzug in die Wildnis. Und dann – die Ermordung seiner Frau, seiner Kinder und seine verzweifelte Jagd, die Mörder aufzuspüren . . . All diese Fragmente seiner Erinnerung blitzten in ihm auf. Und noch mehr: Modra, Elgan, Gwynn . . . Sein Ritt ins Antlitz des Sturmes hinein. . .

Er seufzte und löste sich von diesen Gedanken, denn er spürte Ailwons und Erbins und Evrawks und Oolus Blicke auf sich ruhen.

Sie stiegen ab und führten ihre Reittiere an den Rand eines Haines. Hier war der Boden noch einigermaßen fest und trocken, und die Tiere fanden genügend Futter – und, wenn sie ihre Hälse reckten, auch Wasser. Sie banden sie locker fest und gingen zu Fuß weiter.

Bald hüllte sie der Sumpf völlig ein – und schließlich waren sie alle davon überzeugt, in dessen Zentrum vorgestoßen zu sein. Brechreizerregender Fäulnisgestank lastete in der Luft und schnitt bei jedem Atemzug wie ein stumpfes Messer in ihre Lungen. Feucht und bedrückend schwül war es, doch jeden von ihnen fröstelte es. Schritt für Schritt wateten sie in dem schwarzen Wasser vorwärts. Unsichtbare Wesen berührten ihre Füße, glitten mit raschen, geschmeidigen Bewegungen an ihnen vorbei.

Die Gefährten waren auf der Hut. Jeder ihrer Sinne war angespannt. Ihre Hände umkrampften die Waffen.

Hoch über ihnen – von verfilzten Ranken und Baumkronen gut verborgen – kauerte ein geflügeltes Wesen, das fürchterlich anzusehen war. Der Reptilienkörper war zur Hälfte mit Haaren bewachsen, zur Hälfte von Schuppen bedeckt. Schleim sonderte er ab. Die gelben Spaltaugen glühten in bösem Feuer. Still, bewegungslos saß diese Alptraumkreatur da und beobachtete die Gefährten. Dann erhob sie sich und flog schweigend in die Tiefen des Sumpfes davon.

Und noch dichter wallte der Nebel.

Jeder Schritt, der die Gefährten tiefer nach Zorak hineinführte, wurde zu einem Wagnis. Der graue Dampf hüllte sie nun gänzlich ein, zitterte überall wie gewaltige Mauern. Ihre Sinne wurden benommen. Nur mehr eine Armeslänge weit vermochten sie zu sehen. Bald war jeder von ihnen allein – ganz allein. . .

*

Besonnen tastete sich Ailwon Schritt um Schritt in das graue, brodelnde Nichts hinein.

Immer weiter entfernte er sich von seinen Kameraden, ohne dies zu bemerken.

Stille.

Dann wehte der ferne Klang einer leise angeschlagenen Mandoline an sein Ohr, und er vernahm die klare Stimme einer Frau, die ein Lied summte. Gebannt folgte Ailwon dieser Stimme.

Langsam teilten sich die Nebelschleier. Vor dem Elf ragte ein ungeheurer Baum auf. An einen monströsen, gehörnten Totenschädel erinnerte er. Tote Augenhöhlen starrten auf ihn herunter. Ailwon schauderte es nicht. Die Stimme hatte ihn verzaubert. . .

Er näherte sich der klaffenden, mundähnlichen Höhlung am Fuße des Baumes. Schwerer, immer schwerer lastete das Schwert Elfgard in seiner Rechten, und schließlich ließ er es einfach achtlos fallen.

Jetzt, da Ailwon ins Innere des Baumes getreten war, wurde das Lied klarer, die Stimme vertrauter. Immer tiefer lockte sie ihn in ein Labyrinth dunkler Gänge. Vorsichtig tastete sich der Jüngling an den Tunnelwänden entlang, bis er vor sich einen schwachen Lichtschimmer wahrnahm, der nach und nach heller wurde, je näher er ihm kam. Schließlich lohte er im hellen Gelborange eines großen Feuers.

Ailwon trat auf eine Lichtung hinaus.

Ein schöner Wald umgab ihn. Die Bäume waren schwer vom Blattwerk, das den Baldachin der Lichtung bildete und nur einen winzig-kleinen Kreis freiließ und durch ihn einen Blick in den sternengesprenkelten Nachthimmel gestattete.

Kühl und still war die Nachtluft, nur hin und wieder vom fröhlichen Zirpen der Grillen unterbrochen. Die Stimme der Frau aber – sie war überall zu hören, und Ailwon empfand sie nicht als störend. Irgendwie paßte sie zu dieser Stimmung . . .

Und dann – sah er das Mädchen!

Es saß vor einem hoch lodernden Lagerfeuer und hielt ihm den Rücken zugewandt. Langes, goldbraunes Haar schimmerte im unruhigen Feuerschein, ja, geradezu mit Gold übergossen, so wirkte es. Und noch bevor sie zu Singen aufhörte und sich zu ihm umdrehte, wußte Ailwon, wer da vor ihm saß. Sie *mußte* es sein, – kein Zweifel!

Gwynn!

Und sie sah ihn an und lächelte und ihre grünen Augen glitzerten.

Ailwon schüttelte seinen Kopf, aber die Trübheit darin schwand nicht. Jeden klaren Gedanken hemmte sie.

»Armer Liebling«, flüsterte sie mit von Belustigung gefärbter Stimme. »Du darfst nicht versuchen, darüber nachzudenken . . . Nicht jetzt. Nimm es als gegeben hin . . . Komm – setz dich zu mir . . .«

Langsam stapfte er vorwärts, und dann stand er vor ihr und starrte sie voller Unglauben an.

Gwynn trug jene Kleidung, die sie auch damals, beim Abschied getragen hatte. Jetzt legte sie die Mandoline beiseite und rekelte sich an einem darniederliegenden Baumstamm. Sie sah zu ihm auf. Ja, dachte er. Ja, das ist tatsächlich meine Gwynn . . .

Weich rahmte ihr Haar das ebenmäßige, gebräunte

Gesichtsoval. Ihre Lippen waren zu einem spielerischen Lächeln gekräuselt. Sie zog ihre langen, geschmeidigen Beine an und schlang ihre Arme darum.

»Sag, Ailwon«, lachte sie, »willst du nur hier stehen und mich anstarren? Bin ich nicht deine Liebste? Willst du gar erklären, daß du mich nicht erkennst? Komm – setze dich neben mich . . .« Sie reichte ihm die Hand, und als er sie ergriff, zog sie ihn zu sich herunter.

»Es . . . es tut mir leid, Gwynn . . .« Diese Worte zu bilden, fiel ihm schwer. »Es ist nur . . . Es ist nur, daß ich einfach nicht verstehen kann, wie du – « Er runzelte die Stirn, versuchte, sich zu erinnern. »Die anderen – was ist mit den anderen . . .?«

»In Kürze werde ich dir alles erklären«, unterbrach sie ihn. »Jetzt aber sag mir nur eines, Liebster: Wo – wo ist der Kronhelm versteckt? Dies zu wissen, ist lebenswichtig für unseren Erfolg . . . Ich *muß* wissen, wo er versteckt ist!«

Ailwon versuchte zu verstehen. »Der Kronhelm . . .? – Warum mußt du sein Versteck kennen? Er wird doch schon bald nach Cryslandon gebracht werden. Ich – «

Sie lachte und drückte sich gegen ihn. »Das war nicht meine Idee, Ailwon, Liebster . . . Elgan war es, der mir auftrug, dies zu klären. Du kennst doch Elgan noch? Er erinnerte mich, daß – sollte ihm und Shandar etwas zustoßen – nur du allein weißt, wo der Kronhelm zu finden ist. Und du bist so weit fort . . .« Ihre schlanken Finger streichelten seine Wangen. »Es ist wirklich nur eine harmlose Sache, Liebster . . .«

Ailwon fühlte, wie seine Verwirrung zunahm.

Er sagte: »Du weißt natürlich, daß du mein Vertrauen besitzt . . . Jeder aus unserer Gruppe vertraut dir. Aber ich mußte Geheimhaltung schwören. Nicht einmal Erbin oder Evrawk kennen das Versteck, ebensowenig wie der harmlose Oolu. Und auch ich erfuhr es erst . . .«

Gwynns Hand hatte sich von den Wangen des Jünglings zu seinen Lippen bewegt und schloß sie sanft. Mit den Fingern ihrer anderen Hand strich sie durch sein langes, blondes Haar. Sie sah ihm jetzt direkt in die Augen, und er erwiderte ihren Blick. Verführerisch senkten sich ihre Lider, ihre Lippen öffneten sich leicht. Dann beugte sie sich vor und küßte ihn. Es war ein langer, leidenschaftlicher Kuß.

Sanft spürte sich der Elfenprinz nach hinten gedrückt. Feucht und kühl war das Gras unter seinem Körper, und unter Gwynns Küssen atmete er schwer. Sacht tastete ihre Hand unter sein Wams und streichelte seine Brust.

»Ailwon . . . Ailwon . . .«, flüsterte sie eindringlich. »Du mußt es mir sagen! – Wo befindet sich der Kronhelm? Wo ist er?«

Rhythmisch hob und senkte sich Ailwons Brust, sein Leib stand in Flammen. Er war erregt, – doch jedesmal, wenn sie ihre Frage wiederholte, fuhr ein Nadelstich in diese seine Leidenschaft . . . Und dann war da auch noch der leichte Ärger in ihrer Stimme. Unterschwellig zuerst, aber jetzt, mit jeder neuerlichen Frage nach dem Kronhelm, deutlicher herauszuhören. Noch immer preßte sie ihren weichen Körper gegen ihn, immer wieder küßte sie ihn, und ihr Streicheln wurde noch aufreizender, – doch Ailwon konnte spüren, daß die Wärme ihrer Leidenschaft verschwunden und kalt vor Haß geworden war!

Er ergriff ihre Schultern und stieß sie von sich!

Und als er sie jetzt anstarrte, klärte sich sein Verstand. Ja, ihre Schönheit, ihr Körper war der Gwynns, – aber das war nur Maske! Dahinter lauerte Grausamkeit! Das Grün ihrer

Augen war erfüllt mit einer Energie, die nur fanatischer Haß hervorbringt.

»Gorta!« keuchte er. »Du – du bist Gorta!«

Sie schrie ihren Haß heraus und sprang auf. Wie eine Furie kam sie heran, die Zähne gefletscht.

»*Yar zaggon por yar vaggot! Zamut tar Gorta!* Du Wechselbalg eines Elfs! Du wagst, Gorta zurückzuweisen!« Sie schlug ihm ins Gesicht. Die Wucht dieses Schlags warf ihn zurück. Die Hexe in der Gestalt seiner Geliebten warf sich vorwärts und trat nach ihm. Hart erwischte ihn ihr Fuß in der Rippengegend. Ailwon handelte: Er rollte sich zur Seite, versuchte so, dem nächsten Angriff der Hexe zu entgehen. Vergeblich! Ein heimtückischer Tritt traf ihn direkt unterhalb der Nierengegend. Er krümmte sich vor Schmerzen.

»*Zaton Yar Zabbath!*« kreischte Gorta, noch immer außer sich. »Unfähiger Bastard! Jetzt wirst du es mit mir und allen Mächten der Finsternis zu tun bekommen! Du – und deine lächerlichen Verbündeten!«

Ein weiterer Schlag!

Blut quoll aus der Platzwunde an Ailwons Wange. Seine Rippen fühlten sich an, als seien sie zerschmettert. Keuchend warf er sich herum und entging mit Mühe dem nächsten wilden Fußtritt. Jetzt schnellte Ailwon vor. Den in ihm aufzuckenden Schmerz ignorierte er. Vor seinen Augen stand nur ein Ziel . . . *Sie darf es nicht schaffen! Sie darf es nicht schaffen!*

Seine zupackenden Hände krallten sich um ihren Fuß. Ein heftiger Ruck! Gorta krachte zu Boden!

Geschmeidig wälzte sie sich herum – und dann stand sie auch schon wieder auf den Füßen!

Mit dunklem Zauber hatte sie sich die schnelle Beweglichkeit Gwynns zu eigen gemacht. Ailwons Angriff und die Demütigung, die sie durch ihren Sturz erfahren hatte, ließen sie förmlich vor Haß explodieren. Wie eine Wahnsinnige griff sie wieder an, während sie in der Sprache der Unterwelt kreischte: »*Yar Zaggon por Vaggot!*«

Ailwon glaubte, in einem schrecklichen Alptraum gefangen zu sein! Gwynns Gesicht veränderte sich . . .

Dann traf ihn ein neuer brutaler Tritt an der Stirn, und er fiel nach hinten. Schlierige, klebrige Dunkelheit fraß sich in sein Bewußtsein – und löschte es aus.

»In diesem verdammten Sumpf herumzuwaten scheint mir vergebliche Liebesmüh«, brummte Hugh Oxhine mürrisch.

Erbin kratzte sich unter seiner Kapuze. »Das mag schon stimmen, Vandorer«, räumt er ein. »Aber wir müssen . . .«

Ein überraschter – und panikerfüllter Schrei, etwa fünfzig Yards entfernt aufgeklungen, unterbrach den Zwerg.

»Das – das war Oolu«, rief Evrawk aus.

Hugh hatte sich bereits in Bewegung gesetzt. Die Zwerge folgten ihm. Gemeinsam hetzten die Gefährten voran, in jene Richtung, in der der Schrei laut geworden war.

Einmal klatschte Erbin in voller Länge in das morastige, schwarze Wasser, aber sogleich rappelte er sich wieder auf und rannte weiter.

Und dann – unvermittelt – ragte vor ihnen der Totenkopfbaum auf. Unirdisches Leuchten flammte aus der klaffenden Höhlenöffnung.

Oolu stand von wilder Furcht ergriffen, er zitterte und bebte und seine Zähne klapperten laut aufeinander. Aber dann stellte er fest, daß ihm das Licht nichts Böses wollte. Im Gegenteil . . . Von Elfgard strahlte es aus!

Jetzt überwand er seinen Schrecken endgültig und eilte zur Höhlenöffnung hin und hob das Elfenschwert vom Boden auf.

Hugh, Erbin und Evrawk hetzten zu dem Gwarpy, der nun einen wahren Höllentanz aufführte.

»Seht! Seht! Elfgard!« rief er. Der Gwarpy war völlig außer sich, er schluchzte fast.

»Das hier dürfte der Eingang sein«, rief Hugh und sprang in die klaffende Höhlenöffnung hinein. Oolu wieselte ihm nach, Elfgard fest im Griff. Erbin und Evrawk bildeten den Abschluß. Sie hatten ihre Streitäxte gezückt.

»Sei verflucht, Gorta!« brüllte Erbin düster. »Du wirst uns Ailwon nicht nehmen! Du nicht, elende Hündin!«

*

Ailwons Geist schwebte zwischen Traum und Wirklichkeit.

Es dauerte jedoch nicht lange, dann wurde er brutal in seinen Körper zurückgezwungen. Jemand riß seinen Schädel an den Haaren hoch und gräßlicher Schmerz zuckte durch seine erwachenden Sinne.

Das weiche Gras der Lichtung war verschwunden, die Bäume sowie deren grünes Blattwerk ebenfalls. Alles hatte sich verändert.

Ailwon stellte fest, daß er auf harten Steinplatten lag. Über ihm wölbte sich eine steinerne Decke. Er befand sich in einer gewaltigen unterirdischen Halle! Hundert oder mehr ungeschlachte Rattenbestien – Blegons – umringten ihn. Unmittelbar vor ihm ragte Gortas Hexenkessel auf, der wie ein Dämonenschädel geformt war. Rauch quoll daraus hervor – und schwefelgelbes Glühen. Dies wie die Quelle all ihrer Kräfte . . .

Ailwon kniff seine Augen zusammen, um das Leuchten mit seinen Blicken durchdringen zu können. Im Hintergrund konnte er einen geschnitzten Thron ausmachen. Und darauf saß – Gorta.

Als sie Ailwons Blick bemerkte, erhob sie sich und stieg die Stufen, die zu ihrem Thron hochführten, herunter. Langsam, aufreizend näherte sie sich dem Jüngling.

Gorta war groß – viel größer als sie in Gwynns Gestalt gewesen war - und schlank. Sie war nahezu unbekleidet. Nur einige knappe Felle bedeckten ihre Blößen. Pechschwarz schimmerte ihr Haar, das in der Mitte gescheitelt war und lang und sanft über ihre Schultern floß. Aus ihrer Stirn wuchs ein Hörnerpaar. Das weiße Gesicht war fein geschnitten, und man hätte es schön nennen können, wäre da nicht dieser fürchterliche, kalte Haß darin zu lesen gewesen.

Als sie vor ihm stand, blickte Ailwon auf, verzaubert von der Macht ihrer dunklen Augen. Verächtlich starrte sie auf ihn herunter.

»*Du* sollst also das Volk Urshuraks retten?« höhnte sie. »Du Balg sollst der Sevena des sagenhaften Kronhelms der Weißen Elfen sein?« Sie lachte schallend und schritt zu ihrem Kessel hinüber.

»Bringt den Kerl her!« befahl sie den Blegons.

Sogleich kamen zwei der Bestien diesem Befehl nach. Sie rissen den Elfenprinzen auf die Füße und zerrten ihn mit sich. Vor dem Kessel drückten sie ihn auf die Knie nieder. Wieder wurde sein Kopf an den Haaren hochgerissen, und er war gezwungen, direkt ins Antlitz der Dämonenfratze zu blicken.

Gortas Stimme erklang hinter ihm. »*Ramaelgadon! Torgon tar Gorta!*« schrie sie beschwörend.

Die Atmosphäre des Bösen verdichtete sich. Funken stoben in einer Rauchsäule zur Decke hoch, und die starren Augen der Fratze erwachten plötzlich zu *realem* Leben! Funkelnd starrten sie Ailwon an, und im gleichen Augenblick zerrte *etwas* an seinem Verstand! Der Prinz versuchte, seine Augen zu schließen . . . Mit aller Macht versuchte er es. Aber es gelang ihm nicht. Der fremde Willen war stärker.

Gortas zornige Stimme wurde nun direkt an seinem Ohr laut: »Wo ist der Kronhelm versteckt? Ich will es wissen! Sag es mir! Sag es!«

Nein! gellte eine schrille Stimme in Ailwons Geist. Schweiß perlte auf seiner Stirn und brannte in der Wunde. Verbissen kämpfte er gegen den bösen Willen an, der sich ihm aufzwingen wollte.

Unsagbar fremde Gedanken entstanden in seinem Gehirn . . .

Bilder formten sich . . . Und er war ihnen hilflos ausgeliefert. Die brennenden Dämonenaugen schienen sich aufzublähen, größer und immer größer wurden sie. Ihr Blick durchdrang seinen Geist.

»Nein!« schrie Ailwon. »Nein!«

Die Dämonenaugen flackerten, noch tiefer schnitt ihr Blick in den Widerstand des Elfs. Schreckliche Angst überkam ihn, als er sah, wie sich eine große, finstere Gestalt auf einem eisernen Thron formte . . . Torgon, der Herr des Todes! Der Herr Golgoraths!

Und er, Ailwon, war nicht in der Lage, sich zu wehren! Ausgeliefert war er, – völlig in der Hand der Mächte der Finsternis!

Da hob Torgon seine eiserne Faust und zeigte auf Ailwon. Das Bild eines schönen Tals, in dessen Zentrum sich ein riesiger, weißer Baum erhob, erschien. Ein Bach sprudelte aus dem Fuße des Baumes. Lauter und deutlicher wurde das Geräusch dahinplätschernden Wassers, und aus diesem Plätschern bildete sich eine fremde Stimme . . . Ein Wort entstand . . .

»Evshimin . . .«

Und dann ein weiteres: »Kronhelm . . .«

Ein Schrei ließ den Zauber zersplittern!

Ein Blegon, der Ailwon festhielt, brach zuckend zu Boden! Ein gefiederter Pfeil steckte in dem muskulösen Buckel des monströsen Wesens.

Ein zweiter Todesbote zischte heran, und auch er fand sein Ziel! Grunzend und knurrend sprangen die Blegons umher. Gorta fluchte wütend.

Ailwon kam auf die Füße.

Hugh, Erbin, Evrawk und Oolu standen nur ein paar Schritte entfernt in einer Korridormündung. Ihr Anblick ließ den Elfenprinzen frohlocken.

»Packt sie!« geiferte Gorta wutschäumend. »Packt sie! Sie sollen meinen Zorn spüren! Lebendigen Leibes werde ich sie häuten, und dann . . .« Sie brach ab.

Die Blegons formierten sich. Blitzschnell hatten sie ihre Überraschung abgeschüttelt.

Hugh Oxhine wartete nicht erst ab, bis sie heran waren. Blitzschnell feuerte er einen weiteren Pfeil ab, und dann in rascher Folge drei weitere. Kreischend brachen die getroffenen Rattenbestien zusammen und wälzten sich in ihrem stinkenden Blut.

Erbin brüllte in das Geschrei und Gezeter: »Hier, Ailwon, ich habe Elfgard!« Und er hielt das Schwert der Weißen Elfen hoch.

Bevor er es jedoch dem Prinzen reichen konnte, griffen die Rattenbestien an. Die Horde hetzte auf den Zwerg zu und trennte ihn von seinem geliebten Prinz Ailwon.

Erbin ließ sich dadurch nicht aus der Fassung bringen. Kraftvoll schwang er seine Streitaxt . . . Evrawk kam ihm zu Hilfe. Der Tribut, den die beiden von den Blegons forderten, war fürchterlich.

Um jeden Preis mußte verhindert werden, daß die finsteren Horden der Hexe das Schwert Elfgard in ihre Klauen bekamen!

»Ich will es haben! Besorgt mir das Weiße Schwert!« kreischte irgendwo die Hexe. Schaum flockte vor ihren Lippen. Wild gestikulierend brüllte sie.

Hugh Oxhine warf seinen Langbogen achtlos weg und zog sein Breitschwert. Wie ein Ungewitter brach er in das Kampfgetümmel ein. Seite an Seite kämpfte er mit den Zwergen gegen die immer wütender anstürmenden Blegons.

Blutgetränkte Fellklumpen wirbelten durch die Luft, einen grellroten Sprühnebel hinter sich herziehend. Todesschreie gellten und erfüllten den Saal, aber Gortas Gegeifer übertönte sie noch.

Dann wurde Erbin zu Boden geschlagen, und die Wucht des Belgon-Angriffs schmetterte ihm Elfgard aus der Faust.

Klirrend und funkensprühend fiel es nieder.

Die Rattenbestien schrien triumphierend auf und eilten, es zu erreichen. Aber da war plötzlich Oolu . . . Der flinke Gwarpy huschte – scheinbar direkt aus der Mitte der Blegons kommend – vor, riß die mystische Klinge hoch und rannte davon! So schnell war er, daß die Bestien vergeblich nach ihm griffen und schlugen.

»Oolu hat es!« schrie der Gwarpy, während er Ailwon entgegenstürmte.

Ailwon erkannte die Chance. In einem gewaltigen Satz schnellte er sich vorwärts . . .

Er durchbrach den Ring der Blegons! Oolu warf ihm Elfgard zu . . .

Kreiselnd drehte sich das Weiße Schwert. Flammende Funken flirrten auf der Klinge . . .

Und dann lag es plötzlich in Ailwons Faust – wie hingezaubert. Die Blegons waren im gleichen Sekundenbruchteil heran. Ailwon federte zur Seite, wich dem ersten Ansturm aus. Dann schlug er zurück. Kreischend gingen die Bestien auf Distanz. In ihren Augen flackerte es unruhig.

Ailwon setzte sich in Bewegung.

Durch das Kampfgetümmel schlug er sich vorwärts . . . Auf Gortas Kessel zu!

Die Blegons erkannten es. Mit verbissener Wildheit griffen sie an, um ihn am Weitergehen zu hindern. Aber Ailwon wehrte sich. Seine Klinge verstand er meisterhaft zu gebrauchen, und der tödliche Zauber des strahlend schimmernden Weißen Schwertes schmetterte die Bestien zur Seite.

Mit Ailwons stetem Vordringen machte sich Furcht unter den Rattenwesen breit. Furcht – und Verwirrung. Nicht einmal Gortas Kreischen vermochte sie mehr anzuspornen. Die Bestien wichen zurück – so weit, daß schließlich nur noch die Hexe zwischen dem Elfenjüngling und der Quelle ihrer schwarzen Macht stand.

Ailwon holte aus, um sie beiseite zu schlagen.

Da schrie sie auf!

Ein blendender Blitz lohte auf, erfüllte die Halle mit wahnsinnigem Licht! Schwefelgestank breitete sich aus!

Als Ailwon blinzelnd seine Lider hob, sah er sich einer furchtbaren Bestie gegenüber! Sie kauerte an der Stelle, an der Gorta soeben noch gestanden war. Etwa dreimal so groß wie ein Mensch war sie, und sie stand aufrecht auf zwei behuften Füßen, die aus mächtigen, fellbewachsenen Beinen wuchsen. Ein gewaltiger Schweif peitschte bösartig die Luft. Unruhig scharrten die Hufe über den Steinboden.

Von hoch oben starrten grelle Höllenaugen auf Ailwon hernieder. Höllenaugen – die in einem weiblichen Gesicht saßen! Lange, gelbe Fangzähne ragten über dicke Wulstlippen. Strähniges Haar fiel über Schultern und Brüste. Krallenhände öffneten und schlossen sich. Das ohrenbetäubende Brüllen schien gleichsam von dämonischem Lachen durchtränkt.

Wie versteinert starrte Ailwon in das Gesicht der Bestie, die jetzt noch größer wurde! So hoch wuchs sie empor, bis er ihren Kopf kaum mehr sehen konnte!

Aus dem Nichts flüsterte da Elgans Stimme zu ihm: *Nicht an ihre Realität darfst du glauben, sondern an deine . . . Nur an deine . . .*

Der Prinz sah auf das Schwert, das er in seiner Rechten hielt, und dessen Macht durchrieselte ihn wie ein Strom. Voller Trotz schrie er auf – und griff an.

Blitzend fuhr Elfgard durch die Luft – und tief in den Wanst des Ungeheuers hinein!

Geifernd schrie die Bestie auf!

Rauch wallte!

Silbrige Blasen wirbelten durcheinander und zerplatzten mit überirdischem Getöse!

Ailwon achtete nicht darauf. Mit einem wilden Ruck zerrte er sein Schwert aus der klaffenden Wunde und sprang zum Kessel der Hexe.

»Du Hündin! Du – Mörderin!« schrie Hugh Oxhine. Wie ein flirrendes Phantom sandte er seinen Pfeil ins Herz des Ungeheuers.

Ailwon gewahrte das schon nicht mehr. Er hatte den Kessel erreicht und hob jetzt Elfgard mit beiden Händen über seinen Kopf, bereit, den vernichtenden Schlag zu führen. Dann zögerte er.

»Hinaus«, schrie er, zu seinen Gefährten gewandt. »HINAUS!«

Sie verstanden.

Oolu raste los. Erbin folgte. Hugh stand wie gebannt – und starrte auf den Prinzen, dessen schlanke Gestalt wie ein Schemen vor der teuflichen Flamme aufragte. Evrawk machte kein langes Federlesen. Burschikos riß er den Vandorer herum und zerrte ihn mit sich in den Korridor hinein.

Da schlug Ailwon zu!

Das Weiße Schwert fraß sich in den flammenden Kessel der Hexe Gorta hinein!

Eine Feuersäule brandete hoch. Strahlendes, weißes Licht zitterte überall, als der Kessel explodierte. Funken spritzten hoch und wirbelten wie tote Sterne zu Boden. Ailwon wurde zu Boden geschmettert, aber er raffte sich rasch wieder auf und nahm sein Schwert fest in die Hand.

Neben dem zerstörten Kessel lag Gorta, die Hexe. Blut quoll aus tödlichen Wunden. Ihr vollendet geformtes, weißes Gesicht wurde vom Schmerz der Niederlage verkrampft.

Mit Donnergetöse neigte sich die Höhlendecke. Überall bildeten sich Risse. Wasser tropfte . . .

Ailwon hetzte los.

Hinter ihm zerbarst die Decke und ließ die Wasser des Sumpfes in die Halle strömen.

Ailwon entging den niederprasselnden Trümmern wie durch ein Wunder. Einen letzten Blick schenkte er der toten Gegnerin, dann stürmte er in den von grellem Licht erfüllten Korridor hinein, der ihn in die Freiheit führen würde.

Seine Gefährten waren irgendwo vor ihm, und sie schienen auf ihn zu warten. Aufmunternd brüllten sie ihm zu. Das Getöse hinter ihm kam immer näher. Offenbar stürtzte auch der Korridor ein! Knistern, Prasseln, Krachen . . . Die Hölle mußte ihre Pforten aufgetan haben . . .

Sarkastisch dachte Ailwon daran, daß er in diesen Augenblicken beileibe keine aufmunternden Worte brauchte. Selbst Gwynn hätte in *diesem* Rennen nicht schneller laufen können als er!

Er erreichte die Gefährten. Wenig später taumelten sie ins milde Licht des frühen Abends hinaus.

Das schwarze Wasser des Sumpfes war nahezu gänzlich verschwunden. Wahrscheinlich füllte es jetzt die unterirdischen Räume der Hexen-Heimstatt. Die verkrüppelten Bäume Zoraks gab es ebenfalls nicht mehr – und vielleicht hatte es sie nie gegeben. Wunderschöne grüne Weiden erhoben sich ringsum. Mit dem Verschwinden des Sumpfes hatten sich auch die dichten Nebelschleier und die stinkende Feuchtigkeit gehoben. Der Himmel war klar, der frühe Abend erfüllt vom Licht der Sterne und des Mondes.

Die Gefährten blickten sich an. Alle waren sie tropfnaß und so schmutzig, als hätten sie im Schlamm gebadet. Ihre Gesichter und Hände wiesen tiefe Kratzer und Schnitte auf. Blut sickerte daraus hervor.

Der Prinz der Weißen Elfen begann zu lachen. Glucksend fiel Oolu ein – und alsbald brüllten Erbin und Evrawk ebenfalls um die Wette.

Seltsamerweise empfand Hugh Oxhine überhaupt nichts von der gehobenen Stimmung seiner Gefährten. *Er* hatte Gorta töten wollen. Das war sein Ziel gewesem. Jetzt, da sie tot darniederlag, war sein Geist mit den Gedanken an seine Frau und seine Kinder erfüllt.

Ailwon sprach: »Nun, Hugh, brachte die Rache, die du suchtest, deinem Herzen Frieden? – Oder gibt es da irgendwo tief in deinem Innern das Gefühl, daß beileibe noch nicht alles vollendet ist? Ahnst du, daß *niemand* seinen Frieden haben wird, solange das Volk Urshuraks in Sklavenketten liegt? Hugh, – wirst du weiterhin an unserer Seite bleiben?«

Lange Zeit stand der Vandorer da, in seinen Gedanken verloren. Schließlich drehte er sich abrupt um und zog sich in Santors Sattel.

»Worauf warten wir noch?« erkundigte er sich schroff. »Ziehen wir weiter gen Süden!«

»Also auf, nach Zan-Dura!« rief Ailwon voller Freude.

Sie bestiegen ihre Reittiere. Oolu kicherte noch immer. Die fröhlichen Laute wurden zu jenem Waldhain zurückgeweht, in dem jahrhundertelang die Heimstatt der Hexe von Zorak gelegen hatte. Und das Lachen brach die letzten Reste ihres dämonischen Bannes für immer.

11

TAL-AMON

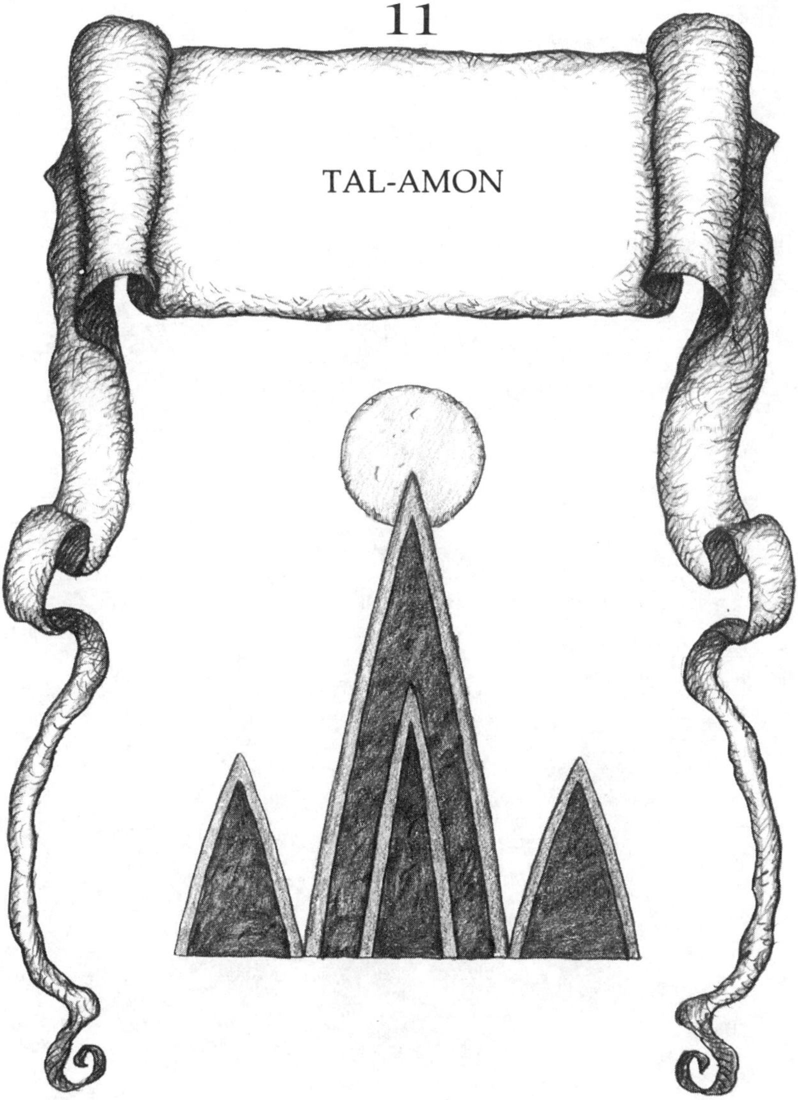

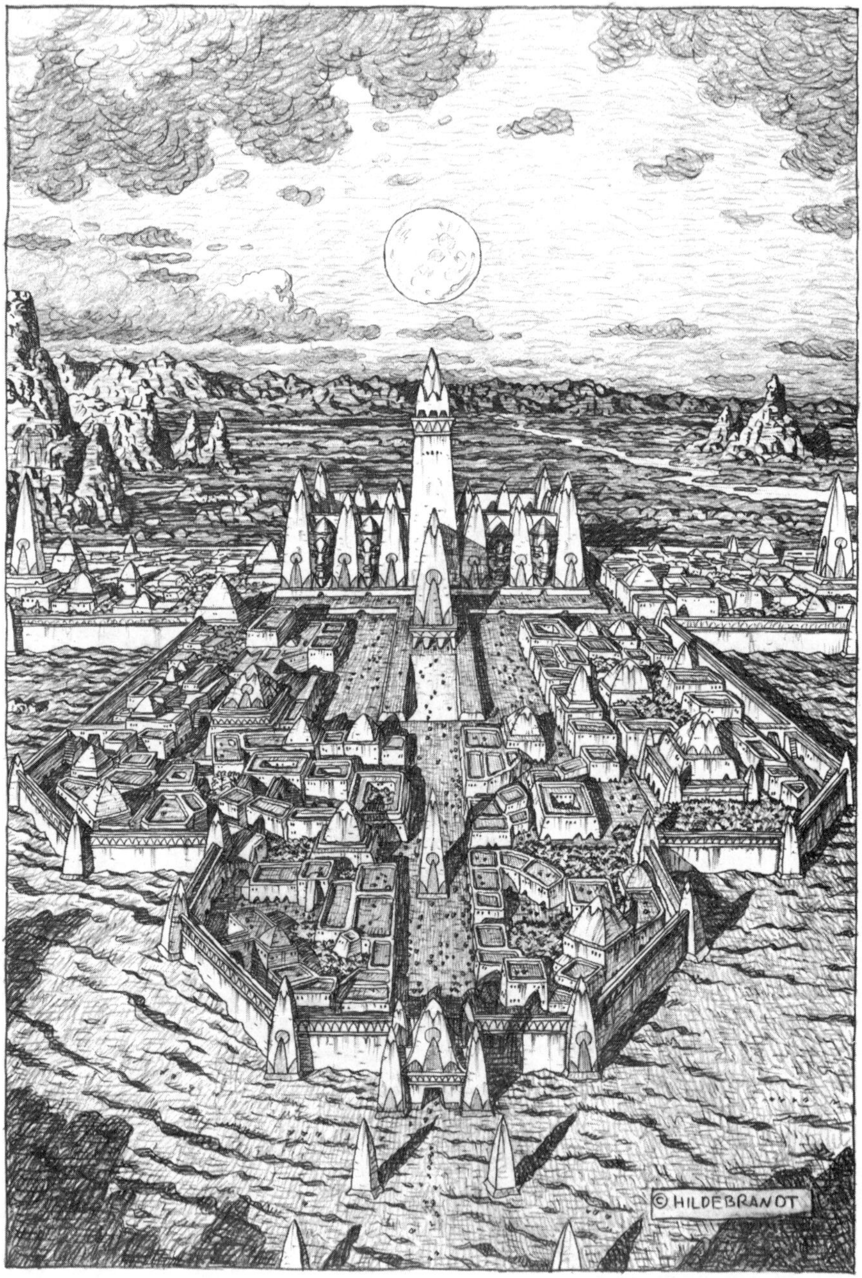
© HILDEBRANDT

Mit einem Gefühl freudiger Erleichterung stieg Elgan in die Freiheit des Himmels empor, eins mit jenem großen Flugtier, dessen Gestalt er angenommen hatte. Nach Osten hin wandte er sich, über die Gendi-Berge, welche goldbraun unter der Sonne lagen und über die Schlucht von Nenturi, die der Kafzida-Fluß in den Fels des Gebirges gefressen hatte. Dann folgte Elgan dem Verlauf des schimmernden Wassers tief unten, das sich durch die rot und gelbbraun schimmernde Einöde der Azante-Wüste schlängelte. Am Hafen von Abu-Sambar zweigten die Wasser des Kafzida vom Großen Garnon ab und spendeten der alten Hauptstadt Azmuriens, Tal-Amon, Leben, um sich von dort in die Bucht von Abaqui zu ergießen, wo der Kafzida in das Frokald-Meer mündet.

Die Schatten der großen Dünen der Azante-Wüste dehnten sich weit gen Osten, als die Sonne tiefer sank. Spitze Felsgruppierungen ragten aus dem Sand und kleine Zeltlager wurden sichtbar. Schließlich näherte sich die westliche Sonne der Vollendung ihres täglichen Zeremoniells. Immer weiter krochen die Schatten der aufkeimenden Nacht entgegen, und ein voller Mond blähte sich über dem Horizont.

Und dort lag die Hauptstadt der Azmurier: Tal-Amon.

Das große Flugtier ließ sich im sanften Abendwind tiefer sinken. Rasch glitt es auf die Stadt zu, deren pyramidenförmige Wohnbauten und Türme im sterbenden Licht des Tages schimmerten.

Im Zentrum der Stadt erhob sich hoch und majestätisch der Turm von Akarif, und die verlängerten Linien seiner ewigen Gestalt zeigten auf jene Zwielichtzone, die zwischen den Mächten des sterbenden Tages und der herannahenden Nacht lag.

Die gebogenen Fensteröffnungen des Turmes, der gegen das tiefe Blau des östlichen Himmels goldenweiß erschien, waren das Ziel des großen Tieres.

*

Ein kaum merklicher Ruck durchlief Elgan, als er auf dem schmalen Sims stand und in das Gemach hineinblickte, das er sich zum Ziel erkoren hatte. Da kauerte eine einsame Gestalt stillschweigend, mit gekreuzten Beinen ... Shandar, der Prophet.

Ein Großteil des Bodens zeigte das Rund des Kosmos. Hier, in diesem sorgfältig gearbeiteten Mosaik, war das geordnete Ganze des Universums abgebildet. Jener Gegenstand, den Shandar anstarrte, lag im Herzen des kosmischen Kreises.

Als Elgan das Turmzimmer betrat, fiel sein Schatten über den Kreis. Der Prophet sah hoch. Die Blicke der Männer trafen sich, und Shandar erhob sich. Keine Spur von Überraschung lag in seinen schrägstehenden Augen. Und als er sprach, klang dies so, als sei Elgan schon immer bei ihm gewesen.

»Der Prinz der Weißen Elfen vermochte seine erste Mission erfolgreich zu beenden. Gorta, die Hexe von Zorak, ist nicht mehr.«

Ruhig, beinahe gleichgültig wurden diese Worte ausgesprochen, doch sie waren von solcher Bedeutsamkeit, daß Elgan die Last langer Jahrhunderte in einem einzigen Augenblick von sich genommen fühlte. Er sah zu Boden, und seine Beine fühlten sich schwach an. Als er wieder aufblickte, bemerkte er, daß Shandar ihn musterte. Die linke Hand des Propheten war erhoben, die Innenfläche Elgan zugewandt. Und die beiden uralten Wesenheiten schritten langsam aufeinander zu. Dann erwiderte Elgan das Friedenszeichen Shandars. Die innere Ruhe und Ausgeglichenheit des Propheten sprang auf ihn über.

Shandar sah aus, wie er immer ausgesehen hatte. Seit jenem Tag vor fast tausend Jahren, da sie sich das erste Mal auf der Lichtung Modra gegenüber standen, schien er sich äußerlich nicht verändert zu haben. Und doch . . . Er *war* anders geworden. Elgan hatte diese Feststellung immer wieder machen müssen. Bei jedem ihrer bisherigen Zusammentreffen war Shandar verändert gewesen. Ewig schien er im Zustand des Werdens begriffen zu sein, immer schien er sich vorwärts, auf das zuzubewegen, das größer als sein gegenwärtiges Sein war.

Sie standen sich gegenüber und hoben ihre Hände in einer Geste der größten Liebe und Anerkennung gegeneinander. Ohne seine rechte Hand zu bewegen, legte Elgan seine linke auf die knochige Schulter des Propheten. Shandar streckte seinerseits seine Hand aus und berührte das gefurchte Gesicht seines Freundes. Dann umarmten sie sich.

Elgan verspürte plötzlich einen Stich tiefer Besorgnis. Obgleich Shandars Körper nach wie vor muskulös und sehnig und gestählt war von den zahllosen Reisen durch die Wildnis, wirkte er dürrer als je zuvor.

»So hat Ailwon seine erste Herausforderung also überwunden«, sagte Elgan. »Verspürst du die gleiche Erleichterung, wie ich?«

»Erleichterung – und Kummer. Und auch Traurigkeit. Traurigkeit darüber, daß Gorta ihre Kräfte, ihr gesamtes magisches Potential auf ewig nach innen kehrte, es nie schaffte, Freude zu erleben und sich unablässig auf die eigene Zerstörung zubewegte. – Ich muß dir etwas zeigen«, wechselte er dann das Thema. Er trat zurück und deutete auf das kosmische Rund auf dem Boden.

»Vorhin zeigte sich an dieser Stelle die Macht der Feuer Gortas«, erklärte Shandar. Die Stelle des Mosaiks, auf die er zeigte, war jetzt vollkommen schwarz. Der Boden dort schien dem Auge nicht mehr feste Materie zu sein – eher wie ein Loch, das in bodenlose Tiefen hinunterragte.

Shandar räusperte sich. »Die Zusammensetzung veränderte sich unmittelbar, bevor Ailwon die Macht der Hexe überwand. Was wir hier sehen, ist die Leere, die Energie des Nichts. Sie wird existieren, solange Torgon von ihr – und sie von ihm besessen ist. Hoffen wir, daß wir stark genug sind, einer derartigen Macht zu begegnen, – und zu trotzen!«

© HILDEBRANDT

»Wir haben unsere Entscheidung getroffen«, versetzte Elgan schlicht. »Wenig anderes bleibt uns, als unerschütterlich unseren Weg zu gehen. Hinzu kommt, daß Ailwon einen Verbündeten gewann, der ihm zur Seite steht. Ich zweifle nicht daran, daß diesem Mann – ein Vandorer – ein Großteil des Erfolgs in Zorak zufällt. Hugh Oxhine ist sein Name. Ich werde dich zu gegebener Zeit mit ihm bekannt machen.«

Shandar lächelte. »Vorhin glaubte ich, eine Kraft verspüren zu können, welche die Summe der Kräfte des Prinzen, der treuen Zwerge und meines Freundes Oolu übersteigt.« Er seufzte. »Du mußt wissen, daß ich meinen Wahrnehmungen nicht mehr uneingeschränkt vertraue . . . Deshalb freut es mich umso mehr, von dir zu hören, daß ich mich nicht getäuscht habe . . .«

Elgan legte seine Hand auf Shandars Arm. »Wenn es wirklich stimmt, daß der Schmerz die Nähe seinesgleichen sucht, so wirst du dich freuen können . . . Auch ich litt kürzlich unter den bösartigen Attacken einer scheinbar endlosen Anhäufung von Alter.«

Der Prophet nickte wissend. »Vielleicht ist das eine Art Preis, den wir bezahlen müen. Nun, laß uns hinunter gehen. Die Azmurier sind bereit, morgen loszumarschieren. Und dann . . . Wir haben noch einen Verbündeten gefunden. Einen ziemlich mächtigen sogar . . . Vorausgesetzt, er und Ben Kara haben sich zwischenzeitlich nicht die Schädel eingeschlagen.

Tark-Volmar ist es, der Anführer der Nordleute. Er kam von Norbruk hierher, um ein Bündnis gegen den Herrn des Todes zu schließen – und gegen jene seines eigenen Blutes, die zu Torgon übergelaufen sind.«

Shandars Augen erhellten sich. Ein vergnügtes Aufblitzen lag darin. »Er ist ziemlich ungestüm und aufbrausend, dieser Volmar. Und – wie du weißt – nährt unser Shakin, Ali Ben Kara, ein gewisses Quantum an Bosheit unter all dieser Kultiviertheit und Beredsamkeit. Kurzum: Seit eineinhalb Tagen schlagen sich die Beiden wortgewaltig darum, wer denn nun das Kommando über das anstehende gemeinsame Unternehmen innehaben soll. Es überrascht mich, die Streithähne nicht sogar bis hier herauf zu hören.«

Seite an Seite stiegen Shandar und Elgan die Wendeltreppe hinunter. Es dauerte gar nicht lange, da hörten sie den donnernden Schlachtruf der Nordleute. Sie beschleunigten ihren Schritt. Ein weiterer Schrei wurde nicht mehr laut. An seiner statt war jedoch das Keuchen und Grunzen von zwei kämpfenden Männern zu hören. Der Kampf mußte auf jenem Platz ausgetragen werden, der Akarif vom Hause des Shakin trennte.

Der Prophet und der Zauberer traten in dem Augenblick aus dem Turm, als ein überraschter Schrei gellte – und sogleich von einem lauten Platschen gefolgt wurde.

Elgans Blick fiel auf die üppige Vegetation, die ein erlesen gekacheltes Becken umgab. Dann sah er – vor dem Hintergrund einer hohen Sandsteinmauer – den Nordmann, Tark-Volmar. Der Bursche war ein Riese, und er lachte so laut, daß er kaum mehr die Luft zum Atmen fand. Ali Ben Kara zappelte im Wasser und fluchte ununterbrochen.

Shandar kicherte. Noch nie hatte er den Shakin der Azmurier derart würdelos erlebt. Ben Kara paddelte zum Beckenrand, hielt daran fest, fluchte besonders wüst und kletterte dann heraus. Eine Sekunde lang schüttelte er sich – und in der nächsten stürzte er sich auf Tark-Volmar. Wasser spritzte von ihm davon. Sein muskulöser schwarzer Körper wurde von dem kurzen Gewand, das er trug, vollendet nachgebildet. Wie eine zweite Haut klebte es an ihm.

Elgan und Shandar eilten los, um den Nordmann vor dem wütenden Azmurier zu erreichen. Ben Kara hob seine geballte Faust in einer drohenden Geste. Damit beeindruckte er Tark-Volmar allerdings nicht sonderlich. Der gewaltige Bursche krümmte sich noch immer vor lauter Lachen.

»Du überfütterter, rotgesichtiger Hanswurst!« kreischte Ben Kara. »Es will mir scheinen, daß du ebenfalls eine Abkühlung brauchst! Die Hitze, die dein idiotisches Lachen erzeugt hat, schreit förmlich danach! Komm! Stellen wir fest, wer dieses Mal im Wasser endet! Und – dieses Mal werde ich auf deine barbarischen Tricks vorbereitet sein!«

Shandar entfuhr ein Kichern, und der Shakin funkelte seinen alten Ratgeber an.

Endlich gelang es Tark-Volmar, sein donnerndes Gewieher einzudämmen. »Genug! Genug!« japste er, während er eine fleischige Hand hochhielt, wie, um den Ärger des

Shakin abzuwehren. Ali Ben Kara fluchte erneut zwischen knirschend zusammengebissenen Zähnen hindurch, dann wandte er sich brüsk ab und marschierte in den Pavillon, der sein Wohnhaus umgab. Riesige schwarze Gesichter waren in die hölzerne Wand geschnitzt. Diese feierlichen Mienen bildeten einen eindrucksvollen Kontrast zu dem tropfnassen, innerlich kochenden azmurischen Führer und dem fast hysterisch kichernden Nordmann.

Es dauerte eine Weile, bis sich Ali Ben Kara abgetrocknet hatte und – in neue Gewänder gehüllt – zurückkehrte. In der Zwischenzeit gelang es Tark-Volmar vollends, sich zu beruhigen.

Nach einem fürchterlichen Blick deutete Ali Ben Kara auf den schwarzen Marmortisch im Pavillon. »Setzen wir uns!«

Freundlich hörte sich das beileibe nicht an.

Elgan warf Shandar einen bezeichnenden Blick zu. Die beiden Alten kamen der Einladung nach. Tark-Volmar ebenfalls.

Sie setzten sich. Ali Ben Kara räusperte sich und ergriff das Wort. Knapp informierte er die beiden Alten über die widerwillig beschlossene Übereinkunft zwischen sich und Volmar.

Volmar hatte den Wunsch nach einem Bündnis zum Ausdruck gebracht. Daraufhin hatte er, Kara, ihn über den Stand der Dinge aufgeklärt, ihm in groben Einzelheiten das geplante Vorgehen der Verbündeten erläutert. Zuerst war der Nordmann davor zurückgeschreckt, sich und die seinen einem derartigen Feldzug anzuschließen. Von den anderen Völkern des Kontinents wußte er so gut wie nichts. Gut, er hatte gehört, daß es den Weißen Elfen irgendwie gelungen war, die periodischen Überfälle der mächtigen Streitkräfte des Herrn des Todes abzuwehren. Aber er mißtraute jedwedem Erben einer magischen Krone oder eines ebensolchen Schwertes und anderen Dingen dieser Art. Und die anderen Verbündeten: Braune Elfen, die von einem Mädchen angeführt wurden? Zwerge, die ihm höchstens bis an die Gürtelschnalle reichten? Eine Nation von Amazonen? Nein, er konnte sich wirklich kaum vorstellen, Seite an Seite mit derartigen Typen zu kämpfen. Aber Ali Ben Kara hatte darauf beharrt, daß er sich mit seinen Leuten der Sache anschließen müsse. Andernfalls gebe es kein Bündnis. Sodann war Tark-Volmar an die Reihe gekommen. Er hatte seine Bedingungen genannt und Ben Kara schwören lassen, diese geheimzuhalten.

»Ich verstehe nicht, warum er diese Geheimniskrämerei wünscht«, sagte der Shakin, der seine gewohnte Fassung inzwischen wiedergewonnen hatte. Anmutig rekelte er sich in seinem Stuhl aus Ebenholz.

»Das brauchst du auch nicht zu verstehen!« knurrte Volmar. »Du brauchst nur den Mund zu halten, das ist alles. Und wenn du dazu nicht in der Lage bist, nun, so verlierst du eben die Unterstützung von zehntausend der verflucht besten Kämpfer des Kontinents.«

Ben Kara verdrehte die Augen und starrte den Nordmann an. Nach wie vor war Tark-Volmars Oberkörper nackt, und der Schweiß perlte auf Brust und Schultern.

»Beim Donner«, rief Volmar aus, als er den Blick seines Gegenübers bemerkte. »Heiß ist's in diesem verfluchten Land!«

Seine mächtige Faust donnerte auf die Tischplatte. »Fangen wir endlich an. Ich hungere förmlich danach, das Leben aus diesem Hundesohn Torgon zu quetschen, der brave, freie Nordleute zu Sklaven gemacht hat!«

Elgan seufzte. »Mir will scheinen, daß ich ewig gezwungen bin, Leute zu bremsen, die zum Handeln entschlossen sind«, meinte er sanft. Bevor er fortfuhr, strich er über seinen prächtigen weißen Bart. »Hör mir zu, Tark-Volmar. Wenn wir diesen Feldzug erfolgreich führen wollen, so müssen wir – wir *alle*! – jeden Haß ablegen, der uns immer wieder einzuhüllen droht. Mag unser Ärger diese Tyrannei bekämpfen – nicht jedoch unser Haß! Haß ist eine schlechte Triebfeder – eine Emotion, die – wie gewisse andere – am Rande ihres Gegenteils schwankt. So wird Haß durch Liebe viel leichter überwunden als durch noch mehr Haß.«

Tark-Volmar war skeptisch, und er zeigte dies auch. »Verlangst du etwa, daß ich diesen Bastard Torgon lieben soll?« brüllte er mit hochrotem Gesicht. »Den häßlichen Schädel würde ich ihm liebend gerne einschlagen . . . Das ist in etwa die Liebe, die ich für den Kerl aufbringen könnte!« Der Nordmann lächelte fast, ziemlich vergnügt über seine Erwiderung an den Zauberer, den er insgeheim für einen kautzigen alten Burschen hielt.

»Warum haßt du ihn?« fragte Elgan ruhig.

»Warum stellst du so dumme Fragen?«

Elgan sackte in seinem Stuhl zusammen. Er war solcherlei Auseinandersetzungen so müde, so unbeschreiblich müde.

Shandar kam ihm zu Hilfe. Er setzte sich an die Seite des Nordmannes und sah ihm ernst in die Augen.

Der große Bursche wurde sichtlich unruhig.

»Alle lebenden Dinge, Tark-Volmar, leben so, wie es ihnen von ihren Bedürfnissen diktiert wird«, sagte er. »Folglich ist der Bär nicht weniger bösartig als die Taube. Wenn es Böses in Torgons Handlungen gab und gibt, so mag das an einer vor langer Zeit getroffenen Entscheidung liegen – oder möglicherweise gar am Fehlen einer solchen Entscheidung. Wie dem auch sei . . . Er läßt Golgoraths finstere Energien seine Handlungen bestimmen. Jetzt folgt er einfach seinen Bedürfnissen. Der Hunger nach absoluter Macht ist es, der ihn voranpeitscht. Die Auswüchse dessen sind Mord und Zerstörung, Sklaverei und Unterdrückung jedweden andersgearteten Lebens.

Der Herr des Todes muß überwunden werden . . . Aber das Feuer, das in uns brennt, sollte das Feuer der Liebe – nicht das des Hasses sein!«

Volmar war entwaffnet von der gelassenen Kraft, die dieser alte Mann verströmte. Trotzdem hatte er noch genug Reserven, um ein weiteres Mal mit der Faust auf den Marmor zu schlagen.

»Du sprichst von dem Übel, keine Entscheidungen zu treffen, Prophet! Und im gleichen Atemzug rechtfertigst du dieses blutige Unternehmen mit einer dümmlichen Weissagung . . .«

»Wir haben unsere Entscheidung getroffen, Tark-Volmar. Wir haben uns entschieden, der Weissagung zu folgen. Letzten Endes werden wir unser eigenes Schicksal entscheiden . . . Doch weder unsere Güte allein noch die bösen Taten Torgons werden schlußendlich entscheidend sein. Unsere Werkzeuge sind unsere Bestimmung, die gegenseitige Anerkennung – und unser Glaube.«

»Schon gut . . . schon gut«, murmelte Tark-Volmar. »Ich werde über diese Dinge nachdenken. Aber – tun wir endlich etwas! Ich werde mit euch und euren Armeen zur Stadt der Elfen ziehen. Meine Männer werden nach Norbruk zurücksegeln und ihre Brüder benachrichtigen. Die Krieger werden auf direktem Wege nach Cryslandon kommen. Ich aber – ich will mir ein Urteil über diesen Prinzenknaben bilden, bevor ich sie unter seinem Banner in die Schlacht ziehen lasse!«

»Du magst meine Truppen begleiten, wenn dir danach zumute ist«, erwiderte der azmurische Shakin. »Ich allerdings werde nicht an deiner Seite sein, da ich im Hafen Abu-Sambar auf die Ankunft des Prinzen Ailwon und der Amazonen zu warten gedenke.«

»Und warum sagst du mir das erst jetzt?« rief der Nordmann aus. »Du wirst diesen Elfen-Burschen nicht vor mir treffen!« Zum dritten Mal strafte seine riesige Faust den unschuldigen schwarzen Marmortisch. »Beim Donner, ich werde in Abu-Sambar an deiner Seite sein, Ben Kara!«

Der Shakin zuckte lässig mit den Schultern, aber innerlich grinste er.

Unvermittelt drehte sich Tark-Volmar um. Elgan und Shandar waren spurlos verschwunden.

»He – wie haben die das gemacht?« fragte er verwundert. Als Ali Ben Kara nicht antwortete, brummte er etwas Unverständliches, erhob sich und stapfte davon.

12

ANDELUVIEN

© HILDEBRANDT

Elgan und Skandor

Deciedon, der Verräter
Rechts: Zan-Dura
Rechts umseitig: Cryslandon

© HILDEBRANDT

Sanft prasselte der Regen gegen die Fenster des königlichen Palastes. Im Audienzsaal war es behaglich warm. König Zarin beugte sich – sein Kinn in die rechte Hand geschmiegt – auf dem hölzernen Thron vor. Da er nur zu gut wußte, daß er in dem bevorstehenden Wortgefecht mit seiner willensstarken Nichte Gwynn jeden Vorteil benötigte, um seine Autorität zu wahren, hatte er sich entschieden, sie in diesem Saal vorstellig werden zu lassen. Fest entschlossen war er, ihren Bitten, den Feldzug gegen den Herrn des Todes zu unterstützen, nicht nachzugeben.

Gut, sie hatte ihm enthüllt, daß ein Erbe des Kronhelms existierte und daß jener den Befehl übernommen hatte. Trotzdem: Nie würde er eine Handlung segnen, die dazu auserkoren war, eine Waffe gegen ein lebendes Wesen zu erheben. Ganz gleich, was für ein Tyrann dieses Wesen auch sein mochte. Und er gedachte, noch weiter zu gehen: Er würde Gwynn nicht erlauben, sich auch nur noch einen Herzschlag länger mit diesem Abenteuer zu befassen. Seinen bisherigen Apellen, ihre Aktivitäten mit dem Rebellenhaufen, der sich um sie geschart hatte, einzustellen, hatte sie widerstanden. Aber damit war es jetzt vorbei! Dieses Mal würde er unnachgiebig sein!

Dennoch fürchtete er sich vor der anstehenden Diskussion.

Was, so dachte er, ist falsch gelaufen? Gwynn hatte doch fürwahr die Schönheit und Gestalt seiner lieblichen Schwester geerbt. Sorgfältig war sie in der andeluvischen Tradition des Pazifismus ausgebildet worden; zuerst von ihren Eltern, und dann, nach deren Tod, von ihm, Zarin, höchstpersönlich. Seine Frau, Königin Wanel, hatte zudem viele Stunden damit verbracht, der Nichte zu lehren, wie man sich richtig benahm. Aber Gwynn war von Anfang an eigensinnig gewesen. Schon bald nach dem Verlust ihrer Mutter und ihres Vaters hatte sie an athletischen Wettkämpfen teilgenommen, anfangs mit Jungen ihres Alters, später dann mit älteren. Bald gab es nur mehr wenige, die es mit ihr im Wettlauf, mit ihrer Stärke und Behendigkeit aufnehmen konnten. Zarin und Wanel waren entsetzt gewesen – und doch zuversichtlch, daß es sich hierbei lediglich um eine gewisse Entwicklungsphase handelte, aus der sie alsbald herauswachsen würde.

Das war ein Irrtum gewesen – ein Irrtum, den sie viel zu spät bemerkt hatten.

Zarin seufzte mitleiderregend und blickte sich in dem schwach erhellten Saal um. Eine stille Einfachheit lag über diesem Ort. Boden und Wände bestanden aus einfachen Steinen, die Deckenbalken waren unverziert. Keinen überflüssigen Prunk gab es hier.

König Zarin erhob sich und schritt über den abgenutzten, einstmals in leuchtenden Farben strahlenden Teppich, der von dem doppelflügeligen Portal zu dem einfachen, hölzernen Thron führte. Seinen Kopf trug Zarin leicht geneigt, und abwesend starrte er auf das Blumenmuster des Teppichs. Vor dem Portal machte er schließlich Halt, kehrte um und schritt zu seinem Thron zurück. Er fühlte die Unruhe tief in seiner Seele, und sie gab ihm zu denken.

Sinnend schritt er zur rechterhand gelegenen Wand hinüber. Hier gab es ein Dutzend Fenster, hoch und schmal, mit bogenförmigem Oberteil. Schwarze Vorhänge waren vor sie gezogen. Seit fünf Jahren hielten sie das Sonnenlicht fern und schenkten diesem Saal jenes sanfte Dämmerlicht, das König Zarin so mochte. Er war beileibe kein alter Mann, aber seine Augen waren sehr empfindlich. Sie vertrugen kein helles Licht.

Jetzt zog der König einen der Vorhänge zurück und sah in den grauen Morgen hinaus.

Es hatte aufgehört zu regnen, und die Welt präsentierte sich mit erbarmungsloser Trübseligkeit.

Zarin sah über den Hof zu der langen Allee der Obstbäume hinüber, die in voller Blüte standen. Dort drüben lief eine breite Straße bergan. Einst hatte sie viele Reisende in das Tal im Herzen Andeluviens und wieder heraus getragen. Doch jetzt . . .

Ein einsamer Holzkarren wurde von einem mageren Pferd durch den Schlamm gezogen. Der Fahrer sprach geduldig auf das Tier ein.

In den blühenden Baumkronen, die sich über die Straße neigten, tschilpten und trällerten Singvögel.

Aber die Augen des Königs hingen an dem Mann auf dem Karren, und seine Ohren waren taub für die Lieder, die die Kehlen der munteren kleinen Gesellen in die Frühlingsluft entließen.

Schließlich ließ Zarin den Vorhang wieder vor das Fenster gleiten und wandte sich um. Die Tür eines Seiteneingangs öffnete sich, und seine Frau Wanel betrat den Thronsaal.

»Guten Morgen, Lieber«, sagte sie und gab sich Mühe, fröhlich zu erscheinen. Die Königin fürchtete Zwietracht ebensosehr wie ihr Mann, und die bevorstehende harte Debatte zwischen den beiden Menschen, die sie von Herzen

liebte, war ihr besonders beängstigend. Sie wußte, wie sehr Zarin entschlossen war, jedem Druck auf weitere Verwicklung in den Konflikt zwischen den Verbündeten Völkern und dem Herrn des Todes zu widerstehen.

Gwynns, Glendens und Ianens erregte Verkündung, es gebe doch einen Sevena, einen Erben des Kronhelms von Alfandel, hatte keinerlei begünstigende Wirkung auf den König gezeitigt. Eher das Gegenteil war der Fall gewesen. Das uncharakteristische Benehmen seiner beiden Söhne gab ihm weiteren Anlaß zu hartnäckiger Haltung. Er war wütend – und Wut wurde normalerweise als Enttäuschung getarnt – weil er erfahren mußte, daß Gwynn während der ganzen Zeit schon von der beabsichtigten Begegnung mit diesem ›Prinzen Ailwon‹ im Hause des Zauberers von Modra gewußt hatte. Wenn er, Zarin, davon gewußt hätte – niemals hätte er seinen beiden jungen Söhnen erlaubt, an einem derartigen Treffen teilzuhaben. Doch sie hatten um seine Erlaubnis gebettelt, ihre Cousine begleiten zu dürfen, wenn sie Pferde nach Delvinor lieferte. Wie hatte er ahnen können, was sie wirklich planten?

Zarin schien den leisen Morgengruß seiner Frau überhaupt nicht gehört zu haben. Er kehrte zu seinem Thron zurück und ließ sich darauf nieder.

»Wo ist Elsep?« murmelte er mehr an sich selbst gewandt, denn an Wanel, die sich neben ihn gesetzt hatte.

»Vor ein paar Augenblicken sah ich ihn«, erwiderte sie. »Er ließ mich wissen, daß er sogleich zu dir zu kommen gedenkt.«

»Gut«, räumte Zarin ein und nickte zufrieden. »Ich werde seine Unterstützung benötigen . . . Elsep ist ein guter Berater. In diesen bewegten Zeiten benötigen wir solche Leute, nicht wahr, Wanel?«

»Ja«, antwortete sie ohne echte Überzeugung. Sie behielt ihre Vorbehalte gegen Elsep für sich. Der Einfluß, den er auf ihren Mann ausübte, wollte ihr nicht gefallen. Nach dem Hinscheiden von Zarins langjährigem Berater, hatte er den Posten sofort neu vergeben. Und zwar – ohne viel Zeit oder Gedanken zu verschwenden – an Elsep. Er war so alt wie Gwynn, und daß er des Königs Berater wurde, verdankte er weniger seiner Fähigkeit, Zarin zu beraten, als vielmehr der, ihm zu gefallen. Elsep war klein, jedoch von muskulösem Körperbau. Seine Bewegungen erschienen unbeholfen, ebenso die eigenartigen Wendungen seiner Sprache. Diese seine Behäbigkeit hatte er mit falschem Charme zu übertünchen versucht, mit veränderlicher, gespielter Tapferkeit und Unterwürfigkeit. Durch die berechnende Wahl seiner Gewänder hoffte er, zu beeindrucken.

Der König und die Königin schwiegen.

Zarin war nervös. Die Finger seiner rechten Hand trommelten auf die Lehne des Throns.

Die Flügeltüren des Hauptportals schwangen nach innen, und Gwynn, gefolgt von den beiden jungen Prinzen, trat vor den König und dessen Frau.

Zarin seufzte und begann mit einem Monolog über das Wetter. Seine Frau, Gwynn sowie seine Söhne waren sich darin einig, daß es bestimmt ein schöner Tag werden würde. Daraufhin wies Zarin auf den schrecklichen Zustand der Straße hin. Eine Folge der Frühjahrsgewitter. Er wollte das eigentliche Kernthema bedächtig angehen, den Konflikt so lange wie nur möglich hinausschieben.

Aber dieses Vorhaben war mehr als kurzlebig. Gwynn stellte dies recht unsanft klar.

»Entschuldigt mich, Sire«, sagte sie eindringlich, »aber die Zeit spielt eine Rolle . . . Wir sind bereit, aufzubrechen. Seit der Stunde vor Sonnenaufgang waren wir an der Arbeit. Jene, die bereits an meiner Seite kämpften, stehen bei ihren Pferden, und die Nachricht ging ins Land, daß die Männer, die sich dem Sevena zu einem späteren Zeitpunkt anschließen wollen, dies in Cryslandon tun können. Jetzt brauchen wir nur noch Euren und der Königin Segen.«

Gwynn sah zu Wanel.

Sie lächelte leicht, aber als sie den Blick ihres Mannes gewahrte, senkte sie rasch ihre Augen. Zarin erhob sich. Seine Stirn war in tiefe Falten gelegt.

»Du willst damit sagen, daß ihr bei den Leuten unterwegs gewesen seid? – Ich dachte, ihr würdet schlafen . . .« Ein kurzer, harter Blick fuhr in Richtung seiner Söhne.

»Drei Stunden lang haben wir geschlafen. Da Ihr vermutlich nicht bereit seid, unseren Feldzug zu sanktionieren – können wir Eure Vorbehalte ohne weitere Verzögerung diskutieren?« Gwynn war entschlossen, jedes Thema zu vermeiden, das sie vom bevorstehenden zentralen Konflikt ablenkte.

Der König murmelte etwas von abwarten, als sich das Portal erneut auftat.

»Ah, da ist er ja endlich!« brummte Zarin nun erleichtert.

Flinken Schrittes kam Elsep heran, sein Gesicht in ein zuversichtliches Lächeln gefaßt. Aber selbiges verschwand augenblicklich, als sich sein Fuß in einer Teppichfalte fing und ihn abrupt und überhaupt nicht vornehm vorwärtsstolpern ließ.

Elsep war sichtlich verlegen, lächelte geziert und nahm sein gekünsteltes Stolzieren wieder auf. Kein Zweifel – er wollte damit auf Gwynn wirken, sie beeindrucken. Aber sie schenkte ihm keine sonderliche Aufmerksamkeit.

»Ah, Mylady Gwynn!« rief Elsep nun aus. »Fürwahr, Ihr seid lieblicher als je zuvor!«

Tief verbeugte er sich vor ihr.

»Ich kenne dich nicht sehr gut, – und doch wiederum gut genug, sodaß du das ›Mylady‹ getrost außer Acht lassen magst. Ich danke dir für dein Kompliment, Elsep.« Sie musterte ihn eindringlich.

Sein Haar war sorgfältig zurückgekämmt, um seinen Hals trug er eine Kette aus schimmernden Medallions. Die Tunika, in die er sich gehüllt hatte, war kaum anders als prunkvoll zu nennen. »Auch du, Elsep«, fügte Gwynn nun hinzu, »bist lieblicher als je zuvor.«

Elseps Gesicht verfärbte sich leicht, und er hatte einige Schwierigkeiten damit, sein Lächeln aufrechtzuerhalten. Er entschied, daß ihre Bemerkung keinesfalls spöttisch gemeint gewesen war, und so schaffte er es, seine Haltung zuversichtlicher Selbstsicherheit wiederzugewinnen.

Gwynn wandte sich wieder ihrem Onkel zu.

»Können wir nun also zum Kern unseres Problems kommen, Sire?«

Zarin seufzte wieder, stand auf und marschierte mit den auf dem Rücken gefalteten Händen hin und her. »Gut, so sei es«, brummte er. »Du verlangst von mir, daß ich diesem Unternehmen Sanktionierung zuteil werden lasse, daß ich meine Kinder, meine Nichte, mein Volk ermutige, in den Krieg zu ziehen, zu töten oder sich töten zu lassen . . .« Abrupt verhielt er und sah Gwynn an. »Bestimmt mußt du wissen, daß ich das nicht tun kann! – und gleichermaßen werde ich dir nicht erlauben, es zu tun!«

»Du meinst, du *willst* es nicht?«

»Ich meine, ich *kann* es nicht! Mein Vater lehnte jedweden Krieg ab, und mein Großvater und mein Urgroßvater. Tausend Jahre lang weigerten sich die Andeluvier, sich mit Kriegsführung zu befassen. Auch dein Vater, Gwynn, gehörte dazu.«

»Seine Tochter ebenfalls«, erwiderte Gwynn, und ihre Stimme blieb ruhig und vermittelte nur ihren guten Willen. »Aber ich bin dennoch nicht mein Vater und Ihr nicht der Eure, genausowenig, wie Ihr Euer Großvater oder ein anderer Eurer Vorfahren seid. Ihr habt die Fähigkeit, das Recht, ja, und wenn man die anstehenden besonderen Umstände bedenkt, sogar die Verpflichtung, Eure eigene Entscheidung zu treffen! Wie gesagt – Eure Entscheidung, nicht eine von der Vergangenheit diktierte!«

»Der König meint –« begann Elsep.

»Ich bin durchaus in der Lage, zu verstehen, was der König meint«, versetzte Gwynn mit einem schnellen Bilck zu dem kleinen Mann hinüber. Er sah sie mit großen Augen an. Sie wandte sich wieder an Zarin.

»Es bleibt nicht mehr viel Zeit, Sire. Die Tage bis zu jenem Tag, da sich die Weissagung erfüllen wird, sind gezählt. Ich weiß, daß Ihr nicht an derlei Dinge glaubt, und ich wünschte, Elgan oder Shandar, der Prophet, wären hier, um dich zu überzeugen. Aber sie konnten nicht kommen, und so ist es mir belassen, mit dir zu reden.« Sie ging näher an den Thron heran. Zarin hatte sich wieder darauf niedergelassen. Gwynn fühlte, daß Elsep jede ihrer Bewegungen genau verfolgte, doch diese Gewißheit drängte sie in den Hintergrund. Sie sprach weiter, und die Kraft in ihrer Stimme nahm merklich zu. Sie *mußte* Zarin von der Richtigkeit ihrer Ansichten überzeugen!

»Du sprachst von der Tradition der andeluvischen Führer, die Sache des Friedens zu unterstützen. Stets gab es unter den anderen Völkern einen großen Respekt für diese edle Gesinnung. Stets waren die Braunen Elfen dem Land wie den Leuten im Denken und Handeln eine heilsame Kraft, eine Kraft des Friedens, und als solche ein großes Vorbild. Wenn Mißtrauen und Verzweiflung erdrückend wurden, wenn das Licht der Freiheit zu einem bloßen Funken geschmolzen war – das standhafte Beispiel Andeluviens erhielt den Glauben lebendig, daß sich eines Tages die Nationen Urshuraks vereinen würden, um die Kräfte der Unterdrückung zu bezwingen! Sire – nie würde ich auch nur in Erwägung ziehen, Euch zu bitten, gegen diesen unseren Gegner *Waffen zu tragen*! Aber – kommt mit uns! Gebt uns Eure Unterstützung! – Oder wenigstens Eure guten Wünsche. Laß jene, die sich unter dem Banner der Freiheit vereinigen wollen, dies tun! Gebt Ihnen die Freiheit, zu wählen, was sie tun wollen. Keinem aus unserem Volk würde es gefallen, ohne Euren Segen zu handeln . . .«

»Ich vermag kaum zu glauben, daß du uns bittest, einen wildäugigen Prinzen der Weißen Elfen zu unterstützen«, warf nun Elsep ein, der neben Gwynn getreten war. »Denn: Ohne die Weißen Elfen gäbe es diese ganze mißliche Lage nicht. Wenn ich alles richtig verstehe, so war dereinst der Herr des Todes Erbe des sagenhaften Kronhelms, auf den du jetzt so viel zu geben scheinst. Wenn die Lage tatsächlich so schlimm ist, wie du sie schilderst, so sind die Weißen Elfen die Hauptschuldigen daran. Sie sind dafür verantwortlich – und nur sie allein.«

Gwynn hielt die scharfe Erwiderung an Elsep zurück. Ernst blickte sie Zarin, den König, an. »Mir fällt es schwer, zu glauben, daß Ihr den Ernst der Lage nicht einseht, Onkel. Gut, Ihr mögt an den Berichten über die furchtbaren Kriegsmaschinen Torgons zweifeln – meinetwegen auch an der Weissagung selbst. Aber all diese Zweifel müssen doch schwach werden angesichts der bekannten *Tatsachen*! Seit über 300 Jahren ist das Volk der Braunen Elfen bevorzugtes Ziel der Barbarenüberfälle. Braune Elfen waren und sind es, die immer wieder verschleppt und in Sklavenketten geschmiedet wurden und werden. Die gesamte Nordhälfte liegt einsam und verlassen, die Häuser leer und zerstört, die Felder brach. Und jene, die noch – noch! in Freiheit leben, zittern vor Furcht über dieses Schicksal, das sie nur zu bald selbst ereilen kann. Andeluvien ist erstarrt – von seiner eigenen Passivität niedergedrückt. Daran, Onkel, müßt Ihr denken!« Sie ließ ihre Worte wirken und drehte den Kopf so, daß sie in Elseps Gesicht sehen konnte. »Auf den Vorwurf, den du den Weißen Elfen machst, weil einer der ihren vor fast tausend Jahren einer vernichtenden Kraft unterlag, will ich dir mit einem Gleichnis antworten: Dein

Pferd wirft dich mitten im Treibsand ab. Du sinkst. Langsam, doch stetig sinkst du tiefer. Du bist verzweifelt. Da kommt das Füllen deines Pferdes und ist bereit, dich aus der tödlichen Umklammerung des Treibsandes herauszuziehen. – Wirst du dem Füllen eine lange Nase ziehen? Oder wirst du dich seiner Hilfe bedienen?« Sie blickte den Berater des Königs fest an.

Elsep öffnete seinen Mund, dann überlegte er es sich doch noch anders, schloß ihn wieder und sah zu Boden, als gebe es dort etwas hochinteressantes zu sehen.

Gwynn atmete tief durch und nickte. Ianen und Glenden hatten zwischenzeitlich ebenfalls in die Auseinandersetzung eingegriffen. Sie bombardierten ihren Vater und ihre Mutter mit Tiefsinnigkeiten, die sie im Hause Uxum erfahren hatten. Dieses Problem, so erklärten sie, könne man beileibe nicht lösen, indem man so tat, als existiere es nicht. Und des weiteren gaben sie zu bedenken, ob nicht bereits der Entschluß, überhaupt nicht zu handeln in diesem speziellen Fall bereits einen Akt der Gewalt darstelle. Waren die Folgen einer solchen Untätigkeit nicht eine hundertmal größere Gewalt, als das Tätigwerden in der alles entscheidenden großen Schlacht in Golgorath?

Der König stützte seinen Kopf auf beide Hände.

»Laß uns gehen, Vater«, bettelte Ianen. »Wir werden nicht kämpfen, – aber laß uns an diesem Feldzug teilnehmen. Wir sind dem Sevena begegnet . . . Laß uns nach Cryslandon ziehen, auf daß wir ihm so gut es uns gegeben ist, helfen. Ohne die Einigkeit all derer, die die Freiheit lieben, sind die vereinigten Völker Urshuraks dem Untergang bestimmt!«

»Bitte, Vater!« schloß sich Glenden an. »Kein Volk vermag es im Alleingang mit der schrecklichen Macht des Todesherrn aufzunehmen. Nur durch unser aller Einigkeit können wir Sklaverei und Zerstörung abwenden.«

Zarin war verblüfft. Waren das wirklich seine Söhne, die so voller Leidenschaft sprachen?

Gwynn blickte dem König noch immer offen ins Gesicht. Kein Wort der beherzten Argumente ihrer jungen Vettern war ihr entgangen, und deren Bekenntnis für die gerechte Sache erfreute sie.

Aber all ihre Bitten hatten die Befürchtungen des Königs

nicht zerstreuen, seine Ansichten nicht beiseitewischen können. »Ich – ich kann nicht zulassen, daß dieser Wahnsinn fortbesteht!« schrie er aufgebracht. »Nie hätte ich mir träumen lassen, daß der Aufenthalt bei den Rabauken von Penderak derart verheerende Wirkung haben könnte.« Er funkelte Gwynn an. »Man müßte meinen können, daß ich zwischenzeitlich genug gelernt habe, aber . . .« Erstickt brach seine Stimme ab.

Zu tief waren seine Gefühle verletzt, – und dann war da auch noch die Furcht, die an seinem Herzen nagte. Er liebte seine Söhne, Gwynn, sein Volk . . .

Gwynn ging zu ihm, kniete vor ihm nieder und nahm seine Hand. »Lieber Onkel«, flüsterte sie sanft. »Wir – wir haben versucht, Euch mit logischen Argumenten von Dingen zu überzeugen, die man logisch einfach nicht erklären kann. Zuversicht brennt in unseren Herzen, während in deinem Sorge und Hoffnungslosgkeit regiert. Ich habe versucht, Euch davon zu überzeugen, daß es falsch ist, dies zuzulassen . . .«

Zarins Lippen waren angespannt. Mühsam schluckte er die Tränen hinunter, die seinen Standpunkt bedrohten. Leicht drückte Gwynn die Hand des Mannes.

»Ich werde Euch nicht mehr bedrängen, Onkel«, versprach sie. »Ich – ich werde jetzt gehen. Ihr könnt mich nicht davon abhalten, an diesem Kampf teilzuhaben . . . Aber ich werde keinen Versuch mehr unternehmen, Eure Ansichten zu ändern – oder Euren Segen zu gewinnen.« Aus den Augenwinkeln heraus sah sie den Schmerz der Enttäuschung auf den Gesichtern ihrer Vetter.

Ianen trat vor. »Warte, Gwynn«, bat er. Voller Mitleid blickte er zu seinen Eltern auf. »Glenden und ich . . . Wir werden Gwynn begleiten. Wir werden mit ihr nach Cryslandon ziehen«, sagte er dann in das drückende Schweigen hinein.

»Wir werden keine Waffen tragen«, fügte Glenden hinzu. »Das versprechen wir euch. Wir kämpfen nicht. Wir helfen den Verwundeten – und begraben die Toten.«

Ianen fuhr fort: »Der Schmerz, den ihr empfindet . . . Wir sind tief betrübt darüber. Aber – wir haben unseren Entschluß gefaßt.«

Langsam sank Zarin auf seinem Thron in sich zusammen.

»Meine Söhne . . .«, murmelte er. »Meine Söhne . . .«

Wanel legte ihre Hände auf den Arm ihres Mannes, der sich bemühte, seine Tränen zurückzuhalten.

Plötzlich nickte der König. »Also gut . . . Wenn es mir schon nicht gelingt, euch zu halten, so hört, was ich euch zu sagen habe. Deciedon, der Gouverneur von Cryslandon, weilte vor zwei Tagen an meinem Hofe. Von ihm erfuhr ich, daß er den Verräter entlarvt und gefangen genommen habe. Er wollte mir den Namen des Schurken nicht verraten und erklärte, daß dieses Wissen allein dem Sevena bestimmt sei.«

»Dann trifft unsere Vermutung also tatsächlich zu!« rief Gwynn und sah ihre Vettern an. »Ailwon ist dem Verräter bekannt. Wir müssen sofort nach Cryslandon aufbrechen.«

Zarin erhob sich. »Warte. Ich – ich kann mein Volk nicht ermutigen, an diesem – Feldzug teilzunehmen. Ebensowenig jedoch kann ich euch ziehen lassen, ohne euch meinen Segen zu geben. Nur – um ein Versprechen bitte ich euch. Wenn ihr nach Cryslandon zieht, benutzt den Retnor-Paß. Deciedons Sorge um eure Sicherheit ist so groß, daß er eigens für euch ein Bataillon Lejentors der Weißen Elfen dorthin entsenden wird, um euch sicher nach Cryslandon zu geleiten. Versprecht mir, daß ihr euch ihrem Schutze anvertraut.«

»Gwynn erhob sich und umarmte ihren Onkel. »Ich verspreche es!«

Glenden und Ianen jubelten und bedankten sich bei ihrem Vater. Dann verließen sie eifrig miteinander diskutierend den Thronsaal, um letzte Vorbereitungen zu treffen.

Noch einmal umarmte Gwynn den König, dann die Königin. Als sie sich daraufhin zum Gehen wandte, sah Elsep seine Zeit für gekommen, um dem König zu imponieren. Mit festem Griff legte er seine Hand auf Gwynns Schulter. »Ich kann nicht verstehen, warum es eine so schöne Frau wie du für nötig erachtet, an der Spitze eines Rebellenhaufens zu reiten und sich dem sicheren Tod zu stellen!« Er lächelte bei diesen Worten so gezwungen, daß es beinahe schmerzhaft erschien.

»Ich weiß, daß du das nicht verstehen kannst, Elsep«, meinte sie unnatürlich sanft. »Und du verstehst auch nicht, daß weder mein Geschlecht noch mein Aussehen irgend etwas damit zu tun hat. Aber jetzt, Elsep – nimm deine Hand von meiner Schulter . . . Wenn du es noch einmal wagst, mich ohne meine Einwilligung zu berühren, dann werde ich dich mit dieser hübschen Kette, die du um deinen Hals trägst, erwürgen! Hast du mich verstanden?«

Der Ratgeber des Königs zuckte so blitzschnell zurück, als habe er seine Hand auf ein rotglühendes Eisen gelegt.

Gwynn nickte ihm noch immer höflich lächelnd zu und verließ den Audienzsaal.

Hilflos sah Elsep zu König Zarin auf. »Herr . . .«, begann er.

Aber Zarin unterbrach ihn mit einem knappen Wink. »Nicht jetzt, Elsep. Ich möchte alleingelassen werden.«

Der Ratgeber schluckte und verneigte sich demütig. Dann schritt er davon. Gleich darauf fielen die Flügeltüren des Portals mit einem sanften Laut hinter ihm ins Schloß.

Königin Wanel erhob sich nun ebenfalls. Sie sagte nichts, sondern strich nur sanft über die Wange ihres Mannes und ging.

Zarin blieb allein in dem großen Saal zurück. Hätten seine Hände nicht unablässig über die Armlehnen gestrichen – allerdings, ohne das Holz zu fühlen – so hätte man meinen können, er wäre völlig erstarrt. Zarin blickte auf den verblaßten, roten Teppich nieder. Eine Vision entstand vor seinem Auge. Es war schrecklich . . . Gwynn und seine Söhne lagen auf den Teppich niedergestreckt. Aus gräßlichen Wunden sickerte ihr Blut – und es verblaßte, während es mit den in den Stoff eingewebten Blumen verschmolz . . .

13

DIE AMAZONEN VON ZAN-DURA

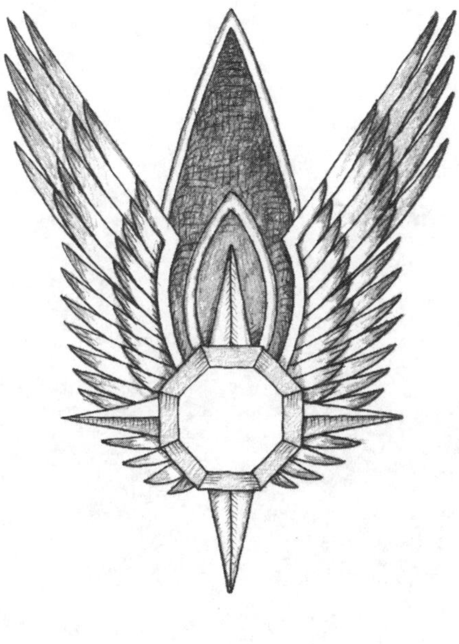

©HILDEBRANDT

Gorta, die Hexe, die Königin der Unterwelt, die seit Jahrhunderten Tod und Verwüstung über Urshurak gebracht hatte, war tot. Unbezwingbar schien sie – und dennoch war sie von einem Jüngling getötet worden . . . Von Ailwon, dem Prinzen der Weißen Elfen.

Ailwon hatte die Illusion von Gortas Hochburg hinter sich gelassen und führte die kleine Gruppe gen Süden, zum Meer. Von Zorak kommend, durchquerten sie das graue Ödland der Kroalischen Sümpfe. Dann stieg das endlose Grün des Dangar-Dschungels vor ihnen in die Berge empor. Dort oben bot das Blattwerk kaum ein Hindernis, aber spätestens, wenn sie sich an den Abstieg in die Niederungen machten, würde sich dies – so wußte Ailwon – grundlegend ändern. Dann mochte es erforderlich sein, einen der nach Südwesten fließenden Läufe des Garnon zu finden, auf dem sie den Tieflanddschungel durchqueren und zum Meer gelangen konnten.

So beschlossen die Gefährten, daß Oolu sie führen sollte, denn er war für diese Aufgabe mehr als jeder andere prädestiniert, hielt seine Rasse doch schon seit Jahrhunderten an ihren Instinkten fest. Wenn also einer von ihnen sich durch diese ungeheure tropische Wildnis finden konnte, so Oolu.

Sie überquerten die Berge, und einen großen Teil ihres Weges konnten sie im Sattel sitzend hinter sich bringen. Aber unterschwellig war es jedem von ihnen bewußt, daß sie ihre Tiere notfalls aufgeben mußten, wenn sie die dichteren Regionen des Großen Waldes erreichten.

Bald darauf kamen sie an das Ufer eines schmalen, langsam dahinfließenden Flusses. Sie folgten ihm in die dunklen Tiefen des Dangar-Dschungels.

Mit jeder Stunde, die ins Meer der Zeit sickerte, wurde der Wald dichter und undurchdringlicher.

Jetzt verstand Ailwon, wie leicht es den Amazonen fiel, ihre seit Jahrhunderten währende Zurückgezogenheit auf die Kraterinsel Zan-Dura aufrechtzuerhalten.

Das Unterholz wurde immer verfilzter. Nur dicht am Flußlauf hier war noch ein gewisses Fortkommen möglich.

Es ging langsam voran. Sie mußten zu Fuß gehen und ihre Reittiere an den Zügeln hinter sich her führen. Aber jeder von ihnen zögerte den Augenblick hinaus, da er sein Tier der grünen Hölle überlassen mußte und insgeheim hofften sie wohl alle, daß es nicht so weit kommen würde. Für den Ritt von Cryslandon nach Golgorath benötigten sie die Tiere.

Mit jeder Meile, die sie nach Süden vorstießen, verdeutlichte die Natur ihren Widerwillen gegen alle Eindringlinge. Bäume und Unterholz und Lianenranken wuchsen so dicht und ineinander verfiltzt und verheddert, daß sie eine nahezu undurchdringliche Barriere darstellten. Der Fluß war zu seicht, um für ein größeres Boot befahrbar zu sein, und dort, wo einige einsame Sonnenflecken auf die steilen Ufer fielen, warteten etliche träge, bösartig grinsende Alligatoren. Ringsum tobten zahllose Affen, – kleine, graue, langschwänzige Kreaturen, die lebhaft von den Bäumen herabschwatzten, kicherten, schrien, kreischten. Eine Vielzahl großgeschnabelter, leuchtend bunter Vögel unterstützten das Geräusch-Chaos mit ihren häßlichen, mißtönenden Stimmen.

Mehrmals sahen die Gefährten riesige Faultiere, wie sie – größer als Bären – aufrecht im Wald standen und an Bäumen ästen, und einmal wurden sie gar von einem großen Tier mit panzerartiger Haut erschreckt, das schwerfällig aus dem grünbraunschwarzen Gestrüpp hervorbrach. Als es ihnen jedoch gegenüberstand, drehte es sich träge um und marschierte in die Sicherheit des Waldes zurück.

Sechs Tage lang folgten Ailwon, Hugh Oxhine, Evrawk, Erbin und Oolu dem Flußlauf.

Am Abend des sechsten Tages neigten sich ihre Lebensmittelvorräte dem Ende zu. Am Ufer gedieh praktisch nichts Eßbares. Die kleinen Dschungeltiere, die Hugh zu erlegen versuchte, waren viel zu flink. Erwischte er doch einmal eines, so weigerten sich Ailwon und Oolu standhaft, deren Fleisch zu essen. Hugh seufzte und dachte daran, daß er nur mehr sehr wenig Pfeile in seinem Köcher stecken hatte.

Am siebten Tag veränderte sich die Umgebung.

Der Fluß teilte sich: Der Hauptarm verschwand unter der Erde, und nur ein schmales Gerinnsel fraß sich weiterhin vor den Gefährten her durch den sich lichtenden Dschungel. Bald kamen gar früchtetragende Bäume in Sicht. Jetzt konnten die Männer wieder aufsitzen und ihren Tieren einigermaßen freien Lauf gewähren.

Als sich an diesem Tag die Nacht über sie senkte, hörten sie die donnernde Brandung des Kresnaischen Meeres.

Eine halbe Stunde später traten die Gefährten aus der Düsternis des Dschungels in eine nahezu pechschwarze, bewölkte Nacht hinaus. Keiner der Fünf hatte je zuvor einen Ozean gesehen, und als sie nun auf dem sandigen Strand standen, wußten sie, daß sie darauf auch noch eine Weile warten mußten – mindestens bis zum kommenden Morgen.

Das Meer war kaum vom Himmel zu unterscheiden – überall nur wogendes, wallendes Schwarz – aber die Männer gaben sich damit zufrieden, dem Rhythmus der heranrollenden Wellen zu lauschen, die sich an den Riffen brachen und die frische, kühle Ludt zu riechen und zu schmecken.

Sie versorgten ihre Pferde und begaben sich in die sanft auslaufende Brandung, um sich zu waschen. Die Bedrükkung des Dschungels hatte sich förmlich wie ein klebriges Sekret überall auf ihrem Körper festgefressen.

Das schäumende Wasser war außerordentlich verlokkend. Zu gern wären die Gefährten hinausgeschwommen oder getaucht. Aber sie mußten an die Gefahren denken, vor denen man sie gewarnt hatte. Sie stapften wieder an Land und errichteten ihr Lager.

Diese Arbeit war ihnen im Laufe der Zeit zur Routine geworden und ging entsprechend flink von der Hand.

Schon bald lagen sie dann um ihr Lagerfeuer und aßen von den gesammelten Früchten und Nüssen. Sie waren schweigsam geworden. Die lange Reise nach Süden hatte sie alle sehr angestrengt.

Besonders Evrawk war ungewöhnlich still, da er unter einer seiner gelegentlichen düsteren Stimmungen litt. Erbin beklagte schließlich die Tatsache, daß der Wein, der am Anfang der Reise seinen Ziegenhautschlauch gefüllt hatte, schon seit geraumer Zeit von ordinärem Wasser ersetzt werden mußte. Oolu war wie immer zufrieden. Ihn quälten weder Depressionen noch Weinentzug – er war lediglich müde. Seit Tagen hatte er die Last der Anführerschaft auf seinen Schultern getragen. Nachdem sie nun ihr Mahl zu sich genommen hatten, rollte er sich zusammen und schlief.

Hugh – normalerweise der Schweigsamste – war heute recht gesprächig. Er stellte Ailwon eine Menge Fragen über die Amazonen von Zan-Dura, und der junge Elf beantwortete sie ihm, so gut er das konnte. Über die Kriegerinnen war nicht viel bekannt, denn seit langen Jahren hatte es keinen Kontakt mehr zu ihnen gegeben. Shandar, der Prophet, hatte vor zehn Jahrhunderten in Zan-Dura geweilt, und damals war die Zivilisation auf der Kraterinsel noch sehr jung gewesen. Was feststand, war die Tatsache, daß die Amazonen Fremden gegenüber nicht sonderlich vertrauensselig waren.

Ailwon verspürte das tiefe Unbehagen des Vandorers.

Allein der Gedanke einer rein weiblichen Gesellschaft – dazuhin noch eine von weiblichen Kriegern – war ihm völlig fremdartig. Nun, Hugh Oxhine würde sich an diesen Gedanken gewöhnen müssen.

Ailwon lächelte, dann wünschte er seinen Gefährten eine gute Nacht und wickelte sich in seine Decke. Er hoffte, bald tief und gut schlafen zu können, um seine nächste Aufgabe ausgeruht angehen zu können. Es mußte ihm gelingen, die Amazonen zu finden und mit ihrr Königin zu sprechen. Mit diesem Gedanken schlief er ein.

Bald darauf folgte Hugh seinem Beispiel – und schließlich Erbin. Er streckte sich aus und verschränkte seine Arme hinter seinem Kopf. Sinnend blickte er in das nachtschwarze Firmament hinauf, und vor seinem inneren Auge sah er seine alten Freunde und die Erinnerung an die ausgelasenen Abende in der Stadt seines Volkes. Oh, Penderak, dachte er.

Evrawk blieb allein beim Feuer sitzen. Er starrte in die schwarze Tiefe des Himmels und des Meeres und lauschte dem unablässigen Tosen des Wassers. Augenblicke vergingen und wurden zur vollen Stunde. Noch immer saß Evrawk bewegungslos. Das große Meer murmelte und seufzte in der Dunkelheit und sprach zu dem Zwerg von unerbittlicher Macht, von reichlichem Leben, von lebenden Gärten an seinem Grunde und von mächtigen Klippen und Korallenhängen, die in Äonen gewachsen waren. All dies und noch mehr erfuhr Evrawk, während er wie ein großer, unförmiger, verwitterter Stein in den Nebeln am Ufer des Meeres saß. Es waren keine dem Verstand zugängliche Erkenntnisse, doch er lauschte dem Meer, roch es, fühlte es, und es offenbarte ihm sein Wesen. Der Mond machte seine gewaltige Macht geltend, und die Flut lief aus. Schäumend wich das Meer vom Ufer zurück – und mit ihm Evrawks düstere Stimmung. Er lächelte, als er sich endlich niederlegte und in dem Augenblick, da sein Kopf den Sand berührte, war er auch schon eingeschlafen.

*

Die feuchte Kühle des Morgengrauens weckte sie.

Erbin richtete sich auf seine Ellbogen auf, rieb sich die Augen und blickte erwartungsvoll zum Strand hinüber. Aber noch immer weigerte sich die Nacht, ihren dunklen Mantel völlig aufzuheben. Einen dichten Nebel hatte sie heraufbeschworen, der schleimig und träge über dem Meer hing und sich mit ihm vereinigte. Die bizarren, schwarzen Riffe waren nur als verschwommene Schemen auszumachen. Das Wasser stand nahezu unbeweglich – wie die Fläche eines verstaubten Spiegels.

Erbin blieb eine Weile unbeweglich in seiner halb aufgerichteten Stellung und genoß das sanfte Erwachen des Tages.

Die Nebel wurden hier und da von den ersten tastenden Sonnenstrahlen durcheinandergewirbelt und lichteten sich zögernd. Die Dunkelheit verlor endgültig den Kampf gegen das Licht und zog sich zurück. Am Himmel erschienen die ersten blauen Flecken in einem Meer milder Farbtöne, die das Morgenrot dorthin zauberte.

Erbin erhob sich. »Ein wundervoller Anblick«, murmelte er, und seine Stimme war noch heiser vom Schlaf. »Seht nur! Zan-Dura. Die Heimat der Amazonen! Wie gewaltig ... Seht euch nur das Glitzern an ... Das muß reines Gold sein!« Den letzten Satz hatte er ganz aufgeregt ausgestoßen, und jetzt hob er seine Rechte über die Augen und blinzelte in den nach wie vor gegenwärtigen Nebel. Natürlich konnte er nichts sehen, was weiter als fünfzig Yards entfernt war, aber seiner Phantasie waren solcherlei Grenzen nicht gesetzt, und so fabulierte er munter weiter: »He, – ihr Schlafmützen«, rief er. »Jetzt kann ich eine von diesen Amazonendamen erkennen! Sie winkt uns zu ... Nein – nicht uns ... *Mir* winkt sie! Habt ihr gehört – sie winkt mir! Uff ... Sie muß annähernd vierzig Fuß groß sein ...« Er prustete los und verschluckte sich prompt. Würgend und mit tomatenrotem Gesicht hustete er sich frei.

Sein Bruder kicherte und Oolu natürlich auch.

»Erbin bestimmt ganz spaßiger Bursche«, meinte er, während er in seinem Fell nach Insekten suchte, die dort die Nacht verbracht hatten.

Ein paar Schritte entfernt ragte die grüne Mauer des Dschungels auf, in dessen Tiefen es unnatürlich still war. Nur gelegentlich wurde fernes Geschnatter laut.

Die fünf Gefährten standen auf und gingen an den Strand hinunter. Dort tummelte sich bereits hektisches Leben. Zahllose kleine Eidechsen wieselten auf der Suche nach Nahrung über den Sand. Landkrabben krochen aus ihren Löchern, um hierhin und dorthin zu hasten. Uferläufer flatterten über dem ruhigen Wasserspiegel, und hin und wieder zuckten ihre Köpfe hinunter, um einen Fisch zu schnappen. Auf und über den Riffen, an denen leuchtend gefärbte Seesterne und bräunliche Seeanemonen klebten und auf die Flut warteten, gaben sich Hunderte von Vögeln ein Stelldichein.

Die Gefährten diskutierten ihr nächstes Vorgehen. Der Gwarpy beteiligte sich nicht daran. Sehnsüchtig sah er auf das Meer hinaus, das nun immer mehr von Nebelschleiern enthüllt war, und dann begann er zu glucksen. Aufgeregt sprang er auf und nieder.

»Ha, du denkst, du machst bloß Witze, Erbin!« lachte er. »Aber nein! Ich kann es sehen! Ich kann es sehen!«

Hugh Oxhine, Ailwon und die Zwerge eilten zu ihm, kniffen ihre Augen zusammen und sahen in die Richtung, in die er deutete. Allerdings – vergeblich. Sie konnten nichts erkennen.

Oolu war damit jedoch nicht zu beruhigen. Er flitzte los, daß der Sand aufspritzte und raste zum Waldrand hinüber. Dort erkletterte er innerhalb eines Augenblicks einen hohen Baum, machte es sich in dessen Krone bequem, biß von einer fleischigen Frucht ab, die er sich auf dem Weg nach oben gepfückt hatte und rief: »Ja! Ja! Da ist es! Ganz bestimmt ist es da! Direkt da draußen vor uns! Höchstens fünf Meilen entfernt. Zan-Dura!«

Das unglaubliche Sehvermögen des Gwarpys war wohlbekannt, und so zweifelte keiner seiner Gefährten an Oolus Worten. Jetzt wurde es also notwendig, zur Tat zu schreiten. Ein Floß mußte gebaut werden. Nur so vermochten sie die Stadt der Amazonen zu erreichen. Aber bevor man diese Aktion anging, mußten die Pferde versorgt werden.

Oolu spürte eine Quelle auf, den Ursprung eines winzigen Bächleins, das zum nahen Meer hin rieselte. Hier war das Unterholz nicht zu dicht. Aus Lianen, herumliegenden Ästen und Dornenranken errichteten sie einen behelfsmäßigen Korral.

Hugh führte die Pferde hinein. Er hoffte, daß keine großen Raubtiere in der Nähe umherstreunten. Aber selbst, wenn dem so wäre – ihnen blieb keine Wahl. Sie mußten ihre Reittiere hier zurücklassen.

Nachdem diese Arbeit getan war, wandten sich die fünf Gefährten der nächsten Aufgabe zu, und diese präsentierte sich bereits wesentlich problematischer. Die Bäume waren gewaltig und hoch, ihre Äste viel zu knorrig und unregelmäßig geformt. Ein seetüchtiges Floß ließ sich daraus nicht zusammenzimmern.

Wieder war es Oolu, der eine Lösung parat hatte. Er zeigte stumm zum Strand hinunter. Mit der Flut war das Wasser weit landeinwärts vorgedrungen. Eine Lagune hatte sich gebildet. Und dort drüben reckten sich prächtige Palmen in den nebligen Morgenhimmel empor.

Erbin zweifelte nicht daran, daß diese Stämme bestens für den Bau eines Floßes geeignet waren, und sicherlich fanden sie dort unten auch genug Materialien, aus denen ein Paddel geformt werden konnte. Und Erbin führte seine Überlegungen sogar noch weiter: Es wäre wohl am besten, rief er aus, das Floß dort unten vom Stapel zu lassen. Immerhin erforderte es einen gewissen Grad an seemännischer Geschicklichkeit, ein Floß sicher durch die vielen Riffe, die dem Strand vorgelagert waren, zu navigieren . . . Starteten sie von der Lagune aus, so ergab sich dieses Problem nicht.

Ailwon dachte gut über diese Dinge nach und schlug dann vor, daß Erbin und Oolu sie auf ihre Durchführbarkeit hin überprüften, während die anderen das Nachtlager abbrachen. Die beiden reagierten mit der für sie charakteristischen Begeisterung und eilten zu der romantisch gelegenen Lagune hinunter.

Der Tag war jetzt angebrochen, aber noch immer war es ihm nicht gelungen, die dichten Nebel völlig aufzulösen.

Ailwon, Hugh und Evrawk sammelten ihre Decken, das Sattelzeug und die Waffen ein und schleppten alles in die Nähe des Korrals. Sie schwitzten, doch das war bedeutungslos. Zufriedenheit erfüllte sie. Bald würden sie das Land der Amazonen betreten, und somit eine lange, entbehrungsreiche Reise beenden. Es würde sich – vorausgesetzt, alles verlief nach ihren Vorstellungen – zwar nur ein kurzer Aufenthalt anschließen, aber – immerhin.

Ailwon stieß einen Seufzer aus. »Also, wenn Oolu die Entfernung zum Ufer Zan-Duras hinüber genausogut abgeschätzt hat, wie er den Weg durch den Dschungel fand, dann werden wir –«

»Still!« rief Hugh und riß seine Hand hoch. Wie erstarrt stand er und lauschte, den Kopf leicht geneigt. »Hörst du es auch?«

»Ja, das ist etwas . . . Ich kann es wahrnehmen. Aber es ist mehr ein – ein Gefühl«, erwiderte Ailwon zögernd.

Es war ein schwaches, kaum hörbares Geräusch. Ein dumpfes Vibrieren, das sich stetig näherte – und ebenso stetig an Lautstärke zunahm. Nur wenig später war es bereits beherrschend – und deutlich hörbar: ein lautes Singen . . .

Ein paar Vögel flatterten von einem Felsenriff auf. Dann ein ganzer Schwarm. Sekundenlang war die Luft vom wilden Schlagen der Flügelpaare erfüllt . . . Schließlich war das Singen wieder allbeherrschend.

Hugh zog sein Schwert blank, und Evrawk griff nach seiner Streitaxt. Ailwon leckte sich über die Lippen und setzte sich in Bewegung. Er ging zum Strand hinunter, seine Rechte am Griff des Elfenschwertes.

»Vorsichtig, Junge«, warnte Evrawk.

Die drei Gefährten standen still, lauschten, warteten.

Das Singen und Vibrieren wurde immer lauter. Kleine Wellen eilten heran, plätscherten über Ailwons Füße und Knöchel. Eine bebende Kraft schien sich durch das Meer fortzupflanzen, dem unheimlichen Geräusch voranzugehen.

Rechterhand, knapp fünfzehn Meter den Strand hinunter, tauchten Oolu und Erbin auf. Sie riefen etwas und rannten auf Hugh, Ailwon und Evrawk zu.

Eine fast hüfthohe Welle brauste heran und umschäumte Ailwon. Nur mit äußerster Mühe konnte sich der Elf aufrecht halten.

Das unheimliche Geräusch war jetzt so nahe, daß es Ailwon so vorkam, als ströme es aus ihm selbst hervor.

Da geschah es!

Ein helles, scharlachrotes Licht flammte im trüben Nichts des Nebels auf – und näherte sich rasch. Ailwon taumelte zurück und riß Elfgard aus der Scheide. Hinter sich hörte er den Vandorer einen überraschten Fluch ausstoßen.

Dann – so plötzlich, wie es erschienen war – war das Leuchten wieder verschwunden und der singende Klang erstarb völlig. Die Wasser des Ozeans protestierten mild – und beruhigten sich wieder.

Ailwon zog sich rückwärtsgehend an Hughs, Evrawks, Erbins und Oolus Seite zurück. Der Gwarpy lugte hinter dem hochgewachsenen Vandorer hervor.

»Was war das bloß für ein verdammtes Ding?« fragte Erbin kopfschüttelnd.

»Die Frage ist so nicht richtig gestellt, Freund«, versetzte Hugh. »Sie muß heißen: Was *ist* das für ein verdammtes Ding!« Er zeigte aufs Meer hinaus.

Jetzt sah es Erbin ebenfalls.

Jenseits der Riffe, die den Strand schützten, war ein düsterer, langgezogener Körper zu erkennen, der sanft im Wasser schaukelte. Fast schien es, als walle dort drüben der Nebel aufgeregter . . .

Geräusche wurden laut. Schritte. Ein Plätschern. – Vielleicht ein Boot, das gewassert wurde. Die Vermutung wurde zur Gewißheit. Ruder wurden ins Wasser getaucht und wieder gehoben.

»Wenn ich mich nicht ganz gewaltig täusche«, sagte Ailwon leise, »werden wir in ein paar Minuten den Damen von Zan-Dura gegenüberstehen.«

Ein schlankes, langes Boot brach aus der über dem Wasser hängenden Nebelbank. Von raschen Ruderschlägen getrieben, glitt es heran.

Insgesamt zählte Hugh zweiunddreißig Amazonen – zwölf auf den Ruderbänken, zehn im Bug und weitere zehn im Heck stehend. Sie waren in voller Rüstung, behelmt und schwer bewaffnet.

Die fünf Gefährten warteten ab.

Das Boot schrammte über den Sandstrand. Die Frauen, die im Bug gestanden waren, sprangen leichtfüßig an Land und rannten los. Schilder und Speere hielten sie kampfbereit. Sie gingen kein Risiko ein.

Ihre Gefährtinnen folgten. Jene, die gerudert hatten, zerrten das Boot vollends an Land.

Die Kriegerinnen bildeten eine Doppelreihe. Auf blankgezogenen Klingen und Speerspitzen glitzerten schwache Lichtreflexe. Zwischenzeitlich hatten auch die Frauen, die gerudert hatten, ihre Schwerter gezogen. Jetzt flankierten sie die Kerntruppe.

Die Amazonen waren groß, stark, geschmeidig. Sie trugen – übereinstimmend mit ihrer kämpferischen Disziplin – einheitliche und der tropischen Hitze entsprechend knappe Kleidung. Tief gebräunt war ihre Haut, und langes, schwarzes Haar wehte unter den Helmen hervor über Schultern und Brüste. Die Gesichtszüge waren klar und fein geprägt, mit tiefen, dunklen Augen, hübsch geformtem Mund und einer Kinnpartie, die Durchsetzungsvermögen verriet.

Die zuvorderst stehende Kriegerin trat vor. Als sie sprach, war ihre Stimme fest und ohne jedes Anzeichen von Unsicherheit.

»Ihr habt euch als Gefangene Zan-Duras zu betrachten, Fremdlinge. Laßt eure Waffen fallen . . . alle. Ich rate euch gut, meinen Befehlen ohne Widerstand nachzukommen.«

Ailwon war der erste, der seine Waffen ablegte. Ihm

folgten die Zwerge. Oolu stand einfach da und grinste die Frauen an, streckte seine Hände aus uns schüttelte sich wie eine soeben aus dem Wasser gezogene Katze, um zu zeigen, daß er gewiß keine verborgenen Waffen trug. Nur Hugh Oxhine hatte sein Schwert, seinen Bogen und den Köcher nicht aufgegeben. Breitbeinig stand er da.

Ailwon drehte sich ihm zu und sah ihn an. In seinem Blick lag eine stumme Aufforderung.

Hugh stieß die angehaltene Luft aus den Lungen. Immer noch zögernd und widerwillig warf er schließlisch seine Waffen in den Sand.

»Wir sind in Freundschaft gekommen«, erklärte Ailwon. »Wir brauchen die Hilfe der Kriegerinnen von Zan-Dura.«

»Wir werden eure wahren Absichten herausfinden«, meinte die Frau unbeeindruckt. Sie wandte sich ihren Waffenschwestern zu. »Bindet sie und bringt sie an Bord.«

Sechs Kriegerinnen wandten sich ab und eilten zu ihrem Boot hinunter. Als sie zurückkehrten, trugen sie eiserne Ketten bei sich.

Das war zuviel für Hugh Oxhine.

»Nein!« rief er wütend. »Ich will verflucht sein, wenn ich zulasse, daß sie mich wie einen verdammten Sklaven fesseln!«

»Hugh . . . nicht«, warnte Ailwon.

»Halt den Mund!« fuhr ihn der Vandorer an und tippte ihm mit dem Finger hart auf die Brust. »Von deinen guten Ratschlägen habe ich genug!«

Die Amazonen umringten den Vandorer.

Hughs Gesicht war zorngerötet. Er fixierte die Anführerin. »Seit meiner Kindheit lehrte man mich, nie eine Frau zu schlagen. Aber ich verspreche dir, daß jede deiner Gefährtinnen, die mich zu fesseln versucht, erfahren wird, daß ich ein Mann bin, der rasch lernt, die Regeln zu brechen!«

Die Anführerin lächelte sanft. »Nun, glücklicherweise kennen wir keinerlei Vorschriften, die uns verbieten, einen Mann zu schlagen! Vorwärts! Ergreift ihn!«

Die Kriegerin federte vor, ihre Rechte zuckte hoch und donnerte das stumpfe Ende des Speerschafts gegen Hughs Kinn. Er war bewußtlos, bevor er auf dem Sand auftraf.

»Bringt die Ketten her!« befahl die Anführerin, die über dem gefällten Vandorer stand. »Und sichert mir diesen großen Burschen gut.« Sie warf ihm noch einen kurzen Blick zu und sah dann Ailwon in die Augen. »Ihr kommt vor unsere Königin!«

*

Da war ein großer, schwarzer Tunnel . . .

Unheimlich weit voraus, kaum sichtbar, pulsierte das Bewußtsein, und Huhgs malträtierter Verstand bewegte sich darauf zu. Ein hoher Ton, der anschwoll, als er sich dem Bewußtsein näherte . . .

Hugh stöhnte und erwachte.

Das erste, was er sah, war das verschwommene, struppige Gesicht Oolus.

»He, Hugh«, rief der Gwarpy. »Endlich bist du aufgewacht!«

Der Vandorer schloß seine Augen wieder. »Da bin ich mir aber noch gar nicht so sicher«, murmelte er.

»Ganz bestimmt bist du wach. Du redest doch mit dem alten Oolu.«

Der Vandorer wollte sich aufsetzen, aber das ging nicht. Seine Handgelenke waren mit Ketten gefesselt, die um seine Hüften liefen. Zusätzlich hierzu trug er einen Pfahl auf dem Rücken, an den er mit den Ellbogen gebunden war. Seine Fußgelenke waren ebenfalls gefesselt. Wenn es ihm gelang, sich aufzurichten, so mochte er lediglich winzige Schritte tun können . . . Jede Bewegung fiel schwer.

Hugh fluchte wieder. Dann wurde er sich der schaukelnden Bewegungen des Bodens bewußt – und da war auch wieder dieses geheimnisvolle atonale Geräusch, das der Ankunft der Amazonen vorausgegangen war. Er wandte seinen Kopf, um seine Umgebung zu begutachten.

Es gab keinen Zweifel: Er befand sich an Bord eines großen, metallischgoldenen Schiffes. Überall taten Kriegerinnen ihren Dienst – gut hundert, schätzte Hugh. Er bemühte sich, einigermaßen aufrecht sitzen zu können, und Oolu half ihm dabei. Der Vandorer suchte nach einem Anzeichen für die Art des Schiffsantriebs. Es gab keine Segel, keine Masten, keine Spieren. Die Vorwärtsbewegung des Schiffes war so gleichmäßig und schnell . . . Also gab es wohl keinen anderen Schluß als den, daß es von einer ihm unbekannten Kraft vorangetrieben wurde. Daher auch dieser unirdische, singende Ton . . .

Hugh blickte zum Himmel auf. Der Morgen hatte aufgeklart. Die Nebel waren verschwunden. Demnach zu urteilen, konnte er nicht lange bewußtslos gewesen sein. Die Sonne stand auch noch niedrig am Himmel.

Er sah Oolu forschend an. Der Gwarpy verharrte erwartungsvoll, ohne einen Ton von sich zu geben. Typisch. Der kleine Bursche unterhielt sich sehr gern, hielt sich jedoch stets zurück, bis sein Gegenüber das Gespräch eröffnete.

»Was ist mit den anderen passiert?« fragte Hugh, und dann – wie er es so oft machte – stellte er eine zweite Frage, bevor er die Antwort auf die erste erhalten hatte: »Wie kommt es, daß du überhaupt nicht gefesselt bist, während ich praktisch von Kopf bis Fuß mit diesen verdammten Ketten dekoriert bin?«

Oolu drehte sich um, suchte eine Sekunde lang, dann streckte er seinen Arm aus. »Da ist der Prinz . . . und Erbin und Evrawk auch«, rief er aus.

Jetzt konnte Hugh sie auch sehen. Seine drei Gefährten

standen Seite an Seite im Bug des Schiffes, die Hände auf den Rücken gebunden.

»Sie gesehen, daß du in Ordnung werden, also Oolu lassen Auge auf dich behalten.« Oolu blickte wieder auf Hugh und gluckste. »Frauenleute Oolu irgendwie mögen. Vor langer Zeit . . . ganz, ganz langer Zeit diese Amazonen und diese Gwarpys richtig nahe beieinander gelebt – in den Dschungeln am Großen Fluß entlang . . . Dann hat die Hexe – und ich glaube, ein paar von diesen Gnom-Kerlen – mit den Frauen und so einen Krieg angefangen, und die Frauen haben alle den Dschungel verlassen . . .«

Oolu ließ sich plötzlich auf das Deck fallen, schlaff wie eine Katze es tun würde, und lag bequem auf dem Rücken, seine kurzen Finger hinter dem Kopf verschlossen, seine Blicke folgten einer rundlichen, weißen Wolke, die am Himmel vorbeitrieb. »Noch immer«, fuhr er fort, »leben 'n paar von Oolus Verwandten da unten am Großen Fluß. Je'nfalls, die Amazonen hier auf 'm Schiff wissen alles über diese Sache . . . und sie mögen den alten Oolu und nennen ihn *Corola* – das Tier, das spricht.«

»Wußten Ailwon oder der alte Zauberer davon?«

Oolu dachte einen Augenblick über die Frage nach. »Nein«, sagte er. »Ich glaube nicht. Nein, nein. Es ist eine Menge im Dschungel passiert, wovon selbst der alte Elgan oder der alte Shandar nichts wissen . . . Oolu hat einmal von seiner Mama davon gehört.«

Hugh war ungläubig: »Und obwohl du gewußt hast, wie feindselig diese – diese Damen sind, hast du geschwiegen? Donnerwetter, Oolu, warum? Du hättest es uns sagen müssen!«

»Nun«, begann der Gwarpy langsam. »Ich glaube, vielleicht hat Oolu es vergessen. Jawohl! Das stimmt. Er hat's vergessen.«

»Und du fühlst dich kein bißchen schuldig, nicht wahr?«

Oolu schaute ein wenig verwirrt drein, während er über die Frage nachdachte. »Schuldig . . . schuldig? Oh!« rief er aus. »Das! Nein! Das fühlt Oolu sich nicht.« Er kicherte wieder und hielt nach einer anderen Wolke Ausschau. »Nein«, bekräftigte er dann noch einmal.

Ailwon, Evrawk und Erbin kamen heran.

»Wir sind fast am Ziel. Zan-Dura liegt vor uns«, rief

Ailwon aus. Die Meeresluft peitschte sein langes, blondes Haar, sein Gesicht zeigte Aufregung, konnte jedoch die Furcht, die darunter lag, nicht ganz verwischen.

»Hugh . . .«, sagte er, als er vor dem Vandorer stand, »ich freue mich, zu sehen, daß du in Ordnung bist.«

»In der Angelegenheit sind wir wohl verschiedener Meinung. *Ich* fühle mich überhaupt nicht in Ordnung«, murmelte der Vandorer, als Oolu ihm auf die Füße half.

Die Befehlshaberin der Amazonen hatte sich unbemerkt zu ihnen gesellt.

»Folgt mir«, sagte sie. »In ein paar Minuten nimmt uns der Krater von Zan-Dura auf.«

Die Fünf folgten der Kriegerin zum Bug des Schiffes. Nachdem sie einige Stufen hinaufgestiegen waren, blieben sie auf dem höherliegenden goldenen Deck stehen.

Hugh fluchte und beschwerte sich über die Ketten. Jeder Schritt war ihm eine Qual. Die Amazone tat jedoch so, als höre sie ihn nicht.

Hugh setzte zu einer bösen Erwiderung an, aber dann wurde seine Verstimmung regelrecht beiseitegewischt. Ein grandioser Anblick tat sich ihm auf. Voraus, hinter einer gewaltigen Riff-Barriere – Überreste aus der Zeit der vulkanischen Geburt der Insel – lag Zan-Dura, die Heimat der Amazonen. Die Kegel und Trichter des vulkanischen Riesen waren ins Licht der frühen Morgensonne getaucht und schimmerten so golden wie das Metall des Schiffes, das sich ihnen auf direktem Kurs näherte. Sicher steuerten die Amazonen durch den inneren Klippengürtel. Jetzt tauchte die gigantische Mauer auf, die dem Kresnaischen Meer trotzte. Die Einfahrt in den Hafen von Zan-Dura lag voraus. Rasch glitt das Schiff darauf zu.

Hugh schwieg und ließ seine Blicke schweifen. In dem gewaltigen Felsenturm im Hintergrund prangte ein großes, achteckiges Zeichen in einem mächtigen, weit ausgebreiteten und kompliziert gestalteten Flügelpaar.

Das Schiff glitt an turmhohen Wällen vorbei, in den Hafen hinein. Zwei gigantische Leuchtfeuer blitzten auf den Turmspitzen über ihnen.

Das Amazonenschiff hielt direkten Kurs auf eine dunkle Höhle in der Felswand. Der singende Ton schwoll an.

Dem Ende des Tunnels schloß sich ein See mit herrlichem, blaugrünem Wasser an. Er füllte das Innere des Kraters aus. In seiner Mitte ragte ein Bauwerk auf, von dem rubinrotes Leuchten ausstrahlte, und dahinter lag – Zan-Dura, der Stadtstaat der Frauen.

Weit, stufenförmig, stiegen die Gebäude an den Kraterinnenwänden empor. Lange Treppenfluchten führten zu einer zentral gelegenen Terrasse hinauf, auf der sich ein glänzender Obelisk erhob. An seiner Spitze prangte ebenfalls eines dieser geheimnisvollen Kristallobjekte.

Das Schiff verlangsamte, der stetige Energie-Ton versickerte – und erstarb doch nicht völlig. Er verschmolz mit einer Melodie, die aus dem Gebäude in der Mitte des Sees herüberwehte. Viele weibliche Stimmen waren es, die in völligem Gleichklang immer wieder einen Satz wiederholten:

»Ki-est-oh-vel-oh . . .«

Dann hallte der Ton eines riesigen Gongs von der Stadt her. Die Lautstärke der Melodie nahm zu. Eine Prozession kam aus dem Zentralbau und bewegte sich gemessenen Schrittes über den langen Damm hin, der zur Stadt führte.

In Viererreihen kamen sie: Amazonen in langen, fließenden blauen Gewändern.

Und ihre Stimmen vereinten sich in dem einen Satz: *»Ki-est-oh-vel- oh . . .«*

Das Amazonenschiff legte an. Emsige Betriebsamkeit herrschte an Deck. Leinen wurden ausgeworfen und befestigt. Ein Ruck durchlief den gewaltigen Rumpf. Laufstege wurden ausgelegt, die Gefangenen an Land gebracht.

Noch immer staunten die Gefährten über die Schönheit Zan-Duras. Aber sie wurden vorwärts gestoßen und das brachte sie wieder zu sich.

Scheinbar endlos führten die Stufen in die Höhe. Ringsum zeigte sich die stolze Liebe der Amazonen zu Schönheit und Größe. Die mächtige, wilde Kraft der architektonischen Gestaltung und darin einbezogene Natur bildeten ein harmonisches Ganzes. Massige Fassaden, mit reichhaltigen Schnitzereien und Skulpturen verziert, waren auf verschiedenen Ebenen mit exotischen Gärten bepflanzt.

Schließlich kamen sie vor dem Thronsaal der Königin von Zan-Dura an, und als sie eintraten, wurde erneut der Gong geschlagen.

Die Gefährten schritten – flankiert von mehreren Kriegerinnen – zum Thron der Königin Azira, der auf ein großes Podest erhoben war. Dahinter – eingelassen in die Wand – glühte der große, geflügelte Kristall.

Endlich standen sie vor der Königin der Amazonen.

Sie musterte die Gefährten schweigend.

In Scharlachrot und Gold war sie gekleidet. Ihr Gesicht – obwohl schön – erschien streng und humorlos. Das Haar schimmerte silbern und war sehr lang. Ein goldener Reif, in dessen Mitte ein roter Kristall mit goldenen Flügeln gebettet war, ruhte auf ihrem Haupt.

Ailwon schluckte heftig. Gorta hatte nicht schrecklicher ausgesehen . . .

Nach einem langen Moment brach die Königin das Schweigen: »Man berichtete mir, daß ihr zu uns gekommen seid, um Freundschaft und Hilfe zu suchen. Auch wird behauptet, du seist ein Prinz von Alfandel, dem Lande der Zwillingsseen – sprich noch nicht . . .« Sie hielt ihre Hand hoch, als Ailwon seinen Mund öffnete. »Wir werden feststellen, ob du – ob ihr – die Wahrheit sagt. Du –« Und dabei zeigte sie auf Oolu, »du bist der erste Corola, den ich sehe.« Sie beugte sich leicht vor. »Ich muß zugeben, daß mich deine Zugehörigkeit zu dieser Gruppe ein wenig entwaffnet. Aber ich bin immer noch auf der Hut vor jeder Invasion, die gegen die Verletzlichkeit unseres Heimatlandes gerichtet sein mag.« Azira setzte sich zurück und blickte auf den Ältesten-Rat, dem sie vorsaß. »Senqua, was hält unsere neue Priesterin auf? Sie muß hier sein, um Zeugin dieses Ereignisses zu sein.«

Die angesprochene alte Frau antwortete: »Sie wurde benachrichtigt. Sie kommt.«

»Gut.«

Ein weiterer Moment verging, ohne daß ein Wort gesprochen wurde. Hugh krümmte sich gereizt in seinen Fesseln. Königin Azira saß vollkommen still. Dann drehte sie sich rasch um, und ihr Gesicht drückte Zufriedenheit aus.

Durch einen Bogengang, der zum Thronpodest führte, trat Prinzessin Zyra.

Alle Amazonen – junge wie alte – waren von eindrucksvoller Schönheit, aber die junge Frau, die jetzt den Raum betrat, war nicht *nur* schön . . . sie war überwaltigend, außerordentlich lieblich, groß, schlank. Ihr Haar sehr lang und rabenschwarz, ihr Gesicht reich an erlesener, dunkler Schönheit, die Haut tief gebräunt und glänzend. Die diszi- plinierte athletische und kriegerische Ausbildung hatte ihr die katzenhafte Geschmeidigkeit gegeben, die ihrer Natur entsprach.

Als sie näherkam, betrachtete sie die gefangenen männ- lichen Wesen mindestens ebenso aufmerksam, wie sie das ihrerseits taten.

»Ich bitte um Entschuldigung, Mutter Königin, wenn ich die Befragung dieser Eindringlinge aufgehalten habe«, sagte sie zu Azira.

Es war offensichtlich, daß die Königin einige Zuneigung und Achtung für die Prinzessin hegte. »Es ist ohne Bedeu- tung, Zyra« erwiderte sie und bedeutete der jungen Frau, an ihre Seite zu kommen. Dann gab sie der Ältesten, Senqua, das Zeichen.

»Jetzt!« sagte sie, »jetzt wollen wir beginnen.«

Und Senqua begab sich zur Mitte des großen Raumes, zu einem weiten, in den Steinboden eingemeißelten Kreis, in dem erneut der geflügelte Kristall abgebildet war, – dieses

Mal in Einlegearbeit. Sie drehte sich um und zeigte auf Ailwon. »Bindet ihn los und bringt ihn zu mir«, befahl sie.

Der Elfenjüngling wurde von seinen Fesseln befreit und in die Mitte des Kreises geführt.

Ailwon war nervös. Die alte Frau sah ihm mit starrem Blick in die Augen. »Jetzt«, sagte sie, »werden wir die Wahrheit erfahren.«

Sie blickte auf, reckte ihre Arme der gewölbten Decke entgegen. Ailwons Augen folgten dieser Bewegung. Eine dunkle, achteckige Öffnung war dort oben in den Stein geschnitten.

Senqua hob an zu singen, und wie die klare Stimme emporstieg, wich die Dunkelheit und wurde von karmesinrotem Leuchten ersetzt. Vibrierende, atonale Geräusche begleiteten diesen Vorgang . . .

Ailwon wurde in einem Strahl karmesinroten Lichts gebadet. Er fühlte den Einfluß von Licht und Klang überall um sich herum – und *in* sich – ein tiefes, volles, virbrierendes Leuchten, das durch seinen Körper bebte und Worte hervorlockte, die sich mit Freude über seine Lippen ergossen, denn die Wahrheiten, die er zu enthüllen gezwungen war, waren jene, die diesen Feldzug, dem er sich so verschrieben hatte, nötig gemacht hatten.

Nur die Stimme des Elfenprinzen gab es in dem gewaltigen Thronsaal, und als er ausrief, daß die Hexe von Zorak getötet war, stand Königin Azira steif auf. Schließlich endete Ailwon seinen Bericht mit der leidensschaftlichen Bitte, die Kriegerfrauen Zan-Duras möchten sich dem Feldzug für die Freiheit Urshuraks anschließen.

Wieder erhob Senqua ihre Stimme und ihre bittenden Hände, und langsam verschwanden Licht und Geräuschkaskaden.

»Bringt den Jüngling vor«, wies Azira freundlich an. »Laßt die anderen frei . . . und du«, sie krümmte ihren Finger in Oolus Richtung, »komm und setz dich neben mich.«

Der Gwarpy hastete die Stufen hinauf, wobei er ziemlich aufgeregt gluckste. Schließlich gesellte er sich zur Köngin, lächelte ihr zu, dann der Prinzessin Zyra. Sie erwiderte seinen Blick kühl.

Ailwon setzte sich ebenfalls in Bewegung.

»Komm zu mir«, sagte Azira.

Der Jüngling stieg die Stufen empor, und die Königin begann zu sprechen: »Soeben erfuhrst du die Kraft des Kristalls Kresna. Du hast die Macht dessen verspürt, der von jenseits der Sterne auf unsere Welt fiel . . . Viele Jahre sind vergangen, seit er in die Tiefen unseres Meeres schmetterte und den Krater von Zan-Dura schuf.« Sie hielt inne, dann fragte sie: »Hörtest du schon davon? Wußtest du von Kresna, bevor du dich aufmachtest, unsere Einsamkeit mit deinem Besuch zu stören?«

»Mir wurde gesagt, daß ihr eine große Macht euer eigen nennt, aber mehr als das wußte ich nicht.«

»Vor Jahrhunderten, zu jener Zeit, da der Prophet Shandar bei uns weilte, war diese Macht noch kaum nutzbar gemacht. Die Regentinnen jener Zeit zögerten, unsere Geheimnisse zu enthüllen . . . Ich aber, ich fürchte mich nicht, das zu tun.« Azira lächelte zuversichtlich. »Kresna ist es, aus dem wir die Kräfte beziehen, unser Volk zu ergänzen. Kresna ist es, der unsere Schiffe antreibt. Durch seine Macht werden unsere Königinnen erwählt . . .

Die Prozession, deren Zeugen ihr wurdet, war die abschließende Zeremonie eines solchen Ereignisses.« Sie blickte zu der Prinzessin an ihrer Seite, dann fuhr sie fort: »Jetzt aber will ich auf euer Anliegen zu sprechen kommen. Der Feldzug . . .«

Sie stand auf und blickte auf den Elfenjüngling hinunter. Erwartung zeigte sich auf seinem hübschen Gesicht.

Azira lächelte. »Es fällt schwer, einen solch hoffnungsvollen Blick zu zerstören. Aber ich fürchte, daß ich es tun muß.«

Die schlanke, große Frau schritt langsam an die Seite ihres Throns, ihre Hand lief leicht über die geschnitzte Armlehne. Sie drehte sich Ailwon genau zur rechten Zeit wieder zu, denn er wollte soeben einen Protest laut werden lassen. Mit ihrer erhobenen Hand hielt sie ihn auf.

»Du hast Urshurak einen großen Dienst erwiesen. Du hast die verhaßte Gorta getötet. Sie war der gefürchtetste Feind der Amazonen, und ich gestehe ein gewisses Gefühl der Sympathie für Urshurak ein und für Alfandel im Besonderen. Die großen Zwillingsseen eures Landes sind es, die die Wasser des Garnon speisen, und vom Garnon aus gelangt das trinkbare Wasser nach Zan-Dura. Ohne dieses wäre es weit schwieriger für uns, unsere Unabhängigkeit zu wahren.« Sie hielt inne.

Ailwon ergriff die Gelegenheit. »Warum wollt ihr dann nicht mit uns ziehen? Glaubt ihr nicht an die Bedrohung, die der Herr des Todes darstellt? Merkt ihr nicht, daß wir diesen Kampf nur *vereint* erfolgreich schlagen können? – Ihr müßt . . .«

»Wir *müssen* gar nichts!« Königin Aziras Stimme war resolut geworden. »Die Amazonen von Zan-Dura haben seit Jahrhunderten jeden böswilligen Eindringling zermalmt . . . Damals, als *wir* bedroht wurden – als *wir* es waren, die von den Streitkräften Gortas und des Todesherrn angegriffen wurden –« Ihre Augen glühten, ihre Stimme hallte in dem großen Thronsaal wider – »als die Frauen von Zan-Dura im Dschungel getötet oder in Sklaverei verschleppt wurden – wo waren da *unsere* Verbündeten? Wie kam es, daß niemand – absolut niemand – bereit war, sich unserem ehrbaren Feldzug anzuschließen, um die Unterdrücker zurückzuwerfen? Allein waren wir Amazonen . . . Und allein schlugen wir all jene, die über uns herfielen. Und so wird es wieder sein. Wir werden niemandes Hilfe ersuchen!« Ihre Stimme senkte sich, und ihre Augen richteten sich zuerst auf Ailwon, dann auf Erbin, Hugh und Evrawk.

»Und wir werden niemandem Hilfe leisten! Wir werden euch nicht behindern, nein. Sogar Speise und Trank sollt ihr von uns erhalten. Dann aber – wird man euch zum Festland zurückbringen.« Azira wandte sich an Oolu, der äußerst traurig aussah. »Dir habe ich Unrecht getan. Deine Vorfahren haben unserem Volk geholfen. Natürlich kämpften sie nicht, aber sie kümmerten sich um unsere Verwundeten und gewährten ihnen Unterschlupf. Den gütigen Corolas werden die Amazonen von Zan-Dura immer dankbar sein.« Sie wandte sich wieder an Ailwon. »Diese Angelegenheit ist abgeschlossen.«

»Ich will verdammt sein, wenn sie das ist!« wetterte Hugh Oxhine. Er trat vor, und fixierte die Königin, ohne Ailwons bittenden Blick zu beachten.

»Ich habe nicht gegen die Dschungel-Fäulnis gekämpft, einen Schlag gegen das Kinn erhalten und mich in Eisen fesseln lassen – nur um mich jetzt von ein paar hochnäsigen

Weibern abfertigen zu lassen! – Wenigstens nicht, ohne meine Meinung gesagt zu haben.«

Die Amazonenwachen schlossen sich um den Vandorer.

Hughs Zorn flammte noch höher. Er dachte nicht daran, sich einschüchtern zu lassen. »Ihr redet von Ungerechtigkeiten«, sagte er mit fester Stimme, »Anspruch auf einsamen Heldenmut und Leiden. Mir scheint, daß keine von euch hier und jetzt leidet. Die, die euch um Hunderte von Jahren vorausgingen, trugen die Hauptlast eures Kampfes.« Er blickte auf Zyra. »Ist *sie* etwa – mit ihrer strahlenden Gesundheit, in ihrem goldgeschmückten Luxus – ist sie etwa in der Falle des Leids gefangen?« Hugs Augen funkelten, und sie fesselten den kühlen Blick der Amazonenprinzessin.

»Natürlich«, höhnte der Vandorer, »natürlich seid ihr nicht bereit, die Behaglichkeit dieses goldenen Glanzes zu verlassen, dieses tropische Paradies . . . Ihr findet es nicht schicklich, einem schmutzigen Burschen wie dem, der vor euch steht, zu helfen. Er riskierte sein Leben, wagte es, sich der Hexe Gorta zum Kampfe zu stellen. Warum solltet ihr euch schon mit solch wahnsinnigen Wesen in eine Reihe stellen, die ihr Leben der Aufgabe gewidmet haben, die Tausenden von Leidenden zu befreien, die in Ketten unter dem Hundesohn Torgon versklavt sind . . .«

Er schritt die Stufen zu Ariza und der Prinzessin hinauf und wischte Ailwons Hand, die ihn zurückhalten wollte, beiseite.

»Versteht mich, *Euer Hoheit*«, sprach er mit nachlassender Verachtung, »ich bin auch keines von diesen wahnsinnigen Wesen. Ich begleite sie nur aus einem Grund: Rache! Diese Triebfeder ist beträchtlich weniger edel als die ihre. Aber ich begleite diesen abgerissenen Haufen. Und ich werde an der Seite dieser Burschen kämpfen, denn ich habe – *anders als ihr* – echten Schmerz erfahren! Ich habe keine fernen Vorfahren begraben. Meine geliebte Frau und meine Kinder waren es, denen die Kehle aufgerissen wurde . . . Aber solcherlei Dinge kennt ihr ja nicht.«

Zyras Blick hatte unter dem flammenden Zorn des Vandorers nicht einmal geflackert, und ihr Gesicht zeigte nichts weiter als eisige Ruhe. »Es ist wahr – du hast einen großen Verlust erlitten«, sagte sie. Ihre Stimme war ruhig, weder

Ärger noch Mitleid schwang darin. »Aber es dient deinen Lieben auch nicht mehr, daß du ihren Verlust als Schmuck trägst.«

»Und was tut ihr?«

Sie antwortete nicht. Mühelos löste sie sich aus seinem haßerfüllten Blick und sah die Königin an. »Steht dein Entschluß fest, Mutter?«

»Ja.«

»So seid ihr entlassen, Männer. Man wird sich um euch kümmern, wie es unsere Königinmutter versprochen hat.«

Damit war deutlich klargestellt, daß die Angelegenheit nicht weiter diskutiert werden würde. Die Anführerin der Amazonen wies die Gefährten an, ihr zu folgen.

Niedergeschlagen ließ der Elfenprinz seinen Kopf sinken.

»Du hast dein allerbestes getan, Junge«, versuchte Evrawk, ihn zu trösten.

Sie verließen den Thronsaal.

Zyra blickte ihnen nach, bis sie nicht mehr zu sehen waren. »Erst heute wurde ich zu deiner Nachfolgerin und spirituellen Tochter bestimmt«, sagte sie leise, mit weicher Stimme. »Ich zögere, einen Entschluß in Frage zu stellen, der von einer Frau deiner großen Weisheit und Erfahrung getroffen wurde . . .«

»Aber . . .?« meinte Azira lächelnd.

»Aber – ich muß hervorheben, daß man sagt, die Hauptstärke der Amazonen liegt in ihrer Bereitschaft, deutlich die Folgen ihrer Handlungen zu sehen – sie mit der Hilfe von Geschichte und Tradition zu betrachten, ohne sich beiden zu versklaven. Und sodann handeln sie aus ihrer tiefsten Überzeugung heraus . . .«

Aziras Augen füllten sich mit Stolz über die Weisheit und den Mut ihrer neuen Tochter.

»Wolltest du nicht hinzufügen, daß die Freiheitsliebe die tiefste unserer Überzeugungen ist?« fragte sie sanft.

»Das wollte ich«, gab Zyra zu, »aber ich wußte, daß du es tun würdest.« Sie lächelte und reichte der Königin die Hand. Azira ergriff sie und erhob sich. Seite an Seite schritten sie aus dem Thronsaal der Königinnen von Zan-Dura.

14

ZYRA

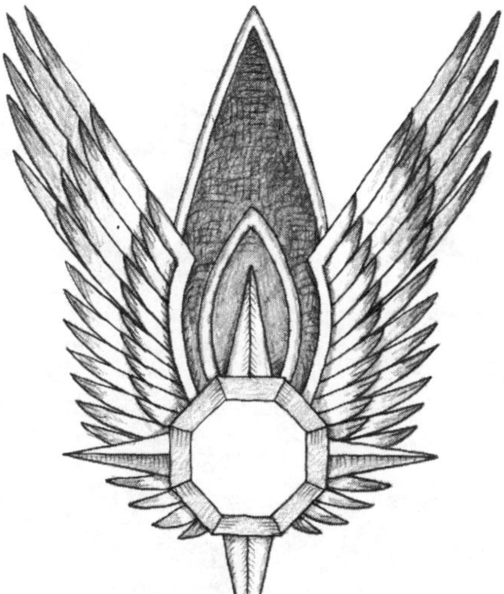

© HILDEBRANDT

Der Wind frischte auf und peitschte die Wogen vor sich her. Donnernd krachten sie gegen die Kraterfelsen an der Westküste Zan-Duras. Ein einsamer Mann schritt über den felsigen Strand: Hugh Oxhine.

Der Vandorer fröstelte. Haar und Bart waren noch naß vom Bad im Meer. Er ging schneller, und seine Gedanken schweiften ab.

Die Amazonen hatten sie vorhin in ein luxuriöses Badehaus im Palast geführt. Es war offensichtlich, daß den Kriegerinnen am Wohlbefinden ihrer Gäste gelegen war. Seine Gefährten hatten diese Gastfreundschaft auch freudig akzeptiert, während er sie abgelehnt hatte. Hugh fühlte sich an so prächtigen Orten unbehaglich, und das hatte er auch klargestellt. Also hatten ihn die Amazonen an diesen Strand geführt. Er lag nicht allzu weit von der Stadt entfernt, und hier konnte er sich erfrischen, ohne sich von Prunk und Reichtum blenden lassen zu müssen.

Er kletterte höher und dachte über die Entscheidung der Amazonenkönigin nach.

Die Beschuldigungen, die er den Kriegerinnen daraufhin entgegengeschleudert hatte, hatten ihm Grund gegeben, seine eigene Teilnahme am letzten Kampf um Urshurak in Frage zu stellen. – Wollte er denn weitermachen? Er stellte fest, daß der anfänglich so unbändige Wunsch nach Rache irgendwie erloschen – tot war, und plötzlich fühlte er sich sehr müde. Wieder dachte er an den Tod Gortas. Noch einmal hörte er Ailwons Worte. Ihre Bedeutung wurde ihm klar, aber sie anzuerkennen hieße, ein neues Ziel zu akzeptieren, möglicherweise gar eine Neuorientierung seines Lebens.

Vielleicht, so dachte Hugh, hatte die stolze Amazonenprinzessin recht. Vielleicht benutzte er tatsächlich den Verlust seiner Liebsten, um sich damit einen Grund zu geben, weiterzumachen – weiterzuleben.

Er war verwundert über die Gefühle, die in ihm erwachten, so oft er an die Prinzessin Zyra dachte. Er verabscheute ihre Haltung, hielt sie für arrogant deutlich gemachte Überlegenheit. Und doch machte sie ihn irgendwie benommen. Nicht nur von ihrer Schönheit. Da war noch etwas . . . Etwas, das seine Neugier geweckt hatte. – Vielleicht die Tatsache, daß er hinter der königlichen Kaltschnäutzigkeit die verführerische zweite Natur Zyras erkannte. Sie erregte ihn . . . Und er schämte sich dieser Erregung. Seit weniger als einem Mondzyklus waren seine Frau und seine Kinder tot. Welches Recht hatte er da, das exotische Wesen Zyra anders als mit den Augen eines unbeteiligten Beobachters zu sehen?

Hugh erreichte ein kleines Plateau, das höher gelegen war als die höchsten Felszinnen des Landes. Von diesem Standort konnte er auf die mächtige Stadt hinuntersehen, die glitzernd im Schoße des Kraters lag.

Er lächelte bitter. Es tat gut, allein zu sein. Das Brausen des Windes, das mit dem Versinken des Tages zunahm, erfrischte ihn. Sich vorzustellen, daß dieser Wind über tausend Meilen Meer heranstürmte . . .

Hugh Oxhine blickte sich um. Rechterhand ragten weitere Kratertürme auf, und tief unten schäumten die Wellen gegen ihre Basis an.

Und da sah er die Frau!

Aufrecht stand sie auf dem eingefaßten Rand eines der Felsen, bereit, in die Tiefe zu springen. Das diffuse Licht des herannahenden Abends ließ die Haut ihres nackten Körpers schimmern. Jetzt – spannten sich ihre Muskeln an . . . Kein Zweifel, sie wollte *tatsächlich* springen!

Hugh schrie. Seine Stimme hallte zu ihr hinüber, und sie drehte sich um – sah zu ihm her.

Er zuckte zusammen – wie unter einem Peitschenhieb. Trotz der Entfernung konnte er jetzt mühelos erkennen, daß es Zyra war!

Sie sah wieder weg – und stieß sich ab.

Ein perfektes Bild disziplinierter Kraft und Anmut, so stürzte sie. Die langen Haare wehten . . .

Tiefer und immer tiefer fiel sie – und dann stach sie in die aufgewühlten Fluten des Meeres. Hugh starrte mit angehaltenem Atem hinunter. Unwillkürlich hatten sich seine Hände zu Fäusten geballt.

Nach einem scheinbar endlos langen Moment tauchte Zyra wieder auf. Ruhig, beherrscht, mit kraftvollen Bewegungen, schwamm sie an das felsige Ufer.

Hughs Herz hämmerte. Ob das von der Angst hervorgerufen worden war, die er um die Amazonenprinzessin empfunden hatte – oder von bloßer Bewunderung, er konnte es nicht sagen. Vielleicht von beidem.

»Verdammt!« flüsterte er. »Wie schön sie ist . . . Was für ein unglaubliches Geschöpf!«

»Das ist sie fürwahr«, sagte eine Stimme direkt hinter ihm.

Abrupt kreiselte der Vandorer herum und sah Königin Azira. Der scharlachrote Kapuzenmantel, der sie einhüllte, flatterte im Wind.

»Ich wollte dich nicht belauschen, Vandorer«, sagte sie. »In dem Moment, da ich mich bemerkbar machen wollte, hast du deine Gefühle für meine spirituelle Tochter in Worte gekleidet . . .«

Hugh errötete.

»Ich habe es nur ausgedrückt, weil . . . Verdammt, ich habe für Frauen wie ihr es seid, keine männlichen Gefühle!« Er sah Azira direkt an – und dann bemühte er sich, das alte Mißtrauen, die alten Vorurteile zu beleben, die er in Modra begraben hatte. Nur so glaubte er, die von Zyra geweckte Leidenschaft bekämpfen zu können. »Ich will dich nicht beleidigen, Königin, – aber ich glaube, daß man derart schönen Frauen nicht trauen sollte.«

Die Königin sah ihn belustigt an.

Hugh beeilte sich, fortzufahren: »So viel Aufhebens wird um sie gemacht und ihnen Vorschub geleistet, so daß es für sie doch unmöglich ist, Dinge der Wirklichkeit zu verstehen . . . Und Zyra . . . « Er brach ab, drehte sich um und sah zum Strand hinunter, wo sie soeben aus dem Meer stieg und sich abzutrocknen begann. Die geschwungene Symmetrie ihres Körpers zeichnete sich dunkel gegen das Licht der sinkenden Sonne ab, und Hugh verspürte ein plötzliches Wühlen in seinem Magen. Er räusperte sich. »Und Zyra – sie ist einzigartig unter den schönen Frauen.« Er schluckte schwer, hielt sein Gesicht von Azira abgewandt, bemühte sich, seine Gedanken wieder zu ordnen. Schließlich platzte er ärgerlich heraus: »Wie kann sie etwas anderes als Verachtung für den Pöbel empfinden, der sich mit den Mühen der Welt beschmutzt?«

Die Amazonenkönigin betrachtete Hugh eindringlich.

Jetzt, da ihr silbernes Haar bedeckt war, schien sie kaum älter als die Prinzessin, obwohl die Weisheit ihrer Jahre von ihr ausstrahlte. »Deine Philosophie hinsichtlich der äußeren Erscheinung einer Frau kommt mir ziemlich seltsam vor, Hugh Oxhine. Ich kann kaum glauben, daß du wirklich derart denkst und empfindest«, sagte sie. »Ich will doch annehmen, daß du in den Ländern fern von Zan-Dura als schöner – zumindest jedoch interessanter Mann angesehen wirst. Du bist groß, hast ein hübsches Gesicht, einen muskulösen Körper. Hat man um *dich* so viel Aufhebens gemacht und dir Vorschub geleistet, daß du es so unmöglich findest, die Wirklichkeit zu begreifen? Kannst *du* nichts anderes als Verachtung für jene zeigen, die in den Existenzkampf verwickelt sind? Ich vermute, daß du dich selbst als sehr männlich erachtest. Du bist stark und angriffslustig, vernünftig, tapfer, hart, nicht emotionell. Du behauptest, daß schöne Frauen nichts davon in sich tragen. Sie können nur weich, passiv, irrational, launenhaft sein. Und da es dir bei Zyra – beispielsweise – nicht auf Anhieb gelingt, sie in diesem falschen Licht zu sehen, ist deine nächste Reaktion, sie zu der Oberflächlichkeit zu verdammen, die in Wahrheit nur die traurigen Grenzen deines Blickfelds verkündet.

Aber ich will Zyra nicht weiter verteidigen. Sie bedarf keiner Verteidigung durch mich.« Azira blickte auf die Felsen hinunter, an denen die Prinzessin in die Höhe kletterte.

»Ich möchte dir nur sagen: Sie trägt die Fähigkeit zu großer und starker Liebe in sich. Doch nun, Vandorer, komm mit mir. Ich will dir etwas zeigen . . . Und wir haben nicht mehr viel Zeit, bis die Reise beginnt.«

Hugh war verwundert über diese Worte, aber er stellte

keine Fragen. Er hatte heute schon viel zu viel Dummheiten von sich gegeben, und das sogar wider besseres Wissen . . .

Sie folgten einem Pfad, der in Serpentinen zum Nordteil der Stadt hinunterführte.

Sie kamen in einen wunderbaren Garten, der erfüllt war von tropischem Grün und Blumen und Vögeln in den exotischsten Farben. Ein weißes Gebäude erhob sich in der Mitte des Gartens. Ringsum sah Hugh Oxhine mehrere mißgestaltete Frauen, deren Körper zuckten und sich krampfartig bewegten. Zusammenhanglose Stöhnlaute und irres Kichern brach über ihre Lippen, als sie die Ankömmlinge gewahrten.

Azira blieb stehen und wandte sich Hugh Oxhine zu. »Dies sind unsere Schwestern, und wir haben viel von ihnen gelernt. Sie unterscheiden sich äußerlich ganz wesentlich von uns, und doch sind sie uns so ähnlich. Sie leben hier in diesem schönsten aller Gärten . . . Nicht, weil wir sie absondern wollen, sondern weil wir Freude finden an diesem Ort. Jene Schwestern, die körperlich tauglicher sind als sie, kümmern sich abwechselnd um ihr Wohlbefinden. Wir alle wetteifern eifersüchtig um diese Ehre, denn – wie gesagt – wir werden hier vieles gelehrt. Wir erfahren von der unparteiischen Hochachtung für die Unterschiede des menschlichen Körpers, und wir lernen, hinter die Schleier der äußeren Erscheinung zu schauen. Hier geht es nicht darum, Schuld oder Mitleid zu entdecken, und noch viel weniger darum, uns oder die Art, wie wir sind, zu verachten.« Sie brach ab. »Aber ich verderbe dir die Erfahrung. Komm . . .«

Hugh ging an der Seite der Königin. Ungläubig starrte er die Frauen an. Gut zwanzig saßen in einem Kreis vor dem weißen Haus, andere hielten sich in verschiedenen Teilen des Gartens auf.

Der Vandorer war grotesken und mißgestalteten Leuten in seinem eigenen Land begegnet, aber er hatte sie instinktiv gemieden. Und jetzt eine so große Zahl von ihnen versammelt zu sehen und zu verstehen, daß auch sie Amazonen, Frauen waren – wie Zyra . . .

Hugh unterbrach seine Gedanken beinahe gewaltsam. Da gelangte ein vertrautes Kichern an sein Ohr. Im Schatten eines Obstbaumes gewahrte er eine bepelzte Gestalt.

»Oolu!« rief er.

»Hey, Hugh«, brüllte der Gwarpy freudestrahlend zurück. Er sprang auf die Füße und ergriff die Hand der jungen, fast skelettierten Frau, die neben ihm gesessen hatte. Breit grinsend kam er mit ihr heran. Sie bewegte sich mit beträchtlicher Schwierigkeit, da ihren Armen und Beinen jegliche Kraft fehlte. Auch schien sie kein Gefühl für die Richtung zu haben.

»Hey, Hugh«, wiederholte der Gwarpy, »dies ist Toola. Sie ist eine gute Freundin von Oolu.«

Königin Azira war über das Hiersein des Gwarpys noch überraschter als der Vandorer. »Wie hast du es nur geschafft, hierher zu finden?« fragte sie.

»Oolu hat eine prächtige Spürnase«, erwiderte Hugh anstelle des Gwarpys.

Oolu strahlte ihn förmlich an, als er das hörte. Dies war das erste Mal, daß ihm der Vandorer ein Kompliment gemacht hatte. Er half Toola, auf dem Gras Platz zu nehmen. »Paßt mal auf«, verlangte er dann. »Toola kann eine Menge Sachen machen.«

Die junge Frau saß mit gekreuzten Beinen und starrte in den Himmel hinein. Ihre Lider waren halb gesenkt, ihr Mund klaffte weit offen, und es schien, als sei sie sich ihrer Umgebung gar nicht bewußt.

Langsam hob sie ihre Hände und bewegte sie. Ihre Arme waren ungeschickt hochgehoben, die Bewegungen ihrer Hände jedoch so anmutig und rhythmisch, als wären sie im Einklang mit einer unhörbaren Musik.

Hugh starrte sie an, und jetzt erst bemerkte er den Wind, der sich in ihrem Haar fing . . .

Er folgte Toolas Blick und sah das große Weizenfeld, das sich unter diesem Wind sanft bewegte. Er sah, daß überall um ihn her der Garten lebte, gespeist von der sanften, singenden Kraft dieses Windes . . . Und die Bewegungen, die Toolas Hände beschrieben, stimmten vollkommen mit dem graziösen Wogen des Feldes überein.

Oolu schnatterte entzückt. »Siehst du, Hugh, was die gute Toola alles weiß, – he? Jetzt paß auf!«

Toola beugte sich vor, nahm eine Handvoll Erde auf, ließ sie durch ihre Finger rieseln und behielt nur einige wenige Krumen in ihrer Handfläche. Diese studierte sie genau, bevor sie sie mit einem zerbrechlichen, forschenden Finger umherschob, ihnen etwas zusang und sie schließlich wieder zu Erden-Mutter zurückgab, der sie sie genommen hatte.

»Wette, daß kaum jemand irgendwo das auch nur einmal tut«, murmelte Oolu. »Die liebe Toola hier macht es die ganze Zeit, tja. Sie weiß, daß wir daher kommen – daß wir dahin gehen. Guter Ort, jawohl!«

Der Vandorer wandte seinen Blick von Toola ab. Er sah rasch zu Königin Azira und Oolu, denn er hatte bemerkt, daß seine Augen feucht geworden waren. Er schämte sich seiner Tränen nicht.

Er hob an, zu sprechen, aber plötzlich kam das widerhallende Echo von drei Gongschlägen aus der Stadt.

»Was hat das zu bedeuten?«

»Es ist das Kriegssignal der Amazonen von Zan-Dura. Ein Signal, das seit über drei Jahrhunderten nicht mehr laut geworden ist. Das Signal, das uns jetzt sagt, wir sollen die Sicherheit unseres geliebten Landes außer Acht lassen, ebenso das Mißtrauen gegen die Welt draußen, an dem wir festgehalten haben.

Und es sagt uns noch mehr: Wir müssen an der Seite des Prinzen der Weißen Elfen und seiner Verbündeten kämpfen. Wir müssen nach Golgorath ziehen, um das Ungeheuer Torgon in seine Schranken zu weisen. Und bevor er nicht überwunden ist, können wir nicht nach Zan-Dura zurückkehren.« Ihr Gesicht verfiel in ein vergnügtes Lächeln. »Ich glaube, Hugh Oxhine, daß du ein unwiderstehliches Ziel für alle Arten von Insekten wirst, wenn du deinen Mund nicht ganz schnell wieder schließt. Vielleicht ist es besser, wenn du dich jetzt in den Palast begibst. Mein Volk wird bald im Großen Hof versammelt sein, und sobald ich ankomme, wird verkündet, was zu tun ist, obwohl ich sicher bin, daß zwischenzeitlich – «

Hugh hörte ihr schon nicht mehr zu.

Er rannte so schnell er konnte zur Stadt hinunter. Er hörte, wie Oolu den Frauen im Garten der Schönheit aufgeregt seine Abschiedsgrüße zurief, und dann war der Gwarpy dem Vandorer auch schon heiß auf der Spur.

Nur ein paar Schritte hinter ihm, erreichte der Gwarpy die Stadt.

Die Gongs wurden noch immer geschlagen. Kriegerinnen

in voller Rüstung schritten eilends durch die gewundenen Straßen und über die hohen Brücken.

Jetzt holte Oolu Hugh vollends ein. Seite an Seite rannten sie. Oolu war sichtlich aufgeregt. Abwechselnd kicherte und schnatterte er.

Als sie den Palast erreichten, kamen ihnen Erbin und Evrawk entgegen.

»Was ist passiert?« rief Evrawk. »Was, im Namen von Erde, Mond und Sternen, geht hier vor?«

Sie trafen sich am Fuß der Treppe.

In regelmäßigen Abständen eilten Kriegerinnen an ihnen vorbei, ohne sich um sie zu kümmern.

Ganz Zan-Dura war in Aufruhr.

»Ich hoffe, dies bedeutet, was ich hoffe, daß es bedeutet«, sagte Evrawk aufgeregt.

»Ich denke schon, daß es das bedeutet, was du hoffst, daß es bedeutet«, erwiderte Erbin und grinste übers ganze Gesicht. »Ich hab's dir ja gesagt!« Er hielt einen fein ziselierten Krug in seiner Rechten. »Schrecklicher Wein, den diese Damen machen«, kommentierte er, dann nahm er aber trotzdem einen gewaltigen Schluck.

»Sie werden für uns kämpfen«, rief Hugh und grinste breit, – dann berichtigte er sich: »*Mit* uns kämpfen, meine ich . . .«

Die Zwergenzwillinge stießen gleichzeitig ein lautes *Hurra* aus! Oolu sprang auf und nieder.

»Ich wußte es! Es mußte so kommen! Ich wußte es!« brüllte Evrawk immer wieder. »Die alte Frau, Senqua – sie kam vorhin zu uns und holte Ailwon. Und dann donnerten diese fürchterlichen Gongschläge los. Sie sagte, wir sollen hier warten . . .«

»Ah, verflucht sollen wir sein, wenn wir *jetzt* noch länger warten«, unterbrach ihn Erbin hitzig. »*Jetzt* wollen wir herausfinden, wohin diese hübschen Kriegermädchen alle rennen . . .«

Eine Amazonen-Einheit marschierte vorbei, und die vier Gefährten schlossen sich ihr an. Minuten später schritten sie einen Tunnel entlang, dessen Decke gewölbt war.

Die Gongschläge waren verstummt. Der gesungene Satz *»Ki–est–oh–vel–oh«* ersetzte sie. Übersetzt hieß das: »In der Schwesternschaft liegt die vollendete Liebe!«

Die Stimmen wurden lauter, als sich Hugh, Erbin und Evrawk und Oolu dem Ende des Tunnels näherten. Dieses Mal war der Gesang nicht sanft und trällernd, sondern stark, rhythmisch, entschlossen.

Die vier traten aus dem dunklen Tunnel auf einen breiten, arenaähnlichen Hof, der von sechs glühenden Kristallen, die auf hohen, schlanken spitz zulaufenden Säulen saßen, beleuchtet wurde. Unter dem milden Licht hatten sich die Amazonen in langen Reihen aufgestellt.

Ihnen gegenüber, auf der Plattform eines verzierten, goldenen Podestes, standen Ailwon, Prinzessin Zyra und die alte Senqua. Der Gesang hallte noch einen Moment, aber als Königin Azira eintrat, fiel Stille über den Hof. Langsam stieg die Amazone die Treppe empor und stellte sich zwischen Zyra und Ailwon. Sie hob ihre Arme den Versammelten entgegen, und ihre Stimme war laut und kräftig, als sie sagte: »Meine Schwestern, meine Töchter! Es ist euch inzwischen bekanntgegeben worden, was vor uns liegt – was vor uns allen liegt. Ich brauche nicht ausführlich darüber zu sprechen. Aber ich will euch sagen: Es war *mein* Entschluß, dieses gefährliche Unternehmen anzugehen . . . Deshalb werde ich bei euch sein, wenn ihr in den Kampf zieht gegen die Kräfte der Unterdrückung. Seite an Seite mit euch, meinen Schwestern, will ich kämpfen . . .

Wie ihr weiterhin wißt, weigerte ich mich anfangs, das Gewicht unserer Kraft jenen zu leihen, die zu diesem Feldzug aufgebrochen sind.« Sie blickte zu Ailwon. »Aber dann«, fuhr sie fort, indem sie sich Zyra zuwandte, »dann erkannte ich, daß ich etwas aus den Augen verloren hatte. Meine spirituelle Tochter war es – mit der Weisheit ihrer Jugend –, die mich daran erinnerte.« Und die Königin legte ihre Arme um die Schultern der jungen Frau, und sie sprach leise mit ihr.

Zyra lächelte, als sie vortrat. »Meine Schwestern«, rief sie, »wir werden unsere Waffen, unsere Ausrüstung und Vorräte an Bord bringen und uns und unsere Schiffe bereitmachen. Bis morgen früh müssen wir fertig sein, denn – bei Tagesanbruch brechen wir auf zum Großen Garnon-Fluß!«

Hugh stand mit seinen drei Gefährten nur ein paar Schritte von Zyra entfernt. Er sah ihr Gesicht, sah die Erregung, die ihre Augen funkeln ließ, als sie erneut ihre

Stimme anhob: »Wir sind die ersten Amazonen, – die ersten seit dreihundert Jahren, die in den Kampf ziehen. Und wir sind *überhaupt* die ersten unseres Volkes, die die südlichen Gebiete des Kontinents überschreiten. Weit in den Norden begeben wir uns, ins finstere Golgorath, und dort werden wir die Mächte der Unterdrückung ins Meer treiben!«

Kein Jubel antwortete ihr, nur der widerhallende Gesang Tausender vereinter Stimmen:

»Ki–est–oh–vel–oh! Ki–est–oh–vel–oh!«

Zyra aber stand mit ausgestreckten Armen, ihr rabenschwarzes Haar bewegte sich leicht im Abendwind, und die dunkle Schönheit ihres Gesichts wurde noch unterstrichen von der Verwegenheit, mit der sie das Ziel proklamiert hatte.

»Ein Prachtmädchen«, flüsterte Erbin.

»Fürwahr«, pflichtete Evrawk bei.

Und Hugh Oxhine blickte die Amazonenprinzessin wie erstarrt an, und sein Herz hämmerte, vollkommen im Einklang mit dem Zyras.

15

DER VERRÄTER

© HILDEBRANDT

Zwischen den Schwarzen Bergen von Golgorath im Norden und dem Kolgar-Gebirge im Süden liegt die Ebene von Kiberuk, das rauheste und schlimmste aller Ödländer. Teils erbarmungslos der Sonne ausgesetzt, teils ewig im Schatten der finsteren Wolken, die über Golgorath hängen, machte es den Eindruck, als könnten hier nur die widerstandsfähigsten und gräßlichsten Lebensformen überleben. In diesem Land hatten sich jene Kreaturen entwickelt, die man *Gnome* nannte.

Torgon, der Herr des Todes, hielt den Gehorsam dieser Barbaren unter der Macht seiner eisernen Hand. Die Gnomenstämme – beschränkt durch mit primitiven Ritualen verstärkten Aberglauben – waren leicht zu lenken. Stets waren sie eifrig bemüht, das Werk des Herrn des Todes auszuführen. Wenn auch klein an Statur, so waren sie doch körperlich kräftig und zäh, und als sie einst in großer Zahl versammelt und ihr Wahnsinn und Blutdurst bis ins Unerträgliche angestachelt wurde, brachten sie das totale Grauen weit übers Land.

Die Gnome – das waren Wirklichkeit gewordene Alpträume . . . Teufel in Zwergengestalt . . .

An sie mußte Gwynn denken, als sie sich an der Spitze ihrer andeluvischen Kämpfer dem Retnor-Paß näherte, der über die Kolgar-Berge führte. Ihre Sorge war nur zu verständlich . . . In dieser Gegend waren viele tapfere Elfen im Hinterhalt der Barbaren gefallen.

Immer wieder hielt sie nach der von Deciedon in Aussicht gestellten Eskorte Ausschau, doch nichts und niemand war in der öden Gegend zu sehen. Dumpfes Schweigen ringsum.

Gwynn hob ihre Rechte, hielt ihr Pferd an, und ihre Gefährten taten es ihr gleich.

»Ich glaube nicht, daß uns da oben eine echte Gefahr droht«, rief sie ihnen zu. »Aber – ich will sichergehen. Deshalb reite ich vor und sehe mich um . . .«

»Erlaube, daß ich dies für dich tue, Gwynn!«

Die Bitte kam von Cordan, einem freundlichen Braunen Elf, zugleich auch der älteste ihrer Rebellenkämpfer. Er war einer der ersten gewesen, die sich gegen die vorherrschende Überzeugung seines Volkes gestellt und die Herausforderung Torgons angenommen hatte. Er war an ihrer, Gwynns, Seite gewesen, als sie den Widerstand gegen die Tyrannei für unbedingt notwendig erklärt hatte.

Jetzt drängte er sein Pferd an Gwynns Seite. »Bei der entfernten Möglichkeit, daß dort oben eine Gefahr lauern *könnte*, scheint es mir sinnvoll, daß du, die du uns stets in den Kampf führtest, in der Lage bist, das wieder zu tun . . . wenn es nötig werden sollte.«

»Danke, Cordan. Was du sagst, ist vernünftig. Kundschafte du also . . . Wir warten auf dein Zeichen.«

Der Elf nickte ihr zu und ritt langsam los. Felsbrocken säumten den schmalen Weg. Bizarr ragten die Schluchtwände zu beiden Seiten empor.

Cordan sah sich sorgfältig um, aber er konnte nirgends ein Anzeichen von Gefahr entdecken. Alles war still und friedlich.

Zu still und zu friedlich . . .

Er bemerkte es nicht.

Er stoppte sein Pferd, drehte sich halb im Sattel um, dann schnalzte er und ritt zurück.

Wenig später sah er die Gefährten wieder vor sich. Er hob seinen Arm, winkte ihnen und rief ihnen zu, daß sie ihm nachfolgen konnten.

»Gehen wir also«, meinte Gwynn.

Sie ritten in das von steilen Felsformationen begrenzte Land hinein. Sanft führte der Paßweg bergan.

Cordan wartete ein paar Schritte voraus.

Plötzlich blickte er nach rechts – und zuckte zusammen. Er stieß einen gellenden Warnschrei aus und hieb seinem

Pferd die Absätze in die Flanken. Es bäumte sich auf und machte einen Satz nach vorn. Das tödliche Pfeifen, das den heransirrenden Pfeil begleitete, war nicht zu hören.

Cordan wurde getroffen. Er riß die Arme hoch – und fiel aus dem Sattel. Sein Pferd schwenkte scharf ab, erschreckt und irritiert vom plötzlichen Verlust des Gewichts seines Herrn.

Cordan lag verrenkt am Boden.

Gwynn sah es aus den Augenwinkeln heraus. Im ersten Augenblick seines Schreies hatte sie ihre Stute gezügelt und wie von selbst hatte ihre Rechte den Weg zum Schwertgriff gefunden. Wild riß sie die Klinge aus der Scheide. Im Sonnenlicht blitzte sie auf.

Im nächsten Augenblick war die Luft von barbarischen Schreien und Kriegsrufen erfüllt. Überall sprangen die Gnom-Kreaturen aus flachen Gräben und Erdlöchern. Hunderte schwärmten von den Felsenzinnen herunter. Schreiend, johlend, drohend ihre Waffen schwingend, strömten sie heran.

Die Braunen Elfen hatten keine Chance.

Ein junger Mann neben Gwynn schrie voller Schmerz auf, als sich eine Lanze in seine Brust hineinfraß.

Verängstigte Pferde wieherten schrill und bäumten sich auf.

Dann waren die Barbaren heran.

Gwynn spürte, wie sich starke Hände um ihr Fußgelenk schlossen und sie aus dem Sattel zu reißen versuchten. Wütend trat sie dem Gnom ihren Stiefel in das häßliche, übergroße Gesicht, dann gab sie ihrem Pferd die Absätze zu spüren. Es wirbelte herum.

Pfeile zuckten heran . . .

Dann eine Lanze . . .

Gwynn reagierte blitzartig. Sie riß ihren Schwertarm hoch und schlug sie beiseite. Vor ihr tauchten zwei, drei Gnome auf. Einen köpfte sie, die anderen beiden warfen sich vor den wirbelnden Hufen ihres Pferdes in Sicherheit. Staub wallte auf und mischte sich mit dem harten Klirren von Waffen, den gellenden Schlachtrufen und dem gequälten Schreien der Sterbenden und Verwundeten.

Gwynn machte sich keine Hoffnungen mehr. Sie wußte längst, daß sie und ihre Rebellen zum Untergang verdammt waren. Aus dieser verdammten Falle gab es keinen Ausweg mehr.

Ihre Gedanken eilten zu ihren jugendlichen Vettern, zu ihrer Tante und ihrem Onkel . . . Bitterer Schmerz wallte in ihr auf.

Dann hörte sie die gewaltige, dröhnende Stimme: »Ergebt euch! Ergebt euch, und ihr werdet verschont!«

Sie starrte in die Richtung, in der die Stimme erklungen war, und durch den wirbelnden Staubnebel sah sie eine große, unheimliche Gestalt auf einem gewaltigen, schwarzen Pferd. Wie ein Eissplitter fuhr ihr die Erkenntnis in den Sinn, was für einem Wesen sie da gegenüberstand . . . Ein Vilderone war es, eines der sagenhaften, vom Herrn des Todes erschaffenen Scheusale.

»Ergebt euch!« brüllte er wieder.

Gwynns Gedanken wirbelten aufgeregt durcheinander. Die einzige Alternative zum Befehl des Unheimlichen war ihr und ihrer Gefährten sicherer Tod.

Sie riß ihr Pferd herum und trieb es in das Gewirr der Kämpfenden. Gnome, die soeben noch zu Dutzenden auf einzelne Elfenkämpfer eingedrungen waren, spritzten auseinander. Gwynn hob ihr Schwert und rief ihren Gefährten zu, sich zu ergeben. Einen Augenblick später waren die Geräusche des Kampfes verstummt. Die von ihren barbarischen Häschern umringten andeluvischen Kämpfer beruhigten ihre Pferde.

Gwynn sah sich um. Ein trockenes Würgen kauerte in ihrem Hals. Ein Dutzend ihrer Leute lag tot darnieder, zwanzig waren verwundet. Aber Ianen und Glenden hatten das Handgemenge unversehrt überstanden – unversehrt von *körperlichen* Wunden. Das unsägliche Grauen, das der Gnom-Überfall mit sich gebracht hatte, strahlte wie eingebrannt aus ihren Gesichtern.

Gwynn riß den Blick von ihnen los und wartete. Ihr Schwert hatte sie noch nicht aufgegeben, aber sie hielt ihre Arme in die Höhe, um ihre Bereitschaft zur Kapitulation deutlich zu machen. Was würde jetzt geschehen . . .?

Der Vilderone – offensichtlich Befehlshaber des Angriffs – musterte sie. Ein weiteres halbes Dutzend seiner ungeschlachten Artgenossen hatte sich zwischenzeitlich um ihn geschart. Ihre Visiere waren geschlossen, so daß es Gwynns

Phantasie überlassen blieb, sich die grausigen Fratzen dahinter vorzustellen.

Der Anführer der Unheimlichen gab einen knappen Befehl, und drei seiner Untergebenen setzten sich in Bewegung.

Gwynn ließ sie herankommen. Sie erbleichte, als sie die schweren Hanfstricke und Ketten gewahrte, die sie von ihren Sätteln lösten. Man entwaffnete sie. Ein Vilderone übernahm die Zügel ihrer Stute und führte sie ein paar Schritte von der Gruppe ihrer Gefährten fort. Blitzschnell rissen ihr die beiden anderen die Arme auf den Rücken und fesselten ihre Handgelenke.

»Halt!« rief Ianen. »Was macht ihr da mit ihr?« Er gab seinem Pferd die Hacken und drängte es vorwärts. Glenden folgte ihm. Barbarenlanzen und Bogen wurden gehoben, Pfeile auf die Sehnen gelegt.

»Zurück!« sagte Gwynn scharf. »Noch leben wir! Ohne guten Grund wollen wir nichts daran ändern!«

Die Jünglinge zügelten ihre Pferde. Gwynn nickte ihnen zu, eine stumme, aber vielsagende Geste.

Die Vilderonen zerrten sie vor ihren Führer.

Der Unheimliche lachte böse und drehte sich im Sattel halb um. Leder knirschte unter seinem gewaltigen Körpergewicht. Er hob seine behandschuhte Rechte. Im schmalen Durchlaß einer bizarr geformten Felsenbarriere tauchten mehrere Gestalten auf, die nur auf dieses Zeichen gewartet zu haben schienen.

Gwynn sah ihnen entgegen. Ihre Muskeln spannten sich unwillkürlich schmerzhaft an.

Ein gutes Dutzend Vilderonen, und, vor ihnen gehend, mehrere Gnom-Barbaren. Der Anführer dieser schweigenden Gruppe aber war . . .

Gwynn mußte an sich halten, um nicht laut aufzuschreien. Wie gebannt starrte sie den Mann an, der über seiner weißen Tunika einen nachtschwarzen Kapuzenmantel trug. Die Sonnenstrahlen gleißten auf dem Silber, das den schwarzen Waffengurt schmückte.

Nein, sagte sich Gwynn, es gab keinen Zweifel. Diese Kleidung zeichnete einen Reiter der Armee der Weißen Elfen, einen Lejentor, einen hohen Offizier dieser legendären Gruppe.

Mit leichter, athletischer Gewandtheit bewegte sich der Mann, zuversichtlich, aufrecht.

Gwynn atmete tief ein und fühlte nicht, wie sich ihre Fesseln anspannten und tief in ihr Fleisch schnitten.

Sie hatte es gewußt! Ein Verräter hatte unter ihnen geweilt . . . Einer aus dem Volk der Weißen Elfen war es gewesen, der vor zwanzig Jahren an den Sevenas des Kronhelms zum Mörder geworden war und nun von Ailwons Existenz erfahren und versucht hatte, auch ihn ermorden zu lassen.

Blond leuchtete sein Haar, das unter der schwarzen Kapuze hervorquoll. Die grausigen Gestalten hinter und neben ihm verschwammen vor Gwynns Augen . . . Nur diesen einen Mann gab es für sie, den Lejentor, den Verräter! Plötzliche Übelkeit wühlte in ihrer Magengrube.

Sie erkannte den Mann. Sie wußte, wer ihr da entgegenkam!

Der Held Deciedon war es!

Deciedon, die lebende Legende der Weißen Elfen!

Er, der von allen Männern und Frauen und Kindern der Verbündeten Völker am meisten bewunderte, der Statthalter Alfandels, der seit zwanzig Jahren so fähig regierte!

Er sah das Erschrecken in ihrem Gesicht, hob seine behandschuhte Rechte zum Gruße, und sein hübsches Gesicht teilte sich in einem breiten Grinsen.

»Deinem lieblichen Antlitz entnehme ich, daß du schokkiert bist, mich inmitten dieser Kämpfer anzutreffen, liebste Gwynn!« sagte er, als er vor ihr stand. Seine Stimme war tief und melodisch, wie immer. »Nun, das ist natürlich ganz verständlich. In all den vielen Jahren, die nun hinter uns liegen, gab ich mir die größte Mühe, meine Zugehörigkeit zu ihnen geheim zu halten . . . Nun aber ist die Zeit gekommen, da dies nicht mehr nötig ist.« Er brach ab und musterte sie eingehend. »Du bist fürwahr zur vollen Blüte gelangt, meine Liebe«, wechselte er das Thema. »Aber bereits vor Jahren – damals, als ich dich im Königreich der Zwerge das erste Mal sah – erachtete ich dich für das schönste aller Geschöpfe. – Was meine Gedanken auf eine Sache lenkt, die dich interessieren könnte . . .«

Er griff zu ihr hinauf und berührte sie sanft am Arm. »Warum setzen wir uns nicht für ein paar Augenblicke?«

meinte er und war ihr beim Absteigen behilflich. »Ich bedaure es, dich derart gefesselt vor mir stehen sehen zu müssen, aber du bist natürlich ein äußerst wertvoller Besitz. Nun, ich bin sicher, daß du einsiehst, daß wir kein Risiko eingehen können.«

Deciedon führte Gwynn zu einem großen Felsblock. Nach ein paar Schritten drehte er sich zu dem Vilderonen-Führer um, den er zuvor überhaupt nicht beachtet hatte.

»Höre, Sorkmun, ich bin sicher, daß du nichts dagegen einzuwenden hast, daß ich mich einige Minuten mit diesem Mädchen unterhalte, bevor ihr aufbrecht? – Es wird für lange Zeit meine letzte Gelegenheit zu einer solchen Unterhaltung sein.«

Er wartete die Antwort nicht ab, sondern drehte Gwynn mit einem harten Ruck herum. »Ich vergaß ganz, euch vorzustellen. Wie taktlos von mir . . . Gwynn, – dies ist Sorkmun, des Torgons rechte Hand und oberster Befehlshaber.«

Sorkmun knurrte und Deciedon nahm Gwynn wieder beim Arm und ging mit ihr weiter. Nach einigen Sekunden des Schweigens beugte er sich zu ihr herüber und flüsterte: »Bisher ist es noch immer umstritten, wer der höchste von Torgons Generälen ist, – und darüber hinaus gibt es *überhaupt niemanden* – nicht einmal im übertragenen Sinne – der für sich in Anspruch nehmen könnte, die rechte Hand des Herrn des Todes zu sein. Aber Sorkmun mag mich nicht sonderlich, daher mag es nicht schaden, ihm zu schmeicheln. Du verstehst . . .?«

Vor einem großen Felsblock hielten sie an. Deciedon bedeutete der beharrlich schweigenden Gwynn, sich zu setzen und war ihr wieder dabei behilflich. Dann beugte er sich vertraulich vor und suchte ihren Blick.

Gwynn sah an ihm vorbei, zu ihren Leuten hinüber, die zwischenzeitlich von den Gnomen von den Pferden gerissen und entwaffnet worden waren. Dicht zusammengedrängt standen sie inmitten der sie umringenden Sieger.

»Was wird mit ihnen geschehen?« fragte sie leise.

»Oh, nur keine Sorge, Mylady«, versetzte Deciedon spöttisch. »Man wird gut für sie sorgen.«

Erleichterung – zugleich aber auch Schuldbewußtsein darüber, daß sie dem Wort des Verräters glaubte, breitete sich in ihr aus. Vor ihr stand nicht der Held Deciedon, sondern der Mörder, der Verräter Deciedon . . . Der Mann, der für den Tod so vieler ihrer Gefährten verantwortlich war. Sie und ihre Kameraden waren seine Gefangenen – und hilflos.

Eine schreckliche Tatsache.

Verzweiflung kochte in ihr, machte es ihr schwer, äußerlich kühl und unbeeindruckt zu erscheinen. Sekundenlang gab sie sich gar einer trügerischen Hoffnung hin: Vielleicht war er in Wirklichkeit kein Verräter in Torgons Diensten, sondern ein Spion für Alfandel! – Vielleicht . . .

Sie biß ihre Zähne aufeinander.

Deciedon beendete das Schweigen – und ihre Hoffnungen. »Ich glaube, daß du es amüsant finden wirst, zu hören, wie ich von Prinz Ailwons Existenz erfuhr. Denn du spieltest diesbezüglich eine große Rolle . . . Ja, im Grunde habe ich es deiner Schönheit zu verdanken. Natürlich hegte ich bereits seit langem den Verdacht, daß die beiden Zauberherren Elgan und Shandar ein Geheimnis hüten.« Er lachte. »Daß dieses Geheimnis für den Endkampf allerdings von derart gewaltiger Wichtigkeit war, das wußte ich beileibe nicht. Aber als ich es wußte, bestimmte es natürlich fürderhin meine Handlungsweise – und somit die des Herrn des Todes. – Entschuldige meinen Mangel an Bescheidenheit . . . Diese sogenannte Charaktereigenschaft erachtete ich ohnehin nie als besitzenswert. Ich sehe, daß ich dich verwirre. Vergib mir. Ich will mich deutlicher ausdrücken. Bei meinem letzten Besuch in Penderak – ich weilte dort, um mit diesen zauberhaften kleinen Leuten zu beraten, – unterhielt ich mich mit – wie heißt er noch? – Erbin, ja. Du wirst sicherlich wissen, daß er nur zu gerne einen Schluck zuviel trinkt . . .« Deciedon unterbrach sich und blickte zu den Vilderonen-Offizieren hinüber, die sich grollend miteinander unterhielten. »Ah, ich sehe, daß ich es kurz machen muß. Meine Freunde werden ungeduldig.

Jedenfalls – während meines freundlichen Schwatzes fragte ich den guten Erbin sehr vorsichtig, ob du, verehrte Gwynn, noch zu haben bist, und da rutschten ihm ein paar Dinge heraus, die meine Neugier erregten. Daraufhin war es nur mehr eine Sache von einigen raffiniert gestellten Fragen, gepaart mit der konstanten Alkohol-Versorgung des kleinen Kerls. Nun, ich bin sicher, Erbin vertraut noch heute darauf, sein Geheimnis sehr gut gehütet zu haben. Ich zweifle daran, daß er viel von der Unterhaltung behalten hat. So hochgradig gefühlsbetonte Wesen wie er neigen dazu, äußerst dumme Torheiten zu begehen . . .«

Gwynn spürte, wie der Zorn ihr die Kehle zuschnürte.

Deciedon lächelte und richtete sich auf. »Sei es, wie es sei, der Schwatz war höchst interessant für mich, wie du wahrscheinlich eingestehen mußt. Bald wirst du als Geisel in Torgons Festung weilen, und noch bevor zu viele Tage vergangen sind, wird sich dir dein junger Freund zugesellen. Ich bin jetzt bereit, mich auf die Reise zu machen, um dem geheimnisvollen Sevena zu begegnen.« Er beugte sich vor, um ihre Wange zu streicheln. »Ich wünschte, ich könnte dich nach Golgorath begleiten . . . Torgon weiß, daß ich dich als Teil meiner Siegesbeute betrachte . . .«

Jetzt konnte Gwynn hinter die beinahe perfekte Fassade Deciedons blicken. Sie konnte sehen, wie kalt und gefühllos er in seiner Habsucht war. Abrupt stieß ihr Kopf vor, aber Deciedons Reaktionen waren so blitzschenll und scharf wie sein Verstand. Ihre Zähne verfehlten seine Hand um haaresbreite.

Er trat zurück, taxierte den Haß in ihren Augen. »Eine derartige Reaktion habe ich beinahe erwartet, meine Liebe«, lächelte er. »Sei versichert, daß ich überhaupt nicht enttäuscht bin. Deine Feuer werden sich beizeiten abkühlen – hoffentlich jedoch nie erlöschen.«

Er rief dem Vilderonen-General zu, daß er fertig sei.

Sorkmun knurrte, und zwei seiner Helfershelfer kamen herbei. Brutal rissen sie Gwynn auf die Füße.

Sorkum spornte sein Pferd, und der große Hengst trug ihn voran. Vor den Gnom-Barbaren, die sich um die Rebellen der Braunen Elfen geschart hatten, hielt er an. Erwartungsvoll starrten die Schrecklichen auf ihren Führer. Langsam hob er seine Hand über den behelmten Kopf.

Plötzlich fühlte Gwynn, wie die Furcht mit eiskalten Klauen an ihrem Herzen zerrte!

Deciedons sanfte Stimme erklang direkt an ihrem Ohr: »Ich hoffe, liebste Gwynn, ich hoffe, du merkst, wie mich die nun folgende Tat abstößt. Aber dies ist vollkommen Torgons Werk . . .«

Gwynn riß sich aus dem eisernen Griff der beiden Vilderonen los und sprang vorwärts.

Sorkmuns Hand senkte sich.

Gwynn schrie gellend.

Die Barbaren stürmten vorwärts und hieben mit Schwertern und Lanzen auf die hilflosen Braunen Elfen ein. Gwynn glaubte, ohnmächtig zu werden . . . Sie wünschte sich, ohnmächtig werden zu *können*! Aber Ekel und Schrekken hielt ihre Augen offen und ihren Geist wach. Schmerzerfüllte Schreie erhoben sich in die Luft, die unter der Sonne flirrte. Die Braunen Elfen fielen. Einer nach dem anderen fielen sie: auf den Boden, über die gefällten Körper der Gefährten. Bittende Stimmen schrien um Gnade . . . Rotes Blut spritzte über den gelbgrauen Boden.

Gwynn war fast blind vor Wut und Schmerz. Ihre schluchzenden, erstickten Schreie trugen die wildesten Verwünschungen, aber sie schleuderte sie den Mördern ihrer Leute hilflos entgegen. Durch die Schreie der Sterbenden hörte sie Glendens Stimme. Beinahe klang sie so, wie vor Jahren, wenn er zu ihr um Trost gelaufen kam. Zweimal rief er aus: »Gwynn!«

Und sie sah zu ihm, sah, wie seine Hände an seine Brust griffen, nach dem Pfeilschaft tasteten, der daraus hervorragte. Dann stürzte er.

Das war das letzte, was Gwynn sah oder hörte. Deciedon schlug sie mit dem Schwertknauf nieder und barmherzige Dunkelheit nahm ihren Geist auf.

Der Verräter sah in ihr kalkweißes Geischt. »Es tut mir leid, daß das nötig war, liebste Gwynn«, murmelte er, und obwohl sie ohne Besinnung war, klang seine Stimme vollkommen ernst. »Ich hoffe, daß du nunmehr gelernt hast, gefügiger zu sein . . . Es ist für unser beider Überleben notwendig. Nie gab es einen Zweifel daran, wer in der kommenden Entscheidungsschlacht Sieger sein wird. Und ich möchte, daß wir beide auf der Seite der Sieger stehen.«

Er trug sie zu ihrem Pferd hinüber und hob sie in den Sattel. Haltlos sackte sie nach vorn.

»Binde sie am Sattel fest, damit sie nicht fällt«, befahl er dem Vilderonen, der neben ihm stand, »und sorge dafür, daß ihr kein Leid oder Schaden geschieht – weder von ihrer eigenen noch einer fremden Hand!«

Er schritt zu seinem schneeweißen Roß und schwang sich geschmeidig in den mit Silber beschlagenen, schwarzen Sattel.

»Denke daran, Freund Sorkmun, daß es Torgons Wille ist, das Elfenmädchen völlig unversehrt ausgeliefert zu bekommen!« ermahnte er den Anführer der Unheimlichen.

Sorkmun nickte stumm.

Deciedon hob seine Hand. »Ich werde dich in Golgorath wiedersehen.«

Der Vilderone erwiderte nichts darauf. Deciedon warf ihm noch einen knappen, undefinierbaren Blick zu, dann gab er seinem Pferd die Sporen und ritt südwärts davon.

Sorkmun sah dem Lejentor der Weißen Elfen nach, bis er hinter einigen Felsentrümmern verschwunden war. Schließlich ließ er seinen Blick über das Schlachtfeld wandern.

Die gequälten Schreie waren verstummt. Nur die aufgeregten Stimmen der Gnom-Barbaren störten jetzt noch die Stille des Ödlandes. Die Barbaren plünderten geschäftig die Kleidung der Getöteten.

Sorkmun ließ sie noch eine Weile gewähren, dann riß er sein Pferd herum und gab seinen Untergebenen das Zeichen zum Aufbruch. Eilends formierten sich die Unheimlichen. Ihr General trieb sein Pferd zum Galopp, und die berittenen Vilderonen folgten mit der bewußtslosen Gefangenen. Die Barbaren rannten ihnen nach.

Der Odem des Todes lockte die Aasvögel an den Ort des Schweigens. Dicht gedrängt lagen die Leichen der Braunen Elfen. Nur die Pferde, die nicht geflohen und abseits von den Toten auf der Suche nach verkümmertem Gras umherzogen, störten die kreisenden Vögel noch. Gemächlich ließen sich die Geier tiefer schweben. Schließlich landeten sie mit ausgebreiteten Schwingen und begannen zu fressen.

Plötzlich – eine Bewegung!

Zwei, drei, vier Geier flatterten mit häßlichem Kreischen hoch.

Einer der Körper hatte sich bewegt . . .

Die Geier ließen sich deshalb aber nicht lange von ihrem grausigen Mahle abhalten. Wieder kamen sie herunter – allerdings ein paar Schritte von dem Menschen entfernt, der offenbar noch Leben in sich trug.

Langsam wälzte sich Ianen auf den Bauch und stöhnte. Mit großer Mühe zog er sich auf die Knie hoch. Alles drehte sich rings um ihn. Er war mit Blut besudelt – mit seinem eigenen und dem seiner Kampfgefährten, deren leblose Körper auf ihn gefallen waren. Aus einer Kopfwunde sikkerte noch immer Blut. Schwer tropfte es in den Sand unter ihm. Ianen zwang sich, seinen Kopf zu heben, sich umzusehen.

Nur sechs Fuß von ihm entfernt lag sein toter Bruder.

Ianen kroch zu ihm. Sein Atem kam rasselnd. Schluchzend verharrte er bei Glenden und bettete seinen Kopf in seine blutigen Hände. Schließlich wurde Ianen ganz still, in sein mühseliges Atmen mischte sich tiefes, krächzendes Stöhnen.

Irgendwann fühlte er eine Bewegung in seiner Nähe. Er hob den Kopf. Ein Pferd – sein eigenes – war bis auf wenige Yards herangekommen. Der Junge rief es, und es kam so nahe heran, daß er seine Hand ausstrecken und den Steigbügel ergreifen konnte. Mit ungeheuerer Mühe zog sich Ianen daran empor. Als er endlich stand, schüttelte ihn heftiger Husten. Galle würgte in seiner Kehle, und er spuckte sie aus. Nachdem er sich einen langen Augenblick ausgeruht hatte, flüsterte er dem Pferd beruhigend zu. Langsam, voller Schmerz, zog er sich dann auf den Rücken des Tieres. Im Sattel sackte er zusammen.

»Lauf, Brauner, lauf . . .«, hauchte er.

Und das Pferd trottete los, der untergehenden Sonne entgegen, instinktiv dorthin, wo Andeluvien lag.

Hinter ihm kehrten die Aasvögel zurück, um ihr uraltes Ritual zu vollziehen.

16

DAS TAL
DES LEBENS

© HILDEBRANDT

Der Winter war rauh gewesen. Die eisigen Nordostwinde hatten die bitterkalten Wasser des Balta-Meeres gepeitscht und sich sodann schonungslos über Norbruk und Lehmende ausgetobt.

Das Land der Gwarpys lag noch unter einer Schneedecke begraben, aber mit jedem Tag, der verging, gewann die Sonne an Größe und Kraft. Sie erwärmte die Luft und zwang die eisige Nachhut des Winters zurück. Bald lag die Erde nackt und schwarz unter ihren Leben spendenden Strahlen, gelb-grüne Knospen erhoben sich zwischen den toten Gräsern, und lange vor dem bei den Bobabo-Bäumen stattfindenden Ritual der Gwarpys waren die Hügel von Lehmende reich geschmückt mit neuem Leben.

Die gedrungenen Bobabos mit ihrer aschfarbenen Rinde und dem ungeheueren Umfang waren Zentren des Lebensystems der Gwarpys. Kein Wunder also, daß die frühen Vorfahren der pelzigen Geschöpfe ein Frühlingsritual eingeführt hatten, um ihnen Tribut zu zollen, und an dieser Stitte wurde seitdem getreulich festgehalten. Die Feier begann mit der ersten Bewegung des Leben spendenden Saftes in den Bäumen und endete, wenn ihre leuchtend gelben Blüten sprossen und für den Sommer Obst versprachen.

Es geschah vor Tagesanbruch des letzten Tages des Bobabo-Rituals, daß Shandar, der Prophet, in die Nähe Evshimins, des Ortes seiner Herkunft, kam. Elgan, der weißhäutige Zauberer, ging an seiner Seite. Gemeinsam waren sie gekommen, um den Kronhelm der Weißen Elfen aus seinem Versteck im Tal des Lebens zu bergen.

Mit etwa zwanzig Gwarpys – allesamt Freunde und Verwandte Oolus – machten sich die beiden Zauberer auf den Weg durch die Bergwildnis, die an den südlichen Teil Lehmendes grenzte, hin zum Tal des Lebens.

Die schweigende Gruppe schritt einen unscheinbaren Pfad entlang. Vor ihnen – so wußten sie – lag ein schmaler Paß, der von einem Vorhang aus Schlingpflanzen getarnt wurde. Shandar ging direkt darauf zu, teilte ihn, und enthüllte so den Eingang des Tales.

Die Ehrfurcht der Gwarpys vor diesem Ort war so groß, daß sie ihn mieden. Sie wollten die beiden Alten nicht begleiten und bedeuteten ihnen, daß sie hier warten würden, bis sie zurückkehrten.

Shandar und Elgan versuchten nicht, ihre kleinen, putzigen Gefährten umzustimmen.

Der dunkle Durchgang war so schmal, daß sie hintereinander gehen mußten. Die steinernen Wände waren feucht und mit Moos bewachsen, ein dichtes Gewirr von Schlingpflanzen bildete über ihnen eine lebende Decke. Je weiter die beiden Männer kamen, desto dunkler wurde es in dem Gang. Dann war vor ihnen ein weiterer Rankenvorhang auszumachen – das Ende des Passes.

Sie teilten ihn und traten ins kühle Licht der Morgendämmerung hinaus. Hangabwärts erstreckte sich das Tal des Lebens.

In seiner Mitte erhob sich Evshimin, der große, weiße Bobabo-Baum, von dem alle Gwarpys glaubten, er markiere exakt den Mittelpunkt Urshuraks. Wer ihn sah, konnte kaum daran zweifeln. Hohe Berge umgaben das Tal. Die Hänge waren mit einem dicken, grünen Mooskleid angetan.

Ein schmaler Pfad führte talwärts, und die beiden Alten vertrauten sich ihm an.

Sie kamen an gedrungenen Palmen mit dickem, knorrigem Wurzelwerk vorbei – die Überlebenden einer Zeit, die älter war als Elgan oder Shandar. Große Insekten schwirrten umher, ihre Flügel schimmerten im rosa Licht des Tagesanbruchs.

Langsam hellte das Firmament auf, und als Evshimin in goldenem Schein erwachte, begannen die Vögel zu singen.

Elgan und Shandar setzten ihren Abstieg durch von blühenden Schlingpflanzen behangene Büsche und an großen, sich wiegenden Farnen vorbei fort. Fächerartige Blätter – so groß wie ein Mann – wuchsen überall um sie her, und auf dem grünen, schwammigen Moosboden erhoben sich Pilze aller Arten und Größen. Der Zauberer und der Prophet erreichten einen weiteren Vorhang blühender Ranken.

Shandar ging voran. Er schob die Ranken zur Seite, und dahinter, alles überragend, stand der große weiße Bobabo-Baum, der alte Wächter des Tals des Lebens.

Hinter ihm brach die Sonne über die Gebirgskette. Ihr goldenes Licht verwandelte die Blätter, ließ sie im Tau glitzern und gleißen. Ströme von Licht flossen durch die Zweige und berührten die beiden Alten. Shandar fiel auf seine Knie nieder, verbeugte sich tief und küßte die schwarze, duftende Erde. Elgan stand hinter ihm, die Arme ausgestreckt. Der Blick des Zauberers ruhte auf den blühenden Ranken, die sich an die weiße Rinde des alten Baumes schmiegten. In dem bunten Dickicht, das sich in Tausenden von Jahren gebildet hatte, klaffte eine Öffnung – eine lebende Höhle. Aus ihr entsprang eine Quelle und bildete nur wenige Schritte entfernt einen Teich, dessen Ufer von weichen Moosen und sich sanft wiegenden Farnen gesäumt wurden.

Shandar erhob sich und schritt mit Elgan zu diesem Teich hin. Eine leichte Brise bewegte die Wasseroberfläche, die in den ersten Sonnenstrahlen des neuen Tages schimmerte.

Der Prophet drehte sich zu seinem langjährigen Gefährten um, sein gefurchtes, schwarzes Gesicht stellte die Frage, aber Elgan schüttelte seinen Kopf, und so begab sich Shandar allein zu Evshimin. Seine Schritte waren lautlos. Das feine Moospolster dämpfte sie.

Dann stand Shandar auf einer flachen, ellyptischen Felsplatte, die den klaren Quellstrom am Fuße des großen Bobabos überbrückte, verharrte – und schließlich drang er in den urzeitlichen Geist Evshimins ein . . .

Elgan saß auf einem Stein und wartete.

Einen Augenblick lang sah er zur aufgehenden Sonne hin. Er versuchte, sich den alten metallischen Schrein vorzustellen, in dem der Kronhelm aufbewahrt wurde, er stellte sich den Kronhelm vor, wie er im großen, weißen Baum erschien, unberührt seit zwanzig Jahren, seit der Zeit vor Ailwons Geburt. Und er gedachte der Macht des Kronhelms, jener Kraft, die eine spirituelle Mischung der Urelemente war.

Vor Jahrhunderten waren sie von geheimnisvollen Mächten miteinander verschmolzen und in der helmförmigen Krone manifestiert worden, auf daß sie von den Weißen Elfen durch die Jahrhunderte vererbt werden bis hin zu jener ungeheuerlichen Konfrontation, die das Schicksal ganz Urshuraks entscheiden würde.

Der alte Zauberer war so in seine Gedanken versunken, daß er die Veränderungen nicht sogleich bemerkte, die um ihn herum vorgingen.

Der plötzliche Wechsel der Brise . . . Die anschwellende Kraft in der Stimme des Baches . . . Das Fallen der Lufttemperatur . . .

Bald war die Sonne hinter dem Dunkel von Wolken verloren. Blauschwarz verfärbte sich der Himmel, die Luft erkaltete in einem tosenden Wind, die Stimme des fließenden Wassers brauste, ihr Lied stieg auf im Wind und sang laut von Schönheit und Gewalt.

Elgan stand auf. Der Wind peitschte sein weißes Haar, seinen Bart. Er blickte über den Teich, der so plöztlich lebendig geworden war. Shandar stand da und sah ihn an. Und zu des Propheten Füßen, auf der Felsplatte, lag der Schrein mit dem Kronhelm.

Der Himmel verdunkelte sich noch mehr, doch die metallische Oberfläche des Schreins strahlte.

Elgan begab sich ohne ein Wort an Shandars Seite.

Der Prophet schob einen langen Silberstab durch die Griffe des Schreins, dann hoben er und Elgan die wertvolle Last auf.

Shandar sah zurück. Der Wind war gewaltig angeschwollen. Der lockere braune Umhang flatterte wild um den dünnen Leib des Propheten. Er blickte zum Ort des Geheimnisses hin. Die Öffnung im Dickicht hatte sich geschlossen. Shandar nickte und wandte sein Gesicht Elgan zu, und die Tränen in seinen Augen schienen zugleich Freude und Traurigkeit auszudrücken.

Die beiden Alten verließen den geheimnisvollen Ort und stiegen zu dem getarnten Paß empor.

Der Wind heulte und tobte und der Himmel tat sich auf. Es regnete.

17

ABU-SAMBAR

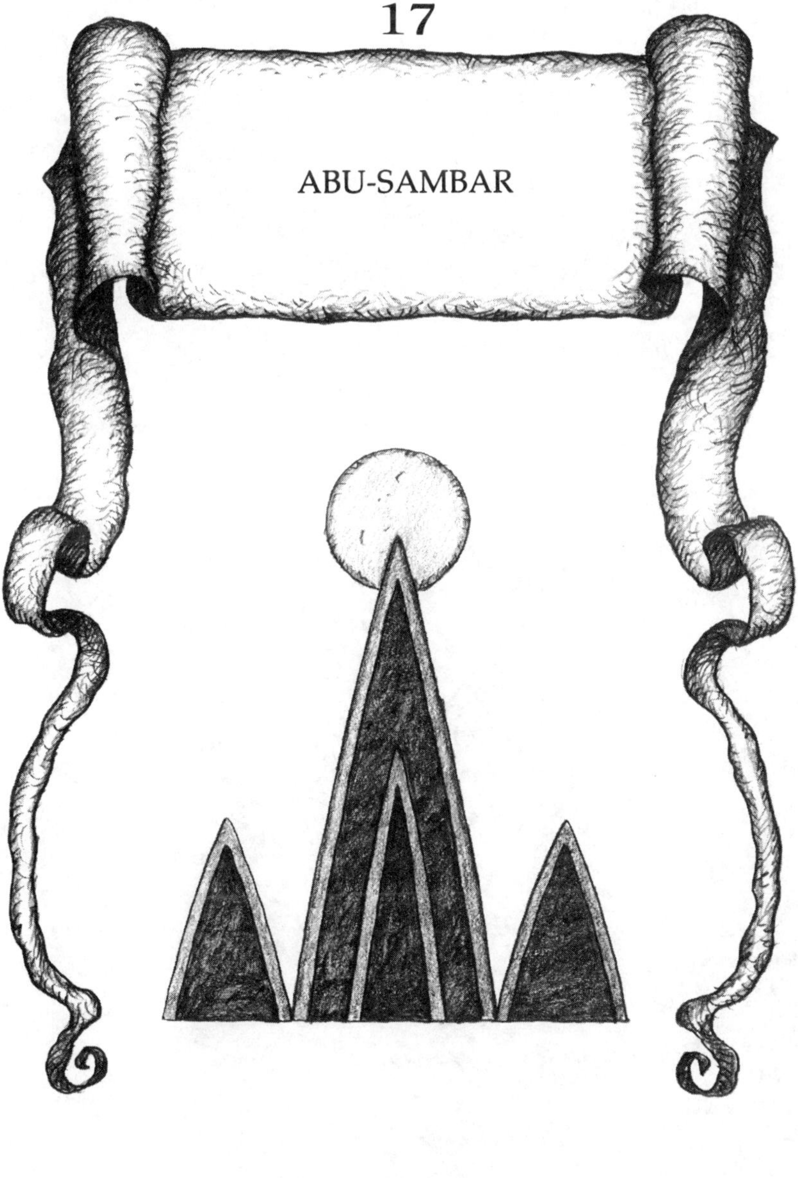

© HILDEBRANDT

Der Garnon-Fluß bezieht sein Wasser von den nördlichen Regionen Urshuraks, aus den Zwillingsseen von Cryslandon und seinen Nebenflüssen überall in den zentral gelegenen Teilen des Landes.

Auf dem letzten Drittel seines Weges zum Kresnaischen Meer verfügte er über ungeheuere Macht und Kraft, und der dichte, verfilzte Wuchs des Dangar-Dschungels, der an die südlichen Ufer des großen Flusses grenzte, spiegelte die Leben spendenden Eigenschaften des mächtigen Wassers wider.

Von Bord der Amazonenschiffe Zan-Duras war die Kraft des Garnon ein beeindruckendes Naturschauspiel. An beiden Uferseiten gediehen breitblättrige Magnolienbäume und schrägstehende Wassereichen. Silbermoosstreifen hingen vom Astwerk und tanzten in der Strömung. Zahllose blühende Lianen und Blütenpflanzen, die die Luft mit ihren schweren Düften schwängerten, wucherten dazwischen und wetteiferten mit Blumen, Farnen, Moosen und dichtem Buschwerk um ausreichenden Lebensraum. An den rötlichen, lehmigen Ufermulden, an die des Nachts die Dschungeltiere zur Tränke kamen, lagen große Alligatoren und blinzelten träge zu den Menschen herüber. Die furchtsameren Waldtiere waren in dichteres Unterholz davongehastet, als sich die langen, goldenen Schiffe näherten. Das seltsame Singen und die karmesinrot glühenden Lichter erschreckten sie.

Hugh Oxhine beobachtete – an der Steuerbordreling des Königinschiffes lehnend – das Dschungelleben. Seine

Unterarme ruhten auf der goldenen Reling, seine aufgerollten Hemdsärmel entblößten seine geschmeidigen Armmuskeln.

Einem oberflächlichen Beobachter wäre er entspannt vorgekommen . . . Aber Hugh Oxhine war alles andere, als entspannt. Unruhe rumorte in ihm – eine Unruhe, wie er sie sein Leben lang noch nicht erfahren hatte. Er war ein Einzelgänger – das entsprach seiner Natur. Dennoch gab es jetzt diesen Widerstreit seiner Gefühle . . . Und dazu lagen seine Gefühle auch noch mit seinem Empfinden für Ehre und Fairnis im Kampf. Er hatte sich – unbestreitbar – verliebt! Verliebt in ein ihm völlig unerreichbares Mädchen . . . Ständig waren seine Gedanken bei Zyra, und unbewußt suchte sein Blick nach ihr.

Er entdeckte sie auf der Plattform über dem Kontrollraum im Bug des großen Schiffes. Dort stand sie an der Seite Königin Aziras und Ailwons und unterhielt sich mit ihnen. Ihr dunkles Haar wehte, die Sonne streichelte ihre geschmeidige Figur.

Hugh verspürte das erregende Unbehagen, das er jedesmal erfuhr, wenn er sie ansah. In diesem Moment drehte sie sich um und stieg die Treppe von der Brücke herunter.

Hughs Herz begann zu hämmern, unwillkürlich verkrampfte er sich. Aber sie kam nicht zu ihm. Durch die kleine Tür des Kontrollraums verschwand sie im Bauch des Schiffes. Hugh entspannte sich, nicht sicher, ob er jetzt enttäuscht oder erleichtert sein sollte.

Donnerwetter, dachte er, sie sorgt mächtig dafür, daß ich mich wie ein liebeskranker Jüngling fühle. Und er hatte ziemlich wenig Hoffnung, daß sich dies in naher Zukunft ändern würde, auch wenn sie ihm gegenüber nichts weiter als Höflichkeit an den Tag legte.

Beinahe brutal zwang er seine Gedanken in eine andere Richtung. Zyra blieb dennoch hartnäckig im Hintergrund seines Bewußtseins.

Absichtlich konzentrierte Hugh seinen Blick auf Oolu, der – wohl zum Dutzendsten Male – die faszinierenden Feuerkristalle untersuchte. Nie zuvor hatte Hugh derart leuchtend golden und blau flirrende Kristalle gesehen.

Der Vandorer erinnerte sich jenes ersten Vorfalles, bei dem die Amazonenwaffen eine Rolle spielten. Als die

Feuerkristalle an Bord gebracht worden waren, hatte Erbin wissen wollen, was für eine Art Vorrichtung sie darstellten. Ailwon, der nur kurze Zeit vorher von ihnen erfahren hatte, erklärte daraufhin, sie seien äußerst mächtige Waffen, fähig, Ladungen abzufeuern, deren Wirkung jener von Blitzschlägen gleichkam. Die Tatsache, daß die Vereinten Völker über solcherlei Bewaffnung verfügten, schien ihn mit Zuversicht zu erfüllen.

Aber nicht alle neunzehn Amazonenschiffe waren damit gerüstet. Insgesamt gab es nur neun dieser Waffen. – Neun gegenüber Hunderter gigantischer Kriegsmaschinen, die die Streitkräfte Golgoraths ihr eigen nannten. Aber die Feuerkristalle waren so mächtig und beweglich, daß sie den Siegeschancen der vereinten Nationen eine ganze Menge Gewicht verliehen.

»Ursprünglich waren sie nicht als Waffen gedacht«, hatte Zyra erklärt. »Als Werkzeug im Bergbau und in der Bildhauerei fanden sie Verwendung. Doch eines Tages standen einige meiner Schwestern dem Tod gegenüber . . . Sie vermochten sich nur zu retten, weil sie die Kristalle als Waffen benutzten. So begann es . . . Seither ist viel Zeit vergangen. Die Kristalle wurden nur mäßig eingesetzt. Nichtsdestoweniger aber gibt es besondere Einheiten, die ständig darauf trainiert wurden, sie zu bedienen, falls man sie brauchte. Ich selbst gehörte einer solchen Einheit an. Die Kristalle sind beträchtlich mehr als nur Waffe oder Werkzeug.«

»Wie meinst du das?« fragte Erbin.

»Sie beinhalten die Kraft des Kristalls von Kresna . . . Die gleiche spirituelle Kraft, die den Amazonenfrauen Leben schenkt, die gleiche, die unsere Schiffe antreibt und uns Licht spendet. Jene, die sie benutzen, erhalten eine lange, ausführliche Ausbildung. Besonders der spirituellen Kontrolle wird viel Zeit gewidmet, stellt sie doch das Mittel dar, das die Energie durch diese Vorrichtung freisetzt.«

Hugh erinnerte sich an den Stolz in Zyras Stimme, als sie erklärte, daß die Kraft der Kristalle eine Intensivierung des Ichs jener Frauen war, die sie abfeuerten.

Wieder sah er die Intelligenz ihrer dunklen Augen, die Wärme ihres Lächelns . . . wieder sah er ihr zu, wie sie die Hand ausstreckte und auf Erbins Schulter legte . . .

»Abu-Sambar!«

Hughs Gedanken zerrissen, als der Ruf – in Evrawks dröhnendem Bariton abgegeben – vom Bug des Schiffes heranflog.

Die Hafenstadt Abu-Sambar kam in Sicht, als die Flotte eine Flußbiegung hinter sich ließ.

Schon glitten die vordersten Amazonenschiffe in das große Hafenbecken hinein. Der lange hölzerne Kai lag verlassen. Ein paar kleine, verwitterte Fischerboote dümpelten im Wasser. Dahinter konnte Hugh ein Dutzend großer Handelsschiffe ausmachen . . . Schiffe der verschiedensten Völker waren es, die in einem rechterhand gelegenen Dock vor Anker lagen. Dereinst hatten sie die Wasserwege des Kontinents befahren, aber seit der Zunahme von Torgons düsterem Schreckensregime, seit der Wiedergeburt des Mißtrauens unter den Völkern und des Ausbreitens der Furcht war jedweder Handel nahezu völlig zum Stillstand gekommen. Jetzt lagen die Schiffe faulend im Hafen, und der Dschungel kroch langsam an die azmurische Stadt heran.

Das Mutterschiff der Amazonen steuerte auf das Dock zu. Das karmesinrote Leuchten und das Singen der Kristalle verstummte.

Am hölzernen Kai standen jetzt Krieger von Azmurien und Norbruk.

»Es ist der azmurische Shakin: Ali Dingsda . . .«, rief Erbin.

»Ali Ben Kara«, berichtigte sein Bruder.

»Richtig. Ali Ben Kara. Und – uff! Der andere Bursche muß einer dieser Nordleute sein. Ich wette, daß es Tark-Volmar höchstpersönlich ist.«

Für Oolu hatten die Namen keine besondere Bedeutung, aber er genoß die allgemeine Aufregung und gluckste fast ununterbrochen.

Eine Rampe wurde zur hölzernen Anlegestelle hinübergelegt, und Königin Azira und ihre Gefährten gingen an Land.

Der fürstliche Ben Kara näherte sich ihnen lächelnd, während der Anführer der Nordmänner sprachlos hinter ihm hertappte und zu den unglaublichen Amazonenschiffen hinaufstarrte – deren Decks von neugierigen Kriegerinnen gesäumt wurden.

»Ich bin erfreut!« rief Ben Kara, und sein Blick wanderte von Ailwon zu Königin Azira und wieder zurück. »Und – ich kann noch nicht glauben, daß ich endlich dem Sevena der Weißen Elfen von Angesicht zu Angesicht gegenüberstehe. Fürwahr – ich bin überwältigt!« Er trat vor, um Ailwons Hand zu ergreifen. »Shandar und Elgan rieten mir, damit zu rechnen, daß Ihr erfolgreich seid, aber das alles –« Wieder blickte er zu Azira und der langen Reihe großer Amazonenschiffe hinüber – »das alles ist höchst verblüffend. – Nicht wahr, Volmar, es ist doch verblüffend, oder?«

»Hmmph!« brummte der massige Nordmann und zeigte so seine Verblüffung am deutlichsten.

»Man muß Euch gratulieren, Ailwon«, wandte sich der Shakin nun wieder direkt an den Elfenprinzen, und seine Augen und seine Stimme zeugten von Aufrichtigkeit.

Ailwon versuchte keinesfalls, seine Freude darüber zu verbergen, das Lob dieses berühmten azmurischen Führers gewonnen zu haben, der überall unter den verbündeten Nationen Ansehen genoß. Aber sogleich schmälerte er taktvoll die Ehre für seine Leistungen, indem er auf seine Gefährten verwies und sie vorstellte. Ben Kara nickte jedem höflich zu, während er seinerseits auf Tark-Volmar deutete und seinen Namen nannte. Der Nordmann wiederholte sein mürrisches »Hmmph«, und als er den grinsenden Gwarpy gewahrte, seufzte er und schüttelte den Kopf.

Ali Ben Kara erkundigte sich sodann, ob er und Tark-Volmar die Reise zur Hauptstadt der Weißen Elfen an Bord eines Amazonenschiffes vollenden konnten. Gerne wurde ihm die Bitte erfüllt, und die beiden wurden eingeladen, sich an Bord des Königinschiffes einzufinden, wenn die Reise wieder aufgenommen wurde.

Eine Unterhaltung schloß sich an, in der es hauptsächlich um die anzuwendende Strategie bei der großen Schlacht ging.

Tark-Volmar trat zurück, beobachtete die Diskutierenden – und besonders den schlanken Jüngling Ailwon. Immer wieder schüttelte er dabei den Kopf und murmelte Sätze wie: »Magerer kleiner Zauberjunge . . .« oder: »Verdammte Hitze in diesem Land!«

Hugh Oxhine schlenderte davon, da er nicht länger in der Lage war, jenes Unbehagen auszuhalten, das er empfand, weil er Zyra so nahe war. Erbin eilte der nahezu gänzlich verlassenen Stadt entgegen, und der Grund seiner Eile war beileibe kein Geheimnis. Er war auf der Suche nach flüssiger Erfrischung. Oolu wieselte dem Zwerg hinterher.

Nachdem Evrawk einen oder zwei Augenblicke lang zugehört hatte, wandte auch er sich von der ernsten Unterhaltung ab. Während ihrer langen Reise hatten sie ihr weiteres Vorgehen schon so oft durchgesprochen, daß er es jetzt fast auswendig kannte.

Gemächlich wanderte er zu der verwachsenden schmalen Bucht hin, wo die verlassenen Handelsschiffe im grünen Abschaum des stehenden Wassers lagen.

Ein alter Azmurier saß am Rand des hölzernen Anlegeplatzes, eine Angelrute in der Hand. Der hagere, alte Mann nickte grüßend, und Evrawk erwiderte das Nicken. Langsam schlenderte er weiter und musterte das erste Schiff.

»Ein Schiff aus Penderak«, murmelte er, als er die schwere Konstruktion und das prächtige Schnitzwerk gewahrte.

Nach einigen Minuten kehrte er um und blieb hinter dem alten Mann stehen, der immer noch bewegungslos saß.

»Entschuldigt mich, Herr«, sagte Evrawk. »Hofft Ihr, hier etwas zu fangen?«

»Nein!«

Evrawk überlegte eine Minute lang. »Nun, es geht mich ja wirklich nichts an«, meinte er, »aber wenn Ihr nicht erwartet, hier etwas zu fangen . . . Warum sitzt Ihr dann hier?«

Der Alte blickte mit verschlafenen Augen auf. »Weil ich nichts fangen will«, erklärte er freundlich. »Wenn ich hier sitze – und träume – fühle ich mich mit meiner Angelrute in Händen behaglicher, denn ich angle gern. Es ist nur so, daß ich nicht immer etwas zu fangen wünsche . . . Denn wenn man etwas fängt, so wird das Ausnehmen und Säubern und Kochen des Fisches notwendig . . . Nun, und das ist Arbeit.« Er nickte, womit er seine Weisheit bekräftigte. »Wenn ich nun also einen Fisch fangen will, so begebe ich mich an den Hauptkai, oder an meine Lieblingsstelle, unten, am Flußufer, wo mir ein Alligator, der so alt ist wie ich – ein Plätzchen freihält.« Sein Lachen hörte sich wie das Gackern eines Huhnes an, und als er seinen Mund auftat, sah Evrawk nur einen einsamen Schneidezahn darin.

Der Zwerg fiel in das Lachen ein, obwohl er nicht ganz sicher war, den ganzen Vortrag begriffen zu haben. Dann holte er seine großköpfige Pfeife hervor und stopfte sie.

Die Augen des alten Mannes wurden groß und rund. »He, so eine Pfeife hab' ich noch nie gesehen!« sagte er. Er legte seine Rute beiseite und mühte sich auf die Füße.

Evrawk hatte den Gegenstand der Bewunderung höchstpersönlich geschnitzt, und fühlte sich nun beträchtlich geschmeichelt. »Möchtet Ihr sie Euch gerne ansehen?« fragte er und hielt sie dem Azmurier hin.

»Gleich, gleich«, erwiderte jener und kramte in den Taschen der schmutzigen weißen Kleidung, die seinen mageren Körper umhüllte. Schließlich brachte er eine schlanke, schwarze, äußerst fein geschnitzte Pfeife hervor, deren Stiel mehr als einen Fuß maß. Er hielt sie Evrawk hin, und dann untersuchten sie gegenseitig ihre Schätze.

Nachdem das geschehen war, steckten sie die Pfeifen an und gingen zum Hauptkai hinüber.

Der alte Mann schlurfte und schwatzte ununterbrochen in seinem hohen, rhythmischen Tonfall von den fast hundert Jahren, in denen er in Abu-Sambar gelebt und gearbeitet hatte. Lebhaft beschrieb er ihren einst blühenden Zustand. Damals, ja, damals war der Handel noch frei und ungehindert in die Hafenstadt ein- und wieder ausgeflossen.

Er erzählte von den Überfällen, die schließlich überhand genommen hatten – eine Folge der Macht der Sumpfhexe Gorta und des grimmigen Herrn des Nordens. Ihre Häscher waren es gewesen, die die Handelsschiffe angriffen und deren Besatzung mordeten, verstümmelten oder zu Sklaven machte. Einmal wurde Abu-Sambar gar bis auf die Grundfesten niedergebrannt – und wieder aufgebaut.

»Jetzt . . .«, erklärte der Alte wehmütig, »jetzt gibt es nicht mehr viel, was hier passiert. Ziemlich still ist's geworden. Ich mag diese Ruhe . . . Ruhe ist oft in Ordnung . . .« Er starrte auf den Fluß hinaus, auf die zahlreichen bunten Wasservögel, die sich nahe des gegenüber liegenden Ufers tummelten. »Wenn es still ist«, fuhr er fort, »kann ich die Stimme des großen Flusses hören. Er erzählt mir eine Menge, weißt du . . .« Er blickte auf den Zwerg, nickte und gackerte leise.

»Aber es wäre natürlich schön, wenn mehr zu erfahren wäre, wenn es mehr Leute gäbe, mit denen man sich unterhalten könnte, so wie damals . . .«

»Evrawk!«

Der Vandorer brüllte seinen Namen.

»He!« entfuhr es dem Zwerg. »Paß' du nur auf, was in zwei oder drei Mintuen hier am Kai vorbeikommt! Du wirst staunen!« Er zeigte auf die scharfe Biegung des hölzernen Docks, wo dichtes Blattwerk die Sicht auf die Amazonenschiffe verhinderte. »Ich muß gehen, aber warte du nur da . . . Du wirst es nicht bereuen! Ganz bestimmt nicht!«

Damit wandte sich der Zwerg um und raste über das Dock und verschwand um die Biegung.

Der alte Mann schüttelte den Kopf, kaute auf seinem Zahnfleisch herum und stützte sich auf seine Angelrute. Er spuckte ins Wasser. Dann, beim ersten singenden Laut, hob er seinen Kopf. Die ersten majestätisch goldenen Schiffe kamen in Sicht. Die wässrigen Augen des Alten öffneten sich weit.

Ein Schiff nach dem anderen glitt an ihm vorbei. Die geheimnisvollen Töne schwollen an.

Lange stand der Alte wie erstarrt am Kai. Als er sich endlich wieder bewegte, waren die Schiffe nicht mehr zu sehen.

Einen Augenblick lang starrte er noch flußaufwärts und erledigte gekonnt einen Moskito, der sich auf seinem knochigen Hals niedergelassen hatte, dann blickte er auf die Pfeife, die er die ganze Zeit über getätschelt hatte. Er steckte den Stiel in seinen zahnlosen Mund, paffte, bis grauer Rauch aus dem großen Pfeifenkopf quoll. Nachdem das klappte, machte er sich auf den Weg. Sein Ziel war sein Lieblingsangelplatz, den ihm der alte Alligator freihielt.

»Also heute . . . heute ist verdammt so ein Tag, an dem man etwas fangen *will* . . .«, brummte er vor sich hin und schlurfte zielstrebig über das rissige Holz des Docks.

18

TOD UND WIEDERGEBURT

Die Sonne war vor einer Stunde untergegangen, und im Thronsaal des andeluvischen Königs warf nur eine einsame Kerze ihr flackerndes gelbes Licht gegen die Wände und ließ die Schatten tanzen.

König Zarin hielt sich ganz allein in dem großen Raum auf. Das späte Abendessen, das er und seine Frau Wanel im Verlauf ihrer Ehe zur Tradition gemacht hatten, war unberührt geblieben. Stattdessen war er mit einer großen Flasche Wein hierher gekommen. In letzter Zeit nahm er seine Mahlzeiten höchst unregelmäßig ein. Den größten Teil seiner wachen Stunden verbrachte er grübelnd und trinkend hier im Thronsaal. Sein Körper war rundlich und aufgedunsen. Die Klarheit seines Verstandes, die er in früheren Jahren genossen hatte, war einer dumpfen, allgegenwärtigen Verwirrung gewichen.

Langsam – den Weinkelch in der Rechten – wanderte Zarin auf und ab.

Seit seine Söhne mit Gwynn nach Cryslandon aufgebrochen waren, um sich dort dem Prinzen der Weißen Elfen im Kampf gegen den Herrn des Todes anzuschließen, waren Wochen ins Land gezogen. Zarin hegte die Vermutung, daß sie ihr Ziel – Cryslandon – inzwischen erreicht hatten. Es beruhigte ihn, den Rat des Regenten der Weißen Elfen, Deciedon, befolgt und ihnen den Weg über den Retnor-Paß empfohlen zu haben. Aber – es war ein geringer Trost. Krieg stand bevor. *Verhaßter Krieg!* Und nicht nur seine rebellische Nichte, sondern auch seine jungen Söhne waren in dies gefürchtete Geschehen verwickelt.

Seufzend wuchtete Zarin seinen schweren Körper auf den Thron. Wieder trank er – ohne den Wein zu schmecken. Er starrte zu Boden, ließ seine Finger über die Stirn und durch sein graues Haar gleiten, und schmerzhaft durchschnitt eine Frage die Trübheit seines Verstandes: Warum? *Warum?*

Draußen wurde die Stille von einem wilden Stakkato zerschlagen – Hufschlag! Gleich darauf stieg ein Schrei auf, und der Klang aufgeregter Stimmen und hastender Leute war zu hören.

Zarin runzelte die Stirn und erhob sich. Er hörte, wie die Tür zur Kammer vor dem Thronsaal geöffnet wurde. Die Schritte und Stimmen wurden lauter. Ein langer, qualvoller Schrei – die Stimme seiner Frau – raste dem Aufplatzen des Portals voraus.

Drei Männer – Zarins Ratgeber Elsep und zwei andere – trugen eine schlaffe Gestalt. Neben ihnen schritt Wanel und stöhnte, als leide sie unter großem körperlichen Schmerz. Vorsichtig ließen die Männer den Körper zu Boden gleiten.

Schwerfällig tappte Zarin an die Seite seiner Frau. Sie bedeckte ihr Gesicht mit beiden Händen.

Des Königs Augen richteten sich auf die dunkle Gestalt, die kaum hörbar stöhnend zu seinen Füßen lag.

»Was – was ist, Wanel? Was ist passiert?« fragte Zarin. Er legte ihr seine Hand auf die Schulter. Ihr Körper bebte. Sie versuchte zu antworten, konnte es jedoch nicht. Erneut vergrub sie ihr Gesicht in ihren Händen.

Der König blickte auf Elsep, der bewegungslos vor ihm stand und eine Fackel hochhielt. Ihr Licht zeigte deutlich die Tränen, die ungehemmt aus seinen Augen quollen.

Jetzt sah Zarin wieder auf die schlaffe Gestalt nieder und ging neben ihr in die Knie. Elsep trat heran. Flackerndes Licht fiel auf das blutbeschmierte Gesicht Ianens. Seine Augen wurden vom Strahlen des nahen Todes geweitet.

Der König ließ seine Hände über das Gesicht seines Sohnes gleiten, über seine Stirn, seine Augen, seine Lippen.

In diesen Augenblicken konnte er nicht sprechen. Seine Stimme verweigerte ihm den Dienst.

Nur seine Hände bewegten sich, bewegten sich in einer verzweifelten, sanften Liebkosung.

Ianens Kopf neigte sich langsam, sein unsteter Blick

suchte den seines Vaters, sein Mund klaffte auf, die zerrissenen, geschwollenen Lippen bebten.

»Vater . . .«

Die Stimme des sterbenden Jungen war kaum zu hören.

»Ja . . .«, antwortete Zarin, der jetzt weinte.

»Glenden . . . Er ist tot. Sie – sie sind alle tot . . . Nur Gwynn lebt . . . Gwynn – wurde gefangengenommen . . .« Er hustete. Speichel rann aus seinem Mund, über verkrustetes Blut.

Zarins Körper bebte. Flehend sah er seinem sterbenden Sohn in die Augen. »Ianen . . .«

»Der Verräter! – Deciedon ist der Verräter! Er mißbrauchte unser aller Vertrauen!« Ianens Stimme war kaum noch ein Flüstern: »Du mußt mich hören . . .«

Wanel kniete sich neben ihn. »Wir hören dich, Sohn«, sagte sie an Zarins Stelle.

Ianen stöhnte. Sein Kopf bewegte sich langsam herum. Sein Blick glitt zu seiner Mutter, dann wieder zu seinem Vater. »Ich . . . ich bereue nichts . . . Trauert nicht um mich . . . Trauert nicht um Glenden . . .« Er atmete kurz und heftig ein. Sein Gesicht spannte sich, nahm ein ekstatisches Aussehen an. Seine Hand tastete sich zu seinem Vater und

seiner Mutter hoch. »Wir – wir sind jetzt zusammen . . .«, keuchte er.

Seine Augen schlossen sich, sein Kiefer fiel herunter und sein Kopf sank kraftlos zurück. Nur der Griff um die Schulter seines Vaters blieb fest bestehen.

Zarin beugte sich vor und küßte den zerrissenen, blutigen Mund seines Sohnes. Sanft löste er die leblose Hand von seiner Schulter und stand auf. Wanel nahm den Leichnam ihres Sohnes in die Arme und wiegte ihn, so wie sie es früher getan hatte, als er noch ein kleines Kind gewesen war.

Zarin wankte zu seinem Thron.

Einen Schritt davon entfernt, blieb er bewegungslos stehen. Langsam ballte er seine Hand zur Faust, zog sie zurück und ließ sie in die Innenfläche der anderen krachen. Wieder. Und wieder! Er empfand Schmerz *Wieder!* Er fühlte, wie der lange begrabene Schrei in ihm aufstieg . . . Und dann brach es über seine Lippen, voll Zorn, voll Kummer!

Schluchzend ließ er sich auf den Thron fallen.

Irgendwann verstummte er. Unnatürlich ruhig erhob er sich und wandte sich um.

Wanel sah zu ihm her. Keiner von ihnen konnte in der Düsternis vom Gesicht des anderen mehr als einen verschwommenen weißen Fleck sehen, und doch verspürten sie den Strom der Liebe, der zwischen ihnen floß.

»Ich werde die Völker in ihrem Kampf unterstützen«, sagte Zarin schlicht.

»Und ich werde an deiner Seite sein«, erwiderte die Königin. »Gemeinsam werden wir uns nach Cryslandon begeben.«

»Viel Leid erwartet uns«, flüsterte Zarin. »Aber vielleicht begleitet uns unser Volk, vielleicht hilft es uns, das Leid zu lindern . . .«

»Alle werden sie mit uns kommen«, sagte Wanel. Sie reichte ihrem Mann die Hand. »Wir werden unseren Sohn begraben, und dann – dann brechen wir auf . . .«

19

BLOCKADE

Es war früher Abend, als sich Deciedon dem Ort näherte, der *Übergang* genannt wurde. Hier hatte die Natur eine Felsenbrücke entstehen lassen, welche den Penderak und Lehmende trennenden Garnon-Fluß überspannte. Hier sollte er – wie vereinbart – den Vilderonen-General Rogmun und dessen Gefangenen Ailwon treffen.

Seit fast einer Stunde vermochte Deciedon die Brücke zu sehen. Beständig kam er näher. Er saß bequem zu Pferde und hielt die Zügel mit seiner behandschuhten Rechten, während die andere locker an seiner Seite herabhing. Die Pferdehufe hämmerten über den felsigen Boden, und dieses Geräusch vereinte sich mit dem melodischen Klirren seiner Sporen.

Deciedon lächelte, als er über vergangene und zukünftige Erfolge nachsann – und besonders über die bevorstehende Begegnung mit dem Sevena der Weißen Elfen, der die letzte Bedrohung seiner Machtposition darstellte.

Er fürchtete sich nicht. Weder vor dem Sevena, noch vor Rogmun, der ihn ebensowenig mochte wie Sorkmun. Er konnte die Fähigkeit sein eigen nennen, schnelle innere Vorbereitungen zu treffen und dabei gleichzeitig seine Fertigkeiten und Talente berücksichtigen. Selten war er sich seiner Bewegungen und Handlungen unbewußt, und erst recht nicht der Reaktionen anderer auf ihn. Dieses scharfe Bewußtsein jedoch wurde von einer völlig überzeugenden Fassade der Sorglosigkeit um sein eigenes Wohlergehen getarnt, sowie der gut vorgetäuschten Besorgnis um andere. Sein gesamtes Leben hatte Deciedon darauf ausgerichtet, seine Fähigkeiten zu perfektionieren . . . Jene Fähigkeiten, die es ihm ermöglichten, noch mehr, noch größere Macht zu erlangen. Schon als Kind hatte er gewöhnliche Fertigkeiten mit solcher Leichtigkeit beherrscht, daß er vor kaum einer Herausforderung zurückschreckte. Er wußte ganz einfach, daß er gewisse Fertigkeiten brauchte – also eignete er sie sich an. Die einzige wirkliche Schwierigkeit bestand darin, jene zu kontrollieren und manipulieren, die ihn umgaben, und im Laufe der Jahre war er ein Meister darin geworden. Die Ausspielung dieses besonderen Talents bereitete ihm Freude.

Deciedon zügelte sein Pferd.

Der Rauch eines Lagerfeuers stieg von einer Stelle am Flußufer auf.

Er tätschelte den Hals seines weißen Hengstes. Er war stolz auf das Tier, trug es doch zu dem heroischen Bild bei, das man sich von ihm machen sollte. Oh ja, er war durchaus in der Lage, schöne Dinge zu erkennen, besonders hinsichtlich dessen, wie sie ihn – wenn er sich mit ihnen umgab – anderen gegenüber erscheinen ließen.

Er gab seinem Reittier die Sporen und trieb es zu dem Vilderonen-Lager hinunter.

Er dachte an die ungeschlachten Scheusale Torgons und lächelte wieder. Er wußte genau, daß sie ihn keinesfalls als Freund betrachteten . . . Sie verachteten ihn, haßten ihn – ebenso wie der Herr des Todes. Aber was spielte das schon für eine Rolle? Er besaß ihren Respekt, und das war alles, was er brauchte.

Deciedon erinnerte sich der Zeit, da er als Gefangener in Golgorath weilte. Er hatte versucht, Torgons Gunst zu gewinnen, ihm einen Handel schmackhaft zu machen. Da hatte ihn ein Vilderone – ein Offizier – herausgefordert. Die Scheusale hatten sich um ihren Herrn versammelt, um Zeuge zu werden, wie ihm, dem kümmerlichen Weißen Elfen, der Bauch aufgeschlitzt wurde. Deciedon lachte hämisch, als er sich der Leichtigkeit erinnerte, mit der er den Vilderonen erledigt hatte, indem er ihm den Schädel von seinem tierischen Leib trennte.

Gleich darauf passierte er die Wachen und lenkte sein Pferd direkt ins Herz des Lagers. Er grüßte Rogmun. Der gewaltige Bursche antwortete mit einem Grunzen.

»Ich sehe, der Prinz der Weißen Elfen hatte einen zu großen Vorsprung, so daß du seiner nicht mehr habhaft werden konntest«, stellte Deciedon fest. Er schwang sich aus dem Sattel und reichte einem wartenden Vilderonen die Zügel.

Wieder fiel die Antwort des Generals ziemlich unverständlich aus.

Deciedon blieb unbeeindruckt. »Nun, es ist bedeutungslos«, räumte er vergnügt ein. »Wir werden den Kerl bald erwischen. Sicher freute es dich, zu hören, Rogmun, daß wir Gwynn gefangengenommen haben. Sie war die Anführerin jener Rebellen, die während des letzten Jahres so viel Chaos unter eure Überfallkommandos säte. Und ganz zufällig ist sie die Geliebte dieses größenwahnsinnigen Elfenbalgs.«

Rogmun sah den lächelnden Deciedon an. Die unmenschlichen Gesichtszüge des Generals blieben finster, aber er nickte zustimmend. »Das ist gut«, antwortete er.

Deciedon schlug ihm leicht auf die gepanzerten Schultern. »Ich wußte, daß dir das gefallen würde«, meinte er. »*Sorkmuns* Kommando bringt die Gefangene wohlbewacht nach Golgorath, um sie dort vor Torgons Antlitz zu stellen.«

Er betonte Sorkmuns Namen absichtlich und studierte die Reaktion des Vilderonen, der mit Sorkmun um die Gunst des Todesherrn wetteiferte.

»Ich sehe«, fuhr Deciedon fort, »daß ihr bereit seid, die Blockade in die Wege zu leiten – ausgezeichnet!« Er blickte zu der Klippe auf der anderen Seite des Flusses hinauf. Der Übergang spannte sich zweihundert Fuß über dem Wasser von Ufer zu Ufer.

Drei Vilderonen kletterten an der Klippenwand in die Tiefe, fort von den Sprengladungen, die sie dort angebracht hatten.

Ohne ein weiteres Wort zu verlieren, ging Rogmun zum Flußufer hinunter, und Deciedon folgte ihm.

Am gegenüberliegenden Ufer wartete ein Dutzend Schützen auf das Zeichen ihres Anführers. Jeder von ihnen hielt eine schwere, metallene Armbrust mit einem Pfeil, der eigens dafür konstruiert war, die Ladungen zur Explosion zu bringen.

Rogmun wartete, bis sich seine Helfershelfer, die den Sprengstoff angebracht hatten, in Sicherheit gebracht hatten, dann hob er seinen Arm.

Die Schützen traten vor und hoben die Armbrüste.

Der General senkte seine Hand.

Beinahe gleichzeitig feuerten die Vilderonen.

Blitz und Donner tobte über dem Wasser und spie mächtige Felsentrümmer zum Himmel empor. Der Übergang zerbarst. Krachend und prasselnd stürzten die Felsmassen in die Fluten. Staub- und Wasserwolken spritzten auf und vergingen wieder.

Deciedon gestand sich ein, daß ihm dieses Schauspiel, und, mehr noch, seine nachfolgende Bedeutung, durchaus gefiel. Er lachte und gratulierte Rogmun zu der guten Arbeit.

Der Garnon-Fluß war auf seiner gesamten Breite blokkiert.

»Das ist wunderbar – einfach wunderbar«, rief Deciedon aus. »Jetzt brauchen wir nur noch die Ankunft unserer lieben Freunde abzuwarten. Ah, endlich werde ich meine Anführer treffen . . . den Prinzen von Alfandel! Ich fürchte allerdings, daß er die Begegnung weit weniger erfreulich finden wird als ich . . .«

Noch immer lächelnd sah Deciedon zu der Barriere hin. Unscheinbare Wasserkaskaden sprühten durch kleine Breschen in dem gewaltigen Steinhaufen, der die Fluten des Garnon behinderte . . .

20

CRYSLANDON

Weit im Süden von Golgorath und der Ebene von Kiberuk steigt das smaragdene Grün der Arbroischen Hügel auf, die als Schutzwall dienen zwischen den finsteren Nordlanden und Cryslandon, der alten Zitadelle der Weißen Elfen von Alfandel.

Stufenförmig erhob sich die Stadt zwischen den Zwillingsseen Gorheim und Germaina. Im Zentrum – weithin sichtbar – ragte der Turm der Erleuchtung himmelwärts, und von seinem Fuße ausgehend, führten die Stadtstraßen strahlenförmig zu den umstehenden Gebäuden.

Ein großer Kanal, abgeleitet vom Garnon-Fluß, umgab die Stadt, und fand durch die äußere Trutzmauer Einlaß.

Während der schönen Tage, wenn das Licht strahlend von den großen, kreisförmig angelegten Mauern, den goldenen Kuppeln und Türmen reflektiert wurde, erinnerte Cryslandon an eine strahlende Sonne.

Heute war ein solcher schöner Tag – und dazuhin ein denkwürdiger: Der Kronhelm der Weißen Elfen wurde in die Stadt zurückgebracht, und seit dem Beginn des Feldzuges, der die Erfüllung herbeiführen sollte, war genau ein Mondzyklus vergangen. Dies stimmte mit der Weissagung überein.

Der Tag erwachte und die ersten Sonnenstrahlen strichen über das umliegende Land, als die Gwarpys aus Lehmende – geführt von Elgan und Shandar – den Schrein des Kronhelms die Hänge zum südöstlichen Stadttor Cryslandons hinuntertrugen.

Blaugraue Wolken rasten wie große, fliegende Tiere über den nördlichen Horizont. Die alte, weiße Spindel, sowie die goldene Kuppel des Turms der Erleuchtung waren in die goldene Glut der Morgendämmerung getaucht.

Der Turm der Erleuchtung ... Dorthin wurde der Schrein getragen. In einer kleinen Kammer direkt unter der Turmspitze würde man den Kronhelm bis zur Ankunft des Sevena aufbewahren.

Der Zauberer und der Prophet schritten mit ihren Gefährten zur Südostbrücke, die genau dort über den Zusammenfluß der Zwillingsseen führte, wo der große Fluß seinen Anfang nahm.

Zwei junge Elfen kamen ihnen entgegen. Sie waren auserwählt, die Krone ihrer Ahnen in Empfang zu nehmen und in die Stadt zu tragen. Freudestrahlend glänzten ihre Gesichter, als sie den Schatz von den Gwarpys ausgehändigt bekamen.

Am Stadttor warteten etwa zwanzig berittene Soldaten der Weißen Elfen: die Lejentors. Ihre weiß-schwarzen Uniformen strahlten im frühen Licht des Morgens.

Die Prozession in die Stadt hinein begann. Sie führte durch das Portal in der großen äußeren Schutzmauer und über den breiten, ringförmig angelegten Kanal. Die Straße zum Turm der Erleuchtung war von Weißen Elfen und Zwergen gesäumt. Dicht an dicht standen sie, aber kein Jubel, kein Ruf erschallte. Nur Schweigen herrschte, und das Geräusch vieler sich bewegender Füße, als die Prozessionsteilnehmer vorbeischritten. Dann erklang vom Turm her eine einzelne Stimme, ein reiner, kristallklarer, wortloser Gesang.

Weiter führte die Prozession, hin über die Prachtstraße, durch das Tor der zweiten Ringmauer, vorbei an Terrassengärten und Gebäuden mit weißen und goldenen Kuppeln.

Der Turm der Erleuchtung ragte nun unmittelbar vor ihnen auf.

Jene, die den Weg säumten, schlossen sich – nachdem die Prozession an ihnen vorbeigegangen war – an. Immer länger wurde der Zug.

Der Kronhelm der Weißen Elfen wurde die weiten, geschwungenen Stufen emporgetragen, die in die große Rundhalle führten, welche den Turm umgab. Die Zahl der davor versammelten Weißen Elfen und Zwerge ging in die Tausende.

Eine besondere Garde junger Elfen, die goldene Tuniken über ihren weißen Gewändern trugen, erwartete hier die Ankunft des Schreines und ersetzte die Lejentors. Sie übernahmen die Führung der Prozession.

Der einzelnen singenden Stimme schlossen sich Hunderte jugendlicher Stimmen an, die durch den großen Raum hallten. Langsam schritt die junge Garde mit dem Schrein über den Marmorboden, in den ein kompliziertes Muster aus Gold eingelegt war. Höher flogen die Stimmen empor, und mächtiger wurde ihr Widerhall:

»Erhebt euch, ihr Brüder, so wachet all' auf!
Uns're Ahnen, sie rufen, ihre Seelen steigen herauf!
Den heil'gen Ruf müssen wir erheben,
Nicht fragen, ob der Tod uns'rer harret oder das Leben!«

Dann wurde der Schrein durch das bogenförmige Portal getragen, das in den Turm der Erleuchtung führte. Nur die Garde der Weißen Elfen und die Träger stiegen zur obersten Kammer hinauf.

Die jugendlichen Sänger begaben sich zum Ausgang. Langsam leerte sich die Halle. Die hellen, jungen Stimmen vollendeten ihr Lied:

»Zeit ist's, Schlachten zu wagen!
Wachet auf, bevor wir geschlagen!
Wachet auf!«

Elgan und Shandar lauschten dem verklingenden Lied nach und blieben allein in der Halle zurück.

Der Zauberer seufzte. Endlich befand sich der Kronhelm an seinem angestammten Platze.

Er blickte sich um. Er war lange Zeit nicht mehr hier gewesen. Shandar entfernte sich geräuschlos, verschwand irgendwo in der Weite des Rundsaales. Es war Jahre her, daß der alte Prophet in Cryslandon weilte.

Frühmorgendliches Sonnenlicht fiel schräg durch die hohen Fenster und betonte das Weiß und Gold der Halle.

Draußen wurden Stimmen laut.

Drei Zwerge betraten die Halle.

»Elgan! Hallo!« dröhnte die Stimme Esrunds, des Zwergenpatriarchen. »Dein Anblick ist Balsam für meine müden alten Augen! Willkommen!«

Der weißbärtige, alte Zwerg hinkte merklich. Die Reise von Penderak nach Cryslandon war für ihn beschwerlich gewesen. Die rothaarige Wilda und Nolan mit der schwarzen Augenbinde und dem Lockenhaar schienen die Strapazen besser überstanden zu haben.

Elgan beugte sich hinunter, umarmte seinen alten Freund und tauschte herzliche Grüße mit den anderen beiden aus.

Plötzlich fiel ihm etwas ein. »Ihr wißt es ja noch gar nicht«, rief er. »Nein, natürlich nicht . . . Ailwon bestand den Kampf in den Sümpfen von Zorak! Gorta – ist tot!«

Die drei schienen weit weniger darüber erfreut, als Elgan erwartet hatte.

»Wie hast du davon erfahren?« erkundigte sich Esrund.

Der Zauberer nickte in Shandars Richtung, der von den Zwergen nicht bemerkt worden war, sich ihnen aber jetzt näherte. Die drei waren begeistert, den Propheten zu sehen. Nolan und Wilda waren ihm noch nie begegnet, wußten jedoch natürlich eine Menge über ihn. Esrund hingegen kannte Shandar seit vielen Jahren. Der Zwerg gab zwar nicht vor, den gelassenen Alten zu verstehen, aber er mochte ihn doch gerne und respektierte ihn sehr.

Elgan hatte den Zwergenführer eingehend gemustert und die nur schlecht verhüllte Besorgnis auf dem verwitterten Gesicht bemerkt.

»Esrund«, sagte er ruhig. »Wo ist Gwynn? – Wo sind die Braunen Elfen? – Was ist geschehen?«

Esrund schüttelte sein Haupt. Seine Zähne waren zusammengebissen, und sein schwerer Seufzer kam aus vollem Herzen.

»Verdammt. Ich – ich weiß nicht, wie ich dir die Frage beantworten soll«, meinte er müde. Er blickte Elgan offen an, dann Shandar. »Wir wissen nicht, wo sie ist. Natürlich kam sie durch Penderak, und dann reiste sie nach Andeluvien weiter. Aber – sie hätte längst hier sein müssen. Vor drei – vielleicht vor vier Tagen bereits.«

»Möglich, daß ihr Onkel sie nicht ziehen lassen wollte,

oder daß die Burschen und die anderen sich anschliessen . . .«, sagte Nolan voll Hoffnung. »Jeder weiß, es ist –«

Esrund wandte sich seinem Freund zu. »Verdammt, Nolan!« brummte er gereizt. »Das haben wir alles schon hundertmal durchgekaut. Zarin hätte die anderen zurückhalten können . . . Die anderen, wohlgemerkt. *Niemals* jedoch unsere Gwynn!« Er schüttelte den Kopf. »Nein, er hätte Gwynn nicht davon abhalten können, sich uns anzuschließen, es sei denn – er hätte sie an einen Baum gebunden!«

Elgan dachte einen Augenblick über diese alarmierende Tatsache nach.

Shandar sprach: »Ich vermißte den Regenten Deciedon . . . Wir wollen hoffen, daß er nicht auch fehlt.«

»Nicht ganz . . .«, erwiderte Esrund. »Er ist uns unterwegs begegnet. 'Türlich haben wir ihm die ganze Geschichte erzählt. Deciedon war mächtig aufgeregt, als er hörte, es gäbe einen Sevena, und alles . . . Er war einfach furchtbar froh. Wirklich – 'n netter Kerl ist er! Aber dann hat er ganz plötzlich richtig ängstlich dreingeschaut . . . Er sagte, er müsse den Prinzen erreichen, bevor er nach Cryslandon käme . . . Sagte, das habe damit zu tun, daß der Verräter bekannt sei. Und damit eilte er auf seinem blitzweißen Roß davon, machte sich auf, Ailwon zu treffen.«

Elgan wollte gerade etwas zu dieser beunruhigenden Wende der Ereignisse sagen, als das wilde Klappern von Pferdehufen und aufgeregtes Rufen durch die offenen Türen hallte.

Die Alten und die Zwerge eilten nach draußen.

Noch immer war eine große Zahl von Elfen und Zwergen vor dem Turm versammelt, und in ihrer Mitte – der Grund des wachsenden Aufruhrs. Ein junger, weißer Elf war es, fast ohnmächtig vor namenloser Furcht. Sein Hengst tänzelte nervös. Offenbar war das Tier eine beträchtliche Wegstrecke gelaufen. Es schnaubte und blies, und seine Seiten hoben und senkten sich.

»Was ist hier los, junger Mann?« Esrund rief diese Frage.

Der Elf wandte sich ihm zu. Seine Augen waren von Schrecken erfüllt. »Sie kommen!« keuchte er mit erstickter Stimme. »Sie kommen! In fünf Tagen werden sie vor Cryslandons Toren stehen!«

»Wer kommt? – Wer wird vor unseren Toren stehen?«

»Die Gnom-Barbaren! Die Vilderonen! – Die Streitkräfte des Torgon marschieren auf Cryslandon zu! Unbeschreibliche Kriegsmaschinen führen sie bei sich! – *Die Hügel – sie sind schwarz von ihnen!*«

21

GOLGORATH

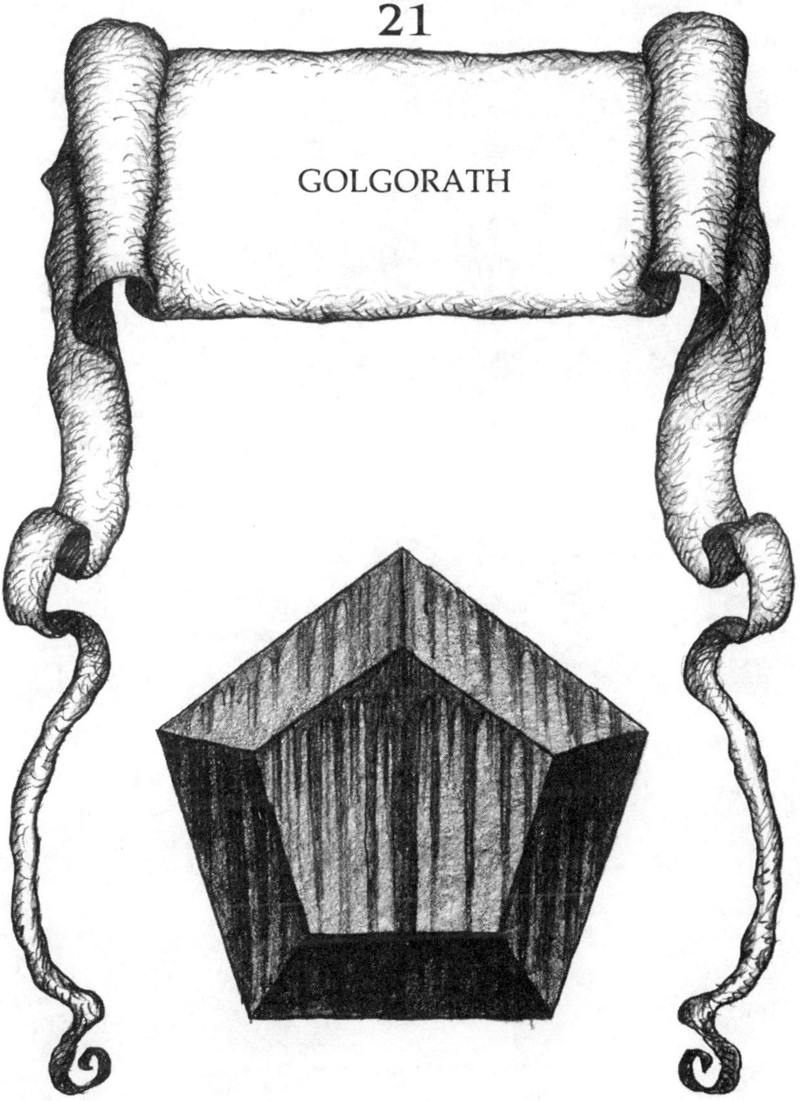

©HILDEBRANDT

Ein Blitz jagte durch das aufgewühlte schwarze Wolkenmeer. Der Donnerschlag, der darauf folgte, brachte Gwynn wieder zu Bewußtsein und machte sie fast taub.

Sie schwitzte, obwohl es sehr kalt war. Gelbe Gase, die aus Erdspalten wehten, raubten ihr den Atem.

Seit gestern abend galoppierten die Vilderonen, deren Gefangene sie war, durch die Schwarzen Berge, die Golgorath umgürteten. Inzwischen hatten sie die Straße erreicht, die über einen Paß und dann in die dahinterliegende Ebene führte. Jenseits dieser Ebene stieg ein weiterer Gebirgszug auf, der von tiefrotem Glühen umrissen war.

Krachend schmetterte ein Blitz ganz in der Nähe in den Boden und sprengte große Brocken aus dem meteorischen Fels.

Gwynns Pferd stieg auf und warf sie fast aus dem Sattel. Einer der Wächter erwischte die Zügel und beruhigte das erschreckte Tier.

Sie setzten den Ritt durch die unwirkliche Landschaft fort.

Wie lange sie im Schockzustand über die brutale Ermordung ihrer Leute gefangen gewesen war, das vermochte Gwynn jetzt, nachträglich, nicht mehr zu sagen. Tagelang waren sie geritten, und ihr Herz war schwer gewesen vor Trauer und Gram. Die Vilderonen beachteten sie kaum. Einmal am Tag wurden ihre Fesseln gelöst und ihr die Essenration gebracht. Ansonsten kümmerten sich die Unheimlichen nicht um sie. Irgendwann begriff sie, daß sie nur deshalb noch am Leben war, weil Deciedon befohlen hatte, sie wohlbehalten nach Golgorath zu bringen, und sie schauderte allein bei dem Gedanken, daß er vorhatte, sie als seinen Besitz zu beanspruchen, sobald die Verbündeten Völker geschlagen waren. Aber irgendwie würde sie schon dafür sorgen, daß seine Wünsche unerfüllt blieben. Irgendwie . . .

Unter dem Schrecken der letzten Tage war Gwynn hart wie ein Fels geworden. Gleichermaßen hatte sie sich zu einem unbeugsamen Entschluß durchgerungen. Flüchtig dachte sie an Ailwon, erlaubte sich jedoch nicht mehr, sich um ihn zu sorgen. Deciedon hatte angedeutet, daß der Prinz bald ebenfalls Gefangener des Todesherrn sein würde. Sie aber – sie war bereits gefangen – und sie brauchte sämtliche Energien, um zu überleben. Es nutzte weder ihrem Geliebten noch ihr selbst, wenn sie sich in Sorgen um ihn verlor.

Das rote Strahlen der Wolken wurde mächtiger.

Sie umrundeten einen hochragenden Außenposten, dann lag das düstere Herz Golgoraths vor ihr.

Unwillkürlich hielt Gwynn den Atem an. Dort unten, in der Mitte einer weiten Ebene, lag der Krater des Todes. Mehr als eine Meile erstreckte er sich von Rand zu Rand. Und in seinem Zentrum erhob sich ein gigantischer, eiserner Turm. Aus einer Öffnung an seiner Spitze tobte ein Tornado rot-gelber Flammen. Dieses Glühen beleuchtete die nackte, tote Landschaft. Krater furchten die wie glasiert wirkende Erde. Meilenlange Risse im Boden wurzelten am Mittelkrater. Gewaltige, elektrische Stürme tobten in den schwarzen Wolken, die aus dem Turm emporwaberten. Ein ständiges Rumpeln brodelte in der Erde.

Jetzt konnte Gwynn die Tageszeit nur mehr erraten. Der schwarze Wolkenhimmel wurde schwerer, bedrückender – drohender, je näher sie dem Krater des Todes kamen. In diese Hölle des Untergangs führten die Vilderonen Gwynn geradewegs hinein!

Mehrere Stunden lang waren sie talwärts geritten. Sie hatten ebenen Boden erreicht und folgten dann einem ungeheuren Spalt. Wolken übler Gase quollen daraus hervor und mischten sich in das finstere Treiben am Firmament.

Die Zeit verrann.

Der schreckliche, schwarze Turm ragte jetzt direkt vor ihnen auf, seine Titanengröße wurde noch offensichtlicher.

Eine Totenhand schien über Gwynns Rücken zu streichen. Sie fröstelte, aber sie riß sich wieder zusammen. Sie wußte, was sie in Golgorath erwartete. In diesem finsteren Turm hauste der Herr des Todes persönlich, und dort wurde auch das legendäre Ungeheuer gehalten, von dem solch fürchterliche Geschichten kursierten, daß sie nicht einmal daran zu denken wagte. Die vergangenen Jahre ihres Lebens waren auf ein einziges Ziel ausgerichtet gewesen: Torgon gegenüberzustehen.

Sie hatte sich vorgestellt, herausfordernd vor ihm zu stehen, Seite an Seite mit Ailwon diesem Dämon des Todes die Stirn zu bieten. Es war ein Traum gewesen. Jetzt existierte er nicht mehr ... Als hilflose Gefangene wurde sie vor Torgon geschleift ...

Vor ihr erhob sich die schwarze Masse des Todesturms. Feuer spritze und toste in die aufgewühlten Wolken.

Das Portal in dieses Reich des Schreckens stand weit offen. Türmchen aus schwarzem Eisen wurzelten in den Kraterbergen. Blitze zuckten und beleuchteten zwei, drei Herzschläge lang die Szenerie.

Das gesamte Bauwerk bestand aus Eisen, das vom Alter gezeichnet war. Gewaltige, drohende Waffen, wie Gwynn sie noch nie gesehen hatte, schmückten die Zinnen der Türme, die das Tor flankierten.

Die Vilderonen gaben ihren Reittieren die Sporen und trieben sie in die klaffende Öffnung hinein.

Dunkelheit herrschte.

Mit lautem Hall schlossen sich die Tore hinter ihnen. Gwynn überkam ein Gefühl des Erstickens und der Panik.

Ihre Häscher riefen einen Befehl, und vor ihnen tat sich ein Spalt auf. Rotes Licht pulsierte dahinter. Direkt vor ihnen polterte ein Tor, das auf Schienen lief, zurück, und Gwynn starrte zum Turm des Todes hinauf, dem Herzen von Torgons Reich.

Sie überquerten einen langen Damm – einen von vier, die allesamt zum Turm des Todes führten. Diese Dämme erhoben sich mehrere hundert Fuß über den Boden des Kraters, der in drei Ebenen abfiel. Mehrere Rampen verbanden die einzelnen Etagen miteinander. Gwynn sah in die Tiefe. Keine Erfahrung ihres jungen Lebens hatte sie auch nur annähernd auf die zermalmende Bedrückung vorbereitet, die diesen finsteren Ort erfüllte! Der tiefliegende Krater war mit tausend und abertausend sich bewegender Gestalten erfüllt! Über die Dämme wimmelten sie, ebenso auf den ausgedehnten Ebenen und der Talsohle des Kraters selbst.

Unmengen wilder Gnom-Barbaren riefen Beleidigungen und zeigten mit den Fingern auf Gwynn, als sie an ihnen vorbeiritt, während die großen Borgs sie mit ihren trüben Augen anglotzten. Die Gaffer drängelten und stießen.

Rücksichtslos bahnten sich die Vilderonen ihren Weg durch die Menge.

Überall ringsumher standen die unglaublichen Kriegsmaschinen Torgons – wie gigantische, stählerne Ungeheuer. Und überall um diese Maschinen drängten die Sklaven: Massen von ihnen – Männer und Frauen. Weiße und Braune Elfen, Zwerge, Azmurier, Nordleute . . . Sie zerrten die schwergewichtigen Maschinen über lange Rampen hinauf und über die nahezu endlos weite obere Terrasse. Ihre Körper waren schmutzig und trotz der Kälte schweißbedeckt. Ohne Unterlaß wurden sie geschlagen, gepeitscht und verflucht. Schwerfällig bewegten sie sich unter den Mißhandlungen, langsam, kaum mehr fähig, überhaupt noch ein Quentchen Kraft aus ihren gefolterten, halbverhungerten Körpern herauszupressen, kaum mehr fähig, die Luft zu atmen, die schwer war vom Gestank nach Ruß und Schwefel.

Gwynns Verstand war benebelt von der Kälte und der ringsum drängenden, stampfenden, atmenden, fluchenden Menge der Gnome, überwältigt vom ständigen kreischenden Abschleifen metallischer Gegenstände auf Stein und Stahl, vom scharfen Krachen der Peitschen, den brutalen Befehlen und den sie begleitenden Schmerzensschreien der Unglücklichen.

Und alles – die eisige, stinkende Atmosphäre, die Grausamkeit, der durchdringende, kreischende Lärm – alles bewegte sich im Gleichklang mit einem langsamen, stetigen Pochen, das den großen Krater beherrschte, das wie ein Mammutpulsschlag aus den unter dem Turm des Todes gelegenen Tiefen Golgoraths aufstieg.

Als sie den Damm überquert hatten, wurde Gwynn von ihrem Pferd gezerrt. Vor ihr war ein gigantischer, fünfeckiger Fugenriß zu sehen – der Eingang zum Turm. Wieder öffneten sich Eisentüren, fuhren auf stählernen Schienen polternd zurück.

Von den Vilderonen-Scheusalen umringt, betrat die junge Frau die Hochburg Torgons.

Sie wurde einen langen Korridor entlanggeführt. Sorkmun, der General, ging an der Spitze. Hart hallten die wuchtigen Schritte von den stählernen Wänden wider.

Zahllose Gänge zweigten vom Hauptkorridor ab und schufen so ein unfaßbares, finsteres Labyrinth. Ein halbes Dutzend mal wurde Gwynn durch geöffnete Dreieckstüren gestoßen, die gleich darauf hallend zuschlugen. Immer tiefer hinein in den Turm des Todes ging es – bis sie endlich einem Eingang gegenüberstanden, der doppelt so groß war wie die anderen. Rumpelnd glitt die Tür zurück.

Gwynn starrte in die Dunkelheit.

Die vor ihr liegende Halle war ungeheuerlich groß. Aus gähnenden Tiefen ragte ein fünfeckiges Podium auf, und darauf wiederum ein eiserner Thron.

Dort saß Torgon, der Todesherr von Golgorath. Ein schwarzer Schatten . . . Nur den massigen Schädel und die Schultern mochte Gwynn genauer zu sehen, denn sie wurden von schwachem, rotem Leuchten umrissen.

Gwynn zitterte am ganzen Leib, als sie vorwärts gestoßen wurde. Sorkmun drückte sie auf die Knie nieder. Sie blickte zu Torgon auf, versuchte, die eisige, stille Schwärze mit ihren Blicken zu durchdringen. Nur das weiße Glühen seiner Augen war zu sehen. Im Hintergrund dröhnte das furchtbare Pochen. Gwynn glaubte, nicht mehr atmen zu können.

Jetzt fiel auch Sorkmun auf die Knie. Vor seinem Herrn warf er sich zu Boden.

Schließlich hob er den Schädel, und seine tiefe, kehlige Stimme klang fast bittend – und kriecherisch: »Mein Herrscher, ich bringe Euch ein Geschenk: diese Gefangene, diese gesuchte Feindin des mächtigen Herrrn von Golgorath. Ich bringe Euch diese wertvolle Geisel, mit der es Euch gelingen wird, Euch den vollkommenen Sieg zu sichern über die elenden Verräter, welche Euch Euren rechtmäßigen Platz als Herr des gesamten Kontinents streitig machen. Sorkmun bietet diese Elfin dar, ein Geschenk an seinen Herrn . . .«

Nur finsteres Schweigen dröhnte vom Thron herüber.

Gwynn starrte immer noch dorthin, versuchte zu begreifen, daß einst – vor tausend Jahren – diese fürchterliche Persönlichkeit ein Prinz der Weißen Elfen gewesen war, ein Sevena, nicht anders als ihr geliebter Ailwon!

So sehr überwältigte sie ihre schreckliche Furcht, ihr Staunen und Nachdenken, daß sie kaum die zitternde Huldigung des Vilderonen vernahm. Aber dann sickerte das Begreifen in ihren Geist, die Bedeutung seiner Worte . . .

Sie wurde weggegeben, überrreicht, ein Stück Eigentum, mit dem umgegangen werden konnte, wie es dem Todesherrn gefiel.

»Nein!« rief sie.

Sorkmun blickte sie ungläubig an.

»Ich bin keine verdammte Leibeigene, die man verschenken kann! Niemand besitzt mich! *Niemand!*« schleuderte sie Torgon entgegen. »Und – überhaupt niemand *besitzt* irgend jemanden, du gräßlicher, erbärmlicher Bastard!«

Sorkmun schlug ihr ins Gesicht, fing sie auf, bevor sie stürzte und preßte ihr seine große, ledrige Hand auf den Mund.

Das Frösteln der Furcht war aus Gwynns Körper verbannt, und ihr Gesicht glühte von der Hitze dieser Schmach.

Der Herr des Todes hob seine Hand und zeigte auf die Tür.

Gewaltsam wurde Gwynn hochgerissen. Mühelos trug Sorkmun sie aus der Halle des Todes. Sie wehrte sich, versuchte, aus seinem eisenharten Griff freizukommen, denn sie hatte noch nicht alles gesagt . . .

Vergebens!

Gwynn wurde in den Zellentrakt getragen, in dem die Sklaven Golgoraths untergebracht waren.

Das Gefängnis lag in der Nähe des Südtores der Festungsmauer, auf der zweiten Ebene im Innern des Kraters. In der Mitte dieses Traktes gab es eine große, abgesperrte Fläche, von der Gwynn erfahren sollte, daß man sie *Käfig* nannte. Jene Sklaven zwängte man hinein, denen nicht einmal das

© HILDEBRANDT

geringe Maß an Privatsphäre vergönnt wurde, das die Zellen boten.

Sorkmun trug sie einen endlos scheinenden Gang entlang. An einer Zelle nach der anderen kamen sie vorbei. Gwynn sah in die Gesichter der Gefangenen, die sich gegen die Gitterstangen der winzigen Sichtluken preßten und neugierig zu ihr herausstarrten.

»Thog!« rief Sorkmun unvermittelt und stoppte vor einer leeren Zelle.

Ein riesiger Borg tauchte aus den Schatten vor ihnen auf und kam herbei. Ein schmutziges Ledergewand bedeckte seinen massigen Körper. Aus rosa geränderten Augen starrte er Gwynn an.

»Öffne diese Zelle!« befahl der Vilderonen-General.

Der bucklige Borg nickte und ergriff ein längliches, schweres Metallgerät, das an einer an seinem Gürtel angebrachten Kette baumelte. Er steckte es in das Schloß der Zellentür. Ein Knacken ertönte. Der Riegel fiel zurück und die Tür schwang auf.

Einer von ihren Bewachern befreite Gwynn von ihren Ketten, aber ihre Handgelenke blieben mit einem Strick gebunden.

Sie sah auf.

Fackelschein spielte auf den Gesichtern der Gefangenen.

Sorkmun wandte sich zum Gehen.

Da rief Gwynn den Gefangenen zu: »Verzweifelt nicht, meine Brüder und Schwestern! Es gibt einen, der Torgon gegenübertreten kann! *Es gibt einen Sevena!*«

Sie hörte Sorkmun fluchen und zu ihr zurückstürmen.

»Diese Hundesöhne können uns nicht festhalten!« brüllte sie.

Dann war der Vilderonen-General heran. Wieder schlug er sie. Gwynn krachte gegen die offenstehende Zellentür und schlug sie zu. Blut rann aus einem Riß über ihrem Auge.

»Werft die Hündin so hinein, wie sie ist«, wies Sorkmun an. Seine Männer ergriffen sie und stießen sie voran. Der Borg öffnete die Zellentür. Sie wurde in das dunkle Loch gestoßen.

Da ihre Handgelenke nach wie vor gebunden waren, verlor sie das Gleichgewicht und stürzte hart.

Die Tür schlug zu. Sorkmuns brutales Gesicht blickte sie durch das kleine Gitterfenster an. »Noch ein Wort«, knurrte er, »und du wirst geknebelt und gebunden, bis der Verräter kommt, dich zu sehen . . . Ist das klar, Elfin?«

Gwynn gab ihm keine Antwort. Sie schloß ihre Augen, wandte ihren Kopf ab. Nach einer Weile hörte sie, wie sich Sorkmun und die Eskorte entfernten.

Sie lag auf der Seite. Die Wunde über ihrem Auge pochte. Dann wurde irgendwo in dem großen Zellenbereich eine Stimme laut. Ein Mann brüllte den Vilderonen nach:

»Ihr Hundesöhne könnt uns nicht festhalten!«

Gwynn richtete sich auf und sah sich um.

Die kleine Zelle war vollkommen leer – nicht einmal ein Strohlager gab es.

Nun, diese ihre erste Nacht als Gefangene des Todesherrn würde ganz besonders erbärmlich werden. . .

Sie setzte sich auf den kalten Steinboden. Plötzlich fühlte sie, wie sich ein Steinquader hinter ihrem Rücken bewegte! Überrascht zuckte sie von der Wand weg. Der Stein wurde – offenbar von der Nachbarzelle aus – zurückgezerrt, und in der so entstehenden Öffnung tauchte das Gesichtsoval einer Zwergin auf.

»He, Liebes . . .«, sagte sie mit einer fürchterlichen Krächzstimme. »Komm hier 'runter, damit wir uns sehen können!«

Gwynn ließ sich auf ein Knie nieder und brachte ihr Gesicht an die Öffnung heran.

»He, he«, kicherte die Zwergenfrau. »hab' mich über deine Schreierei da draußen mächtig gefreut . . . Das war der alte Din-Ganda, der dir vorhin mündliche Unterstützung gab. Er ist natürlich ein Azmurier . . . Konnte nicht mal für einen Groschen fluchen, als er hierher kam, denn diese Leute sind das einfach nicht gewöhnt, weißt du . . . Aber wir – wir haben's ihm beigebracht. Jetzt tut er's bei jeder Gelegenheit.« Sie kicherte wieder. Dann nahm ihre Stimme an Ernsthaftigkeit zu.

»Sie haben dich ein wenig grob angefaßt, da draußen, stimmt's, Liebes?«

»Ja.«

»Tja. Das können sie wirklich gut. Darin sind sie wahre Meister. – Biste denn schlimm verletzt.«

»Es tut ziemlich weh, aber es ist nicht schlimm.«

»In 'ner Minute schauen wir uns das mal an . . . Ich glaube, ich muß das erst verstehen. Es sind viele Sklaven hier hereingebracht worden, seit ich gekommen bin, und ich habe noch nie so 'ne Eskorte gesehen, wie du sie mitgebracht hast. Also, das macht mich doch nachdenklich . . . Es kursierte nämlich ein Gerücht . . . Der schweinische Verräter – dieser Deciedon – wollte sich aufmachen, das Heldenmädchen aus Andeluvien zu fangen. Einer unserer Leute hat ihn belauscht, deshalb weiß ich das. Deciedon wollte sie fangen und für sich behalten. Tja, bevor dich dieser Bastard verhauen hat, konnte ich im Fackellicht sehen, wie hübsch du bist . . .« Eine Pause, dann: »Du bist es, oder? – Du bist Gwynn von Andeluvien?«

»Ja . . . Ja, ich bin Gwynn.«

»Ich wußte es«, räumte die Zwergenfrau befriedigt ein. »Mensch! Wir haben 'ne Menge über dich gehört . . . Warte, ich will jetzt nach deiner Wunde sehen.«

Gwynn hörte, wie die Zwergin irgend etwas suchte. Offenbar war ihre Zelle beileibe nicht so kahl und leer wie diese hier.

Ein splitterndes Geräusch. Stein schlug auf Stein. Funken

stoben. Dann flackerte sanfter Lichtschimmer auf und einen Augenblick später war das Licht einer kleinen Kerze durch die Öffnung auf Gwynn konzentriert.

»Ach, du armes Ding«, sagte die Frau mitleidsvoll. »Du bist wirklich arg geschlagen worden! Komm näher heran . . .«

Gwynn kam der Aufforderung nach. »Woher hast du das« fragte sie ungläubig.

»Hier . . . Lehn' dich richtig nah an, und ich sag's dir . . .«

Gwynn brachte ihr Gesicht dicht an die Öffnung heran. Zwei plumpe Hände mit kurzen Stummelfingerchen, die ein nasses Tuch hielten, langten an der Kerze vorbei und säuberten ihre Stirnwunde. Dann fuhr die Zwergin mit der Krächzstimme fort: »Hab' die Kerze selbstgemacht. Alle möglichen Sachen hab ich gemacht . . . Hier wird soviel Zeugs gebraucht – Tonnen und Tonnen davon . . . Alles, was man tun muß, ist, es zu klauen und zu verstecken, und man kann verdammt fast alles daraus machen.« Die Zwergin lachte. »Ich hab' so viele Schwarten und Beulen unter meinen Kleidern, daß diese blöden Wächter nie sagen können, was zu mir gehört, und was nicht.«

Jetzt wischte sie das Blut von Gwynns Gesicht. Die Hände der Frau waren abgenutzt und schwielig, aber äußerst sanft.

»Danke«, flüsterte die Elfin.

»Klar. Jetzt dreh' dich um und mit dem Rücken zu mir. Ich mach' dich frei!«

»Das wird eine ungeheure Erleichterung sein«, seufzte Gwynn. »Aber bitte, komm dicht ans Licht heran. Ich möchte dein Gesicht sehen.«

»Mensch! Nicht einmal daran hab' ich gedacht vor lauter Aufregung . . .« Die Frau beugte sich herunter. Durch die Öffnung blickte ein rundliches Gesicht, dessen Augen durch die vollen, rosigen Wangen zu einem fröhlichen Schielen verzogen waren. Die Nase war breit, mit einer kleinen Warze darauf. Der Mund winzig – aber er paßte hübsch zwischen die Ballonwangen und das Doppelkinn. Lange, graue Haare rahmten dieses robuste Gesicht.

»Wie heißt du?«

»Ferda«, antwortete die Zwergenfrau. »Hier bei mir sind noch zwei andere eingesperrt: Bethena – sie ist eine Azmurierin – und eine Weiße Elfin, Therela. Sie ist irgendwie kränklich. Wir müssen ein paar Kleinigkeiten ihrer Arbeit erledigen, aber das geht schon klar. Sie schlafen jetzt g'rade alle beide. Du lernst schon, in jeder Stellung und Situation zu schlafen, wenn du mal eine Weile hier drin bist.« Ferda kicherte, dann kehrte sie das sanfte Licht wieder Gwynn zu. »Jetzt«, sagte sie, »dreh' dich endlich um, damit ich diese Stricke losmachen kann.«

Gwynn wandte ihr den Rücken zu, und die Zwergin löste die Knoten, die die Stricke zusammenhielten.

»Behalte sie zur Hand«, wies Ferda an. »Wir werden dich wieder fesseln müssen, bevor sie Morgen früh auftauchen. – Ich weiß, es wird schwer für dich sein, aber du hältst besser deine Zunge im Zaum. Du mußt nämlich lernen, es dir nicht härter als unbedingt nötig zu machen, sonst schaffst du es nicht. Hier wird viel gestorben – jeden Tag . . . Und es gibt viele, die verrückt geworden sind. So, jetzt bist du frei!«

»Danke«, sagte Gynn mit einem tiefen Seufzer der Erleichterung. Lebhaft massierte sie ihre wundgescheuerten Handgelenke. Jeder Muskel ihrer Arme schmerzte. »Wie hast du so gut überlebt?« fragte sie, als die Zwergenfrau die Kerze ausblies.

»Tja«, sagte Ferda und sprach so leise, wie ihre rauchige Stimme das erlaubte. »Ich mußte eine Wahl treffen. Ich mußte am Leben bleiben, oder? – Dies ist ein schrecklich verdammter Ort, das hast du ja gesehen . . . Jeder hier haßt uns! Jeder versucht, dir alles wegzunehmen . . . Dein ganzes Leben wollen sie auswischen, damit du dich wie Abschaum oder Schlamm fühlst. Es ist ein verdorbener Ort, und genauso verdorben sind die Bastarde, die hier leben. Andauernd beziehst du Prügel – und zwar für ungefähr alles, was du tust.«

Gwynns Hand tastete vor und berührte die der kleinen Frau.

Ferda fuhr fort: »Also, jedenfalls habe ich eine Wahl getroffen. Ich habe mich entschlossen, mich hier durchzumogeln. Ich komme durch, und eines Tages – eines Tages bin ich frei . . . Ich hab's gewußt, ich hab's einfach gewußt. Was du heute abend über den Sevena der Weißen Elfen gebrüllt hast – über jemanden, der diesem verdammten Todesherrn eins verpassen kann . . . Ja, das war Musik für unser aller Ohren. Aber tief drinnen, da war mir die ganze Zeit über bewußt, daß wir hier nicht untergehen.« Sie schnaubte. »Du darfst dich von diesen Hundesöhnen nicht unterkriegen lassen«, fuhr sie fort. »Sie versuchen einen so weit zu bringen, daß man auf den anderen losgeht . . . aber wie haben sie das verpfuscht! All diese Fehden und dieses Mißtrauen, das in all diesen Jahrhunderten in Urshurak sproß und gedieh . . . *Hier,* hier im schlammigen Pfuhl des Todesbastards, wurden die Leute zusammengebracht! Hier haben wir entdeckt, was wahres Lieben ist . . .« Sie hielt inne, offenbar ein wenig verlegen, dann lachte sie leise. »Versteh' mich nicht falsch, Liebes, ich würde den besten Tag hier gegen den schlimmsten in Penderak eintauschen, das würde ich wirklich tun, ohne auch nur eine Sekunde lang zu überlegen . . . Es ist nur so, daß es hier eine Menge zu lernen gibt, wenn man sich einmal entschlossen hat, das zu tun . . .«

Ferda stand auf. »So«, sagte sie, »jetzt ist's aber an der Zeit, ein wenig die Augen zuzumachen. Hast du da drüben irgend etwas, worauf du schlafen kannst?«

»Nur den blanken Boden.«

»Hätte ich mir ja denken können. Warte. Ich hol dir Bettzeug.«

»Bettzeug?«

»Klar . . . Hab' ein zusätzliches unterm Fußboden versteckt, zusammen mit allen meinen anderen Sachen. Wie gesagt, es ist aus geklautem Material gefertigt, wie alles. Wirst aber überrascht sein, wie behaglich du darauf schläfst.«

Sie brach ab, verschwand kurz von der Öffnung. Dann reichte sie Gwynn das Bettzeug.

Gwynn ergriff stumm ihre Hand und drückte sie.

22

VERRAT

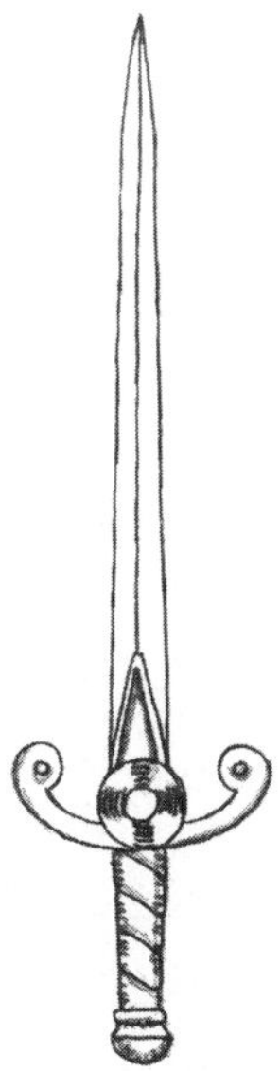

Meine Güte!« rief Evrawk aus. »So etwas habe ich ja noch nie gesehen!«

Er und Ailwon waren die ersten, welche die Barriere, die den Garnon-Fluß zähmte, aus der Nähe besahen.

Er zeigte zur diesseitigen Klippe hinauf, dann zu der auf der anderen Seite des Flusses. »Man sieht ganz deutlich, wie gewaltig der Fels des *Übergangs* war. Ich kann mir einfach nicht vorstellen, was ihn heruntergebracht haben könnte.«

»Es ist verblüffend, gewiß, Evrawk«, erwiderte der Elfenprinz. »Deshalb scheint es mir klug, daß Königin Azira Wachen aufgestellt hat.«

Er blickte wieder auf den Fluß hinunter. Zwischen den Uferfelsen – im Bereich der bewegungslos harrenden Amazonenschiffe – hatten etwa zwanzig Kriegerinnen Stellung bezogen.

Die Königin kam herbei, und neben ihr ging Ali Ben Kara, dahinter Tark-Volmar. Die drei blickten auf den gewaltigen Felsenberg, der die Weiterfahrt behinderte.

Tark-Volmar lachte dröhend. »Eh, sieht ganz so aus, als hätten sich ein paar dieser verdammten Felsbiber einen Spaß erlaubt.«

Ben Kara sah ihn vorwurfsvoll an. »Felsbiber . . . Du nennst einen seltsamen Sinn für Humor dein eigen, Volmar«, versetzte er ärgerlich. »Kapierst du denn nicht, wie kostbar jede Sekunde ist?« Er schüttelte den Kopf.

»Schon gut, schon gut. – Natürlich weiß ich, daß wir keine Zeit verlieren dürfen . . . Aber das macht die Sache hier nicht weniger komisch!« Bekräftigend nickte der Nordmann, dann kratzte er sich unter seiner Jacke am Bauch.

Je weiter die Reise nach Norden fortgeschritten und je kühler es geworden war, desto beständiger hatte sich Volmars Laune gehoben.

Nicht zuletzt deshalb gab es immer wieder derlei Wortgefechte zwischen den beiden so ungleichen Männern. Die anderen hatten sich bereits daran gewöhnt.

Königin Azira lächelte amüsiert. Aber sie war nicht richtig bei der Sache. Das Problem, das sich vor ihnen auftürmte, beschäftigte sie weit mehr.

Sie wandte sich an Ailwon. »Selbst, wenn wir die Feuerkristalle einsetzen, werden wir nahezu vier Tage lang aufgehalten. Du hast mir die Gebote der Weissagung genannt. Unsere Verspätung wird umfangreiche Änderung in den Plänen der Verbündeten Völker erforderlich machen.«

»Ja«, antwortete der Jüngling und nickte. »Den formellen Krönungsfeierlichkeiten geht zwar eine Art geistige und körperliche Erholung und Läuterung voraus . . . Dennoch hast du recht: dies wird eine beträchtliche Änderung unserer Pläne erfordern. Im Augenblick aber bin ich eher besorgt über die sehr reale Möglichkeit, daß dieser Felsensturz keiner Laune der Natur zu verdanken ist . . .«

»Also ich kann mir wirklich nicht vorstellen, was die Felsen sonst heruntergeholt haben könnte«, wiederholte Evrawk.

Über die felsige Anhöhe begaben sie sich zum Ufer hinunter, wo ein Lager errichtet wurde. Die Pferde waren an Land gebracht worden. Oolu versorgte sie, und Zyra, die noch nie zuvor solche Wesen gesehen hatte, leistete ihm Gesellschaft. Die Amazonenprinzessin war vollkommen fasziniert – sowohl von den Tieren wie auch von der Verständigung zwischen ihnen und dem Gwarpy.

Und noch etwas war zu bemerken . . .

Oolus unablässige Freundlichkeit sowie seine Fähigkeit, an einfach *allem* in seiner Umgebung Freude zu finden, hatten sie veranlaßt, ihre zurückhaltende Haltung ihm gegenüber aufzugeben. Sie kam einfach nicht umhin, zuzugeben, daß sie Oolu gerne leiden mochte.

»Ich sehe, meine Tochter, daß dir die Pferdetiere gefallen«, stellte die Königin fest, als sie sich ihr näherte.

»Oh ja«, antwortete Zyra, »und der *Corola* lehrt mich viel über diese wunderbaren Tiere.«

Oolu gluckste. Er freute sich mächtig über den Namen, den ihm die Amazonen gegeben hatten.

»Liebend gerne würde ich es lernen, auf ihnen zu reiten . . . Aber dies ist wohl kaum die rechte Zeit für solcherlei Anliegen. – Ich stehe zu deiner Verfügung, meine Mutter. Wenn du bereit bist, werde ich den Einsatz der Feuerkristalle leiten.«

»Der Prinz sagte mir, daß keine Zeit zu verlieren ist«, meinte Azira sanft, und warf Ailwon einen knappen Seitenblick zu.

»Das stimmt in der Tat, Prinzessin Zyra. Wir sollten so schnell wie möglich beginnen . . .« Ailwon lächelte und zeigte dann auf sein graues Roß, an dem Zyra besonderen Gefallen gefunden hatte. »Und was dein Anliegen betrifft: Ich fürchte, daß der wilde Thelan, in den du so vernarrt scheinst, nicht das richtige Pferd ist, um das Reiten zu erlernen. Oh ja, er scheint ganz fromm unter deiner sanften Berührung, aber solltest du ihn besteigen, so wäre er urplötzlich in einen wahrhaftigen Dämon verwandelt. Seit zwei Jahren reite ich ihn, und noch immer –«

Der Alarmruf einer Amazone unterbrach Ailwon. Sofort herrschte Aufregung im ganzen Lager. Die Kriegerinnen machten sich binnen Sekunden zum Handeln bereit.

Ein schneeweißer Hengst galoppierte auf dem Uferweg heran. Sein Reiter war in ähnliches Weiß gekleidet, und ein langer, schwarzer Kapuzenmantel flatterte über seinem Rücken. Er hielt einen Arm in die Luft erhoben, verlangsamte sein Tempo jedoch nicht – nicht einmal, als er angerufen wurde.

»Königin Azira!« rief Evrawk und ergriff den Arm der hochgewachsenen Frau, »das ist ein Lejentor . . . ein Weißer Elf! Ich glaube – ja! – es ist der Regent – es ist Deciedon!«

Er gab einen freudigen Ruf von sich, ebenso wie Erbin, der hinter einigen hohen Fichten hervortrat, die an den vom Fluß her aufsteigenden Hängen emporragten.

Azira gab Befehl, den Reiter passieren zu lassen. Deciedon preschte heran. Er verlangsamte sein Tempo erst, als er sie fast erreicht hatte. Geschmeidig glitt er aus dem Sattel, während sein großes Pferd noch in Bewegung war.

»Evrawk! Und Erbin, mein alter Zechgenosse!«

Deciedon ergriff die Hände der Zwergenzwillinge und schüttelte sie. Dann sah er auf, sein Blick fiel auf Ailwon, und sein Gesicht nahm einen Ausdruck von Ehrfurcht und Ehrerbietung an.

Langsam näherte er sich dem Jüngling, wischte seine Kapuze zurück, so daß die weichen, blonden Wellen seines Haares befreit wurden. »Ihr – Ihr seid Ailwon, der Sevena!« Der reiche Klang seiner Stimme war fast zu einem Flüstern gesenkt. Deciedon streckte seine Hand aus – die Innenfläche voraus – und der Jüngling tat es ihm gleich. Einen Moment lang ruhten ihre Hände auf der Schulter des anderen, dann fiel Deciedon auf ein Knie. Seine Stimme klang leidenschaftlich: »Ihr seid der, auf den ich gewartet habe – der, der die Weissagung erfüllen wird . . .« Seine klaren, blauen Augen glänzten. Langsam schüttelte er den Kopf. »Es ist kaum zu glauben, daß Ihr wirklich der Sohn meiner geliebten Königin, meines geliebten Königs seid . . . Nach all diesen Jahren ohne Wissen von Eurer Existenz ist es, als sei ein wunderbarer Traum Wirklichkeit geworden . . .«

Ailwon war verlegen.

»Bitte, Herr«, sagte er und griff zu Deciedon hinab. »Ich sollte es sein, der Euch Ehrerbietung zollt. Ich war zwar gezwungen, fern meines Volkes zu leben, nichtsdestotrotz aber kenne ich seine Geschichte. Und es gibt keinen, der so würdig erwähnt wird, wie der große Held Deciedon. »Bitte – erhebt Euch.«

Deciedon richtete sich auf. Er ließ seinen Blick zu den Amazonen wandern, dann hin zu der langen Reihe großer Schiffe.

»Das ist wirklich ein furchtbarer Anblick«, meinte er schließlich und nickte Königin Azira zu. »Schon oft hörte ich von den großen Kriegerinnen Zan-Duras. Aber die Erzählungen waren so phantastisch, daß ich fürchtete, sie seien nur Legende. Die Wirklichkeit ist wahrlich verblüffend!«

Er runzelte die Stirn und zeigte zur Blockade hin. »Allerdings hoffte ich, diese mächtige Flotte mit voller Kraft vorausgesegelnd anzutreffen. Da dem nicht so ist: Stellt die Barriere ein ernstes Problem dar?« Er drehte sich wieder Ailwon zu. »Ich habe mir bereits ein paar Gedanken zur

Lösung dieses Dilemmas gemacht. – Aber zuvor, mein Prinz, hege ich den großen Wunsch, Eure Begleiter kennenzulernen.«

Ailwon fühlte sich in Gegenwart dieser lebenden Legende ziemlich gehemmt. Eilig stellte er jetzt seine Gefährten vor.

Deciedons Blick hing besonders lang an Zyras Gesicht, aber er überspielte seine innere Erregung mit perfektioniertem höflichem Betragen.

Weder Zyra noch Ailwon wurden aufmerksam.

Der Elfenprinz hielt nach Hugh Oxhine Aussschau, der sich nach der Landung von der Gruppe entfernt hatte. Er machte ihn im Schatten einer Fichte sitzend aus. Hugh hatte sich ein paar Pfeilschäfte geschnitten und war nun damit beschäftigt, sie zu bearbeiten.

Vor einigen Stunden hatte er beschlossen, sich nicht mehr länger mit dem Verlangen herumzuschlagen, das er für Zyra empfand. Er würde sich von ihr fernhalten und sich und seine Energien der Vorbereitung auf die bevorstehende Schlacht widmen.

Aus der Ferne hatte er den Helden Deciedon, über den so viel geredet wurde, beobachtet. Unerklärlicherweise verspürte er sofort instinktive Abneigung und Mißtrauen . . .

»Hugh!« rief Ailwon, »komm zu uns und lerne unseren edlen Regenten kennen.«

Der große, breitschultrige Vandorer stand auf. In einer Hand hielt er einen Pfeilschaft, mit der anderen befühlte er dessen Glätte. Er verneigte sich in Deciedons Richtung, kam jedoch nicht herbei.

Der Weiße Elf erwiderte den nachlässigen Gruß, und sein Blick tauchte in den des Vandorers. Kaum merklich zuckte er zusammen. Zum zweiten Mal in seinem Leben verspürte er wirkliche Angst . . . Das erste Mal war das passiert, als er vor Torgon, den Herrn des Todes, gezerrt worden war.

Rasch blickte er zur Seite und wandte seine Aufmerksamkeit wieder dem Jüngling Ailwon zu.

»Ich bin sicher, daß Ihr Euch über meine Ankunft wundert«, sagte er. Jetzt, da er den Klang seiner Stimme vernahm, schwand seine flüchtige Unsicherheit. »Ich habe Nachrichten ernsthaftester Natur, die ich mit Euch besprechen muß, mein Prinz . . .« Er lächelte und wandte sich an

Erbin und Evrawk, wobei er fortfuhr: »Euren Vater und Eure Leute habe ich unweit von Cryslandons Mauern getroffen. Esrund informierte mich über den Sevena und den Feldzug, also machte ich mich auf. Tag und Nacht ritt ich, um Euch zu treffen. Euer Vater, meine Herren, sieht ganz prächtig aus – das nebenbei. Er war mit der uxmunschen Rüstung angetan . . .«

Die Zwergenzwillinge grinsten von einem Ohr zum anderen, und Erbin knuffte seinen Bruder in die Rippen.

Zyra hatte sich Deciedons muskulösem Hengst genähert und berührte das seidige Weiß seines Fells. Ihr Interesse blieb Deciedon nicht verborgen, und er trat an ihre Seite.

»Ich sehe, Ihr bewundert mein Roß. Ihr braucht nicht vorsichtig zu sein, wenn Ihr es streichelt. Es ist ein wundervolles Tier, ein braver, zuverlässsiger Gefährte. Er diente mir gut im Frieden wie im Kampfe – genau wie sein Vater.«

»Ich habe derartig schöne Tiere noch nie zuvor gesehen«, meinte Zyra entschuldigend, »deshalb müßt Ihr meine Begeisterung entschuldigen.«

»Oh, es bedarf keiner Verlegenheit, meine Liebe«, erwiderte Deciedon lächelnd. »Ich hege ebenfalls tiefe Zuneigung zu diesen schönen Geschöpfen.«

Er berührte – nachdem er lässig seinen Handschuh ausgezogen hatte – ihren Arm.

Hugh Oxhine, der dies sah, brummte etwas vor sich hin und spie auf den Felsblock vor sich.

»Wir müssen mit der Räumung des Flusses beginnen«, erinnerte Königin Azira, nachdem sie sich ruhig mit Ali Ben Kara beraten hatte, dem sie – ebenso wie er ihr – respektvolle Freundschaft entgegenbrachte. »Zyra . . . bereite die Feuerkristalle . . .«

Die Prinzessin nickte und setzte sich in Bewegung. Dann gab sie ihren Schwestern, die der Unterhaltung beigewohnt hatten, einige knappe Befehle.

Bei dem Wort *Kristall* hob Deciedon eine Augenbraue. Schnell und scheinbar unbeeindruckt wandte er sich Ailwon zu.

»Wie gesagt, mein Prinz: ich muß mit Euch sprechen. – Allein«, setzte er ernsthaft hinzu.

Ailwon nickte, entschuldigte sich bei den anderen und schritt an Deciedons Seite davon.

Der Regent ging mit hinter seinem Rücken verschränkten Händen, und führte sein Pferd mit sich. Er sprach auf sehr zurückhaltende Weise und erwähnte, den seit langem gefürchteten Verräter zu kennen. Er formulierte langatmig, und so zog sich die Mitteilung in die Länge.

Schon bald hatten sie das Lager eine gute Wegstrecke hinter sich gelassen. Eine Gruppe riesengroßer Felstrümmer, die sich bis fast zum Wasser hinunter erstreckten, lag vor ihnen.

Ailwon schenkte Deciedon konzentrierte Aufmerksamkeit.

Ein Fehler, den er bereuen sollte . . .

In der Nähe erstreckte sich eine weitere Felsenverwerfung – dicht mit Fichten bewachsen – von den Hängen bis auf zwanzig Yards ans Flußufer heran. Als sie diese Stelle passierten, konnte man sie vom Lager der Amazonen aus nicht mehr sehen.

Unvermittelt hielt Deciedon an und musterte Ailwon mit seinem zuversichtlichen Lächeln.

»Es tut mir leid, daß es so kompliziert ist«, sagte er

gedehnt. »Ich bin sicher, Ihr seid durch all das, was ich Euch erzählte, verwirrt . . .«

Lässig entfernte er sich mehrere Schritte von Ailwon, dann blieb er stehen. Seine Hand ruhte plötzlich auf dem Griff seines Schwertes. Sein Gesicht war noch immer von seinem Lächeln erhellt, während er den besorgten Ausdruck in Ailwons Gesicht genoß.

»Die Verwirrung, die du durchstehst, ist ganz verständlich . . . Aber es blieb mir keine Wahl. Ich mußte dich beschwatzen, denn nur so konnte ich dich von den anderen fortlocken.« Leise, spöttisch, lachte er. »Siehst du, mein Junge, dieser Verräter, von dem ich sprach, jener, der deinen Vater und die anderen Sevenas umgebracht hat, der die Gefangennahme deiner lieblichen Gwynn besorgte, als sie nach Cryslandon unterwegs war . . .«

Ailwons Augen weiteten sich vor Schreck. Sein Gegenüber lachte jetzt nicht mehr. Sein Lächeln war fortgewischt, die Wärme aus seinen blauen Augen verbannt.

»Dieser Verräter, mein Prinz, ist kein anderer als –« er verneigte sich – »ich. Höchstpersönlich.«

Einen Herzschlag lang blickte ihn Ailwon ungläubig an, dann riß er Elfgard aus der Scheide.

»Ah«, sagte Deciedon bewundernd. »Das ist also das berühmte Schwert der Sevenas. Eine gute Waffe, wie ich sehe. Sie mag dir Schutz gewähren gegen Hexen und Ungeheuer, aber ich bin weder das eine noch das andere. In aller Bescheidenheit jedoch glaube ich der beste Schwertkämpfer des Kontinents zu sein, und wenn es für mich von Vorteil wäre, so würde ich einem Balg wie dir mit Freuden eine Lektion erteilen, die er weder vergessen noch in Erinnerung behalten kann. Aber in diesem speziellen Fall bringt es mir eben keinen Vorteil, und so verzichte ich darauf . . . Außerdem habe ich ein paar Freunde mitgebracht . . .«

Er winkte zu dem Fichtengehölz hinüber. Mehrere ungeschlachte, bewaffnete Monstren brachen daraus hervor. Rasch stapften sie heran.

Vilderonen! durchzuckte es den Elfenprinz.

Da hörte er hinter sich ebenfalls die wuchtigen Schritte. Er wirbelte herum.

Drei weitere Vilderonen bauten sich auf – und versperrten ihm auch diesen Fluchtweg.

Auf einen geknurrten Befehl ihres massigen Anführers hin stürmten sie vorwärts.

Ailwon duckte sich unter einem wuchtigen Keulenschlag weg – und bekam Distanz. Die Vilderonen grollten. Blutunterlaufene Höllenaugen funkelten hinter den geschlossenen Helmvisieren hervor. Sie taxierten ihn. Warteten auf eine Unachtsamkeit, darauf, daß er seine Deckung vernachlässigte.

Vorsichtig bewegte sich Ailwon rückwärts.

Zweifellos hatten sie den Auftrag, ihn lebend zu fangen, und er wußte, daß ihm dies einen winzigen Vorteil gab. Aber Hoffnungen brauchte er sich deshalb nicht zu machen. Er hatte keine Chance . . . Nicht gegen diese gewaltige Übermacht.

Kurz erwog er, um Hilfe zu rufen. Nein, sinnlos, entschied er. Das laute Tosen des Flusses verhinderte, daß ihn seine Gefährten hören konnten.

Die Vilderonen rückten auf.

Hinter sich hörte Ailwon ebenfalls scharrende Geräusche.

Er schluckte den bittteren Geschmack in seinem Mund hinunter und umfaßte Elfgards Griff fester.

Drohend hoben die Vilderonen ihre Klingen.

Da handelte Ailwon! Wie eine zustoßende Kobra federte er nach vorn . . . Elfgard blitzte auf. Ratschend schrammte es über den hochruckenden Schild des Vilderonen, wurde abgelenkt . . . Ailwon riß die Klinge frei – und stach zu! Tief bohrte sie sich in den Wanst des Ungetüms.

Der Vilderone taumelte zurück. Seine Rechte preßte sich auf die Wunde, aus der dunkles, stinkendes Blut sprudelte.

Ailwon achtete schon nicht mehr auf ihn. Er stieß einen gellenden Kampfruf aus und hoffte, daß er möglicherweise doch von jemandem, der nahe genug war, gehört wurde.

Er warf sich herum . . .

Gerade noch zur rechten Zeit! Ein Vilderone war bis auf einen Yard an ihn herangekommen . . .

Wieder schwang Ailwon sein Schwert in einem weiten Bogen! Der Vilderone war zu langsam, seine Deckung zu schlecht!

Mit einem häßlichen Laut fetzte Elfgard durch seinen Brustpanzer in den Hals des schwergewichtigen Burschen.

Kreischend schrie die Bestie auf und krachte zu Boden.

Jetzt!

Jetzt war der Weg frei . . . Die anderen Gegner waren zu überrascht . . .

Ailwon hetzte los.

Einen Schritt . . . zwei Schritte . . . drei Schritte . . .

Weiter kam er nicht. Ein mörderischer Schlag traf ihn am Schädel, warf ihn nach vorn – und zu Boden. Ausgestreckt blieb er auf dem lockeren Geröll liegen.

Rogmun knurrte einen weiteren Befehl und hob den Dolch auf, dessen Knauf Ailwons Flucht ein so jähes Ende gesetzt hatte.

Die Vilderonen holten die Pferde aus ihrem Versteck, hoben den Elfenprinz über einen Sattel und fesselten ihn daran fest. Dann bestiegen sie ihre schwarzen Rösser. Um ihre gefallenen Artgenossen kümmerten sie sich nicht.

Deciedon nahm das Schwert Elfgard an sich. Sinnend betrachtete er die glänzende Klinge, dann zog er seine und warf sie ins Unterholz. Das Schwert des Sevena aber ließ er in die schwarze Scheide gleiten, die er an seinem Waffengurt trug.

Er lachte leise, ergriff die Zügel seines weißen Hengstes und schwang sich in den Sattel.

*

Erbin sah Deciedon und Ailwon nach.

Deciedon sprach eifrig auf den Jungen ein.

Seltsam – plötzlich war Erbin besorgt. Ein zerrendes Wüten breitete sich in seiner Magengrube aus. Sorge? Angst?

Der Zwerg bleib stehen, obwohl er mächtig gespannt darauf gewesen war, die Feuerkristalle in Aktion zu sehen. Die Amazonenkönigin, Evrawk, Volmar, Ben Kara – sie gingen weiter, kümmerten sich nicht um ihn.

Erbin nahm es gar nicht zur Kenntnnis. Aufmerksam beobachtete er die beiden Elfen, wie sie sich immer weiter vom Lager entfernten.

Warum sorgte er sich überhaupt? Was war in Deciedons Gesicht gewesen, das solch einen frostigen Mißklang in seiner Erinnerung hatte ertönen lassen?

Während der Zwerg darüber nachgrübelte, erreichten die beiden Männer einen Felsvorsprung und umrundeten ihn. Jetzt waren sie nicht mehr zu sehen.

Erbin wandte sich ab, wollte den anderen folgen. Noch immer beschäftigte ihn das, was ihm sein Unterbewußtsein, sein Instinkt, zu sagen versuchte . . . Er packte es nicht! Es war wie verhext! Er wußte doch genau, daß es sehr wichtig war . . .

Er machte ein paar Schritte zum Ufer hin, wo Zyras helle Stimme die Arbeiten leitete.

Plötzlich blieb er stehen.

Jetzt wußte er es!

Sekundenlang glaubte er, in teuflischem Treibsand zu stecken und zu versinken!

Das Wiedersehen mit Deciedon hatte etwas in seinen Gedanken ausgelöst . . . Etwas, das in den vergangenen Monaten im Schlummer gelegen war, verdunkelt von der betäubenden Wirkung des Alkohols, den er in einer gewissen schicksalhaften Nacht genossen hatte.

Deciedon war es, dem er das Geheimnis von der Existenz des Sevena anvertraut hatte!

Erbin schrie gellend auf und hetzte zu jener Stelle, wo Ailwon und Deciedon verschwunden waren.

»Ailwon! Ailwon!« brüllte er. »*Er* ist es! Ihm habe ich es gesagt! Deciedon ist der Verräter!«

Bis auf fünfzig Yards kam er an die Felsen heran. Da tauchten sie auf: Vilderonen . . . Deciedon . . . Und, auf den Sattel eines Vilderonen gebunden: Ailwon. Er schien ohnmächtig – oder tot . . .

In wilder Jagd galoppierten sie heran.

»Nein!« schrie der Zwerg. »Nein, ihr Hundesöhne!«

Ein Pfeil zischte an seinem Kopf vorbei. Ein zweiter folgte – und fuhr in Erbins Oberschenkel.

Die Gewalt des Stahlgeschosses schleuderte ihn herum! Rücklings stürzte er auf die Felsen nieder. Aber er gab nicht auf, ignorierte den reißenden Schmerz. Keuchend wäzte er sich herum, auf den Bauch – und drohte mit seiner geballten Faust hinter den davoneilenden Reitern her.

»Schweine!« schrie er mit überschnappender Stimme, während überall um ihn her Pfeile dumpf in den Sand schlugen.

Drüben, in den Felsen, müßten sich mehrere Schützen verborgen haben!

Amazonen rannten herbei – und wurden von einem Pfeilhagel empfangen. Drei Kriegerinnen wurden von dem tödlichen Feuer zu Fall gebracht, eine krachte ins Wasser des Garnon. Das Blut, das aus ihrer tödlichen Kopfwunde quoll, zog in die langsame Strömung des Flusses ein.

Die anderen warfen sich in Deckung und warteten auf die schnell herannahende Verstärkung ihrer Schwestern.

Die Stille des Grauens breitete sich aus.

*

Erbins aufgeregter Schrei zitterte noch in der Luft, als Hugh Oxhine hochschnellte. Achtlos warf er die Pfeilspitze und den Schaft, an dem er gearbeitet hatte, beiseite. Sein Blick flog zu dem kleinen Mann hinunter. Dann donnerten die Reiter hinter den Felsen hervor . . . Hugh sah den in Weiß und Schwarz gekleideten Deciedon, dann den blonden Ailwon . . .

Die Geschehnisse überstürzten sich!

Entsetzt mußte Hugh mitansehen, wie Erbin von einem Pfeil getroffen zu Boden stürzte.

Dann kam Leben in ihn!

Er fluchte, denn er hatte seinen Bogen und sein Breitschwert im Lager zurückgelassen. Er hatte sich zu sicher gefühlt . . . Das rächte sich jetzt.

Zwei Kriegerinnen wurden von den Pfeilen zu Fall gebracht, dann eine dritte.

Und Erbin . . .?

Obwohl offensichtlich war, daß er sich nach wie vor in beträchtlicher Gefahr befand, machte er mit seinen unablässig gebrüllten Flüchen deutlich, daß er noch lange nicht tot war.

Hugh rannte los.

Er blieb im Schatten der Fichten und bewegte sich parallel zum Flußufer, dorthin, wo der ungleiche Kampf ausgetragen wurde. Das helle, gemeine Zischen der Pfeile schrillte in seinen Ohren . . .

Er erreichte Erbin. Blut pulste aus dessen Beinwunde, aber irgendwie war er weiterem Schaden entgangen.

Wie stählerne Blitze hagelten die Pfeile vom Himmel.

Hugh nahm keine Rücksicht darauf. Ohne seinen Schritt zu verlangsamen, stürmte er geduckt ins Freie, auf den ausgestreckt liegenden Zwerg zu.

Ein Pfeil sirrte heiß über seinen Rücken, ein zweiter fraß sich zitternd vor ihm in den Boden.

Hugh bückte sich, riß den Zwerg hoch und schleppte ihn in die Deckung der Bäume. Erbin fluchte pausenlos weiter, aber jetzt hörte es sich schon mehr wie niedergeschlagenes Jammern an: »Ihr Schweine«, schluchzte er, »ihr habt mich reingelegt! – Ihr dreckigen Schweine . . .«

»Still, Freund!« Hugh setzte ihn bei einem Baum ab und lehnte ihn dagegen. »Bleib so«, befahl er.

Eine Antwort wartete er nicht ab. Wie ein Schemen tauchte er ins Dunkel zwischen den Bäumen ein.

Der Pfeil-Beschuß wurde spärlicher. Die Amazonen nutzten dies und drangen langsam – jede Deckung sorgsam nutzend – vor.

»Da! – Schritte! Hinter ihm!

Jemand – mehrere Yards hinter ihm – folgte demselben Weg wie er. Hugh registrierte es flüchtig, kümmerte sich jedoch nicht weiter darum. Weder stoppte er, noch drehte er sich um. Geschmeidig wandte er sich nach rechts, zum Ufer hin. Dort war das Schnauben von Pferden zu hören . . .

An den Schattenrissen der Bäume vorbei vermochte er auf eine Lichtung hinauszusehen. Dunkle Pferde erkannte er dort – und deren Reiter! Monströse Gestalten in schwerer Rüstung schwangen sich in ihre Sättel!

Sie gaben den Hinterhalt auf!

Bis Hugh den Rand des schützenden Gehölzes erreichte, sah er sich nur mehr einem Scheusal gegenüber. Der massige, bewaffnete Bursche hatte offenbar Schwierigkeiten beim Besteigen seines aufgeregt tänzelnden Tieres gehabt. Er schwang sich gerade in den Sattel, als Hugh ins Freie hetzte.

Blitzschnell rannte er auf den Vilderonen zu . . .

Und jetzt erst bemerkte er seinen Irrtum!

Aus den Augenwinkeln heraus nahm er eine zweite dunkle Gestalt wahr . . . Unvermittelt verspürte er das plötzliche Frösteln der Verwundbarkeit. Aber es war zu spät, um die Richtung zu ändern!

Ohne auch nur einen halben Schritt zu verlangsamen, federte er voran – auf die abgeflachte Oberfläche eines schmutzigbraunen Felsbrockens – und stieß sich ab! Wie von der Sehne geschnellt, flog er durch die Luft.

Der Vilderone hämmerte seinem Roß die Sporen in die Flanken. Mit einem schmerzerfüllten Wiehern schoß es vorwärts.

Der Vandorer erwischte die gepanzerte Bestie trotzdem noch am Hals und riß sie aus dem Sattel. Hart krachen sie auf den Boden . . . Verbisssen umklammert, rollten sie weiter – ins Wasser.

Luftblasen wirbelten an Hughs aufgerissenen Augen vorbei. Er achtete nicht darauf. Eisern hielt er den monströsen Gegner umklammert.

Der Vilderone schlug auf ihn ein.

Hugh wußte, daß er diesen Schlägen nicht mehr lange standhalten konnte . . . Der Gegner war zu stark – viel zu stark . . .

Hugh hatte vorgehabt, die Bestie lebend zu fangen, hatte gehofft, Informationen aus ihr herauspressen zu können. Doch der Kampf unter Wasser wurde unerbittlich geführt. Der Verlierer würde sich seiner Schmach nicht mehr schämen können . . . Der Tod war ihm sicher.

Über ungeheuere Kräfte verfügte das Scheusal. Langsam, jedoch beständig, drückte es Hugh Oxhine von sich – und sprengte dessen Umklammerung.

Hugh federte zurück . . .

Die Anstrengung ließ blaue Sterne vor seinen Augen zerplatzen. Die Atemluft wurde ihm knapp. Auftauchen . . . er mußte auftauchen.

Der Vilderone versuchte, ihn festzuhalten.

Hugh wich rechtzeitig genug aus. Sekundenlang spürte er Grund unter seinen Füßen! Er stieß sich ab. Pfeilgeschwind zuckte er zur Oberfläche empor – und durchbrach sie. Prustend schüttelte er sich. Mit zwei, drei raschen Schwimmbewegungen brachte er sich aus der unmittelbaren Gefahrezone.

Da tauchte auch schon der Vilderone auf! Ein heiseres Grollen brach aus den Tiefen seiner Kehle.

Hugh näherte sich weiter dem Ufer. Hier konnte er stehen. Keinen Augenblick ließ er den Fürchterlichen aus den

Augen. Dem Ufer wandte er den Rücken zu, und er wußte, daß das gefährlich war. Wenn der andere Vilderone nicht geflohen war, sondern auf eine Chance lauerte, seinem Kameraden beizustehen . . .

Hugh riskierte es trotzdem.

Beim Sturz ins Wasser hatte sein Gegner den Helm verloren. Seine wilden, tierischen Gesichtszüge waren verzerrt. Die Wulstlippen gefletscht, so pflügte er auf Hugh Oxhine zu.

Dann warf er sich vor, seine Pranken zuckten heran . . . Wasser spritzte.

Hugh war auf den Angriff vorbereitet gewesen, dennoch konnte er nicht mehr ausweichen. Die Vilderone-Pranken schlossen sich um seinen Hals. Hugh keuchte auf, ruckte vor – und bekam seinerseits die Kehle seines Gegners zu fassen!

Der aber hatte den Kopf so weit wie möglich zwischen die Schultern gezogen, um die Wirksamkeit des Würgegriffs zu schmälern.

Plötzlich ließ der Vilderone los!

Seine große Faust raste heran, und im gleichen Atemzug zuckte seine Rechte zum Dolch.

Der Vandorer riß seinen Kopf beiseite, verringerte so die Wucht des mördersichen Schlages. Dennoch fetzte er ihm Fleisch von seiner Kopfhaut . . .

Er wurde aus dem Gleichgewicht gebracht . . . wankte zurück – und sah gerade noch den zustoßenden, dolchbewehrten Arm des Vilderonen . . .

Hugh tauchte unter dem Stoß weg, zog seine eigene Klinge, kam seitlich der Bestie wieder hoch und trieb ihr seinen Stahl in die ungeschützte Seite – dorthinein, wo Brust- und Rückenpanzer gegürtet waren.

Der Vilderone fiel ins Wasser zurück und tauchte unter. Blasen schäumten zur Oberfläche herauf und mischten sich mit dem düsteren Rot seines Blutes.

Das Scheusal erhob sich nicht mehr.

Es war vorbei. Der Kampf entschieden.

Hugh wandte sich dem Ufer zu. Wasser perlte auf seinem hageren, sonnengebräunten Gesicht, in seinem dichten Bart. Er schüttelte sich.

Zyra stand nur ein paar Meter vom Ufer entfernt – über

dem Leichnam des anderen Vilderonen! Ihr Schwert war blutbefleckt. Kein Zweifel, dieses Teufelsweib hatte es mit der Bestie aufgenommen!

Aber hatte es da überhaupt je einen Zweifel gegeben? Nein, beantwortete er seine stumme Frage im gleichen Augenblick.

Er starrte sie an, und sie erwiderte seinen Blick ohne jede Gefühlsregung.

»Du blutest«, sagte er. Es hörte sich töricht an. – Aber benahm er sich ihr gegenüber nicht immer irgendwie töricht?

Sie blickte auf den Riß, dann wieder zu ihm her. »Ja«, antwortete sie, »ich blute – wie du.«

Damit betrachtete sie die Unterhaltung als beendet, drehte sich um und eilte zum Lager zurück.

Fluchend kletterete Hugh Oxhine ans Ufer und stapfte ihr nach.

Ali Ben Kara kam ihm mit seinem kurzen, schwarzen Bogen entgegen. Er rief etwas – allerdings nicht zu Hugh, sondern zu jemandem am Ufer unten.

Ein zorniges Brüllen kam als Antwort. Der große Nordmann, Tark-Volmar, hetzte auf einem erbeuteten Vilderonen-Roß heran.

Vor den beiden Männern hielt er an.

»Ich habe diesen Prachtkerl aufgespürt, wie er herumstand und am Gestrüpp kaute – halt still, du Bastard!« rief er und zog die Zügel fest an. »Ich will keine Zeit verlieren . . . Ich reite dem Zauberjungen nach!« Er wirbelte das Pferd herum.

»He! Warte, Volmar!« befahl Ali Ben Kara. »Wir müssen gemeinsam gehen!«

»Warten! Ich will verdammt sein, wenn ich das tue!« brüllte Tark-Volmar. »Die Dreckskerle werden den Jungen nach Golgorath geschafft haben, bis du deinen faulen Hintern bewegst. *Ich* breche jetzt auf!« Er grub seine Absätze in die Seiten des Pferdes und preschte los, hin über das felsige Uferland.

Ben Kara fluchte, dann warf er Hugh einen raschen Blick zu. »Besser, ich folge ihm«, meinte er ärgerlich und kurzatmig. »Komm so schnell wie möglich mit den anderen nach!«

Mit großen Schritten rannte er zu dem anderen Vilderonen-Roß, riß die Zügel los und schwang sich auf seinen breiten Rücken. Als er an Hugh vorübergaloppierte, brüllte er ihm zu: »Paß auf, daß du nicht verblutest! Die Wunde da sieht überhaupt nicht gut aus!«

Hugh hob seine Hand. Aus der Kopfwunde sickerte Blut. Aber das war nur ein Kratzer, keinesfalls lebensgefährlich. Der gute Ben Kara . . . Hugh schüttelte den Kopf und begab sich ins Lager.

Dort hatte man die drei getöteten Kriegerinnen Seite an Seite niedergelegt. Die weißgewandete Senqua kniete bei ihnen und stimmte die Totenklage an.

Ringsum herrschte Hektik.

Erbin wurde von seinem Bruder in den Sattel gehievt. Der linke Oberschenkel des verwundeten Zwergs war dick verbunden, das Hosenbein abgerissen worden, so daß man den kurzen, gewölbten Beinmuskel sah, der blutbefleckt war.

Hugh wollte fragen, ob sich Erbin der Verfolgung anschloß, überlegte es sich aber anders. Aus dem Geschimpfe des Zwerges konnte er nur zu deutlich entnehmen, daß er sich irgendwie für den Verrat an Ailwon verantwortlich fühlte. Man würde ihn nicht zurückhalten können. Sollte er während der Verfolgungsjagd sterben, so war ihm dies sicher weit weniger schmerzlich, als wenn er hier zurückgelassen wurde.

Oolu hielt die Zügel Santors sowie die seines eigenen Ponys. Der Vandorer hatte den Gwarpy noch nie so besorgt erlebt. Hughs Waffen hingen über Santors Sattel.

Der Vandorer schwang sich hinauf, blickte zurück, dorthin, wo ein kleiner Tumult entstand. Einige Amazonen versuchten, Thelan, Ailwons wilden Grauen, festzuhalten. Ein paar Schritte von ihm entfernt nahm Zyra Abschied von der Königin. Er sah, wie sich die beiden Frauen umarmten. Dann weiteten sich seine Augen vor Überraschung. Zyra begab sich zu des Prinzen Grauen.

»He!« brüllte er. »Das kannst du nicht machen! Dieses Pferd wird dich binnen einer Minute abwerfen und zertrampeln! Du hast noch kein einziges Mal –«

»Kümmere dich um dich selbst, Vandorer!« schnauzte sie zurück. Dann schwang sie sich hoch und warf Oolu noch einen schnellen Blick zu. »Ich hoffe sehr, Corola, daß du mich richtig informiert hast . . .«

»Oolu sagt Zyra das richtige Zeug, jawohl!« antwortete der Gwarpy prompt.

Zyra nickte und drückte die Absätze in Thelans Seiten. Der graue Hengst sprang los, stoppte jedoch in der nächsten Sekunde, bockte, stieg auf, wirbelte herum . . .

Und Zyra blieb dennoch oben! Geschmeidig paßte sie sich jeder Bewegung des großen Hengstes an. Plötzlich verharrte er . . . Ganz still blieb er stehen, mit hängendem Kopf. Zyra wiederholte den Schlag ihrer Absätze gegen seine Flanken. Da galoppierte Thelan vorwärts, pfeilgerade streckte er sich . . .

Hugh raunte Santor etwas zu, und der große Hengst reagierte sofort.

Dicht hintereinander reitend folgten sie den Spuren, die Ailwons Entführer hinterlassen hatten: die Amazone, der Vandorer, die beiden Zwerge und der Gwarpy.

Sie kamen an den leblosen Scheusalen vorbei und an jener Stelle, an der man den Elfenprinzen gefangen genommen hatte. An einer großen Felsengruppe, die jäh vom Ufer her aufstieg, stürmten sie entlang und weiter, immer weiter . . .

Auf dem Schieferboden waren die Spuren deutlich sichtbar.

Die kleine Gruppe kam schnell voran.

Niemand – nicht einmal Hugh Oxhine – ahnte jedoch, daß sie beobachtet wurden . . . Beobachtet wurden von den Vilderonen und Deciedon, dem Verräter!

Er lachte leise und hämisch, als die Gefährten passierten und der falschen Spur folgten, die ein paar hierzu abkommandierte Vilderonen gelegt hatten.

Jetzt blickte der Verräter auf Ailwon, der langsam wieder zu Bewußtsein kam. Ein Vilderone fesselte und knebelte ihn.

»Nun, mein junger Prinz? Wie geht es dir?« Ohne Ailwons Antwort abzuwarten, sprach er weiter: »Ich muß leider schon wieder meinen Abschied nehmen. Für mich gibt es noch viel zu erledigen . . . Aber wir werden uns wiedersehen. In Golgorath . . . Ja, in Golgorath, deiner künftigen Heimat!«

Er wandte sich ab und schwang sich auf sein prächtiges Pferd. Dann richtete er sich an den Vilderonen-General: »Rogmun, bedenke Torgons Befehl! Der Elf muß Golgorath lebend erreichen!«

Rogmun nickte.

»Es freut mich, daß wir uns so prächtig verstehen«, räumte Deciedon ein, spornte seinen Hengst und ritt allein davon. Sein nächstes Ziel hieß Cryslandon.

23

TROMMELSCHLÄGE

In Lehmende hatte es im Frühling des Jahres der Erfüllung nur spärlich geregnet. Nach dem letzten Tag des Bobabo-Rituals hatten sich die Regenwolken gänzlich aufgelöst, und waren von hohen, fedrigen weißen und silbernen Formationen ersetzt worden, die sich weithin ausbreiteten. Die Tage des Frühlings näherten sich der Hitze des Sommers.

Ein voller Mondzyklus war seit Anbeginn des Feldzugs verstrichen, als die Regenwolken nach Lehmende zurückkehrten. Zuerst erschienen sie als aschfarbener Dunst, der die strahlende Sonne trübte, dann gewannen sie langsam an Kraft und Gewicht. Bis zu den Mittagsstunden hatten sie sich zu einem schweren Dunkel verdickt, die Sonne war völlig in ihnen verschwunden und der Himmel grau geworden. Die ersten großen Tropfen fielen, klatschten auf den harten Boden, und als sie den dort angesammelten Staub befeuchteten, wallten süße Düfte.

Unablässig fiel der Regen zwei Tage lang.

Durch diesen allgegenwärtigen Wasservorhang bewegte sich die kleine Gruppe der Gefährten hartnäckig auf der falschen Spur. Ja, noch immer glaubten sie, daß sie den Entführern und dem Prinzen der Weißen Elfen folgten . . .

*

Am Abend des zweiten Regentages . . .

Es gab nur mehr einen schwachen Rest Tageslicht, als der Azmurier, Ali Ben Kára, seinen Vilderonen-Hengst zügelte und vorschlug, zu lagern. In Ailwons Abwesenheit hatte der Shakin inoffiziell die Führung der Gruppe übernommen – trotz der konstanten Verstimmung Tark-Volmars. Die Pferde standen mit gesenkten Köpfen im unablässigen Nieselregen.

Ben Kara erwartete Tark-Volmars Protest. Er sollte nicht vergebens warten.

»Warum halten wir an, Ben Kara?« kam die unwillige Frage des bulligen Nordmannes.

Der Azmurier seufzte und drehte sich dem Nordmann zu. »Weil, Tark-Volmar«, antwortete er übertrieben höflich, »es dunkel wird und wir bald nicht mehr in der Lage sein werden, der Spur zu folgen. *Deshalb* schlage ich vor, hier anzuhalten, solange wir noch genug Licht haben, um ein Lager zu errichten.«

Volmar war mit dieser Antwort nicht zufrieden. Er lenkte sein Roß langsam vorwärts, neben das Ali Ben Karas.

»Beim Donner, ich möchte aus diesem verfluchten Land herauskommen«, knurrte er. Der Nordmann war – wenn es notwendig wurde – bereit, sich fast jeder Situation anzupassen, nicht jedoch, dies *ruhig* zu tun. Und in Gegenwart des fürstlich gesitteten Ben Kara sowieso nicht.

»Seit dem Tag, da wir den Bastarden folgen, sind wir auf nichts anderes als Wasser und Schlamm gestoßen. Und der kleine Bursche sagt uns, daß wir uns unserem Wild überhaupt noch nicht genähert haben . . . Der Abstand verringert sich nicht. Deshalb sage *ich* dir: wir reiten weiter . . . Die Augen des Zwerges dürften scharf genug sein, einer so deutlichen Spur wie dieser auch im Mondlicht zu folgen . . . Beim Donner, ich will diese Hundesöhne eingeholt haben, bevor sie dem Weißelfen die Haut abziehen!«

»Vielleicht hat der Nordmann recht«, warf Zyra ein. Wenn wir die Nacht durchreiten – vielleicht können wir sie dann bis zum Morgen eingeholt haben.«

»Natürlich könnten wir das«, erklärte Volmar. Er warf einen Blick zurück, zu der Amazonenprinzessin hin, für die er mehr und mehr widerwilligen Respekt empfand – besonders auch deshalb, weil sie mit ihm einer Meinung war.

Ali Ben Kara dachte einen Augenblick darüber nach. Auch er hatte gelernt, dem Urteil der Amazone Wert beizumessen, selbst, wenn es gelegentlich ein wenig vorschnell

© HILDEBRANDT

Zyra, die Amazone

Das Dorf der Gwarpys
Links umseitig: Golgorath, der Turm des Todes

Die Feuerkristalle in der Schlacht von Cryslandon

zu kommen schien. Daß sie – beispielsweise – auf Ailwons Grauen gesprungen war, ohne je zuvor geritten zu sein und obwohl sie vorher vor der wilden Natur des Pferdes gewarnt worden war, war sicher solcherart zu beurteilen. Und doch hatte sie sich im Sattel gehalten.

Jetzt, zwei Tage später, ritt sie, als hätte sie das ihr Leben lang getan.

Der Shakin blickte Hugh Oxhine, den Vandorer, um eine mögliche Unterstützung an. Aber der hochgewachsene Mann sah in die andere Richtung.

Ben Kara hatte festgestellt, daß sich der Vandorer jeder Diskussion enthielt, an der Zyra sich engagiert beteiligte. Hughs Gründe hierfür hatte er rasch erfaßt. Das ist also erledigt, dachte er. So blieb, den Experten zu befragen.

»Was meinst du, Erbin? Was sollen wir tun?« rief er zu dem Zwerg hinüber. »Wenn wir weiterreiten – haben wir eine Chance, sie einzuholen?«

Erbin hielt sein Pony zwischen seinem Bruder und Oolu an. Seine Augen lagen im Schatten unter der Kapuze. Der Regen, der sich darauf angesammelt hatte, tropfte auf seine breite Nase, seinen rötlichen Schnautzer und den Bart darunter.

Seit Ailwons Entführung hatte das Gemüt des Zwerges völlig von seiner frohen Natur und seinem Optimismus abgelassen. Erbin machte sich – sich ganz allein – für die gefährliche Lage des Jungen verantwortlich.

Es hatte ein paar Versuche gegeben, die Pein des Zwerges zu lindern, aber sie wurden schließlich eingestellt. Erbin wollte nicht getröstet werden. Er verschloß sich. Hinzu kam, daß die unablässige Verfolgungsjagd an seinen körperlichen Reserven gezehrt hatte, und durch seine Beinwunde war er ohnedies bereits ernsthaft geschwächt.

Er trieb sein Pony voran und hielt es mehrere Schritte hinter dem Azmurier und dem Nordmann an. Dann beugte er sich nach vorn und schwang sich aus dem Sattel. Auf seinem unverletzten Bein kam er zu stehen. Mit einer Hand hielt er sich am Sattelknauf fest – so untersuchte er sorgfältig die schlammigen Spuren. Schließlich richtete er sich auf und wandte sich an die anderen.

»Sie sind nicht weit vor uns . . . Ich kann nur nicht genau sagen, wie weit . . . Vielleicht nur einen halben Tag.«

Genau in diesem Moment hatten Oolus scharfe Ohren ein vertrautes Geräusch vernommen. Er sprang von seinem Pony und krabbelte durch nasses Gras und Wildblumen eine Anhöhe zur Linken hinauf. Nur Evrawk hatte das bemerkt. Auch er glitt von seinem kleinen Pferd, stieg hinauf, wo der Gwarpy vollkommen still stand und lauschte. Erst jetzt gewahrte Evrawk, daß der Himmel aufgeklart hatte.

»Hörst du, was Oolu auch hört, Evrawk?« lautete die geflüsterte Frage.

»Nein – Was hörst du denn? He, – Oolu . . . Was?«

»Trommeln. Gwarpy-Trommeln, das ist . . . Du wirst sie ganz bald selber hören, in ein oder zwei Minuten . . . Da!«

»Ja . . . Ganz leise . . . Was sagen sie?« fragte Evrawk.

»Oolu hört sie gut. Pssst . . . Laß' mich zuhören.« Er stand einen weiteren Augenblick unbeweglich, seine Schultern gebeugt, seine krummen Beine leicht gespreizt. Plötzlich hüpfte er auf und ab.

»Was ist denn da oben los?«

Hugh Oxhine kam zu ihnen herauf.

»Hörst du sie, Hugh? Hörst du die Gwarpy-Trommeln, die Oolu die ganz große Neuigkeit bringen? – He, wir reiten auf der falschen Spur!«

Oolu hob seine Hände trichterförmig vor den Mund und brüllte den Hügel hinunter: »Erbin! Erbin! Sei nicht mehr traurig, denn Oolu hat gerade die Neuigkeit vernommen, daß der liebe Ailwon noch lebt. Aber wir reiten in die falsche Richtung. Er ist vor kurzem erst durch Oolus Heimat gekommen . . . Und obwohl die Scheusale ihn noch haben, sagen die Trommeln, wir können sie noch einkriegen! Folgt nur dem alten Oolu . . . Wir werden am Morgen da sein!«

Er wieselte den Hügel hinab. Mit einem gewaltigen Satz sprang er auf den Rücken seines Ponys, ergriff in fast derselben Bewegung die Zügel und trieb das kleine Tier mit einem fröhlichen Ruf an. Sofort reagierte es und galoppierte die Anhöhe hinauf, von der sein Reiter gerade so aufgeregt heruntergelaufen gekommen war. Evrawk und Hugh folgten schnell.

»Hör schon auf, da herumzustehen und dich selbst zu bemitleiden, du Hammel!« rief Evrawk seinem Zwillingsbruder zu. »Komm schon!«

In einem seiner typischen blitzartigen Stimmungswechsel humpelte Erbin los und brüllte laut: »Hurraaa!«

Zweimal hüpfte er auf seinem unverletzten Bein, dann sprang er in den Sattel, ohne die Steigbügel zu berühren. Auch er trieb sein Reittier über den Hügelkamm und war gleich darauf nicht mehr zu sehen.

Hugh mußte Santor im Zaum halten. Der große Kastanienbraune verpürte die Aufregung seines Herrn und wollte sich strecken und laufen. Der Vandorer blickte zurück zu der Frau auf dem jetzt nervös tänzelnden Grauen und den beiden Männern auf den unerschütterlichen schwarzen Kriegspferden.

Die drei schienen über die plötzliche Wende der Ereignisse höchst erstaunt.

»Auf was warten wir?« rief Hugh, und ein Lächeln blitzte hinter seinem ernsten Blick. Er hatte gelernt, beinahe augenblicklich auf einen plötzlichen Wechsel der Gegebenheiten zu reagieren.

»Von was plappert das verrückte kleine Tier?« brüllte Volmar. »Trommeln? – Was für Trommeln?«

»*Diese* Trommeln!« brüllte Hugh zurück. »Mach deine großen Ohren auf, Volmar!«

Rhythmisches Schlagen war jetzt zu hören, wenn auch noch in einiger Entfernung.

Der Vandorer riß Santor herum. »Wenn Oolu sagt, daß dies die richtige Richtung ist, die Richtung, die uns zu dem Jungen führt – dann reite ich dorthin. Komm schon, Volmar! Du kannst jetzt nicht einmal mehr über den Regen grollen!« Hugh gab die Zügel frei, und der eifrige Hengst sprang vor. Ein breites Grinsen spielte um des Vandorers Mund, als er seinen drei kleinen Gefährten hinterherritt, in die er so viel Vertrauen zu setzen gelernt hatte.

Zyra und Ben Kara sahen einander ziemlich komisch an, dann galoppierten auch sie ohne ein weiteres Wort die Anhöhe hinauf und hinter den anderen her.

Nur der große Nordmann blieb zurück.

»Verdammt«, murmelte er. Er wünschte, er könnte diese lebhaften Gesellen verstehen. Er sah auf. Es hatte aufgehört zu regnen. Fürwahr . . . Nicht einmal mehr über das Wetter konnte er sich aufregen. Schlimm, schlimm.

Ein kühles Blau kämpfte sich in das stählerne Grau des Himmels und verlieh den Wolken Profil. Sacht trieben sie nach Südwesten.

»Verdammt!« murmelte Volmar wieder. »Beweg' dich, du dickköpfiger Bastard!«

Der Vilderonen-Hengst stampfte den Hügel hinauf und trug den nordmannischen Führer zu den Gefährten.

Die Wolken zerstreuten sich weiter, und der Mond erschien in ihrer Mitte.

Das rhythmische Schlagen der Trommeln hallte weithin über die hügeligen, nassen Grasflächen des Gwarpy-Landes.

24

DIE BELAGERUNG

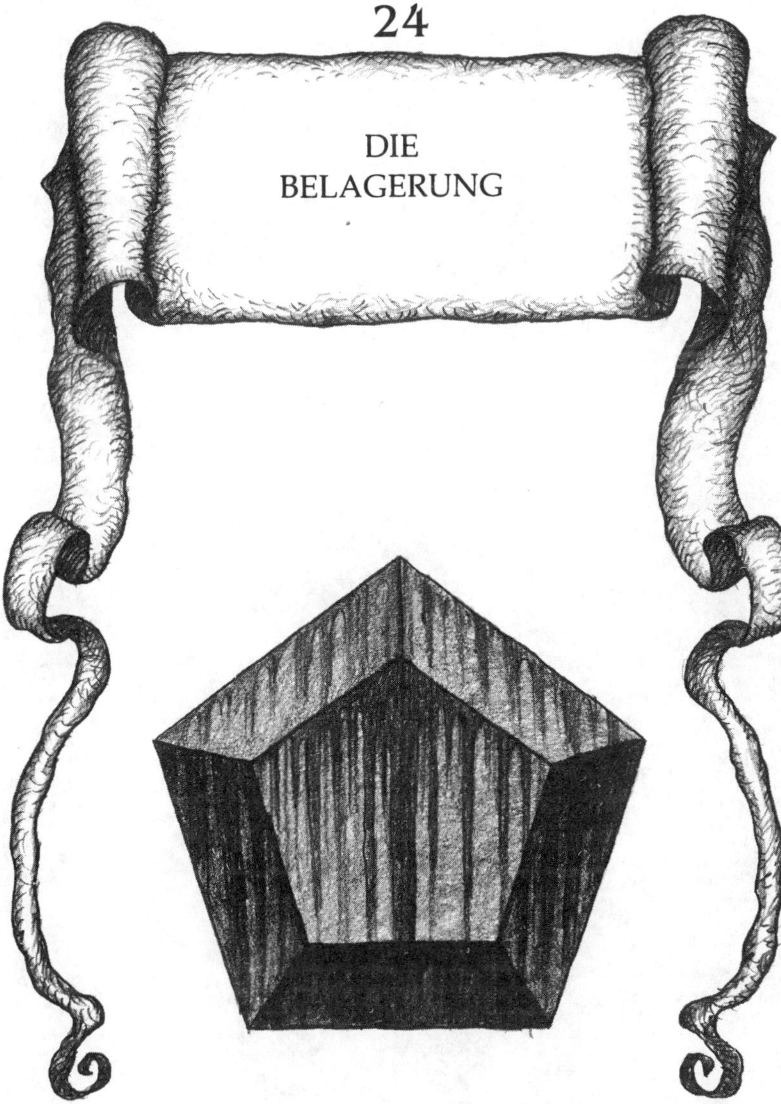

©HILDEBRANDT

Der König und die Königin Andeluviens führten ihr Volk aus ihrer Heimat zum Retnor-Paß, womit sie derselben Route folgten wie der kleine Rebellenhaufen auf seiner verhängnisvollen Reise nach Cryslandon.

Bevor sie den Lecune-Fluß erreichten, stießen sie auf die Überreste der gemordeten Elfen.

Es war unmöglich, die sterblichen Überreste zu identifizieren. Überall verstreut liegende Knochen – das war alles, was Aasvögel und wilde Tiere von ihrem grausigen Mahl übriggelassen hatten.

Eilends begruben die Andeluvier ihre Angehörigen in dem sandigen Boden, der dieses unwirtliche Land bedeckte.

Nachdem sie diese schmerzliche Arbeit vollbracht hatten, zogen sie weiter – zur Zitadelle von Alfandel.

*

Das Grün der gegenüber Cryslandon aufsteigenden Hügel war vom dunklen Panorama der Armee des Todesherrn gezeichnet. Ununterbrochen erstreckte sich die Reihe der Gnom-Barbaren und Kriegsmaschinen über den gesamten Horizont, und auf den ersten Blick verpürte König Zarin das Wühlen der Übelkeit in seinem Magen. Seine Augen waren vom Schrecken erfüllt.

Behutsam ergriff die Königin seine Hand. Auch in ihr wütete die Furcht. Sie konnte ihren Gatten verstehen ... Seinen Widerwillen gegenüber jedweder Gewalt ...

Die Andeluvier hatten – von Südwesten kommend – ihre Pferde auf einem Hügel anhalten lassen, der Aussicht gewährte über die prächtige Stadt der Weißen Elfen.

Der Himmel über Cryslandon war von schweren, grauen Wolken überzogen.

Aus der Stadt quoll ein stetiger Strom von Leuten . . . Flüchtlinge, die über die Brücken eilten, die zur Rückseite der Stadt verliefen und die Zwillingsseen mit dem Garnon-Fluß verbanden.

»Sie scheinen zu räumen«, meinte Zarin.

»So sieht es aus.« Wanel, seine Frau, war es gewesen, die ihm geantwortet hatte.

Zarin drehte sich im Sattel um. Sein junger Berater Elsep war direkt hinter ihm. Früher wäre er empört gewesen, hätte man ihn nicht gebeten, den Befehl zum Aufbruch zu geben. Aber seit der Nacht, in der Ianen starb, hatte er sich verändert. Verwirrt und ängstlich war er geworden.

Zarin winkte seinen Leuten, und der lange Zug setzte sich in Bewegung.

Die Straße, der sie folgten, war schmal und schnitt durch ein weites Feld hoher Wildblumen und Gräser. Die andeluvischen Pferde trabten voran, wirbelten Staub von der feinen, trockenen Erde auf. Die schweren Regenfälle, die auf Lehmende und die südlichen Teile Alfandels niedergegangen waren, hatten Cryslandon nicht erreicht, obwohl täglich dunkle Wolken gedroht hatten.

Die lange Reihe der Leute, die ständig aus der Stadt kamen, bewegte sich auf die näherkommenden Andeluvier zu. Vereinzelte Flüchtlinge fuhren in von Pferden gezogenen Karren. Die meisten jedoch gingen zu Fuß – zu dritt oder viert nebeneinander – bewegten sich schweigend unter dem bedeckten Himmel. Die düstere Prozession setzte sich größtenteils aus kleinen Kindern und alten Leuten zusammen.

Eine Weiße Elfin mittleren Alters – offenbar die Anführerin des Flüchtlingstrecks – lenkte ihre gefleckte Stute zu Zarin und Wanel.

»Wohin wollt ihr?« erkundigte sich Zarin bei ihr.

»Nach Penderak«, antwortete sie. »Alle, die zu jung oder zu alt sind, unser Land zu verteidigen, verlassen die Stadt – zusammen mit denen, die sie geleiten.« Sie zügelte ihr Tier neben dem König der Braunen Elfen, drehte sich um und schaute zurück, dorthin, wo die große Armee Golgoraths aufmarschierte.

»Obwohl ich nicht sehen kann«, sagte sie traurig, »wie die Stadt gegen diese Horden aushalten kann – wenn nicht bald Hilfe kommt, so hoffe ich doch immer noch!

Die Zwergenarmee stieß zu uns, und die geübten Soldaten von Azmurien. Aber niemand sonst . . . Unsere Hoffnungen waren zu groß . . .«

Eine Gruppe kleiner Weißelfenkinder kam vorbei. Mit unschuldigen, verwunderten Augen starrten sie zu den berittenen Braunen Elfen hinauf.

»Geht weiter, Kinder«, krächzte die Elfin. »Ihr haltet den Zug auf.«

Sie wandte sich wieder Zarin zu. »Die Situation ist«, fuhr sie fort, als hätte es keine Unterbrechung gegeben, »wie ihr deutlich sehen könnt – entsetzlich. Der versprochene Sevena ist nicht gekommen, und auch die mächtige Armee der Kriegerinnen, die er für den Kampf gewinnen sollte, und die Nordleute fehlen.« Ihre Stimme verhallte. Sie blickte auf die unbewaffneten Braunen Elfen. »Ihr seid Andeluvier . . . Seid ihr gekommen, um zu kämpfen?«

»Nein«, antwortete Zarin, »wir wollen helfen, jedoch nicht kämpfen.«

»Dann ist die Heldin Gwynn nicht bei euch? – Auch nicht ihr Rebellenhaufen?«

»Nein, sie wurde – «

»Keiner von denen, die erwartet wurden, ist gekommen«, unterbrach die Elfin. »Nur die Mörder – die waren zuverlässig.«

Ein Ruf kam von einer anderen Elfin.

»Ich muß gehen. Lebt wohl«, sagte sie eilig und galoppierte an den Reihen der Flüchtenden entlang davon.

Die Andeluvier eilten wieder voran, kamen durch das Tor, überquerten die Brücke, betraten die Stadt.

Zarin sah zum Turm der Erleuchtung, dann zu den umstehenden weißen und goldenen Gebäuden hin. Er war seit vielen Jahren nicht mehr in der Stadt gewesen, da er es in Anbetracht der anschwellenden Stürme des Krieges vorgezogen hatte, sich von jeder Führungsrolle zu distanzieren.

Unvermutet traf ihn der Gedanke, daß diese große Stadt nun zum Brennpunkt des bevorstehenden blutigen Kampfes auserkoren war . . .

Schrecklich . . .

Zarin trieb sein Pferd an.

In den Straßen herrschte Aufregung. Jeder Mann, jede Frau, die in Cryslandon zurückgeblieben waren, trug Waffen, war bereit, zu kämpfen. Aber wie die Weiße Elfin gesagt hatte: welche Chance hatten sie?

Zweifellos würde das lange gehaltene Patt in einem vernichtenden Sieg des legendären Torgon vergehen, und im blutigen Tod oder Sklavenjoch für jene, die sich gegen ihn gestellt hatten.

»Werden wir den Zauberer Elgan aufsuchen, wie wir es besprochen haben?« fragte Wanel, während sie tiefer in die Stadt hineinritten.

»Ja. Das scheint mir logisch. Der Sevena-Prinz ist ja offensichtlich nicht gekommen«, entgegnete Zarin. Er schüttelte den Kopf und zuckte mit den Schultern. »Wir werden unsere Hilfe anbieten . . . und die schlimmen Neuigkeiten, die wir bringen.«

»Willst du diesen Zauberer allein aufsuchen?«

Er wandte sich ihr zu. »Nein. Wir wollen nicht mehr länger getrennt sein. Ich möchte, daß du an meiner Seite bleibst – bitte komm mit.«

Sie nickte zustimmend, und auf ihren Lippen erschien die Spur eines Lächelns.

Gleich darauf hielt sie einen vorbeieilenden Lejentor an und erkundigte sich, wo der Zauberer Elgan zu finden sei.

»Am Nordtor hält er sich auf«, antwortete der Elf über den Lärm hinweg, der in der Stadtstraße brodelte. »Er, der Prophet Shandar und der Zwergenführer.« Er wollte weiterhasten, dann besann er sich. »Kennt ihr den Weg?«

»Ja, Freund. – Aber gestatte noch eine andere Frage: Der Regent Deciedon . . . Wo ist er?«

»Ich weiß es nicht. Vor vielen Tagen hat er die Stadt verlassen. Er ist nicht mehr zurückgekehrt.«

Der Mann nickte ihnen zu und spornte sein Pferd.

Zarin und Wanel sahen einander erleichtert an. Die Aussicht, Deciedon bei ihrer Ankunft zu begegnen, war ihnen zuwider gewesen.

Sie ritten weiter, am Turm der Erleuchtung vorbei, durchquerten den Kanal, der die Bauten Cryslandons umgürtete, und erreichten schließlich das Nordtor. Hier verließen der König und die Königin ihre Leute, betraten das weiße Torgebäude und stiegen zu den Zinnen hinauf.

Als sie um eine Biegung des Treppenhauses traten, blieben sie wie angewurzelt stehen.

»Es tut mir leid, sollte ich euch erschreckt haben. Ich sah euch kommen und wollte euch begrüßen . . .« Die Stimme war voll und vom Alter gefärbt – so wie die Stimmen der Natur.

Der alte Prophet Shandar war es, der so sprach.

Er erhob sich von einem weißen Stein am Rand der Wand und trat auf Zarin und Wanel zu. Seine Augen waren dunkel und klar, seine Lippen breit. Sie schienen ein Lächeln anzudeuten.

Eine lange, runzelige, knochige Hand zog langsam am Dreieck seines Bartes, während die andere entspannt an seiner Seite ruhte. Seine nackten, braunen Füße waren unter dem einfachen Gewand zu sehen, die Sohlen berührten leicht die Kälte der Stufen. »Ihr seid, wie ich annehme, König Zarin. Und ihr – Königin Wanel.«

»Ja«, antwortete Zarin. »Und du – du bist Shandar. Shandar, der Prophet.«

Er nickte und lachte leise. »Ja, der bin ich – und schon seit vielen, vielen Jahren. Manchmal scheint es mir, ich sei schon immer Shandar gewesen. – Ich bin froh, daß ihr gekommen seid.« Er trat vollends zu ihnen und streckte seine Hände aus.

Sie ergriffen sie und fühlten die Wärme des Friedens in seinem Händedruck.

»Ich sehe Schmerz in euren Augen . . . Schmerz, der sich – wie ich vermute – weiter zurückstreckt als nur bis zu dem Schrecken, der in den Hügeln vor Cryslandon kauert . . .«

Beide nickten sie.

»Fürwahr, diesen Schmerz gibt es«, sagte Wanel. »Wir sind gekommen, um von traurigen Ereignissen zu berichten. Aber auch, um euch unseren Frieden zu entbieten.«

Der Prophet lächelte. »Das Letztere gefällt mir sehr – und es wird allen, die hier versammelt sind, gefallen. Was das erstere betrifft, so wollen wir zu den anderen hinaufgehen.

Ich bin sicher, ihr seid nicht daran interessiert, die traurigen Dinge zweimal in so kurzer Zeit zu berichten.«

Sie stiegen zu den Zinnen des großen Tores empor.

Dort wurden sie von Elgan, Esrund und dem Azmurier Kor-Dada, dem langjährigen Freund und Helfer des Shakin Ali Ben Kara begrüßt.

Sodann erzählten Zarin und Wanel unter großen Mühen von den tragischen Geschehnissen, die sie nach Cryslandon geführt hatten. Von der Ermordung ihrer Söhne und der rebellischen Braunen Elfen, der Gefangennahme Gwynns und von Deciedons verräterischer zweiten Identität. Letztere Tatsache wäre noch schockierender gewesen, hätte die lange Abwesenheit des Regenten nicht bereits zunehmend die Gemüter erregt. Die abenteuerlichsten Vermutungen und Gerüchte kursierten. Nun hatte man Gewißheit.

Das Gespräch wandte sich der mißlichen Lage zu. Gwynn – vorausgesetzt, man hatte sie am Leben gelassen – war Torgons Gefangene. Von Ailwon und seinen Gefährten wußte man – außer, daß sie in den Sümpfen Zoraks erfolgreich gewesen waren – nichts. Auch sie waren längst überfällig. Und der Verräter – von dessen doppelter Identität Ailwon noch nichts ahnte – war unterwegs – angeblich auf der Suche nach dem Prinzen.

Die sechs düster gestimmten Führer begaben sich auf die Mauern des Torgebäudes hinaus.

Sie blickten auf die gewaltigen Heerscharen, auf die Belagerungsmaschinen des Todesherrn, welche die rauhe Wirklichkeit verdeutlichten, daß ihrer aller Existenz bald beendet sein würde.

Der Zauberer und der Prophet standen Seite an Seite, ihre bejahrten Hände ruhten auf der Brustwehr.

Elgan blickte zum wolkenverhüllten Firmament empor. »Sag, Shandar, besteht die Möglichkeit, daß es heute noch regnet?«

Shandar lehnte sich vor, gegen den Stein. »Du weißt *sehr* gut, Elgan«, sagte er mit gespielter Ernsthaftigkeit, »daß ich für heute Regen vorhergesagt habe.«

»Für heute – und für die vergangenen sechs Tage«, kam die Antwort des Zauberers. Er strich über seinen dichten, weißen Bart.

Der Prophet wandte seinen Blick nicht vom Horizont.

»Es wird *heute* regnen«, sagte er und nickte weise mit dem Kopf, ohne die Spur eines Lächelns in seinem Gesicht. Dann richtete er sich plötzlich auf.

»Er kommt!« sagte er ruhig. »Der Verräter kommt!«

Alle schauten zur schweigenden Armee des Torgon hinüber, aber niemand – außer Shandar – vermochte dort irgendeine Bewegung wahrzunehmen.

Elgan war der nächste, der den Reiter ausmachte, dann Esrund.

Aufgeregt rief er aus: »Du hast recht! Er kommt! Das Schwein kommt direkt auf uns zu!«

Jetzt war Deciedon deutlich zu sehen: eine schwarz-weiß gekleidete Gestalt auf einem schneeweißen Pferd, die sich langsam ihren Weg durch die Reihen der Gnom-Barbaren und Vilderonen und vorbei an turmhohen Belagerungs- und Kampfmaschinen bahnte.

Er ließ die Unheimlichen hinter sich, kam beständig näher. Sein Umhang wehte, sein Hengst lief brav, den Kopf in stolzer Haltung.

Schweigend standen die Gefährten und sahen ihm entgegen.

Gemächlich brachte der verräterische Lejentor die volle Länge der ersten Brücke hinter sich und hielt schließlich direkt vor dem Tor an.

Er blickte hinauf zu denen, die auf der Mauer versammelt waren. Jetzt nahm sein Gesicht den Ausdruck von Freundlichkeit und erfreuter Überraschung an.

»Wie wunderbar«, rief er empor, »euch alle hier versammelt zu finden. Ich nehme an, ihr seid gewissermaßen überrascht, mich in Gesellschaft dieser Barbaren zu sehen?« Er deutete auf die Armee des Todesherrn und lachte. »Ich kann es wagen, sie als solche zu bezeichnen: sie können mich auf diese Entfernung nicht hören.«

»Dein dramatisches Auftreten überrascht uns keinesfalls, Deciedon. Wir müssen dich enttäuschen!« antwortete Elgan. »Man hat uns aufgeklärt über deinen Betrug – über deine Verantwortung für das Massaker an den Braunen Elfen und an Gwynns Gefangennahme.«

Deciedon runzelte die Stirn. »So muß ich mich wohl beeilen, zu sagen, daß ich als Botschafter gekommen bin, euch des Torgons Bedingungen zu nennen. Der Herr des

Todes verlangt völlige Kapitulation . . . Aber ich bin *wirklich* enttäuscht . . .«, fuhr er schnippisch fort. »Ich habe mich fürwahr darauf gefreut, eure schockierten Gesichter zu sehen . . . Dann, wenn ich euch enthüllt hätte, daß ich es war – ich, eure lebende Legende – der euch verriet . . . Aber es macht nichts. Ich möchte jedoch abstreiten, die Verantwortung für die Ermordung der rebellischen Elfen zu tragen. Das war ganz und gar Torgons Idee. Ich befasse mich gewöhnlicherweise nicht mit derart sinnlosen Taten.

Allein die Gefangennahme Gwynns war mein Werk. Und das Elfenmädchen wird mein geschätztes Eigentum bleiben.«

Esrund verfluchte ihn und Deciedon lachte ihn aus.

»Ich verstehe deinen Groll«, sagte er übertrieben höflich. »Aber du hebst dir besser etwas davon auf . . . Ich habe nämlich noch mehr zu sagen.

Die Frauen von Zan-Dura – die Armee, auf die ihr so viel Hoffnung gesetzt habt – sie werden nicht kommen, dafür habe ich gesorgt. Wie ihr seht – seid ihr dazu verurteilt, zu verlieren. Es wird euch nicht möglich sein, gegen die geballte Macht Golgoraths zu bestehen.« Mit einer großartigen Handbewegung umfaßte er die drohend aufmarschierte Armee in seinem Rücken.

Sein Gesicht war jetzt eiskalt, seine Stimme gedehnt und grausam: »Nun denn . . . Ihr werdet euch mir ergeben. Ihr werdet unbewaffnet vortreten. Ihr werdet zu mir herunterkommen – demütig und sanft – und mir den Kronhelm des Sevena überreichen. Tut ihr das nicht, so seid ihr alle des Todes.«

»Nein, Deciedon«, rief Elgan, »wir werden nicht tun, was du verlangst. Wir – alle, die sich hier in der Stadt aufhalten, haben diesen unseren Weg gewählt. Wir werden uns nicht demütig deiner Unterdrückung und Tyrannei unterwerfen. *Wir ergeben uns nicht!*«

Deciedon schien das erwartet zu haben. Mit einer plötzlichen, schwungvollen Bewegung zuckte seine behandschuhte Rechte zum Waffengurt und riß das Schwert Elfgard heraus. Triumphierend hob er es himmelwärts.

»Seht!« rief er. »Erkennt ihr *das*, ihr Narren? – Das Schwert der Weißen Elfen!«

Er lachte wieder.

»Ich habe euren Prinzen Ailwon – euren Sevena – eure einzige Hoffnung gefangen genommen! Er ist in der Gewalt Torgons! Es bleibt euch nichts anders übrig, als die Kapitulation – oder der Tod! Ergebt euch mir!«

»Einen Scheißdreck werden wir!« spie Esrund aus, der – mit den anderen – auf den spöttischen Burschen hinuntersah, der seinen Hengst in einem kleinen Kreis paradieren ließ und dabei drohend das Elfenschwert schwang.

»Ich gehe zu ihm hinunter«, erklärte Shandar.

»Aber – das kannst du nicht tun!« rief Esrund aus. »Der Hundesohn wird dich töten!«

»Vielleicht.«

Elgan blickte in das Gesicht seines alten Freundes und wußte, daß man ihn nicht zurückhalten konnte.

»Meinst du, daß das so notwendig ist?« fragte er leise.

»Ja, das meine ich. Selbst *ihm* muß eine Wahl gelassen sein . . . Es muß eine Wahl geben.« Shandar blickte auf den Verräter hinunter. »Es scheint zwar nur eine winzige Hoffnung zu existieren, daß Deciedon von diesem seinem macht-

hungrigen Streben abläßt . . . Aber wenn diese Hoffnung Wirklichkeit würde, so könnte sie zur Freiheit aller führen . . . Und im übrigen«, schloß er, »muß die Weissagung erfüllt werden.«

Noch während er dies sagte, wandte er sich ab. Nach einem letzten Blick in Elgans Gesicht schritt er davon.

Die Braunen Elfen, der Azmurier und der Zwerg – sie sahen einander hilflos an, dann richteten sich ihre Blicke auf Elgan, den Zauberer.

Er schwieg.

In der Tiefe unter ihnen schritt Shandar aus dem Stadttor. Ein langgezogenes Donnergrollen begrüßte ihn von Norden her.

Geradewegs näherte er sich Deciedon, der jetzt still auf seinem Pferd saß und ihm entgegenblickte.

Ein sachter Wind kam auf. Shandar verspürte seine Kühle und er fühlte die Kühle des Flieseneges unter seinen nackten Füßen. Er sah an dem wartenden Verräter vorbei auf die grünen Hügel, sah an der Armee des Todesherrn vorbei, sah an Kiberuk und Golgorath vorbei – blickte über das Meer und noch weiter.

Erneut grollte der Donner, lauter diesmal. Shandar sah auf. Die dunklen Wolken waren jetzt in Bewegung geraten, und der Prophet sah durch sie hindurch, tief hinein in die gähnenden Weiten des Universums. Freude legte sich plötzlich über seinen Geist.

Noch einen Schritt.

Nun stand er vor der weiß und schwarz gekleideten Gestalt, die so zuversichtlich auf dem großen weißen Hengst saß.

Als der alte Mann aufblickte, sah Deciedon in seinen Augen klein und wehrlos aus.

»Von allen Menschen dieser großen Stadt Cryslandon wurdest du ausgewählt, Alter?« fragte Deciedon ungläubig. »*Du* bist es, den man auserwählte, die Kapitulation zu überbringen?«

Er legte die lange Klinge Elfgards vor sich quer über den Sattel.

»Nein. Ich war es, der kommen *wollte*. Es wird keine Kapitulation geben. Ich bin zu dir gekommen, mein Sohn, um dir ein Geschenk zu machen.«

Der Verräter betrachtete Shandar argwönisch.

»Was für einen Unsinn redest du da, alter Mann?«

»Vielleicht ahnst du nicht, daß es noch nicht zu spät für dich ist, zu wählen . . . Zu wählen zwischen gut und böse. Vielleicht hast du überhaupt nie geahnt, daß du deinen Weg wählen kannst – daß dein Leben nicht verdorben und mit Zerstörung angefüllt sein muß.«

Der Prophet trat noch näher an Deciedon heran.

»Es gibt eine Wahrheit: Die Wahlmöglichkeiten, welche den denkenden Wesen dieser Welt dargeboten werden, sind weit größer, weit vielfältiger, schwieriger und wundervoller als selbst die Wunder der Natur. *Die Freiheit, wählen zu können . . . Darum* kämpfen wir gegen die Unterdrükker, darum und nicht der Rache oder der Gerechtigkeit wegen.«

Shandars Augen waren vom Angebot des Friedens erfüllt. »Deciedon, es ist noch nicht zu spät – «

Die Stimme des Propheten ging im lauten Gelächter des Verräters unter, und im lauten Krachen des Donners, der noch näher gekommen war.

»Jetzt verstehe ich, Alter«, höhnte Deciedon, als sich sein Lachen gelegt hatte. »*Du* versuchst, mich zu *retten* . . . Hay, das ist wirklich lustig! Nun, laß mich sehen. Du wünschst, daß ich eine Wahl treffe, stimmt's?«

Er sah auf, ließ seine Hand über sein Kinn gleiten. »Hmmm . . . eine Wahl . . . Aha! Ich hab's! – Dies, Alter, ist meine Wahl!«

Die Silberklinge Elfgards blitzte auf!

Deciedons Pferd tänzelte zur Seite, damit der Schwertstreich seines Herrn nicht fehlen konnte!

Aber die Klinge des Elfenschwertes sollte sich nicht senken!

Es blitzte überall um sie her und Donnerhall folgte!

Urplötzlich war das Schwert in ein lebendiges Wesen verwandelt, flog aus dem Griff des Verräters, wirbelte singend, sirrend, schimmernd durch die Luft.

Dann klirrte es zu Boden.

Deciedon war von Schrecken ergriffen. Er starrte auf Shandar hinunter, der sich nicht bewegt hatte. Traurig erwiderte der alte Mann seinen Blick, dann drehte er sich bedächtig um und ging zum Stadttor zurück.

Deciedon sah ihm nach, fluchte und gab seinem Pferd die Sporen.

Beim Klang des Hufschlags drehte sich der Prophet um . . .

. . . und bekam den mörderischen Stahl über Brust und Bauch in den Leib gerammt!

Schreie des Schreckens und der Schmach brandeten von der Mauerkrone her.

Shandar brach zusammen, seine Hände pressten sich auf die Wunde.

Zwei Soldaten – Weiße Elfen – rannten vom Tor her durch den strömenden Regen, der sich plötzlich aus dem wolkenschweren Himmel ergoß.

Deciedon machte kehrt und galoppierte auf die wartende Armee Golgoraths zu. Ein Pfeilhagel folgte ihm von der Mauer nach . . . Jedoch vergebens. Harmlos zischten die gefiederten Todesboten an der fliehenden Gestalt auf dem weißen Hengst vorbei.

Die Wächter eilten heran.

Shandar hatte sich auf die Knie, dann auf die Füße erhoben. Schwankend stand er und hielt noch immer seine Hände auf die Wunde gepreßt.

Die Wächter, dann Elgan erreichten ihn. Der Regen mischte sich mit dem Blutstrom, der aus der Stichwunde im Körper des alten Mannes floß.

Erschrockenes Schweigen herrschte unter denen, die den Propheten umgaben. Niemand schien in der Lage zu sein, zu sprechen.

Shandar griff nach Elgan.

»Hilf mir und stütze mich, alter Freund«, sagte er, »dann vermag ich zu gehen. Sorge dafür, daß einer von euch Elfgard an sich nimmt.«

Sie gingen zum Tor.

Shandar lehnte sich an den weißen Zauberer, und sein Blut tropfte auf die Straße nieder.

Über ihnen spaltete sich ein Blitz . . . Gewaltiger Donner folgte. Der Boden zitterte.

Shandar warf seinem Freund einen raschen Seitenblick zu.

Elgans weißes Haar war auf seine Stirn geklatscht, er blinzelte. Ungehemmt prasselte der Regen in sein Gesicht.

»Wie ich sagte«, begann der alte Prophet. »Ich – ich gehe selten fehl bei der Vorhersage von Regen.« Er versuchte zu lachen, aber Blut quoll in seiner Kehle empor, rann aus Mund und Nase und ließ ihn schmerzhaft husten.

Der Elfenwächter nahm Elfgard auf, als sie das Tor erreichten und es durchschritten.

Dann geschah es . . .

Ein ohrenbetäubendes Kreischen spaltete die feuchte Luft, und die Mauer erbebte unter der Wucht einer riesigen Feuerkugel, die keine hundert Fuß vom Haupttor entfernt einschlug.

Gesteinstrümmer regneten zu Boden. Flammen loderten gefräßig in die Höhe.

Der Kampf um Cryslandon hatte begonnen.

25

DAS DORF DER GWARPYS

Die Trommeln der Gwarpys ließen ihre Botschaft über die Hügel von Lehmende fliegen: Der Prinz der Weißen Elfen von unheimlichen, düsteren Kreaturen gefangengenommen!

Oolu führte die Gefährten an, als sie zu jenem Ort eilten, an dem die Trommeln geschlagen wurden. Je näher sie kamen, desto klarer wurde es dem Gwarpy, daß sich dieser Ort als genau jenes Dorf entpuppen würde, in dem er aufgezogen worden war.

Er kam nach Hause.

Ohne das Tempo zu verlangsamen, das sein galoppierendes Pony vorlegte, teilte er dies den anderen mit.

Die Regenwolken waren während der Nacht nach Südwesten geflohen, und so bot sich der frühmorgendliche Himmel klar und wolkenlos dar.

Das Dorf von Oolus Angehörigen war schon von weitem zu sehen.

Dicke Lehmmauern umschlossen kegelförmige, strohgedeckte Hütten, sowie – in deren Mitte – einen riesigen Bobabo-Baum mit aschfarbener Rinde. Von einem halben Dutzend Herdfeuer stiegen Rauchsäulen in die Höhe. Hier und da waren irdene Töpfe und Schüsseln aufgehäuft. Und überall zwischen Herdfeuern und Töpferware wimmelten Gwarpys herum.

Der Trommler stand einige Schritte abseits, nahe beim Torbogen, und bearbeitete mit Hingabe den gewaltigen, ausgehöhlten Baumstamm. Erst, als die Gefährten bis auf drei Schritte herangekommen waren, hörte er damit auf und alarmierte mit einem lauten Schrei die anderen.

Noch während die Reiter von ihren müden Pferden stiegen, kamen die Gwarpys herbeigehastet, gerannt, gestolpert und umringten sie.

Oolu war so aufgeregt, daß er kaum an sich halten konnte – und auch nicht allzuviel Mühe darauf verschwendete. Wie ein Derwisch hüpfte er herum und plapperte mit ungeheurer Schnelligkeit. Eine ganze Menge seiner Verwandten, Freunde und Bekannten reagierten auf ähnliche Art und Weise.

Erst als Hugh Oxhine ihn an ihre Mission erinnerte, besann er sich und holte die Informationen ein, deretwegen sie gekommen waren. Die Antwort konnte beim besten Willen niemand außer Oolu verstehen, denn die Sätze waren so verkürzt wiedergegeben und so schnell von so vielen Gwarpys geplappert, daß man einen zweiten Gwarpy brauchte, um eindeutig zu entschlüsseln, was gesagt wurde.

Hiernach ergab sich folgende Situation: Gestern war Ailwon unter schwerer Bewachung mehrerer Vilderonen gesehen worden . . . Kaum eine Meile entfernt, hatten sie das Dorf passiert. Der Junge war in einigermaßen guter körperlicher Verfassung.

Weiterhin erfuhren die Gefährten die Richtung, die die Entführer beibehielten, – genaugenommen sogar ihre exakte Route. Oolus Freunde und Verwandte standen nämlich mit sämtlichen anderen Gwarpy-Dörfern längs dieses Weges in ständiger Verbindung und waren so umfassend informiert.

Und noch eine wichtige Botschaft gab es zu vermelden: Die Gwarpys hatten bereits gehandelt und das Fortkommen der Entführer sabotiert. Ein von ihnen verursachter Erdrutsch in den Arbroischen Bergen zwang die Vilderonen auf einen Umweg, ostwärts, in eine Schlucht hinein, die vor einer senkrechten Felswand endete.

Hugh, die Zwerge – alle waren begeistert, nachdem sie die Bedeutung des aufgeregten Geplappers erklärt bekommen hatten.

Somit war endlich alles klar. Die Entführer des Elfs hielten einen Vorsprung von weniger als einem scharfen Tagesritt.

Die Pferde wurden beiseite geführt, abgerieben, getränkt

und sodann wurde ihnen die gewohnte magische Behandlung gegeben, wie sie nur die Gwarpys zu geben imstande waren.

Es würde nur eine sehr kurze Ruhepause geben können, dessen waren sich die Gefährten einig.

Erbin brachte man zu Thoonu, der weisen Dorfältesten. Sie kümmerte sich um seine Verletzung und bereitete aus Bobabo-Blättern und Rinde eine Medizin. Während der Sud über dem Feuer brodelte, machte sie es sich neben Erbin bequem, unterhielt sich mit ihm über allerlei Belanglosigkeiten und erklärte schließlich noch, daß sie bereits Ur-Urgroßmutter sei.

Sie war grau, winzig klein und lässig. Ihre Augen blickten so schläfrig drein, daß man irritiert ein zweites Mal hinsah, um festzustellen, ob sie auch tatsächlich wach war. Unablässig mahlte ihr zahnloser Mund.

Dann wurde es ernst. Die Medizin war fertig.

Sie befahl dem Zwerg, zu tun, was sie sagte. Die heiße Anwendung der Medizin würde – wie sie ausführte – schmerzhaft sein. Deshalb sollte er – während sie dies besorgte – auf einem Bobabo-Blatt kauen – genau wie sie es tat.

Erbin befolgte ihre Anweisungen, und binnen einer Minute fühlte er sich weit mehr erheitert und glücklich, als er es in seiner langen Trinkerkarriere jemals gewesen war.

Kein Wunder, daß er sich in diesen Augenblicken vornahm, das Gwarpy-Lager nur mit einem gewaltigen Vorrat an Bobabo-Blättern zu verlassen.

Oolu hatte den kleinen Aufenthalt genutzt, seine Freunde den Verwandten und Angehörigen vorzustellen. Dies sei sein alter Freund Evrawk, begann er stolz, und dies sein neuer Freund Hugh Oxhine . . . und seine neue Freundin Zyra . . . und sein neuer Freund Tark-Volmar . . . und sein neuer Freund Ali Ben Kara . . . Und dies sei seine Familie: sein Opa Angu, seine Oma Litu, seine Mama Shooku, sein Papa Sortu, seine Schwester Colootu, sein Bruder Cornu, seine Schwester Fitu . . .

Die Vorstellungen wollten kaum enden, obwohl Oolu sie rasch, halb atemlos herunterrasselte.

Es gab noch mehr Schwestern, noch mehr Brüder, es gab Onkel und Tanten – und eine ungeheuere Zahl von Nichten und Neffen nahezu aller Größen, deren Mehrheit es ablehnte, beim Vorgestelltwerden stillzustehen und im Dorf umhertollte und zwischen den großen Bobabo-Wurzeln herumkrabbelte.

Die Reihe der Vorstellungen wurde zusätzlich untermalt durch das Schwatzen, Kichern, Gluckern, Gurren und Glucksen derer, die vorgestellt wurden. Inmitten dieses Tohuwabohus verdrehte Tark-Volmar die Augen, marschierte ein paar Schritte davon und brummelte etwas von verlorener Zeit und gackernden und Quatsch plappernden Gwarpys.

Zuvor hatte er ein bitteres Heißgetränk geschlürft, das – natürlich – aus Bobabo-Wurzeln hergestellt worden war, und, wie man ihm gesagt hatte, seinen Nahrungsbedarf für die nächsten Stunden deckte und zugleich für die Anhebung seiner Stimmung sorgte.

Volmar bezweifelte das, schlürfte jedoch weiter davon, während er im Lager umherschlenderte und immer wieder murmelte: »Gegacker von Quatsch plappernder Gwarpys.«

Plötzlich ging ihm der bemerkenswerte Esprit dieses seines Ausdrucks auf. Er kicherte, dann hielt er inne

und versuchte eine Variation: »Quatschendes, gackerndes Plappern.«

Fürwahr, ein Prachtexemplar von Witz, das ihm einen wahren Gelächtersturm schenkte.

Die Pferde wurden reitfertig zurückgebracht.

Überschwenglich bedankte sich jeder bei den Gwarpys. Dann schlug die Stunde des Abschieds. Die Gefährten saßen auf.

Eine Überraschung stand jedoch noch aus!

Ali Ben Kara zuckte ungläubig zusammen, als Tark-Volmar kichernd und nach Luft schnappend und mit hochrotem Gesicht herantappte. »Gackernd geplappert!« hechelte er dazwischen immer wieder.

Der Nordmann sprang in den Sattel, tätschelte den großen Hengst und sprach mit sentimentaler Zuneigung auf ihn ein.

Das verwunderte den Shakin noch mehr. Bisher war das Tier nur als ›dickköpfiger Bastard‹ bezeichnet worden.

Tark-Volmars donnerndem Gelächter schloß sich das von Erbin an.

Der Zwerg kam angerannt. Kaum mehr als ein leichtes Hinken war von seiner Verletzung übriggeblieben. Er kletterte in den Sattel, und als sich seine Blicke mit denen des Nordmannes kreuzten, wieherten die beiden noch lauter los.

»Das verstehe, wer will!« brummte Ali Ben Kara und gab das Zeichen zum Aufbruch.

Erbin und Tark-Volmar brüllten weiter und waren allerbester Laune.

Oolu trieb sein Pony an und setzte sich an die Spitze der kleinen Gruppe.

Seine Angehörigen und Freunde aber standen herum und sahen den davongaloppierenden Reitern nach. Alle waren sie zum Tor gekommen – ausgenommen die Ur-Uroma Thoonu. Sie saß einsam und verlassen an ihrem kleinen Kochfeuer und bewegte den gut durchgekauten Priem in ihrem Mund von einer Seite auf die andere, während sie sorgfältig Flöhe aus ihrem grauen Pelz pflückte.

26

FEUERKRISTALLE

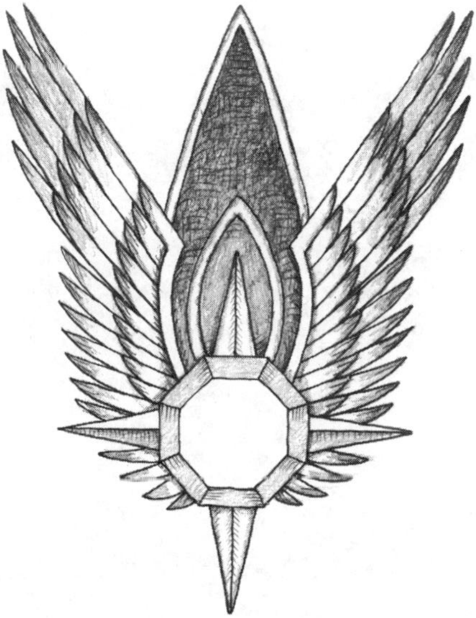

© HILDEBRANDT

Der Mitternachtshimmel über Cryslandon wurde von der furchteinflößenden Macht der Kriegsmaschinen Golgoraths erhellt.

Rote Rauchschwaden stiegen hoch über die Elfenzitadelle auf und waren noch Meilen entfernt zu sehen.

Die Amazonen Zan-Duras wußten diese Zeichen zu deuten und machten sich kampfbereit. Stille Geschäftigkeit herrschte an Bord der Kriegsschiffe, die mit jeder verstreichenden Sekunde ihrem Ziel – Cryslandon – näherkamen.

Aziras Blick folgte dem feurigen Leuchten weit in die Höhe – bis dorthin, wo es – hoch oben – mit dem tiefen Blau der Nacht zusammentraf.

Die Königin stand – in das scharlachrote Gewand der Kriegerin gekleidet – auf dem Hochdeck im Bug des Schiffes. Sie war sehr nachdenklich ... Die Geschichte der Amazonen war erfüllt von Kriegen und Scharmützeln, die nötig gewesen waren, aggresive Angreifer von Zan-Duras Gestaden zurückzuschlagen.

Die letzten beiden Jahrhunderte jedoch waren – abgesehen von kleinen Auseinandersetzungen mit den von Gorta ausgeschickten Überfallkommandos – verhältnismäßig ruhig und friedlich gewesen. Trotzdem war ihre Kampfbereitschaft nie eingeschlafen. Azira bezweifelte keinen Augenblick, daß sie ihre Schwestern in diesem Kampf führen konnte.

Die aus dem Kristall von Kresna stammenden Energien trieben die achtzehn Schiffe mit höchster Geschwindigkeit voran.

Eine weite Biegung des Garnon-Flusses wurde umrundet, dann kam die große Stadt voll in Sicht. Seit zwei Tagen war sie von den Kriegsmaschinen der Todesarmee bombardiert worden . . . Seit zwei Tagen donnerten schwere eiserne Rammsporne gegen ihre Tore . . . Dazu war sie von Dutzenden von Feuern umgeben, und die Luft war stickig, mit beißendem Rauch gesättigt. Schon lange waren die Nordmauern gefallen. So war es den Feinden möglich gewesen, die großen Katapulte dicht an die Stadt heranzuschaffen.

An einer Vielzahl von Stellen standen die letzten, die inneren Wälle kurz vor dem Zusammenbruch.

Vilderonen-Pferde und Borgs zerrten Belagerungstürme vorwärts. Pfeile prasselten auf sie herunter. Schreie gellten. Befehle wurden gebrüllt. Die Türme wurden trotz heftigster Gegenwehr der Belagerten in Stellung gebracht.

Auf sämtlichen Mauerkronen wurde wild gekämpft. Weiße Elfe, Azmurier, Zwerge und Nordleute lieferten den Angreifern ein hartes Gefecht. Die Nordleute waren kurz nach Beginn der Kämpfe angekommen – und sie waren mächtige Verbündete!

Dennoch stand es aussichtslos!

Die Horden der wilden Gnom-Barbaren, die immer wieder gegen die Mauern brandeten und über die eilends herbeigeschafften Sturmleitern zu den Zinnen emporwieselten, schienen nahezu unerschöpflich. Schon hatten einige der Barbaren die Mauern erfolgreich erklommen! Schon griff der Kampf auf die Stadt über, explodierte zu zahllosen Zweikämpfen in den Außenbezirken.

Die Amazonenflotte erreichte den Oberlauf des Garnon. Königin Azira sah zu der mächtigen Stadt empor und gab ihre Befehle. Die dringendste Notwendigkeit lag auf der Hand: Torgons Kriegsmaschinen mußten vernichtet werden!

Das Kommandoschiff, das Schiff der Königin und sechs weitere fuhren direkt in den Stadthafen ein, verteilten sich: Vier schwenkten ostwärts, die anderen vier nach Westen, in den Ringkanal. So gelangten sie zur Nordmauer, die den Hauptstoß des Angriffs erlitten hatte.

Die restlichen Schiffe stationierten sich sowohl im Nordosten als auch im Nordwesten.

Das Schiff der Königin pflügte durch die Wasser des

Kanals. Azira konnte das in der Stadt herrschende Tohuwabohu sehen. Männer und Frauen schwärmten um die größeren Brandherde herum und versuchten, das Feuer unter Kontrolle zu bekommen. Ihre Gesichter waren von der Gluthitze gerötet. Andere knieten neben den Verwundeten oder schleppten sie in Sicherheit, die doch nirgendwo garantiert war. Trotz solcher Geschäftigkeit wurden viele Zeuge der Ankunft der Amazonen. Sie starrten herüber, wunderten sich über die auf geheimnisvolle Art und Weise angetriebenen Schiffe – und dann brach tosender Jubel los.

Das Schiff der Königin näherte sich schnell der nördlichen Hafeneinfahrt. Das große Torgebäude war seit Anbeginn der Belagerung bombardiert worden – zuerst mit katapultierten Sprengstoffen, dann mit großen Sturmböcken und jetzt mit Sprengstoff und Sturmböcken zugleich. Es war zum Zentrum des Angriffs geworden, war es erst einmal aufgebrochen, so konnten die barbarischen Horden über die gewaltige Hauptbrücke direkt ins Herz der Stadt vorstoßen.

Trotz der Bombardierung war das Gebäude von den tödlichen Bogenschützen Azmuriens und Alfandels tapfer verteidigt worden. Aber jetzt lagen die dicken Mauern in Ruinen, die großen Tore waren aufgesprengt, und das Fallgatter wurde von einem Sturmbock bearbeitet, der von hundert schwerfälligen Borgs bewegt wurde. Immer wieder krachten explodierende Geschosse gegen die Mauer. Niederprasselnde Steine löschten Dutzende Borgs aus, zermalmten sie unter sich. Die monströsen Wesen ließen sich davon nicht schrecken. Andere rückten gleichmütig über die Leiber ihrer gefallenen Brüder nach.

Jeden Augenblick konnte das Fallgatter nachgeben.

Den Verteidigern wurde der Rückzug befohlen.

Die Amazonenschiffe legten an den Kais an. Königin Azira verließ das Mutterschiff und rief den anderen Schiffsführerinnen Anweisungen zu: »Bringt die Feuerkristalle an Land! Stellt sie an der Mauer auf! Schnell!«

Kristallmannschaften – jeweils sechs Amazonen bildeten eine – eilten mit den mächtigsten Waffen Zan-Duras über die Anlegestege.

Eine Frau – die *Tessalierin* – leitete das Abfeuern, während jene, die die eigentliche *Kraft* freisetzte, die *Kovierin* war.

Der Feuerkristall des Mutterschiffes wurde so aufgestellt, daß seine Mündung auf das Tor gerichtet war . . .

Der zermalmende Klang der Sturmböcke und Explosionen ließ die weißen Mauern beben.

Zischend wirbelte ein ungeheures, brennendes, meteorähnliches Geschoß über Königin Aziras Kopf und explodierte im Kanal. Die Welle warf die Amazonenführerin gegen das Brückengeländer. Brennende Metallfragmente regneten rings um sie nieder.

Azira schaffte es, ihren Halt zu bewahren. Sie sah sich um. Das Wasser des Kanals war in Aufruhr. Ein Schiff der Amazonenflotte existierte nicht mehr. Es war vergangen, verwandelt in Flammen und Rauch und zerfetzte Metallplatten. Ringsum schwammen die schrecklichen Überreste dessen, was noch vor einem Augenblick lebende Kriegerfrauen gewesen waren . . .

Azira würgte Tränen der Empörung hinunter und eilte los, um sich den Horden des Todesherrn entgegenzustellen.

Mit einem lauten, knirschenden Knarren durchbrach der Rammsporn den kräftigen Widerstand des Fallgitters,

begleitet von den triumphierenden Schreien der Gnom-Barbaren, die sich dahinter drängten. Die Teuflischen stürmten in die Stadt der Weißen Elfen . . . Ihre furchtbaren Kriegsschreie gellten! Die erste Welle ergoß sich durch das Tor, und Tausende drängten hinterher.

Sechs Kriegerinnen und ihre Königin standen ihnen in der Brückenmitte gegenüber.

Königin Azira gab den Feuerbefehl. Die Kovierin auf ein Ziel hinzuweisen, war nicht notwendig. Sie senkte ihre Schwertspitze, deutete damit auf die Menge der heranhetzenden, kreischenden Barbaren! In den Gehirnen der Kovierinnen gab es nur noch das Ziel. Geist und Körper wurden eins mit der Kraft des Kristalls von Kresna, der auf den Feind gerichtet war. In dem Augenblick, in dem die Kovierin die Energie auslöste, waren ihr Verstand und ihre Seele von jeder Spur von Bosheit oder Haß gereinigt, aber das Ziel zog die vernichtende, gleißende Energie förmlich an.

Ein blendender Lichtblitz zuckte vor! Die Luft wurde erfüllt von der Hitze des Energiestoßes, der sich gabelte und teilte und sein Ziel suchte und mit einem knisternden, prasselnden Bersten traf – immer wieder traf . . .

Die barbarischen Kampfschreie der Angreifer verstummten plötzlich. Der Blitz aus dem Feuerkristall bahnte sich seinen tödlichen Weg durch das Gedränge, umhüllte Gnome, Borgs, Vilderonen – und hinterließ nur verkohlte Leichen. Die Angreifer außerhalb der Mauern fielen zurück, ihr Kriegsgeheul verwandelte sich in Schreckensgeschrei.

Die anderen beiden Amazonenwaffen wurden auf der Mauerkrone in Stellung gebracht, während die Nachhut der Kriegsschiffe ins Kampfgeschehen eingriff!

Und jetzt begann eine gewaltige Schlacht, geführt von den Waffen der Kriegerinnen und den großen, schwarzen Kriegsmaschinen des Todesherrn. Die Leute in der Stadt – erstarkt durch die Streitmacht, die vom anderen Ende des Kontinents gekommen war – sammelten sich neben den Kämpferinnen von Zan-Dura.

Die Horden aus Golgorath zogen sich in die Arbroischen Hügel zurück, und auch sie warteten ab . . .

Die Luft war erfüllt vom feurigen Flug geschleuderter, brüllender, tosender Meteore und dem Prasseln der Energie der Feuerkristalle. Der Himmel war von der Helligkeit der

Explosionen zerrisssen, die gewaltige Krater in die Erde prägten, große Brocken aus den Mauern sprengten, Flammen- und Funkengeysire aufspritzen ließen und Lebewesen und Waffen binnen Sekundenbruchteilen auslöschten.

Immer wieder zuckten die lebenden Blitze durch die Nachtluft . . . Immer wieder trafen sie die schweren Maschinen des Todesherrn, explodierten daran, sengend und brennend – und zerschmolzen massives Eisen . . . Eines nach dem anderen wurden die großen Katapulte und Belagerungstürme vernichtet, knickten ein, verbogen sich, brachen zusammen!

Die Kraft der Kristalle von Kresna war ihnen überlegen!

Die Schlacht wendete sich . . .

*

Als die ersten Spuren der Morgendämmerung mit dem gespenstischen Licht des Krieges zu wetteifern begannen, lagen sämtliche Maschinen des Todesherrn in rauchenden Trümmern. Die Amazonen hatten triumphiert – allerdings ebenfalls schwere Verluste hinnehmen müssen. Insgesamt waren sechs Kristallwaffen und die dazu gehörenden Mannschaften vernichtet. Ein weiterer Kristall war unbenutzbar geworden.

Aber die Stoßrichtung des Kampfes hatte sich gedreht, die finsteren Horden waren zurückgeworfen!

Hinter den zerschlagenen inneren Mauern Cryslandons sprangen die Lejentors in die Sättel, brachten ihre Pferde in Formation, galoppierten über die Brücke durch das zerstörte mittlere Tor und weiter, hinaus, der weichenden Armee der Invasoren nach. Ihnen folgten die berittenen Schwertkämpfer Azmuriens, die Amazonen – angeführt von Azira – und sodann die Fußsoldaten der Weißen Elfen, die robusten Nordleute aus Norbruk und die Armee der Zwerge von Penderak.

*

Deciedon wurde Zeuge dieses Geschehens. Er stand auf einem Hügel. Sein Pferd bewegte sich unruhig neben ihm.

Die verbündeten Armeen näherten sich in einer disziplinierten Phalanx. Entschlossen marschierten sie über die schmale Ebene zwischen Stadt und Ausläufern der Arbroischen Hügel.

Er beobachtete sie eine Weile, dann blickte er auf das gewaltige Heer Torgons. Wie ein endloser Ozean . . . Reihe um Reihe wilder Gnome, Massen großer Borgs und Tausende der düsteren, gepanzerten Vilderonen.

Gut, die Verbündeten hatten die Kriegsmaschinen zerstört. Aber das änderte nichts an der Tatsache, daß sie hoffnungslos in der Minderzahl waren. Gegen Torgons Höllenheer konnten sie nicht bestehen.

Deciedons Gedanken wandten sich den Amazonenfrauen zu. Er gestand sich ein, einen Fehler gemacht zu haben. Er hatte nicht so bald mit ihnen gerechnet . . . Und auf ihre fürchterliche Blitzwaffe war er nicht vorbereitet gewesen.

Seine Pläne hatten einen ernsthaften Rückschlag erlitten. Bis jetzt war er davon überzeugt gewesen, Stadt und Kronhelm zu erobern und in Besitz nehmen zu können.

Er bestieg den weißen Hengst und spornte ihn zu scharfem Galopp. Hinter einem Hügel – außer Sicht der nahenden Verbündeten – stand ein riesiges Katapult, das gerade für eine so unwahrscheinliche Entwicklung des Geschehens zurückgehalten worden war. Das meteorenhafte Geschoß war bereits entzündet, der Hebelarm, der es schleudern sollte, von der ungeheueren Winde angespannt.

Deciedon warf einen raschen Blick zu den Verfolgern zurück. Die Lejentors, die er so viele Jahre angeführt hatte, waren so nahe herangekommen, daß er fast ihre Gesichter erkennen konnte. Sie folgten jener Taktik, die er selbst ersonnen hatte. Ihre Pferde bewegten sich in schnellem Galopp, der Stoßkeil der führenden Truppe starrte vor Lanzen, die Flanken waren unüberwindlich geschützt.

Deciedon gab ein Zeichen, und der Hebel flog empor. Die brennende Metallkugel brauste los und explodierte leicht seitlich über der Amazonen-Formation. Zahlreiche Kriegerinnen starben, aber die sich beständig voranstürmende Kolonne formierte sich schnell neu.

Ein weiteres Signal wurde gegeben – diesmal von dem befehlshabenden Vilderonen – und die Armeen Golgoraths wogten voran, um die lächerliche Streitmacht zu verschlingen, die sich ihnen entgegenzustellen wagte.

Deciedon hüllte sich in Geduld, war immer noch davon überzeugt, daß sich die, die er verraten hatte, der zahlenmäßigen Übermacht unterwerfen mußten. Doch der Verräter war lange, zu lange, mit Pläne- und Ränkeschmieden befaßt gewesen, und sein Blick getrübt vom Glanz der erhofften Macht . . .

Er hatte vergessen, was er dereinst wußte. Er wußte nichts mehr von der wilden Entschlossenheit, mit der unterdrückte Wesen um ihre Freiheit kämpfen und eine erdrükkende Übermacht überwinden konnten. So war Deciedons Verstand – normalerweise so beweglich und scharf – jetzt zu langsam, um zu begreifen, was sich vor ihm abspielte.

Wie ein Schwertstoß ins Herz eines großen, massigen Leibes – und ebenso tödlich – so rammten die vereinten Streitkräfte in die Herzen der mächtigen Heeresmassen von Golgorath. An schnellen und leichten Sieg gewöhnt, gerieten die Barbaren-Horden in Verwirrung . . .

Die hinteren Reihen des dunklen Heeres bekamen zunächst überhaupt keine Gelegenheit einzugreifen, doch bald begann sich die Schlachtordnung aufzulösen. Der innere Kern zog sich zurück und überließ zahllose Gnome und Borgs ihrem Schicksal. Die, die sich ebenfalls zurückziehen wollten, mußten sich den Weg buchstäblich durch den Druck ihrer Kameraden freikämpfen, nur um dann auf eine Mauer grimmiger Vilderonen zu stoßen, die sie ins Handgemenge zurücktrieben.

Die geordnete Schlacht wandelte sich in reines Chaos!

Aber erst, als die Armee Torgons völlig entnervt war, jede Spur von Disziplin aufgab und wild auseinanderspritzte und floh, erst da verstand Deciedon, daß die *zahlenmäßige* Überlegenheit bedeutungslos gewesen war – und schlußendlich sogar die Niederlage begünstigt hatte.

Er warf sich auf sein Pferd und trieb es an. In einem weiten Bogen umritt er das Schlachtfeld. Der Verräter floh nach Norden, in die meerumschlungene, felsumgürtete Sicherheit Golgoraths.

*

Die Vilderonen versuchten, die Flut der zurückweichenden eigenen Leute umzukehren und wieder gegen die nachdrängenden Feinde zu werfen. Sie brüllten Befehle, fluchten und hieben mit ihren Schwertern auf die verängstigten Borgs und Gnome ein. Aber das mehrte nur deren rasende Panik und Verwirrung. Den Scheusalen blieb schließlich nichts anderes übrig, als sich dem Rückzug nach Norden anzuschließen.

Endlich kam der ungestüme Angriff der verbündeten Armeen von Cryslandon zum Stillstand. Ihr Gegner war buchstäblich verschwunden und hatte nur zahllose Tote zurückgelassen.

Die Verbündeten hatten gesiegt! Sie hatten gegen eine überwältigende Übermacht gesiegt, hatten die Armee Golgoraths zurückgeschlagen und sich und den Kronhelm vor dem Zugriff des Todesherrn bewahrt.

Als sie nach Cryslandon zurückkehrten, sahen sie, daß der Turm der Erleuchtung unversehrt geblieben war und noch immer als Zitadelle gegen die Macht der Unterdrükkung stand. Der Nordbereich der Stadt jedoch lag in Schutt und Asche. Er war bis zur Unkenntlichkeit verbrannt und zertrümmert. Aber Gebäude und Mauern konnten wieder aufgebaut werden, während die Leben, die in diesem fürchterlichen Kampf ausgelöscht worden waren, von nichts und niemanden zurückgebracht werden konnten.

Überall – auf den Hügeln, auf der schmalen Ebene und in den Trümmern Cryslandons – lagen Verwundete und Verstümmelte, Sterbende und Tote.

*

Und die Andeluvier – soweit sie nicht in der Stadt Hilfe leisteten – zogen hinaus auf das Schlachtfeld, noch bevor die Kämpfe verebbt waren. Sie brachten den Verwundeten Hilfe und den Sterbenden Trost. Zarin, ihr König und Wanel, ihre Königin, waren bei ihnen.

Die Braunen Elfen erkannten, wie unsinnig, wie zeitraubend es war, die Verwundeten in die Stadt zurückzutragen, die noch von zahlreichen Feuern befallen war. So wurde – Verbündeten wie Feinden – direkt auf dem Schlachtfeld Hilfe gegeben . . . und hier begrub man auch die Toten.

Zarin und Wanel von Andeluvien knieten neben den Opfern nieder, spendeten denen, die nach Hilfe schrien, Worte der Beruhigung. Bei den stummen Gestalten suchten sie nach Lebenszeichen. Mit Sanftheit und Liebe berührten sie die Körper – lebende wie tote.

Der furchtbare Schrecken und die Übelkeit, die Zarin zu erfahren befürchtet hatte, traten nicht ein, und er verschwendete keinen weiteren Gedanken daran.

Irgendwann kehrten die verbündeten Armeen zurück.

Zarin und Wanel sahen sie herbeikommen, aber ihre Aufmerksamkeit wurde von einer einzelnen Gestalt in Anspruch genommen, die fünfzig Yards entfernt über den Körper einer anderen gebeugt kniete . . .

Behutsam schritten sie näher.

Die am Boden knieende junge Amazone war offenbar unverletzt. Wildes Schluchzen schüttelte ihren Körper.

Zarin und Wanel knieten sich neben sie. Die Kriegerin, um die das Mädchen weinte, war tot. Eine Wunde klaffte direkt unter der Kehle der älteren Frau. Der Trümmer einer explodierenden Feuerkugel hatte ihren Leib durchbohrt.

Der Kopf der Gefallenen war seitlich verdreht, ihr Hals offenbar gebrochen. Der Helm lag unweit von ihr. Ihr Gesicht zeigte einen sanften Ausdruck . . . Es war das Gesicht einer starken Persönlichkeit – selbst im Tod.

Wanel legte ihren Arm um die zuckenden Schultern der jungen Frau.

»War dies deine Mutter?« fragte sie.

Die Amazone versuchte zu sprechen, war jedoch nicht dazu fähig.

Zarin ergriff die Hand der jungen Kriegerin. »Du bist ihre Tochter, nicht wahr?« fragte er sanft.

»Wir sind *alle* ihre Töchter«, konnte sie hervorstoßen, »ihre Töchter und ihre Schwestern . . . Dies ist die Königin von Zan-Dura! – Königin Azira ist tot!«

27

EIN VERZWEIFELTER ENTSCHLUSS

Der Stolz darüber, daß man die Horden des Todesherrn zurückgeschlagen hatte, dauerte nicht lange. Die Arbeiten in der brennenden Stadt wurden nicht für eine Siegesfeier unterbrochen. Die Bemühungen, das Leben Verwundeter zu retten und die tobenden Feuer zu bezwingen, gingen in verzweifeltem Tempo weiter.

Schulter an Schulter arbeiteten die Menschen in Cryslandon. Schulter an Schulter arbeiteten sie, die noch Lebenden zu retten. Zeit, die Toten zu betrauern, würden sie später finden.

In der Halle, die den Turm der Erleuchtung umgab, schritt Elgan langsam hin und her. Der verwundete Shandar saß, halb gegen die Lehne eines Stuhls aus weißem Stein gelehnt. Die rechte Hand preßte er auf den schweren Verband, der über seine Wunde gelegt war. Schwerfällig kam sein Atem, doch sein Gesicht zeigte wenig Anzeichen des nahenden Todes, von dem er so nüchtern gesprochen hatte.

Der Regen, der am ersten Tag des Kampfes gefallen war, hatte aufgehört, doch die Wolken blieben schwer, und es gab wenig Licht in der geräumigen Halle.

Elgan unterbrach sein unruhiges Umhergehen. Vor seinem Freund blieb er stehen. »Du könntest dich niederlegen«, erklärte er zum wiederholten Mal. »Diese heroische Haltung ist doch nicht nötig!«

Shandar hob seine Schultern. Leicht zuckte er unter dem auflodernden Schmerz zusammen. »Heldentum . . . Das spielt beileibe keine Rolle, wenn ich sitze«, erwiderte der alte Mann. »Mir bleibt nur noch wenig Zeit, aufrecht zu sitzen. Eine beträchtliche Zeit werde ich liegend zubringen müssen. Wenn es soweit ist, werde ich tun, worauf du so pflichtgemäß bestehst.« Er lächelte. »Es ist schade, daß du nicht bei mir sein wirst, wenn . . .«

Der Zauberer schüttelte den Kopf. »Ich bin nicht sicher, ob ich deinen Leichtsinn angesichts einer Situation, die unser aller Tod sein kann, billige!«

»Du warst es, alter Freund, der mir beigebracht hat, jedweder Situation Humor abzuringen.«

»Das weiß ich.« Shandar stand auf und grinste dabei. Er nahm sein Herumgehen da auf, wo Elgan abgebrochen hatte.

Der Zauberer stellte fest, daß sein Freund in den letzten paar Stunden tatsächlich wieder zu Kräften gekommen war. Trotzdem machte sich Elgan keinerlei Illusionen. Es wäre töricht gewesen, Shandars bevorstehenden Tod in Frage zu stellen.

Er wollte gerade etwas sagen, dem sterbenden Freund versichern, daß er in keiner Weise versucht hatte, seine eigenen besorgten Gefühle ins Licht zu stellen, aber in diesem Augenblick betraten Esrund und der Azmurier Kor-Dada die Halle.

Beide waren sie hundemüde, ihre Gesichter rußbefleckt, Augenbrauen und Bärte versengt.

»Die Brände sind ziemlich gut unter Kontrolle gebracht«, erklärte der alte Zwerg. »Und ihr? – Habt ihr euch entschieden?«

»Ja«, antwortete Elgan. »Wir werden nicht länger warten. Nicht aufgrund der schwachen Hoffnung, daß Deciedon gelogen haben könnte. Wir – und damit meine ich mich und alle, die mich begleiten wollen – müssen so schnell wie möglich aufbrechen. Es sind fünf harte Tage Wegs bis Golgorath. Der Tag der Erfüllung steht uns fast bevor. Wir werden so lange wie möglich warten – bis zum letzten Moment . . . Dann muß Torgon die Stirn geboten werden.«

»Und wer soll ihm gegenübertreten?«

»Ich.«

Esrund blickte zu Boden und nickte bedächtig. »Du hast recht, Elgan. Wenn jemand in der Lage ist, dem Bösen die Stirn zu bieten, dann – dann bist du das.«

»Ja«, meinte nun Kor-Dada, »das wäre die einzige Hoffnung. Es ist besser so, als wenn wir geduldig warten, bis Torgon seine Horden ein zweites Mal gegen Cryslandon schickt.«

Esrund nickte wieder, diesmal entschlossener. Aber als er sich wieder Elgan zuwandte, prägte Resignation und Traurigkeit sein Gesicht. »Wir ziehen also aus, alles zu beenden . . .« Sein Blick wanderte zu Shandar. Esrund wußte offenbar nicht, was er zu dem sterbenden Mann sagen sollte.

Der Prophet verstand und trat dicht zu ihm. Blut sickerte durch die Verbände, und Esrund starrte wie gebannt darauf. Shandar legte seine Hände auf die breiten Schultern des Zwergenführers.

»Es gibt nichts, was du mir sagen mußt, mein Freund«, erklärte er sanft. »Was stattfinden soll, ist keine Tragödie.«

Esrund blickte fest in die dunklen Augen des alten Mannes. Wieder versuchte er, zu sprechen, und wieder gelang es ihm nicht. Unvermittelt drehte er sich um und hinkte zur Tür.

Kor-Dada umarmte Shandar vorsichtig, um ihm keinen

zusätzlichen Schmerz zuzufügen. »Auch ich weiß nicht, wie ich meine Gedanken in Worte fassen soll«, sagte er unter Tränen. »Schon vor dem Anbeginn unserer Zivilisation weiltest du bei meinem Volk . . . Ich habe einfach nicht geglaubt, daß du je sterben könntest . . .«

»Meine Zeit ist mehr als lang gewesen, Glaube mir, dieser Leib ist froh, gehen zu dürfen. Lebe wohl, Kor-Dada . . . Ich wünsche dir Frieden und Liebe . . . Allen wünsche ich das. Bitte, sage es ihnen.«

Der Azmurier nickte. »Ich werde es ihnen sagen, Shandar. Leb wohl!«

Rasch schritt er davon.

Shandar seufzte, dann hustete er heftig. Er begab sich zu dem Stuhl zurück und ließ sich wieder darauf nieder.

Elgan kam neben ihn. »Es tut mir leid, daß du nicht in Evshimin sein kannst.«

»Ja«, erwiderte Shandar und lächelte bei dem Gedanken, »aber zu der Zeit, da wir die Krone holten, wußte ich bereits, daß das nicht möglich sein würde. Ich werde jedoch dorthin gehen. Die Umwandlung, die uns bevorsteht, ist nicht so groß, so bedeutsam, das wissen wir beide. Es ist nur . . . Wir haben so lange gelebt – und deshalb haben wir dieses Wissen oftmals aus den Augen verloren.« Tränen standen plötzlich in seinen Augen. Er berührte das Gesicht des Zauberers, fühlte die von Wind und Wetter gegerbte Haut, fühlte das Wesen, das Elgan war . . . zum letzten Mal. »Ich bin traurig«, sagte er. »Ich weiß zwar, daß wir nie wirklich getrennt werden können, aber ich bin traurig, weil ich nie wieder sehen kann, was mir sehr teuer geworden ist.« Noch einmal berührte er sanft Elgans Wange. »Und ich hoffe, daß du *meine* Predigten über die Philosophie des Humors in diesen harten Zeiten nicht vergißt . . . Ich wünsche, daß du nun schnell gehst, mein Freund . . .«

Elgan fiel vor dem Propheten auf die Knie. Langsam griff er vor, berührte die blutgetränkte Wunde Shandars. Als er seine Hand wieder zurückzog, war sie von Blut genäßt, und er führte sie zu seinen Lippen.

Ein letztes Mal sahen sich die Freunde an. Dann erhob sich Elgan. Ohne ein Wort zu sprechen, verließ er die Halle. Die große, goldene Tür schloß sich leise hinter ihm.

Shandar saß lange bewegungslos einfach da.

Er fühlte sich sehr einsam . . . Seine Gedanken eilten den langen Weg von Jahren zurück, passierten die Erinnerungen an Kämpfe, an Hoffnung und tödliche Verzweiflung. Und jetzt schien das Ende der Reise so freudlos. Diesen niedergeschlagenen Augenblick lang verlor der alte Mann seine Gelassenheit, die er während der Jahrhunderte seines Lebens gelernt hatte. Ja, während dieses traurigen Augenblicks wandten sich seine Ängste gegen ihn, machten ihn schmerzhaft menschlich.

Plötzlicher körperlicher Schmerz weckte Shandar aus dem langen Moment seiner Niedergeschlagenheit. Sein Körper versteifte sich, und er keuchte. Er richtete sich auf, seine Hand tastete über die Brust. Fahrig blickte er in der schattigen Halle umher, und in der Dunkelheit entstand die Vision eines Kindes. Shandar streckte seine Hand aus, und wieder berührte er die glatte Haut des Säuglings, und wieder hörte er die Stimme des Erben des Kronhelms von Altandel, die Stimme von – Ailwon. Ailwon, der Retter Urshuraks.

Seine Entschlossenheit kehrte zurück. Er würde das tun, was er Elgan bereits angekündigt hatte: in den oberen Raum des Turms der Erleuchtung hinaufsteigen, zum Aufbewahrungsort des Kronhelms. Dort würde er warten. Er würde am Leben bleiben, obwohl so ungeheuer viel dagegen sprach, daß der Prinz der Weißen Elfen noch kam, die Krone und das Schwert in Empfang zu nehmen.

Shandar durchquerte die Halle, kam unter dem bogenförmigen Eingang hindurch und betrat den Turm. Er machte sich auf den Weg nach oben.

Der Verräter hatte nicht gelogen, das wußte er. Aber Ailwon würde kommen, auch das wußte er. Das Treppensteigen war mühsam und schmerzlich. Der Atem des alten Mannes kam als gequältes Keuchen. Langsam, jedoch stetig wurde das Leben aus seinem Körper gezogen. Aber da war ein kraftvoller Strom von Frieden, der ihn überkam, während er Stufe um Stufe hinter sich brachte.

28

GERETTET

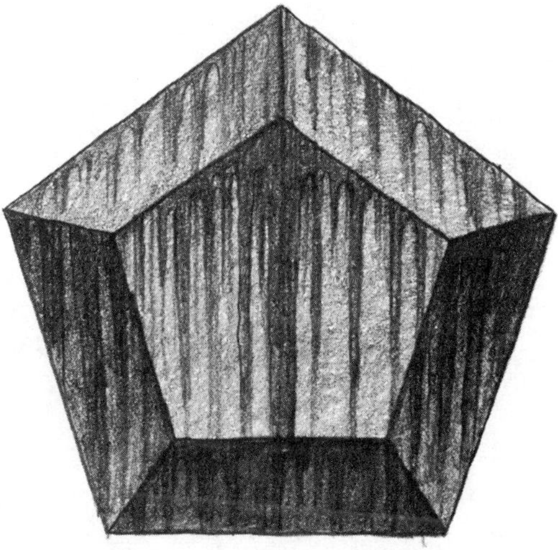

Torgon hatte die Vilderonen während des zweiten Jahrhunderts seiner Schreckensherrschaft geschaffen. Sie nannten die tierische Kraft der Borgs und die wilden Instinkte der Gnome ihr eigen – aber sie besaßen dazu menschliche Intelligenz. Doch obwohl diese wesentlich ausgeprägter war als die der beiden Barbarenrassen, war sie begrenzt, weil ihre Fähigkeit, Gefühle zu empfinden, ebenfalls begrenzt war. Nur ihr Bedürfnis, grausam zu sein, kannte keine Grenzen.

Unter solcherlei Kreaturen funktionierten die Gesetzmäßigkeiten des Überlebens sehr gut – und nur die Stärksten überlebten, weil sie sich dem Urbedürfnis nach Leben anpaßten.

Der Vilderonen-General Rogmun hatte ein Denkvermögen entwickelt, welches das seiner Gefährten beträchtlich überstieg. Dieser Tatsache hatte er es zu verdanken, daß er in seinen hohen Rang aufgestiegen war und die Mission, den Elfenprinzen zu fangen, übertragen bekommen hatte.

Ohne daß Torgon dies wußte, hatte der Scheusalsgeneral auch ein Gefühl entwickelt: Angst – ein Grundbedürfnis zum Überleben. Durch sein bewußt brutales Verhalten und Handeln hatte er es sorgsam verborgen . . . Aber es war vorhanden. Nach wie vor.

Dieser innere Aufruhr war besonders in jener Nacht deutlich geworden, in der er in das Reich des Zauberers eingedrungen und der geisterhaften Erscheinung begegnet war. Damals, als er das geheimnisvolle Empfinden des stimmähnlichen Klangs in seinem inneren Gehör verspürte.

Offenbar hatte keiner seiner Untergebenen diese seltsamen Klänge vernommen, und wenn doch, so hatten sie – wie er – zu große Angst, es zu erwähnen. Am folgenden Morgen waren die Geräusche verschwunden gewesen und nicht wieder aufgetreten – bis zu dem Tag, da sie den Jungen gefangen genommen hatten.

In der Zwischenzeit war er oft von dieser furchtbaren Empfindung heimgesucht worden, besonders, wenn der Elfenbursche in seiner Nähe war, besonders, wenn sein unverhüllter Blick direkt auf ihm ruhte.

Rogmun hatte sich auf die einzige Art und Weise geschützt, die er kannte: er behandelte den Gefangenen weit brutaler, als er das normalerweise getan hätte. Diese Behandlung hatte jedoch ihre Grenzen. Torgons Befehl war eindeutig gewesen. Er verlangte, daß ihm der Junge lebendig gebracht wurde.

Rogmun mißhandelte ihn trotzdem.

Ganz gleich, wie oft oder wie grob er das auch tat, – der Prinz der Weißen Elfen weigerte sich beständig, Haßgefühle zu zeigen. Die Taten des Vilderonen erweckten seinen Zorn, niemals jedoch seinen Haß. Das war deutlich, und Rogmun konnte es nicht verstehen. Brutale Behandlung erzeugte Haß; das war ihm immer klar gewesen . . . Doch die Haltung dieses seltsamen Jünglings war unveränderlich: selbst inmitten seines Zorns schien es, als könnte er Rogmuns Verwirrung verstehen.

Während derartigen Begegnungen bemerkte der Vilderonen-General die schwachen Anfänge der klingenden Stimmen in sich . . . Und dann floh er der Gegenwart des Burschen so schnell er konnte.

Es war kurz vor Tagesanbruch, als Rogmun mit besonders schlechter Laune erwachte. Sie lagerten in der felsigen Einöde eines niedrigen Gebirgszuges – und waren dem Land der Gwarpys noch immer nicht entkommen. Gestern abend hatten sie sich plötzlich den unbezwingbaren Wänden einer tot zulaufenden Schlucht gegenüber gesehen. Dieses Pech hatte ebensoviel Verdacht wie Verwirrung erregt, und bevor sich die Vilderonen zur Nachtruhe niederlegten, wurden zwei zusätzliche Wachposten aufgestellt.

Jetzt stand Rogmun auf und nahm seine Waffen und seinen Helm an sich. Einen Augenblick lang starrte er –

ohne ihn wirklich zu sehen – auf den pastellfarbenen Lichtsaum, der auf den Bergrücken im Osten aufblühte. Dann schritt er durch das Lager und weckte seine Artgenossen mit ärgerlichem Knurren.

Er näherte sich dem Prinzen der Weißen Elfen, der an einen Bobabo-Baum gekettet war. Vor dem Jüngling hielt er an, fragte sich, wie es der Bursche fertigbrachte, aufrecht sitzend, die Handgelenke gestreckt, so fest zu schlafen. Er versetzte ihm einen Fußtritt in die Rippen.

Ailwon murrte und riß seinen Kopf hoch.

»Wach auf, Elf!« knurrte der Vilderone. Düster blickte er auf den Jungen hinab, und dieser erwiderte den Blick schweigend.

Rogmun wandte sich ab und sah zu Ailwons Wächter hinüber, um sich dessen Pflichterfüllung zu vergewissern. Zufrieden nickte er und schritt weiter, zu seinem Pferd. *Keine klingenden Töne,* dachte er erleichtert. Er sattelte den schwarzen Hengst. Dann überprüfte er die in einiger Entfernung vom Lager stationierten Späher, um sicherzustellen, daß sich niemand unentdeckt heranschleichen konnte. Die Wächter waren auf Posten, wach und aufmerksam. Rogmun marschierte ins Lager zurück, um sich den anderen beim Morgenmahl anzuschließen.

Auf dem Rückweg sah er sich aufmerksam um – auch an dem Gefangenen vorbei, zu den schrägstehenden Felsbrokken und Steinen hinauf, zwischen denen die mächtigen Bobabos standen. Rogmun sah und hörte nichts Verdächtiges.

Trotzdem: vielleicht hätte er noch mißtrauischer sein sollen . . .

*

Mit der geschmeidigen Verstohlenheit von Raubtieren krochen die Gefährten näher und näher an das Vilderonen-Lager heran. Jede Deckung – Felsbrocken, Bäume, Unterholz – nutzten sie aus. Kein Laut war von ihnen zu hören.

So kamen sie bis auf wenige Schritte an die Stellungen der Wächter heran, die auch auf dieser Seite des Lagers postiert waren.

Ali Ben Kara machte eine rasche Handbewegung, und

zwei Gestalten glitten, flach auf ihren Bäuchen liegend, vor: Erbin und Oolu. Fast so lautlos wie eine Schlange bewegten sie sich an Felsen vorbei und unter großem Blattwerk hindurch. Bald waren sie nicht mehr zu sehen. Die fernen Stimmen der Scheusale wehten zu Ben Kara herauf.

Hugh Oxhine lag dicht an den Boden geschmiegt und spähte durch dichtes Unterholz. Zu seiner Rechten erhob sich ein abgerundeter Felsblock, den er, wenn der Augenblick gekommen war, umrunden mußte. Er blickte nach links. Dort konnte er Zyra sehen, ebenfalls tief geduckt, ihre Klinge schon in der Hand haltend.

Noch vor wenigen Tagen hätte er die Chancen der Amazone, einen der gewaltigen Vilderonen töten zu können, völlig geringgeschätzt – besonders, wenn es erforderlich war, das Scheusal in völliger Lautlosigkeit zu töten. Aber zwischenzeitlich hatte sie ihm sehr deutlich klargemacht, daß ihre Erfolgschancen mindestens so gut waren wie seine eigenen.

Hinter ihr lauerten – für Hugh nicht mehr sichtbar – Ali Ben Kara, und hinter jenem Tark-Volmar, der Nordmann. Irgendwo im Unterholz dazwischen hielt sich Evrawk auf, den man schließlich davon überzeugt hatte, daß er es keinesfalls auf eigene Faust mit einem Vilderonen aufnehmen konnte, der mehr als dreimal so groß war wie er. Weiterhin war ihm eingeschärft worden, nicht unabhängig von seinen Gefährten zu handeln.

Die kämpferischen Qualitäten des massigen Volmars bereiteten Hugh keine Sorgen, wohl aber dessen Fähigkeit, *schweigend* anzugreifen. Aber bisher hatte er sich so leise bewegt, wie die anderen auch, und der Vandorer entschied, daß er sich besser um seine eigenen Aufgaben kümmerte.

Der Vilderonen-Wächter – wenig mehr als zwanzig Schritte entfernt – stand auf, drehte sich gemächlich um und sah direkt auf die Stelle, wo Hugh verborgen lag!

Jeder Muskel im Körper des Vandorers spannte sich an, seine Finger umkrampften den Griff des Dolchs.

Das Helmvisier wurde zurückgestoßen, und Hugh konnte die rohen Gesichtszüge des Vilderonen sehen. Der Kerl streckte sich, gähnte, drehte sich um und setzte sich wieder. Mit einem unwilligen Knurren zog er seinen Speer zu sich heran.

Der Vandorer atmete aus.

Dann entdeckte er fünfzig Yards hinter dem Vilderonen eine Bewegung in den Zweigen der Bäume. Eine kleine Pause, dann noch eine – diesmal schon ein wenig näher am Lager.

Der Wächter hatte nichts davon bemerkt, und Hugh erlaubte sich einen stillen Seufzer.

Oolu war es, der sich da mit affenartiger Behendigkeit von Baum zu Baum schwang – zu Ailwon. Ein Augenblick verging. Plötzlich wurde der kurze, glucksende Lockruf eines unbekannten Vogels von Lehmende laut. Das erste Zeichen des Gwarpys! Erneut herrschte Stille. Dann war das Geräusch eines auf dem Boden auftreffenden Gegenstandes zu hören. Das war wohl Erbins Werk gewesen.

Ailwons Wächter erhob sich, um die Ursache des Geräusches zu ergründen.

Wieder: Stille.

Der einheimische Vogel gluckste. Hugh atmete tief ein und blickte zu Zyras Versteck hinüber. Die Amazone war nicht mehr zu sehen. Zielstrebig kroch sie voran.

Jetzt kam auch in Hugh Oxhine Leben. Er glitt vorwärts, passierte den Felsblock.

Der arglose Vilderonen-Wächter bemerkte ihn nicht . . .

*

Ailwon bewegte sich vorsichtig, versuchte, die Steifheit der unbequem verbrachten Nacht zu vertreiben. Das war – so beengt durch die Ketten, die ihn an den Baum fesselten – beileibe nicht einfach. Und er hütete sich, auch nur den Eindruck zu erwecken, sich zu befreien zu versuchen. Die Vilderonen – und besonders Rogmun – benötigten weit geringere Anlässe, um ihm einen Tritt oder einen Schlag zu versetzen. Sein Gesicht wies an einem halben Dutzend Stellen blaue Flecken auf, und es schien ihm, als schmerze jeder einzelne Knochen in seinem Leib von den Schlägen, die er so regelmäßig bezogen hatte.

Zu Beginn seiner Gefangenschaft hatte sich Ailwon eingestanden, daß er wirklich Angst hatte. Nicht nur, daß er Gefangener dieser Wesen war . . . Wenn man dem Verräter glauben sollte, so war Gwynn in einer ähnlich bösen Lage.

Er hatte den Scheusalen seine Furcht nicht gezeigt, da er der Ansicht war, daß dies ihre Brutalität lediglich noch mehr herausforderte. Und irgendwann verließ ihn die Furcht, wurde ersetzt von hoffnungsloser Verzweiflung. Der Feldzug – alles, wofür er während seines jungen Lebens gekämpft hatte – alles schien verloren.

Eine zeitlang bemitleidete sich Ailwon, aber schließlich akzeptierte er die Realität der Umstände, so grausam das auch war. Fortan würde er nur mehr für den Augenblick leben, stets wachsam auf die Gelegenheit zur Flucht lauern . . .

Diese Wachsamkeit ließ Ailwon das ungewöhnliche, glucksende Geräusch sofort wahrnehmen, das aus der Baumkrone über ihm kam.

Er hatte lange in Lehmende gelebt, niemals jedoch einen solchen Vogelruf gehört. Er blickte auf, und zuerst sah er nur das dichte Buschwerk des Bobabos. Doch dann . . .

Er kniff seine Augen zusammen und konnte es nicht fassen! Eine braune, pelzige Gestalt inmitten des Grüns! Leise, geschmeidig bewegte sie sich . . . Ja! Das war . . . Oolu! Der prächtige kleine Kerl grinste von einem Ohr zum anderen.

Beinahe hätte sich Ailwon vergessen und vor lauter Freude laut aufgeschrien. Aber er hielt sich im Zaum.

Jetzt begann das Warten.

Zwei, drei Minuten später hörte er – links von sich – etwas zu Boden fallen, rollen, gegen einen Stein schlagen.

Sein Bewacher stand auf und sah in die Richtung, in der das Geräusch entstanden war. Unwillig fluchend stapfte er los.

Einige der um das Lagerfeuer versammelten Vilderonen waren enbenfalls aufmerksam geworden und blickten auf. Als sie sahen, daß der Wächter sich um die Sache kümmerte, wandten sie sich wieder ihrem Frühstück zu.

Jetzt konnte Ailwon auf der rückwärtigen Seite des Baumstammes eine Bewegung wahrnehmen, dort, wo seine Kette befestigt war.

Oolu hing – mit dem Kopf nach unten – von einem niedrigen Ast und inspizierte sie. Mit einem Metallstab waren die Kettenenden zusammengehakt . . . Kein Problem!

Einen Augenblick später raunte er Ailwon zu: »Nur ein dünner Zweig hält jetzt diese Ketten, den du ganz schnell kaputtmachen kannst, jawohl! – Tu aber nichts, bis der alte Erbin losbrüllt.« Eine Pause, dann ein leises Glucksen: »Eh, Ailwon, –weißt du, der alte Oolu ist bestimmt mächtig froh, den lieben Ailwon zu sehen, jawohl, ganz bestimmt!«

Ein leichtes Blätterrascheln zeigte an, daß sich der Gwarpy wieder in den Schutz der Baumkrone zurückzog. Der nächste glucksende Vogelruf kam bereits von einem weiter entfernt stehenden Baum. Noch wußte der Elfenprinz nicht, daß dies das Signal für Oolus Gefährten war.

Ein Dutzend Schmetterlinge schienen in seinem Magen umherzuflattern. Trotzdem verhielt er sich ruhig und unauffällig und wartete ab.

Sein Wächter kehrte zurück. Offenbar hatte er nichts Verdächtiges entdeckt.

Eines der Scheusale am Lagerfeuer stand auf, einen Becher mit dem bitteren Gebräu der Vilderonen in der Hand. Er kam auf Ailwon zu. Dies war im Lauf der Zeit beinahe zum morgendlichen Ritual geworden. Ailwon wußte: Der Bursche würde ihn losbinden, damit er das dampfende Gebräu trinken konnte. Er würde entdecken, daß sich jemand an den Ketten zu schaffen gemacht hatte! Wenn nicht schnell etwas geschah, dann mußte er, Ailwon, auf eigene Faust handeln!

Der Vilderone hatte ihn fast erreicht.

Er war unbehelmt und seine Schlitzaugen schienen noch schlaftrunken zu blinzeln. Er stieß ein rauhes Husten aus und spuckte in den lockeren braunen Sand.

Da stieß Erbin seinen völlig unverständlichen, aber mächtig lauten Kriegsschrei aus!

Die Vilderonen rissen ihre Schädel herum!

Der Schrei wiederholte sich!

Ein vandorischer Pfeil zuckte heran und bohrte sich in den Hals von Ailwons Wächter. Der Koloß fiel röchelnd um.

Ailwon handelte im gleichen Sekundenbruchteil! Er riß an der straff gespannten Kette. Der Zweig, der die Enden zusammengehalten hatte, zerbrach. Der Weiße Elf sprang auf die Füße.

»Verdammt!« brüllte das Scheusal, das ihm das Vilderonen-Gebräu hatte bringen wollen. Es warf den Becher weg und zog das Schwert, dann machte es einen weiteren Schritt auf Ailwon zu. Den nächsten sollte es nie mehr vollenden!

Der Jüngling fuhr herum!

In einem langen, klirrenden Bogen fetzte die Kette vor und schmetterte in die Fratze des Vilderonen! Der Schädel wurde herumgerissen . . . Ohne einen Laut krachte der massige Bursche rücklings zu Boden.

Ailwon setzte über den gefällten Feind hinweg. Staub wallte. Ringsum begann der Kampf Mann gegen Mann. Seine Gefährten griffen an!

Das wütende Fluchen der Vilderonen vereinte sich mit den Kampfschreien des Zwerges Erbin. Der kleine Kerl konnte sich offenbar gar nicht beruhigen . . . Er hatte sich seinem Bruder Evrawk bei dessen wilden Angriff auf einen speerschwingenden Vilderonen angeschlossen. Das Scheusal wich vor den blitzenden Streitäxten zurück, tappte rückwärts, blankes Entsetzen und Erstaunen über die Wildheit der Zwergenbrüder in den Augen.

Ein anderer Vilderone griff Ailwon an!

Der schwere Streitkolben ruckte herunter . . . Wieder nutzte der Jüngling seine Ketten als Waffe! Kraftvoll wirbelte er sie mit beiden Händen herum, und sie zuckte vor und wickelte sich um den Hals des Heranstürmenden.

Ailwon riß seine Arme zurück. Knirschend brach der Hals des Scheusals.

Hastig befreite Ailwon die Kette von dem stummen Körper und blickte sich um. Seine Gefährten waren in der Minderzahl, jedoch verringerten sie dieses Mißverhältnis rasch zu ihren Gunsten.

Zyra, die Amazonenprinzessin, wich dem schweren Hieb einer Vilderonen-Klinge aus, sprang vor und trieb ihr Schwert unter dem schützenden Brustschild ihres Gegners in dessen Leib. Behende sprang sie zur Seite, als ihr die große Gestalt entgegenfiel.

Keine Sekunde verlor sie. Mit verzerrtem Gesicht federte sie herum, auf der Suche nach einem weiteren Gegner, den sie den Biß ihres Stahls spüren lassen konnte.

Neben ihr schwang Hugh Oxhine beidhändig seine lange Klinge. Tark-Volmar handhabte seine Streitaxt auf die gleiche Art und Weise. Drei Vilderonen – Rogmun eingeschlossen – beschäftigten die beiden, ohne einen Vorteil für sich gewinnen zu können.

Ali Ben Kara kauerte in der Stellung des azmurischen Bogenschützen. Er ließ seinen Pfeil fliegen – und das auf mehr als hundert Yards tödliche Geschoß schlug mit einem häßlichen Laut in die Brust eines Wachtpostens, der seine Stellung im Südbereich des Lagers verlassen hatte und den Abhang heruntergerannt kam. Sein Todesschrei hallte schaurig zum Lager herunter. Verdreht rutschte er abwärts, brachte kleine Steine und Schiefer mit sich und kam schließlich ein paar Schritte vom Leichnam eines anderen Wächters entfernt zur Ruhe, den ebenfalls ein azmurischer Pfeil gefällt hatte.

Ein dritter Wachtposten hatte auf der Stelle angehalten, war in Deckung getaucht und stürmte nun den Hügelkamm empor. Ben Kara hetzte ihm mit dem Bogen in der Hand nach.

Ailwon bemerkte eine Bewegung hinter sich und kreiselte herum. Der Vilderone, den er vorhin als ersten niedergeschlagen hatte, rappelte sich auf und setzte sich in Bewegung. Blut beschmierte sein bleiches Gesicht mit der Lederhaut.

Ailwon sprang ihm entgegen, die tödliche Kette wirbelte über seinen Kopf. Aber dieses Mal war sein Gegenüber darauf vorbereitet, er wich aus. Blitzschnell hob er einen am Boden liegenden Speer auf.

»Warte, Bürschchen . . .«, keuchte er haßerfüllt. Mit der Linken wischte er sich über die Augen.

Er kam näher. Doch er konnte Ailwon nicht gefährlich werden. Immer wieder mußte er vor der wirbelnden, zischenden Kette zurückweichen.

Rogmun wurde aufmerksam.

Der Elfenprinz wandte ihm den ungeschützten Rücken zu. Rogmun führte einen letzten Schlag gegen seine Gegner, dann überließ er es seinen beiden Untergebenen, diesen Kampf zu Ende zu bringen. Er stürmte los . . . Zu Ailwon hin! Die schwarze Galle seines Hasses erfüllte seinen mächtigen Körper. Fast im gleichen Moment fetzte Tark-Volmars Streitaxt rücksichtslos durch die Abwehr seines Gegners, zerschmetterte den Stahl dessen Helms und fuhr ihm in den Schädel.

Der nordmannische Häuptling wartete nicht, bis der Vilderone am Boden lag. Er riß seine Klinge frei und wirbelte herum. Da sah er die Gefahr, die Ailwon drohte! Der Vilderonen-General hatte ihn beinahe erreicht!

»Zauberjunge!« brüllte Volmar. »Hinter dir!«

Der blondhaarige Jüngling reagierte gedankenschnell, sprang in dem Augenblick zur Seite, in dem Rogmuns Streitkolben heruntersauste.

Er hatte Glück!

Die tödliche Waffe verfehlte ihn . . .

Bevor Rogmun einen zweiten Schlag landen konnte, war Ailwon an den Bobabo zurückgewichen. Jetzt war sein Rücken gedeckt. Er schwang die langen Ketten herum und wehrte so Rogmuns Angriffe ab.

»Halt den Bastard noch eine Sekunde auf, Junge!« brüllte Tark-Volmar, während er losstürmte.

Rogmun wandte sich von Ailwon ab und beeilte sich Volmars Angriff zu begegnen. Der Nordmann war schnell wie ein Blitz! Schon war er heran!

Die massigen Gestalten trafen unweit des schwelenden Lagerfeuers zusammen!

Der Vilderonen-General spie dem rotbärtigen Nordmann einen Fluch entgegen. Tark-Volmar lachte böse. Lauernd umkreisten sich die mächtigen Gegner, dann trafen Streitkolben und Streitaxt aufeinander! Tark-Volmar riß seine Waffe wieder frei. Mit einer unglaublichen Behendigkeit fintete er – und Rogmun fiel prompt darauf herein.

Das war der letzte Fehler seines Lebens!

Volmars Axt spaltete Stahl, Fleisch und Knochen, fuhr tief in die Brust des Scheusals.

Rogmun fiel nach hinten, in das fast erloschene Feuer. Asche und Funken stieben hoch.

Stöhnend wälzte sich der Vilderone seitwärts. Dann blieb er reglos, mit dem Gesicht nach unten, liegen.

Der Kampf war vorbei.

Die Vilderonen waren tot. Der glückliche Ausgang des Kampfes war überwältigend, und die siegreichen Gefährten brauchten einige Herzschläge lang, um das zu begreifen. Dann brach der Jubel hervor. Ailwon war frei! Gerettet! Die Stimmung explodierte förmlich in Freudengeheul und Umarmungen.

Doch einer ihrer Feinde lag im Todeskampf, hatte sein Leben noch nicht ausgehaucht. Der Vilderonen-General Rogmun war es . . . Er hob seine Lider. Sein Blick war von rotem Dunst vernebelt . . . Er sah den großen Vandorer zögern, dann auf den weißgekleideten Sevena zuschreiten. Für den sterbenden Rogmun schien sich die Bewegung des Vandorers mit äußerster Langsamkeit zu entfalten . . . Er sah, wie der große Mann den Jungen umarmte, sah, wie er ihn hochhob, sah das weiße Leuchten der Aura, die sie umgab – und hörte ihr Lachen, das ständig in der Tonhöhe anstieg und zu den geheimnisvollen, klingenden Stimmen in seinem Schädel überleitete. Und als ihm der letzte Atem seines Lebens entwich, fürchtete er sich nicht mehr vor ihnen . . .

29

DER KÖNIG DER WEISSEN ELFEN

Es war heller Vormittag des zweiten Tages nach Ailwons Rettung, als er sich mit seinen Gefährten Cryslandon näherte.

Noch immer erfüllten schwere Wolken das Firmament und ließen nur vereinzelt Lichtflecken über die fernen Hügel fallen.

Ailwons Stimmung hob sich mit jeder Meile, die sie der Stadt näher kamen. Er kehrte in die Stadt seiner Ahnen zurück. In die Stadt, in der er nun zum König der Weißen Elfen gekrönt werden sollte . . .

Der dunkle Rauch, der – jetzt deutlich sichtbar – hinter den Hügeln aufstieg, dämpfte seine Erregung. Eine unheimliche Vorahnung ergriff ihn.

Und seinen Gefährten erging es nicht anders. Sie schwiegen und das sagte mehr als alle Worte der Welt. Eisiger Schrecken packte sie. Sie trieben ihre Pferde zu noch schnellerer Gangart an.

Trotzdem . . . Weder Ailwon noch seine Gefährten waren auf das Schreckensbild vorbereitet, das sich ihnen bot, als sie eine Anhöhe erreichten, und die Stadt in Sicht kam.

Das Land vor ihnen war von Kratern und den noch schwelenden Skeletten der Kriegsmaschinen verwüstet. Überall verstreut lagen die Leichen der Gefallenen. Elfen, Azmurier, Amazonen . . . Aber auch Borgs, Vilderonen und Gnome.

Das Stöhnen und Wehklagen Verwundeter und Sterbender, die in vielen notdürftigen Unterkünften auf dem Schlachtfeld versorgt wurden, hing in der klaren Luft – wie ein unsichtbarer Schleier des Grauens.

Cryslandon selbst war zu einem Drittel zerstört. Mauern und Gebäude lagen in Trümmern. Von einem Dutzend Stellen stieg noch Rauch auf.

Die Reiter waren wie erstarrt. Ihre Pferde bewegten sich langsam voran, als spürten sie das Erschrecken ihrer Herren.

Hunderte von Leuten betreuten die Verwundeten.

Ein Mann schritt der Reitergruppe entgegen. Als er näherkam, erklärte Evrawk: »Das ist Zarin, glaube ich . . . Ja, das ist er, ganz bestimmt.« Und an Ailwon gerichtet, fügte er hinzu: »Das ist Gwynns Onkel – der König der Braunen Elfen.«

Zarin schien sehr müde zu sein, und doch schritt er sicher und entschlossen voran. Er blickte zu Ailwon hoch. »So bist du doch noch gekommen«, stellte er schlicht fest. »Wanel war überzeugt, du würdest . . .«

»Ja«, unterbrach ihn Ailwon. »Aber sag – was ist geschehen? Was bedeutet dieser Schrecken?«

»Die Streitkräfte Golgoraths belagerten die Stadt – und fast wäre es ihnen gelungen, sie zu nehmen und zu zerstören. Die Amazonen kamen gerade noch rechtzeitig, um die uns allen drohende Vernichtung abzuwenden.« Er blickte zu Zyra hin, während er fortfuhr: »Torgons Armeen wurden vertrieben. Aber, wie ihr sehen könnt: Die Verluste auf beiden Seiten waren ungeheuer.

Ailwon . . . Der Verräter ließ uns vor der Schlacht wissen, daß du gefangengenommen seist. Nach Beendigung der Kämpfe wurde deshalb beschlossen, die vereinten Armeen von Cryslandon nicht mehr länger warten zu lassen. Es war ein verzweifelter Entschluß, aber nur wenige glaubten noch daran, daß du rechtzeitig genug wiederkehren würdest – wenn überhaupt. Sie sind nach Golgorath marschiert. Elgan führt sie. Der alte Prophet Shandar liegt im Sterben . . .«

»Wo?« rief Ailwon.

»In der obersten Kammer im Turm der Erleuchtung.« Zarin deutete zu dem hoch aufragenden Bauwerk hin.

Ailwon grub seine Absätze in die Flanken seines Pferdes und trieb es zur Stadt hinunter.

»Weiß der Junge«, fragte der König, während er dem davoneilenden Ailwon nachsah, »daß Gwynn Gefangene des Todesherrn ist?«

»Er weiß es«, antwortete Evrawk.

Zarin nickte. Er sah jeden der Gefährten an. »Ich glaube, einige von euch kannten meine Söhne Ianen und Glenden. Beide waren sie mit Gwynn nach Cryslandon unterwegs ... Sie sind tot.« Er blickte wieder zu Ailwon, der das zerstörte Stadttor nun fast erreicht hatte. »Ihr kommt zu spät«, flüsterte er schließlich und hob seinen Blick wieder. »Der Weissagung zufolge dauert es weniger als drei Tage bis zur Erfüllung. Doch bis Golgorath ist es ein Ritt von vollen vier Tagen.«

»Dann gibt es noch immer Hoffnung«, versetzte Erbin. Er wandte sich an seinen Bruder. »Shandar stirbt. – Komm, gehen wir ...«

Evrawk nickte, und die beiden spornten ihre Ponys. Ohne ein Wort zu sagen, schloß sich Ali Ben Kara ihnen an.

Zyra drängte ihr Pferd an Zarins Seite und hielt es wieder an. Sie blickte auf den Mann hinunter, zögerte, die Frage zu stellen.

»Unter den Frauen von Zan-Dura ...«, begann sie schließlich, » ... hat es schwere Verluste bei ihnen gegeben? Wurden viele meiner Schwestern getötet?«

»Ja, eine beträchtliche Anzahl. Kein Volk wurde verschont«, antwortete Zarin, und dann wandte er sich ab, weil er wußte, daß sie jetzt die Königin ihres Volkes war. Er brachte es kaum übers Herz, ihr die Umstände mitzuteilen, die dazu geführt hatten.

Wanel kam zu ihnen, und Zarins Stimme zeigte die Erleichterung, die er darüber empfand. »Meine Frau kommt ... Wir werden dich zur Stadt geleiten.«

Die Reiter stiegen ab und führten ihre Pferde am Zügel.

Nur Oolu blieb zurück. Der Gwarpy hatte beschlossen, den sterbenden Shandar nicht aufzusuchen. Er wußte, daß der alte Mann seine gesamte noch verbliebene Energie benötigte, um seine letzte Aufgabe erfüllen zu können. Nein, er würde den alten Shandar nicht mehr wiedersehen ...

Er senkte seinen Kopf und watschelte zum Schlachtfeld hinüber, zu den Verwundeten. Sein Pony folgte ihm langsam.

Tark-Volmar räusperte sich. »Wo haben meine Leute gekämpft? Wo sind sie gefallen?«

»Auf dem Schlachtfeld, außerhalb der Stadt«, wurde ihm geantwortet.

»Danke!« Der nordmannische Häuptling eilte Oolu nach.

Nur Zyra und Hugh gingen mit dem König und der Königin der Braunen Elfen zur Stadt hinunter. Zarin und Wanel gingen an der Seite der Amazone und sprachen leise mit ihr. Hugh hielt sich mehrere Schritte zurück. Er konnte die Worte nicht genau verstehen, die gesprochen wurden, aber er beobachtete Zyras Reaktion, spürte, daß ihr die beiden Andeluvier eine sehr schmerzliche Mitteilung gemacht hatten.

Abrupt blieb sie stehen. Sie drehte sich halb zu Hugh um. Der Schmerz machte ihre Augen fast blind.

Der Vandorer trat auf sie zu, aber sie wandte sich bereits wieder um und rannte los. Das Tor war ihr Ziel, das jetzt weniger als hundert Yards entfernt war.

Zarin und Wanel sahen den großen Mann hilflos an. »Ihre Königin wurde während der Schlacht getötet«, erklärte Wanel traurig. »Sie liegt an Bord des Mutterschiffes aufgebahrt.«

Sie sah zu ihrem Mann hinüber. Zarin betrachtete Hugh genau. »Ich sehe große Trauer in deinem Gesicht«, stellte er fest.

Hugh nickte stumm. Zyra verschwand in dem zertrümmerten, verkohlten Torgebäude. In seinen Gedanken nahm ein scharf umrissenes Bild Gestalt an: Königin Azira stand auf den Felsen Zan-Duras, schaute aufs Meer hinaus . . . Ihr feines, scharlachrotes Gewand flatterte im Wind . . . Und er sah, wie sie im Garten der Schönheit stand, ihn musterte, die Mundwinkel zu einem leichten Lächeln gekräuselt.

Wanels Stimme ließ die Vision verschwimmen. »Es ist wegen der Prinzessin. Ihretwegen trauerst du. Du teilst ihren Schmerz . . .«

»Ja.«

Zarin streckte seine Hand aus und berührte sanft den Arm des Vandorers. »Lange Zeit war ich ein Einzelgänger . . . Ein Mann, der sich von anderen fernhielt. Ich habe dich noch nie im Leben gesehen, aber ich möchte deinen Kummer mit dir teilen . . . mein Freund.«

Hugh entgegnete nichts, aber er nickte. Als er endlich doch sprach, klang seine Stimme fremd und fern. Die

Worte, die er jetzt laut formulierte, hatte er noch nie – nicht einmal zu sich selbst – gesagt:

»Ich liebe Zyra. Sie weiß nichts davon . . . Und wenn sie es wüßte – so wäre es ohne Bedeutung für sie. Trotzdem – ich liebe sie . . .«

»Das ist etwas Wunderbares«, sagte Wanel. »Man sieht, wie stark du empfindest . . . Es – es ist ein großes Mysterium, daß solche Wunder inmitten der Scheußlichkeit des Krieges entstehen können.« Sie schwieg kurz, dann setzte sie hinzu: »Wir müssen jetzt zurückgehen. Die Verwundeten und Sterbenden brauchen uns. Du aber, Vandorer, solltest dich zu deiner Liebe bekennen. – Auch vor Zyra. Vielleicht liebt sie dich ebenfalls . . . oder wird es irgendwann einmal tun.« Sie wandten sich um und verließen ihn.

Hugh sah ihnen einen Augenblick lang nach. Dann zog er sich in den Sattel und ergriff Santors und Thelans Zügel. Zyra hatte den lebhaften Grauen, den Ailwon ihr zum Geschenk gemacht hatte, zurückgelassen.

Der Vandorer ritt in die zerstörte Stadt ein. Trümmer säumten seinen Weg. Bauten, die einigermaßen unversehrt geblieben waren, waren rußgeschwärzt. Überall hatte die harte Schlacht ihre Spuren hinterlassen.

Überlaut hallte das Klappern der Hufe auf dem Kopfsteinpflaster.

Die Verwundeten und Toten waren fortgeschafft worden. Lebende Wesen schienen in diesem Teil der Stadt nicht mehr anzutreffen zu sein. Es war unnatürlich still.

Dic Brücke . . .

Darunter, im Wasser, trieben Wrackteile eines Amazonenschiffes. Der Vandorer schaute zur anderen Seite. Dort lagen die unzerstörten Schiffe der Flotte an den Kais.

Hugh wandte Santor dorthin und näherte sich dem Mutterschiff. Einige Schritte davon entfernt, flüsterte er seinem Kastanienbraunen zu, und er blieb stehen. Thelan ebenfalls. Die müden Tiere ließen ihre Köpfe hängen.

Die letzten paar Schritte bis zu dem goldenen Schiff, von dessen Decks ein leiser Gesang aufstieg, ging er zu Fuß. Er wollte die Trauerzermonie der Amazonen nicht stören. Die tote Königin war auf dem Mitteldeck aufgebahrt. Zu ihren Füßen stand die alte Senqua, die nicht von der ermordeten Azira gewichen war, seit man sie an Bord gebracht hatte.

Senqua hatte mit der Totenklage begonnen. Sie hob ihre Augen und Hände zum bewölkten Himmel und sang mit einer von Alter und Rührung durchbrochenen Stimme: *»Ki–est–oh–vel–oh . . .«*

Zyra kniete am Kopfende der Bahre, den Kopf gesenkt. Ihr langes, schwarzes Haar berührte den Boden, und ihre Schultern bebten unter leisem Schluchzen.

Hugh wandte sich ab und band die Zügel des Grauen an einem in den Boden gerammten Pfahl. Nach einem letzten Blick zurück, stieg er wieder in Santors Sattel und ließ ihn zum Turm der Erleuchtung laufen.

*

Die Turmkammer war rund und überraschend geräumig. Sechs große, bogenförmige Öffnungen reihum erfüllten sie an schönen Tagen mit warmem Licht. Doch heute war davon nichts zu bemerken. Der bewölkte Himmel über Cryslandon hatte eine bedrückende Düsternis in den Raum sickern lassen, eine Düsternis, wie sie auch die Herzen der Anwesenden erfüllte.

Im Zentrum, auf einer großen, runden Steinplatte, ruhte der Schrein des Kronhelms, das Schwert Elfgard sowie Schild und Rüstung der Sevenas der Weißen Elfen. Dem Schrein gegenüber saß Shandar, der Prophet. Ali Ben Kara kniete bei ihm und entbot sein letztes Lebewohl. Ailwon, Erbin und Evrawk standen schweigend daneben.

Ben Kara hatte alles bis auf das letzte Wort dessen, was er auf dem Herzen getragen, gesagt . . . Jetzt starrte er auf den sterbenden Shandar hinab.

Sein Körper war angespannt und verriet den in ihm wütenden Schmerz über den Verlust des weisen, alten Freundes. Er versuchte wieder zu sprechen, aber seine Stimme versagte, blieb ihm regelrecht in der Kehle stecken.

Shandar schüttelte langsam seinen Kopf. »Ich erinnere mich noch der Zeit, da du ein kleiner Junge warst, Ali Ben Kara. Du warst nie allzu geschickt beim Abschiednehmen. Es – es scheint, als habest du dich nicht verändert – trotz der zwischenzeitlich vergangenen Jahre.« Er lächelte und legte seine Hand auf die zuckende Faust des Azmuriers. »Das ist nichts, wessen du dich schämen müßtest . . .«

Der Körper des alten Mannes versteifte sich unter einem plötzlichen Schmerzanfall, seine knochigen Finger spannten sich um Ben Karas Faust. »Du – du mußt jetzt gehen, mein Sohn«, sagte er hastig. Seine Stimme war gepreßt.

Der Shakin erhob sich. »Ich verehre und liebe dich, Shandar, und ich – ich werde dein Andenken bewahren!« Sanft sagte er dies, dann verließ er leise den Raum.

Die Zurückbleibenden konnten hören, wie er rasch die Stufen hinunterstieg.

Shandar mühte sich auf die Füße. »Seid mit behilflich, meine Freunde«, bat er, und seine Stimme klang fest.

Ailwon und die beiden Zwerge kamen herbei, um ihn beizustehen. Dann stand der alte Mann aufrecht. Mit einer Hand stützte er sich an der Steinplatte ab. Er sah jeden einzelnen der drei Gefährten an, und seine dunklen Augen gluhten.

»Nun«, begann er schließlich, »bleibt mir nicht mehr viel Zeit. Seit vielen Tagen halte ich meinen Körper am Leben – länger, als dies normalerweise möglich gewesen wäre. Jetzt fordert er meinen Geist auf, ihn endlich freizugeben. Ich – ich habe keine Zeit mehr für tränenreiche Abschiede – so sehr ich mich auch gerade jetzt nach Mitgefühl sehne . . . Und *ihr* könnt es euch noch weniger leisten, auch nur Augenblicke ungenutzt verstreichen zu lassen. Vier Tage – mindestens vier Tage – benötigt ihr, um nach Golgorath zu kommen. Und nur drei Tage bleiben bis zum Anbruch des Tages der Erfüllung . . .«

»Das stimmt schon«, schrie Ailwon. »Aber – wie kann ich –«

»Halt! Schweig!« befahl Shandar. »Du wirst rechtzeitig in Golgorath sein. Jetzt – nimm die Rüstung und die Tunika an dich. Lege sie an.«

Ailwon zögerte, sah ihn an.

»Tu, was ich dir sage! Rasch!« bat der Prophet.

Der Weiße Elf nahm die schützenden Kleidungsstücke und tat, wie ihm geheißen. Shandar hustete, bebte, dann stand er wieder gerade. Er spie Blut auf den Boden. Die Zwerge sahen es. Ihre Augen waren verschleiert. Er blickte zu den untersetzten Burschen hin.

»Wir – wir alle drei – wissen von der Liebe, die so mächtig zwischen uns fließt. Dieses Bewußtsein muß meinen

Wunsch ersetzen, euch in meiner Nähe zu haben, wenn ich sterbe.

Reicht mir eure Hände – ich kann einen Augenblick ohne Stütze stehen . . . gut. Laßt mich euren Mut und euere Liebe spüren, meine Freunde . . . Dank! Dies ist alles, was ich mir erlauben kann zu sagen. Jetzt tretet an den Schrein. Öffnet ihn an meiner statt . . .«

Die rotbärtigen Zwerge hielten ihre Tränen nicht mehr zurück. Ungehindert rannen sie über ihre Wangen.

Und sie öffneten den Schrein. Zum ersten Mal seit Ailwons Geburt geschah dies.

Ein weißes Strahlen leuchtete auf.

Ailwon kam aus den Schatten zu ihnen. Er trug den glitzernden Silberpanzer seiner Ahnen.

Shandar lächelte. »Du, der du Ailwon bist, knie nieder vor mir.«

Ailwon tat es. Shandar legte zuerst den Schild, dann das Schwert Elfgard vor ihm zu Boden. Daraufhin griff er in das leuchtende Behältnis. Als er sich wieder aufrichtete, hielt er den glitzernden geflügelten Kronhelm der Sevenas in seinen Händen. Er trat dicht an den knienden Jüngling heran

und sprach. In diesem großen Augenblick war Shandars Stimme nicht mehr die eines Sterbenden . . .

»Möge dir, Ailwon, die Macht der Schöpfung, die dich und jedes lebende Wesen erschaffen hat, die Kraft geben, das Werk zu vollenden . . . Dieses Land braucht Frieden und Freiheit und Liebe . . . Du wurdest erwählt, es ihm zu geben!«

*

Behutsam und doch entschlossen setzte er dem Jüngling die Krone auf den Kopf, und der König der Weißen Elfen erhob sich. Entschlossen hielt er Schild und Zauberschwert. Und . . . Die Kraft von ungezählten Jahrhunderten vibrierte in dem Turmgemach, sang durch jede Zelle seines Körpers. Die Zwerge starrten ihn voller Ehrfurcht an. Dies war nicht mehr derselbe Jüngling, den sie in den vergangenen zwanzig Jahren erzogen hatten.

Ruhig erwiderte Ailwon ihre Blicke durch das Visier des Kronhelms, das den oberen Teil seines Gesichts bedeckte. Wenn er bei der Verwandlung etwas Wunderbares empfand, so brachte er es nicht zum Ausdruck. Es schien, als sei der Junge gestorben. Ein Fremder stand vor ihnen. Ein Fremder, der sie schweigend musterte.

Shandar streckte seine Hand aus und berührte die gepanzerte Schulter.

»Sehet«, verkündete er, »das Kind, geboren aus der Saat der Erfüllung . . . Sehet den Retter von Urshurak.«

Sein Blick ruhte auf dem jungen König, dann auf den beiden Zwergen. »Ihr müßt euer Ziel bis zum Sonnenuntergang des Tages der Erfüllung erreicht haben! Öffnet eure Seele den Kräften, die rings um euch her sind, während ihr reitet. Und wenn ihr ankommt, so wünsche ich – wünsche ich aufrichtig – daß ihr die Unterdrückung, die sich aus Golgorath ins Land ergießt, mit jeder Faser eures Seins bekämpft . . . Aber hasset nicht die, die – «

Der alte Mann keuchte auf. Er wäre gefallen, wenn ihn Ailwon nicht aufgefangen hätte.

»Ich habe zu lange gesprochen«, flüsterte Shandar schwach. Schleim und Blut rasselten in seiner Kehle. »Geleitet mich zum Nordfenster, daß ich euch nachblicken kann.«

An dem großen bogenförmigen Fenster setzten sie ihn ab. Shandar verfiel von Sekunde zu Sekunde mehr. Mit Macht pulste das Blut aus seiner Wunde und quoll durch die Verbände.

»Shandar . . .«, begann Erbin. Seine Stimme bebte vor Rührung. »Bitte – gib mir deinen Segen . . .«

»Mir auch!« hauchte Evrawk.

Kühl legte sich seine Hand zuerst auf Erbins, dann auf Evrawks Stirn. Sie spürten, wie die Kraft seines Geistes in sie kam.

»Jetzt – verlaßt mich . . . Bitte, erlaubt mir, diese Stunde des Abschieds zu beenden . . .«

Ailwon ging zuerst, dann die Zwerge. An der Tür drehten sie sich noch einmal um.

Shandar beachtete sie nicht. Er blickte ins Freie, nach Norden hin. Das zunehmende Tageslicht säumte das dunkle Braun seines Profils.

»Lebt wohl, meine Freunde«, flüsterte er, ohne seinen Kopf zu wenden.

Die Zwerge stiegen die Treppe hinunter. Ailwon sah noch einen Augenblick lang zu Shandar hin, dann folgte er ihnen.

*

Ali Ben Kara saß in der schattigen Stille des Turmsaales, sein Gesicht zwischen den Händen vergraben. Shandar würde nicht mehr lange leben . . .

Ben Kara hatte sich einen triumphalen Einzug in das strahlende Cryslandon vorgestellt . . . Überhaupt, – alles hatte er sich anders vorgestellt! Die Krönungszermonie Ailwons, den großen Marsch aller verbündeten Völker nach Golgorath, die gewaltige Schlacht und dann, endlich, den Sieg, den Sieg über die Kräfte der Unterdrückung . . .

Stattdessen hatte es blutige Scharmützel gegeben, steigende Hoffnungen und bittere Enttäuschungen – und Tod, den Tod vieler guter Kameraden. Jetzt schien es gar, als solle das Undenkbare Wahrheit werden . . . Niederlage und Versklavung der vereinten Völker. Sieg und Triumph für den Todesherrn.

Ben Kara schien es, daß der Tod des legendären Shandar den Tod der freien Völker von Urshurak verkündete.

Der Shakin rieb seine schmerzenden Augen. Sein Körper fühlte sich wie zerschlagen an. Noch nie hatte er sich so müde, so voller Verzweiflung gefühlt.

Das Öffnen und Schließen der Eingangstür war kaum zu hören. Schritte näherten sich. Hugh Oxhine trat heran.

»Lebt der Prophet noch?« erkundigte sich der Vandorer.

»Ja. Aber nicht mehr lange.«

»Es tut mir leid, Ben Kara«, sagte Hugh. Er ließ sich neben dem Azmurier nieder. »Ich – ich kann deine Gefühle nur erraten«, fuhr er fort, »aber es ist wohl so, daß der Tod eines Menschen, der eine so unglaubliche Lebensspanne lang bei dir und deinem Volk weilte, einen wirklich furchtbaren Verlust darstellt. Ja, es tut mir leid . . . Die Zwerge und Oolu haben so oft von ihm gesprochen, daß ich schließlich fast glaubte, ihn ebenfalls zu kennen.« Er brach ab und ließ seinen Blick über die große Wölbung der Hallendecke wandern, die selbst im Halbdunkel ehrfurchtgebietend wirkte.

Er wechselte das Thema: »Orte wie diesen hier kannte ich vor meinem Besuch in Zan-Dura nicht.« Er schüttelte bedrückt den Kopf. »Es scheint hundert Lenze her zu sein, daß ich auf der Fährte der Rattenbestien, die meine Frau und meine Kinder ermordet haben, die Bolgads überquerte. Jetzt bin ich mir nicht einmal mehr sicher, ob sie es waren, denen ich folgte. Ich glaube, daß ich sehr lange nach etwas gesucht habe – vielleicht nach mir selbst . . .« Er spürte Ali Ben Karas verwunderten Blick und schüttelte wieder den Kopf, selbst erstaunt über das, was er sagte.

»Weißt du«, fuhr er fort, »wenn ich in einem der Teiche in den Wäldern Vandors mein Spiegelbild sah, verspürte ich Traurigkeit. Damals verstand ich nicht, warum das so war, aber die Traurigkeit war vorhanden! Sie war vorhanden, weil ich fühlte, daß ich das Bild eines Fremden sah. Jetzt – jetzt bin ich nicht mehr traurig. Jetzt weiß ich, daß ich aus zweierlei Gründen kein Empfinden meiner selbst empfing: ich wollte es nicht zulassen – und damals wußte ich nicht, was ich heute weiß . . . Daß ich Teil aller Wesen – vielleicht sogar aller Dinge bin.« Er wandte sich um und sah Ali Ben Kara offen an. »Wenn wir Golgorath rechtzeitig erreichen . . . Wenn wir kämpfen und töten, wenn die Feinde unter der Gewalt meiner Waffen fallen, so werden Teile meines Seins mit ihnen fallen.«

Der Azmurier war verwundert über die Veränderung des harten Einzelgängers, als den er den Vandorer kannte. Über dem Gespräch mit ihm hatte er seine Hoffnungslosigkeit, seine Sorgen vergessen.

Schritte. Die Zwergenzwillinge Erbin und Evrawk traten ein. Beide schwiegen.

Hinter ihnen erschien Ailwon, von Kopf bis Fuß in den glitzernden Silberpanzer und die weiße Tunika des Königs der Weißen Elfen gekleidet. Er schien alles Licht in der nur schwach beleuchteten Halle auf sich zu ziehen, was ihm eine Größe und Überlegenheit verlieh, die keiner seiner Gefährten zuvor bemerkt hatte. Seine Umgebung war im Kontrast zum Strahlen des metallenen Kronhelms und des glitzernden Panzers und Schildes pechschwarz.

Der jugendliche König schaute von Ben Kara zu Hugh. »Der lange Feldzug ist beinahe am Ende. Wir haben gute Aussichten, noch rechtzeitig nach Golgorath zu kommen. Aber wir müssen reiten, wie wir noch nie geritten sind . . . Der Wind wird uns im Rücken sein. Laßt uns gehen . . .« Eilig schritt er zum Ausgang. Die anderen folgten.

Am Fuß der langen, weißen Treppe außerhalb des Turmes waren die Pferde angebunden. Ein großer, goldener Hengst stand in ihrer Mitte. Weiß und buschig war seine Mähne, ebenso sein Schweif. Das Zaumzeug sowie der Sattel schimmerten in reinstem Weiß.

Ailwon ging zu dem großen Tier und schwang sich in den Sattel. Ohne auf seine Freunde zu warten, ritt er in Richtung Nordtor davon. Hugh war der erste, der ihm folgte, dann kam Ali Ben Kara. Erbin und Evrawk jagten ihre Pferde hinterher.

Sie ritten durch die Stadt, vorbei an eingestürzten Gebäuden, aus deren Trümmern noch immer Rauchsäulen stiegen.

Als sie sich dem Kanal näherten, ließen sie ihre Tiere langsamer laufen. Tark-Volmar und Oolu sahen ihnen entgegen. Sie hatten auf sie gewartet. Der Gwarpy hielt zudem Thelans Zügel. Unruhig scharrten die Hufe des Grauen über die Pflastersteine.

Die Gefährten zügelten ihre Pferde. Die Tiere tänzelten nervös.

Zyra, gekleidet in die karmesinrote Rüstung der Amazonenkönigin, eilte heran. Oolu reichte ihr die Zügel des Grauen. Wortlos schwang sie sich in den Sattel und sah die anderen an. Die Schönheit ihres Gesichts war kalt und starr – erstarrt unter der Härte ihres Wunsches nach Rache. Ihre Augen blickten so haßerfüllt, daß Hugh fröstelte. Wie sehr sich die Frau, die er liebte, verändert hatte . . .

Ailwon flüsterte seinem Pferd etwas zu, und das goldene Roß schoß nach vorn, dicht gefolgt vom temperamentvollen Grauen Zyras. Die Gefährten schlossen auf und passierten die Brücke, dann jagten sie durch das Tor, auf die vom Krieg verwüstete Ebene hinaus.

Die Arbroischen Hügel waren ihr vorläufiges Ziel.

Verwundete und Andeluvier, die sich ihrer annahmen, säumten ihren Weg. Dann erreichten sie die Ausläufer der Hügel. Ohne zu verweilen ging die wilde Jagd weiter, zum dunklen Horizont, zu den Schwarzen Bergen von Golgorath, zur Festung des Todesherrn . . .

30

SHANDARS TOD

Der Turm der Erleuchtung war so gewaltig hoch, daß man von seinem obersten Raum aus meilenweit ins Land sehen konnte.

Shandar blickte der kleinen Reitergruppe nach, bis sie die Ausläufer der Abroischen Hügel erreichte, dann wandte er sich von der bogenförmigen Fensteröffnung ab. Er blickte an der steinernen Platte vorbei, auf der der Schrein des Kronhelms – jetzt leer – zurückgeblieben war. Er fühlte sich äußerst schwach.

Die Entfernung bis zum Südostfenster, das ihm den Blick zu Evshimin und dem Tal des Lebens freigab, erschien ihm weit . . . viel zu weit.

Hatte er zu lange gewartet?

Er versuchte, aufrecht zu stehen. Wütender pochte der Schmerz in der tiefen Wunde. Sein Verstand begann zu treiben . . . Plötzlich wurde es dunkel. Shandar schrie auf und sackte in die Knie.

Einen Moment lag er schwer atmend darnieder. Bei jedem Heben und Senken seiner Brust spürte er den Tod. Ganz nahe war er jetzt . . . Ihm wurde kalt vor Angst!

Nachdem er das Unvermeidliche seit Tagen geleugnet und hinausgeschoben hatte, sollte er jetzt so plötzlich getroffen werden . . .? So plötzlich, daß das Versprechen, das er Ailwon gegeben hatte, in seinem Innersten verschlossen blieb, und dazu verdammt war, mit seinem Körper zu verfaulen?

Er blieb noch einen Atemzug lang liegen, dann begann er, vorwärts zu kriechen. Seine knochigen Finger krallten sich in den Steinboden, zerrten den Körper nach . . . Langsam, unendlich langsam kam er voran.

Das Südostfenster lockte . . .

Und Shandar kroch weiter . . . und weiter . . . und weiter . . .

Und er schaffte es!

Endlich lag er vor der Fensteröffnung, spürte den sachten Wind, der in sein erhitztes, schweißüberströmtes Gesicht fächelte. Er verbarg seinen Kopf in der Innenseite seines Ellbogens, sein Körper zuckte, gequält von der mörderischen Anstrengung.

Vorsichtig richtete er sich auf. Meilenweit konnte er gen Südosten sehen, und nach Süden, und nach Südwesten – dorthin, wo die Strahlen der Sonne hinter den anscheinend unbeweglichen grauen Wolken verborgen lagen.

In der Tiefe, außerhalb der Stadt, trafen sich die Wasser der Zwillingsseen, um die ungeheuere blaue Weite zu bilden, die der Anfang des Garnon-Flusses war. Gegenüber, am Westufer des Stromes, erhoben sich einige Trocalas . . . Die letzten Ausläufer des Waldes Delvinor . . . Stumme Wächter . . .

All dies zu sehen, war Balsam für Shandar.

Jetzt war er bereit.

Jetzt konnte das Ende der langen Jahrhunderte seines Daseins beschleunigt werden.

Doch zuvor blieb, eine letzte Anstrengung für den Sevena zu tun . . . Das Versprechen . . . Er mußte sein Versprechen einlösen!

Shandar streckte seine knorrige braune Hand in Evshimins Richtung aus. Die Vision des mächtigen weißen Bobabo-Baumes stand kristallklar vor ihm.

»Mein . . . mein Augenblick ist gekommen! Ich höre die Stimme des Todes, der mich ruft . . ., flüsterte er.

Das Feuer des Schmerzes brannte durch seinen Körper.

»Die Reste meines Seins biete ich dir dar!« rief er aus.

Sein Körper wand sich. Schweiß quoll aus seinen Poren, rann in seine Augen, brannte darin . . . mischte sich mit dem Blut, das aus seiner Wunde sickerte. Plötzlich floß der Schmerz aus ihm heraus, als sei die Wunde nur mehr ein gähnender Spalt, und er keuchte: »Jetzt, oh Ewiger, komm! *Komm!*«

Die Vision Evshimins vereinte sich mit der Realität des Anblicks, der sich vor ihm ausbreitete. Blitze zuckten über den fernen Horizont, gefolgt von einem drohenden Donnergrollen, das zu ihm herüberhallte. Bewegung entstand im Laub zwischen den riesigen Trocalas. Shandar hörte das Anschwellen des Windes, sah die ersten Kräuselungen auf der glatten Wasserfläche des Garnon, und er fühlte die kühle Süße des kommenden Sturms. Donner krachte erneut, die Wolken waren zu einem aufgewühlten Schwarz geworden, das den ganzen Himmel bedeckte, die Musik des Windes wuchs kraftvoll an, wurde lauter und mächtiger.

Und mit der Gewalt des Windes kam der Regen ... Ungestüm sprühte er in den Raum, traf auf Shandars Gesicht.

Donner und Blitz tobten ringsumher, die Wasser der Zwillingsseen hoben und senkten sich.

Shandar sah und hörte und fühlte die kristallene Wirklichkeit der Welt – und doch war er losgelöst von ihr. Sein Blick und sein Wissen durchdrangen leicht den Schleier der Zeit, der die ewige Gegenwart verhüllte, und er rief voll Freude:

»Die Schwelle ist überschritten ... Jetzt – jetzt berühre mich, oh unendliche Liebe!«

Der alte Prophet streckte seine Hand aus, sein Gesicht war verklärt. In seiner Vision von Evshimin öffnete sich die Höhle des Geheimnisses erneut, während sich am Himmel über ihm die dunklen Wolken teilten und das strahlende Tageslicht hervorbrach, und über das aufgewühlte Wasser zum Turm hin eilte.

Die goldene Wärme des Lichts umhüllte Shandar. Sein ausgestreckter Arm fiel schlaff auf die steinerne Fensterbank nieder.

Der alte Prophet lebte nicht mehr.

*

Sie konnten den tobenden Sturm hinter sich hören, aber keiner von ihnen blickte zurück. Der Wind schwoll an, nahm beständig zu, bis die Pferde der Gruppe von ihm erfrischt zu werden schienen, ja regelrecht angetrieben.

Nur Ailwon hatte in Cryslandon ein frisches Reittier bekommen, und die anderen Pferde waren viele Tage und Meilen ohne größere Ruhepausen geritten worden.

Noch stärker blies der Wind, und vereinzelte Regentropfen trieben in seiner Gefolgschaft.

Die Gefährten ritten eine Anhöhe hinauf, und als sie sich dem Kamm näherten, verspürten sie das plötzliche Erscheinen der Sonne. Ihr Licht berührte ihre Rücken, streichelte die Hügel vor ihnen.

Der wilde Thelan drängte voran, und Zyra zog mit dem König der Weißen Elfen gleich, der sie anführte. Die Gefährten galoppierten den Hügel hinunter, bahnten sich spritzend einen Weg durch einen flachen Bach und kamen hinaus auf einen sanft hügeligen Landstrich.

Rings um sie her und unter ihnen war die Energie von Kraft und Freude. Das Land und der Himmel und der Wind sangen ihnen zu, drängten sie weiter. Die Reiter beugten sich tief über die Mähnen ihrer Pferde und trieben sie voran. Und die Tiere streckten sich und rannten, wie sie es noch nie zuvor getan hatten.

Vereinzelt stehende Pappeln wischten an ihnen vorbei, und die grüne Ferne der Arbroischen Hügel schmolz unter den stampfenden, wirbelnden Hufen zusammen.

Und die Herausforderung Golgoraths trieb sie weiter . . .

31

TORGON, DER HERR DES TODES

Die Botschaft war über die Ebenen von Kiberuk nach Golgorath gebracht worden: Die Armeen der verbündeten Völker marschierten nach Norden . . .

Die bevorstehende Schlacht verursachte im Krater des Todes einen wahren Tumult von Kriegsvorbereitungen. Die stets vorhandene Kampflust und Grausamkeit, die sich später gegen die Verbündeten richten sollte, äußerte sich momentan in geballter Zwietracht unter Torgons Kämpfern.

Die Gnom-Barbaren, die Borgs sowie die feindseligen Leute des Skelf-Clans aus Norbruk feierten nahezu Tag und Nacht. Es wurde getrunken, gekämpft und gehurt. Das Resultat hiervon war völliges Chaos. Nur die brutalen, unerschütterlichen Vilderonen hielten die Trunkenheit, das Streiten und Kämpfen im Zaum, so daß trotz der fürchterlichen Zustände die Kriegsvorbereitungen ihren Fortgang nahmen.

Der Verräter Deciedon bahnte sich durch balgende, zankende Kreaturen seinen Weg zum Sklaventrakt. Trotz ihres betrunkenen Zustands machten die Barbaren dem schnell voranschreitenden, makellos gekleideten Mann Platz. Es war allgemein bekannt, daß mit ihm nicht zu spaßen war. Während der beiden letzten Jahrzehnte waren mehrere ihrer Kameraden seiner blitzschnellen Klinge zum Opfer gefallen – und der Grund war oft nichts weiter als eine lässige Bemerkung gewesen. Macht und Brutalität, das waren Wesenszüge, die all jene, aus denen sich die Mannschaften der Armeen des Todesherrn zusammensetzten, verstanden, gut verstanden, und ein Mann, der beides mit

Deciedons Plötzlichkeit und Gleichgültigkeit ausdrücken konnte, wurde gefürchtet und respektiert.

Er hatte sein Ziel fast erreicht. Die gebrüllten Flüche der Scheusale und das scharfe Krachen ihrer Peitschen, das von der über ihm liegenden Krater-Ebene herunterhallte, zogen Deciedons Aufmerksamkeit auf sich. Er sah hinauf. Unter dem Ächzen und Knarren gewaltiger Räder wurden die Kriegsgeräte von zahllosen Sklaven langsam hinter den gewaltigen äußeren Mauern in Position geschoben. Eine massive Stahlmaschine stand schon bereit, erhob sich mehr als hundert Fuß in die dunkelroten Wolken.

Der Verräter lächelte zufrieden.

Selbst vom verheißenen Sevena höchstpersönlich geführt, konnten es die lächerlichen Armeen aus Cryslandon nicht mit einer derart fürchterlichen Macht aufnehmen. Aber schließlich war der Prinz der Weißen Elfen nicht bei ihnen. Er war Gefangener der Vilderonen – und als solcher nach Golgorath unterwegs. Diese Tatsachen waren unwiderlegbar, und er, Deciedon, versicherte dies auch dem tobenden Torgon.

Es war keine leichte Aufgabe gewesen, in Gegenwart des Todesherrn sein Selbstbewußtsein zu bewahren. Sicher hätte kein anderer Sterblicher vor diesem dunklen Wesen stehen, das furchtbare Pochen seines Zorns fühlen – und gleichzeitig eine so gewandte Erklärung für die Niederlage vor Cryslandon und das Verspielen des Kronhelms geben können. Nein, kein anderer hätte solch ein überzeugendes Bildnis eines – letztendlich – vollständigen und erdrückenden Triumphes über die Fremden konstruieren, heraufbeschwören können . . .

Er hatte auf sein umfangreiches Wissen über die Geschichte Urshuraks und den Mythos der Prophezeiung zurückgreifen müssen. Er hatte dem Todesherrn klargelegt, daß die beiden entgegengesetzten Kräfte Gut und Böse unausweichlich zueinander gezogen wurden – etwas, dem er im Innersten seinere Gedanken absolut keinen Glauben schenkte. Aber gegenüber Torgon hatte er die klare Logik all dessen erklärt. Wie hatten sie es nur übersehen können? – Die ganze Geschichte war langsam, seit Aussprache der Prophezeiung, auf diesen letzten Tag der Erfüllung zugeführt worden. Wie hatten sie *dies* übersehen können. Sie hatten den Sevena in ihrer Gewalt. Jeden Augenblick konnte er vor den Herrn des Todes geschleppt werden . . . und dann würden sich die dürftigen Kräfte des letzten Widerstands selbst der Vernichtung preisgeben. Sie *konnten* nichts anderes tun. Die Prophezeiung – der Lauf der gesamten Geschichte – bestimmte, daß es so sein sollte. Was konnte besser passen? In *Golgorath* sollte Torgon schlußendlich seinen höchsten Triumph gewinnen.

Schließlich war der Todesherr überzeugt gewesen. Deciedon durfte gehen. Hätte der Verräter nicht völlig auf seine Fähigkeit, Torgon überzeugen zu können, vertraut – niemals wäre er nach Golgorath zurückgekehrt.

Erneut überblickte Deciedon die Kampfvorbereitungen. Sein Blick glitt über die sich meilenweit ausdehnende Feste. Er hatte die verbündeten Streitkräfte einmal unterschätzt, hatte nichts von den mächtigen Waffen der Amazonen gewußt. Ein zweites Mal passierte ihm das nicht. Außerdem war er sich ziemlich sicher, daß die Schlacht um Cryslandon nicht mehr als eine oder zwei der seltsamen Kristallwaffen überstanden hatten.

Woher bezogen sie dennoch die wahnwitzige Frechheit, gegen Golgorath zu marschieren?

Sie konnten nicht einmal hoffen, die titanischen Außenmauern zu bezwingen. Was blieb ihnen also anderes, als sich von der doppelten Gewalt der fürchterlichen Kriegsmaschinen, die beide Seiten des Festungstores bewachten und schützten, brutal zerstampfen zu lassen? – Zusätzlich würden sie noch von den vierzigfach kleineren Maschinen bombardiert werden, die immer noch doppelt so groß waren wie die, mit denen sie es in Cryslandon aufzunehmen hatten. Und dann, wenn sie in Grund und Boden geschmettert waren, wenn sie flehten und bettelten, sich unterwerfen zu dürfen, dann würden die Barbaren-Horden und die Vilderonen ausschwärmen und sie töten.

Deciedon lächelte erneut. Die Zeit, in der er der Nation der Weißen Elfen nur als armseliger Regent diente, war endgültig vorbei. Er würde Lordkanzler von ganz Urshurak werden. Nur Torgon selbst würde ihn in seiner Macht übertreffen. Und in den Tiefen seiner Seele nährte Deciedon die Idee, irgendwann vielleicht sogar den Tod des Todesherrn arrangieren zu können . . .

Er betrat den Sklaventrakt und begab sich zum zentralen Bereich, in dem Gwynn untergebracht war. Er schritt an einer langen Reihe leerer Zellen vorbei. Sämtliche Sklaven waren in den Dienst der Kriegsvorbereitungen gestellt. Nur Gwynn bildete eine Ausnahme, dafür hatte er gesorgt. Er grinste.

Sorkmun und der großtuerische Häuptling der abtrünnigen Nordleute, Kolak, der Schwarze, kamen ihm entgegen. Der Vilderone fletschte die Zähne.

»Wie konnte das passieren? Wie kam es, daß die Fremden nicht in der Weißelfenstadt unterworfen wurden?«

»Ich bin sicher«, entgegnete Deciedon, »daß du über die Ereignisse in Cryslandon informiert wurdest . . . und«, fuhr er sarkastischer sprechend fort, »ich bin sicher, daß große Kriegsführer deines Schlages keine Schwierigkeiten haben, die langweiligen Emporkömmlinge, die gegen uns marschieren, fertigzumachen.«

Sorkmun knurrte eine unverständliche Erwiderung, und Kolak brach in heiseres Gelächter aus.

»Ich jedenfalls«, brüllte er, »ich bin verdammt froh, daß alles so kommt, wie es kommt! Die Skelfen waren nicht

dabei, als in Cryslandon gekämpft wurde . . . Ich hätte mich nicht daran erfreuen können, das Leben aus diesem rotgesichtigen Hanswurst Tark-Volmar herauszupressen!« Die letzte Äußerung entflammte ein grausames Licht in Kolaks grünen Augen.

»Ich bin erfreut«, entgegnete Deciedon ruhig, »daß du dem Nahen der Feinde soviel positives abgewinnst . . .«

Er richtete seine Erwiderung an den Nordmann, und beachtete den Vilderonen ganz bewußt nicht.

Dann schritt er an den beiden vorbei, entschlossen, Sorkmun zu beseitigen, sobald er an die Macht gekommen war.

Vor Gwynns Zelle blieb er stehen und blickte durch das kleine Gitter in der massiven Eisentür.

Die Elfin kauerte auf dem Boden des kahlen Raumes, mit dem Rücken an eine Seitenwand gelehnt. Sie blickte starr geradeaus, beachtete ihn nicht.

»Nun, liebe Gwynn, ich sehe, sie haben dir ein Quartier gegeben, dem es gewissermaßen an Luxus fehlt . . . Ah, aber bald wirst du dich in den prächtigsten Räumen rekeln . . .« Er hielt inne, betrachtete sie. Dann sprach er mit der tiefsten, melodischsten Stimme weiter, der er fähig war: »Obwohl dich die Umgebung hier mit einem Hauch von Verhärmtheit zeichnet, bist du noch immer das strahlendste Geschöpf auf dem ganzen Kontinent . . .« Noch während er dies sprach, sprangen seine Gedanken zu Zyra, der Amazonenprinzessin. Ihretwegen hatte er bereits mit Torgon gesprochen . . . Vorausgesetzt, sie überlebte die Schlacht, so erhielt er auch sie als Beute. Der Gedanke war köstlich. Eine blonde und eine dunkelhaarige Schönheit . . .

»Ich habe deinen Prinzen gefangengenommen«, fuhr er im Plauderton fort. »Er dürfte in der nächsten Stunde in dieser erlesenen Feste ankommen. Und – wie du weißt, meine Liebe, wird es Torgon nicht zulassen, daß der Sevena am Leben bleibt. Niemand wird dich dann noch beschützen – außer dem Hohen Lordkanzler von Urshurak.«

Gwynn wandte langsam ihren Kopf, um ihn anzusehen. »Dem Mitleid widme ich normalerweise nicht sonderlich viel Energie«, sagte sie furchtlos. »Aber mit dir – mit dir habe ich ungeheueres Mitleid, Deciedon. Du mühst dich fast verzweifelt, nach Dingen zu greifen, die nur Schatten der Wirklichkeit sind. Schatten, die dir immer entfliehen werden. Und wenn du dies endlich begreifst, wird es zu spät sein . . .« Sie wandte sich wieder von ihm ab.

Deciedon blieb gelassen. »Mir scheint, du hast dich der Philosophie zugewandt. Eigentlich gänzlich fehl am Platze bei einem Mädchen, das so jung und hübsch ist.« Er lachte leise. »Aber es macht nichts. Du wirst nicht viel länger an diesem entsetzlichen Ort bleiben müssen. Bald werde ich dich zu mir bringen lassen.«

Sein Gesicht verschwand, seine Schritte entfernten sich, und Gwynn beschloß, Ferda zu bitten, ihr den gestohlenen Dolch zu geben, den sie in ihrem Versteck aufbewahrte . . .

*

Ganz allein saß Torgon in der dunklen Weite der großen Halle im Turm des Todes. Er bewegte sich nicht. Seine Gedanken drehten sich langsam und zielbewußt in der schwarzen Leere seines tiefsten Ichs.

Er wußte es.

Endlich würde er dem Sevena gegenüberstehen. Allerdings gab er sich keinen Illusionen hin. Der Junge würde nicht als Gefangener vor ihn treten. Der Verräter hatte nicht gelogen, man hatte den Jungen wirklich gefangengenommen. Aber während er dem glitzernden Wortgewebe des hinterlistigen Deciedon gelauscht hatte, hatte er die Wahrheit erkannt. Der Junge würde kommen – als König der Weißen Elfen. Er würde kommen und den Kronhelm und das Schwert und den Schild seiner Ahnen tragen. Am Tag der Erfüllung würde er, Torgon, diesem letzten Erben der Krone gegenüberstehen, allein . . . und er würde ihn zerschmettern. Dann, endlich, war die klaffende Wunde seiner Eifersucht geheilt. Endlich würde der niemals versiegende, nagende Hunger gesättigt, endlich tausend Jahre des Sehnens befriedigt werden. Er würde die Krone der Weißen Elfen gewinnen! Ihm allein würde der Sieg gehören! Und alle würden vor ihm niederfallen, ihm zu seinen Füßen huldigen.

Der Königsknabe würde kommen . . . Aber er, Torgon, war es, der den Ort der Begegnung bestimmte.

Er kicherte hämisch.

In den Tiefen des Todeskraters sollte diese letzte Begegnung stattfinden. Dort unten, dort, wo er vor zehn Jahrhunderten dem Geschenk der unbegrenzten Macht erlegen war, wo er die schwarze Leere empfangen, aufgesogen hatte, diese Leere, die er nie ausfüllen konnte – nicht, bis zum Augenblick dieser Begegnung.

Ailwon in der Gewalt der Vilderonen

Der Turm des Todes
Rechts: Ailwon vor Golgorath

Hugh nimmt Abschied von Cryslandon

32

DER TAG DER ERFÜLLUNG

© HILDEBRANDT

». . . Und siehe, noch bevor die Sonne untergeht am Tag der Erfüllung, werden sich zwei desselben Blutes begegnen, und beide werden sie Erfüllung finden. Nur einer jedoch wird den Kronhelm der Weißen Elfen davontragen. Und in dieser Stunde wird sich das Schicksal des Landes Urshurak entscheiden . . .«

Der Tag der Erfüllung unterschied sich in nichts von den anderen Tagen, die im Lande des Todesherrn heraufgezogen und wieder vergangen waren. Finster und böse schien selbst die Sonne auf dies korrupte Land zu blicken. Die verbündeten Armeen waren auf der Ebene von Golgorath aufmarschiert. Vor ihnen erhob sich die kolossale Festung des Todesherrn. Gestern abend waren sie angekommen, Mit Elgan an ihrer Spitze. Der Zauberer fühlte sich nicht allein, denn er war tief durchdrungen von der liebenden Gegenwart des toten Shandar, und er verspürte größere Kraft als zu jeder anderen Zeit seines langen Daseins. Daß diese Kraft aber trotzdem nicht ausreichend sein würde, das Ungeheuer Torgon zu überwinden, war Elgan nur zu nachhaltig bewußt. So hatte er sich an die Hoffnung geklammert, daß Ailwon doch noch kommen würde.

Eine schwache Hoffnung . . .

Der Tag der Erfüllung war angebrochen.

Ailwon war nicht gekommen. Also würde er es sein, er, Elgan, der dem Gegner am letzten Tage des langen Kampfes gegenüber trat.

Er staunte über die Ungeheuerlichkeit dessen, was vor ihm aufragte, über die ungeheuere Energie, die nutzlos für das Streben nach Zerstörung und Unterdrückung geopfert wurde. Er konnte die gewaltigen Waffen auf beiden Seiten des Portals sehen. Dahinter ragte der Turm des Todesherrn auf und spie blutig rote Gase zum Himmel empor.

Jetzt konnte Elgan das dumpfe Pochen in den Tiefen hören . . .

Er stieß einen tiefen Seufzer aus, während er einen langen Moment nach vorn schaute. Schließlich drehte er sich um . . .

Und da stieg der erste Jubel von den hinter ihm harrenden Heerscharen auf!

Elgan blickte an den langen Reihen der Männer vorbei, zu jener kahlen Ebene hin, wo eine kleine Reitergruppe stetig voranpreschte.

Konnte es sein, daß . . .

Elgans Herz machte einen Sprung. Der alte Zauberer spähte den Näherkommenden entgegen, und sein Herz hämmerte, als wollte es jeden Moment zerspringen.

Ein weiterer Ruf stieg auf . . . dann noch einer! Das Unmögliche war Wirklichkeit geworden!

Er war es!

Ailwon, der neugekrönte König der Weißen Elfen stürmte zu ihnen heran, seine strahlende Rüstung schimmerte hell vor dem düsteren Horizont.

Und jetzt erhoben sich die vereinten Stimmen von Tausenden, gaben die freudige Botschaft des Augenblicks weiter! Und diese Stimmen hallten durch die Jahrhunderte des Kampfes zurück, verkündeten strahlende Hoffnung für das Morgen!

So jubelt, ihr Weißen Elfen von Alfandel, denn die letzte Stunde des Tages der Erfüllung, der Retter Urshuraks ist gekommen! Und an seiner Seite – der mutige Vandorer Hugh Oxhine!

Jubelt und umarmet euch, ihr Schwestern von Zan-Dura, denn zu euch fliegt über die Ebene eure Königin – Zyra!

Jauchzet voll Freude, all ihr Krieger Azmuriens! Euer Shakin, der edle Ali Ben Kara, ist gekommen, euch gegen den Feind zu führen!

Jubelt und jauchzet, erhebt eure Fäuste zum Himmel, ihr

Nordleute aus Norbruk! Auf einem großen, schwarzen Roß eilt euer stürmischer Häuptling Tark-Volmar herbei!

Jubelt frohlockend, oh ihr Getreuen von Penderak, brüllt eure Freude hinaus! Denn sehet, dort kommen eure Söhne, die Zwillinge Erbin und Evrawk . . .

Und lächle, lächle, alter Elgan, beim Anblick des Gwarpys Oolu, der deinem Herzen Freude bringt!

Jubelt und jauchzet und umarmet euch, all ihr freien Menschen . . . Denn jetzt seid ihr vereint mit dem strahlenden Sevena! Jetzt werdet ihr tausend Jahre der Unterdrükkung überwinden!

Dann war die kleine Gruppe herangekommen. Die Gefährten lenkten ihre Pferde durch die jubelnde, begeisterte Menge.

Elgan erwartete sie, den alten Esrund an seiner Seite, der beim Anblick seiner Söhne vor Stolz strahlte. Zauberer und Zwerg starrten gleichermaßen den König der Weißen Elfen an, verwundert über die Wandlung des Jungen.

Ailwon griff herunter, um die Wange des alten Zauberers zu berühren, und die Berührung war sanft, obwohl sein Gesicht hinter dem Visier des Kronhelms fest und entschlossen blieb.

Er richtete sich wieder auf und blickte zur dunklen Masse der Festung hin.

Es gilt, unserem letzten Hindernis gegenüber zu treten«, sagte er. Dann sah er sich rasch um. »Ich vermisse die Kristallwaffen der Amazonen . . . Ich war der Ansicht, zwei davon seien mitgeführt worden?«

»Das stimmt«, kam Zyras Stimme. Sie ließ den Grauen an Ailwons Seite traben, nachdem sie sich mit ihren Schwestern beraten hatte. »Nur ein Kristall ist noch funktionsfähig. Der andere wurde in der Hoffnung mitgeführt, daß er zu reparieren sei, aber dies war nicht möglich. Ein Feuerkristall muß und wird – uns genügen.«

Elgan trat zu ihr. »Ich bin bekümmert, meine Tochter«, begann er, »bekümmert über die schrecklichen Verluste, die dein Volk erlitten hat. Und ich hoffe –«

»Ich schätze dein Bedauern«, unterbrach sie ihn schroff, »aber mir scheint, daß eine Aufgabe vor uns liegt, nicht wahr? Für eine Unterhaltung bleibt keine Zeit.«

Elgan nickte traurig, als er sah, daß er ihr nichts sagen

konnte, was sie von dem Haß ablenkte, der so deutlich in ihren dunklen Augen geschrieben stand.

Sie wendete den grauen Hengst der Festung des Todesherrn zu. Thelan wieherte und tänzelte nervös. Zyra sprach ihm besänftigend zu und rieb die angepannten Muskeln seines Halses.

»Es sieht so aus«, stellte sie fest, »daß es nur einen Weg hinein gibt . . . Durch dieses große Portal direkt vor uns. Der Feuerkristall vermag es zu öffnen. Also – bringen wir ihn in Stellung! Diese Monsterwaffen zu beiden Seiten des Eingangs sehen verdammt gefährlich aus . . .«

»Einige wenige von euch, kann ich für minimale Zeit schützen«, erbot sich Elgan.

»Mehr brauchen wir nicht!« Sie wandte sich an Ailwon. »Die Träger bringen die Waffe in Stellung. Sobald ich die *Kraft* freisetze, beginnst du den Sturm auf das Tor. Es wird geöffnet sein, bevor du es erreichst.«

Ailwon nickte stumm.

»Und ich werde dicht dahinter folgen«, erklärte Ali Ben Kara, der auf einer geschmeidigen gelbbraunen Stute herbeitrabte, die er gegen sein müdes Vilderonen-Roß eingetauscht hatte.

»Mich werdet ihr hoffentlich nicht vergessen!« brüllte Tark-Volmar. Er hatte sein Scheusalpferd behalten, und das massige Tier trug ihn neben Ben Kara.

»Wir bleiben zusammen«, rief Erbin hinter ihnen, »wir alle, die wir bis hierher gekommen sind!«

Er und Evrawk kamen herbei, ihre Ponys an den Zügeln führend, und neben ihnen ging ihr Vater Esrund. Dicht dahinter standen Hugh und Oolu, ebenfalls mit ihren Pferden.

Rasch und voller Stolz hatten die Zwerge ihren Freund, den Vandorer, ihrem Volk vorgestellt.

Elgan ging zu ihm. Er sah Hugh Oxhine an und lächelte.

»Ich bin sehr froh, dich zu sehen, Hugh. Du scheinst ein anderer geworden zu sein . . . Bist nicht mehr der zornige Mann, den ich dereinst in Modra kennenlernte.«

Hugh nickte. »Das stimmt«, gestand er, und erwiderte des Zauberers warmes Lächeln. Er wandte sich zu seinem Pferd um und schwang sich leicht in den Sattel. Auch die Gefährten stiegen auf.

»Auch du gehst, sanfter Oolu?« fragte der Zauberer.

»Jawohl, alter Elgan. Der alte Oolu will nämlich bei all denen hier sein«, erklärte er und zeigte auf seine Gefährten.

Die Feuerkristalle wurden herangebracht.

Zyra lenkte ihr Pferd stumm zu ihren Schwestern. Ailwon hielt seinen goldenen Hengst im Zaum. Bei jeder Bewegung brach sich rotes Licht glitzernd auf dem Silber seiner Kriegstracht.

»Nun«, wandte sich Esrund an seine Söhne, »ist es also endlich so weit. Euer Volk – und alle anderen – werden direkt hinter euch sein.«

Er ergriff ihre Hände, drückte sie und hinkte dann davon.

Die Zwerge lenkten ihre Reittiere in die Reihe ihrer Gefährten, zu Ben Kara, Tark-Volmar, Hugh und Oolu – und dem König der Weißen Elfen.

Ihre Augen richteten sich auf die Amazonen.

Elgan hatte sich neben sie begeben. Dort stand er auf einem großen Felsbrocken. Er blickte zurück, über die lange Reihe der Verbündeten hinaus, zum Horizont. Ein schmaler Lichtstreifen zeigte sich über den Bergen. Er fixierte ihn, wartete, während er das leise Klagen des Windes vernahm.

Zyra hob ihre Hand und ließ sie dann kräftig nach vorn schnellen.

Die Amazonenträgerinnen und die Tressalierin eilten über die kahle, tote Ebene.

Da eröffneten Torgons Horden den Kampf!

Gewaltige Explosionen fetzten aus den mächtigen Waffen!

Brennende Metallkugeln donnerten durch die Luft.

Elgan riß seine Arme hoch und schleuderte seine gesamte Macht gegen die heranrasenden Objekte! Eines fuhr weitab, rechterhand von den rennenden Gestalten, in den Boden. Das andere jaulte über sie hinweg. Tonnen von Erde und Gestein flogen in die Luft. Feuer und Rauch wallten.

Die Amazonen rannten unbeeindruckt voran, die blaugoldene Kristallwaffe zwischen sich tragend.

Zyra gab ihrem Pferd einen Klaps, und es preschte los.

Wieder spien Torgons Geschütze ihre gewaltigen Todeskugeln aus. Und – wieder explodierten sie abseits vom Ziel!

Zyra galoppierte zu ihren Schwestern. Links und rechts zerrissen Explosionen die Erde.

Die Amazonen setzten den Feuerkristall ab, und ihre Königin erreichte sie nur Sekunden später. Wie eine Schlange glitt sie von ihrem grauen Roß und übergab der Tressalierin die Zügel.

Zyra eilte zum Feuerkristall.

Eine weitere Kugel dröhnte über sie hinweg, explodierte hinter ihr, und aus den Augenwinkeln heraus sah sie, wie sich ihr erschreckter Thelan aufbäumte, losriß und davongaloppierte.

Sie rief ihm nach, aber Thelan reagierte nicht. Wie von tausend Furien gehetzt, rannte er. Hilflos mußte Zyra mitansehen, wie ein weiteres Geschoß explodierte und das verängstigte Tier zu Boden warf. Noch einmal hob sich sein Kopf, dann fiel er haltlos zurück. Das Tier lag still.

Zyra wandte sich ab, starrte zum Todeskrater hinüber. Sie hatten weniger als fünfhundert Yards vom Portal entfernt Stellung bezogen. Wie ein monströser, stählerner Berg erhob sich die Festung vor ihnen.

Die Amazonenkönigin schloß ihre Augen. Sie konzentrierte sich. Jede Dimension ihres Willens mobilisierte sie, um die Gewalt ihres Hasses zu vertreiben . . .

Nur wenn ihr das gelang, vermochte sie dem Feuerkristall die Kraft ihres Geistes verleihen!

Inmitten der um sie niedergehenden Explosionen fühlte sie, wie sich die Ruhe der Kovierin über sie senkte. Eiskalt wurde sie. Sie fixierte den Scheitelpunkt des großen Eisentores und –

Die Kraft wurde frei!

Ein Lichtstoß zuckte aus der Mündung, zerriß die Luft, wurde angezogen von seinem Ziel!

Schmetternd traf er die Maschine links vom Tor! Sie explodierte! Verbogene Stahlbrocken wirbelten durch die Luft. Weißglühend brodelte das Metall. Funkenregen spritzten.

Die andere Mordmaschine ereilte dasselbe Schicksal.

Dann richtete Zyra das Feuer ihrer Waffe langsam an der linken Seite des Tores entlang nach unten . . . Sie konnte das Nahen des Königs der Weißen Elfen spüren . . . Hinter ihr galoppierte er voran . . .

Dann stürmte er an ihr vorbei, die glänzende Klinge Elfgards gezückt.

Die Kraft des Feuerkristalls intensivierte sich. Mit einem gewaltigen Knall barst das Portal auseinander!

Ailwon galoppierte in die Hochburg des Todesherrn hinein, ohne das Tempo seines Tieres zu verlangsamen . . . Über das letzte Hindernis – die stählernen Trümmer des Tores – setzte das goldene Pferd mit einem eleganten Sprung hinweg!

Zyra ließ von ihrer Waffe ab. Die Gefährten Ailwons hätten sie beinahe niedergeritten . . . Da kam Tark-Volmar! Er griff zu ihr hinunter, ohne das Tempo seines dahindonnernden Hengstes zu verringern. Zyra erwischte seinen muskulösen Arm, und er zog sie zu sich in den Sattel, als sei sie gewichtslos.

Er bewunderte ihre Treffsicherheit, das zeigte sein Grinsen. Die wilde Erregung der Schlacht hatte ihn ergriffen und leuchtete ihm aus den Augen.

Zu ihrer Linken stürmten Ben Kara, die Zwergenzwillinge und Oolu.

Sie klammerte sich an den breiten Rücken des Nordmannes und blickte nach rechts.

Hugh Oxhine war tief über den Hals seines großen kastanienbraunen Hengstes Santor gebeugt. Der Vandorer hatte seine Klinge ebenfalls blank gezogen.

Eine Sekunde lang sah ihn Zyra an, dann beugte sie sich leicht zur Seite, um an Tark-Volmar vorbei nach vorn zu schauen . . .

Die gewaltige Toröffnung klaffte direkt vor ihnen, und Zyra konnte das Schreien und den Aufruhr unter den Barbaren hören! Kreischend spritzten sie auseinander, um dem von Ailwon ungestüm geführten Zauberschwert zu entgehen . . .

Der letzte Kampf hatte seinen Anfang genommen!

*

Gwynn kauerte in einer dunklen Ecke ihrer Zelle.

Dies war also der Tag der Erfüllung . . . der Gipfelpunkt jedweden Ereignisses in der Geschichte Urshuraks. Dieser Tag hätte den gigantischen Zusammenprall der feindlichen Kräfte Licht und Finsternis – Gut und Böse – herbeibringen müssen, jener Kräfte, die das Schicksal Urshuraks entscheiden sollten. Sowohl das Ende als auch den Anfang sollte dieser Tag bringen . . . Und nichts war geschehen.

Langsam und trostlos – wie alle Tage in Golgorath – war es Abend geworden. Die Stunden wurden vom dämonischen Pochen in den Tiefen des Kraters begleitet.

Dann begann der Donner der ungeheueren Waffen . . . Der Zellenboden bebte! Wieder und immer wieder . . . Berstendes Krachen . . . schrilles Jaulen und Dröhnen und Orgeln . . . Die Luft knisterte förmlich . . . Der Himmel brannte!

Gwynn eilte an das Gitter. In ihrem eingeengten Blickfeld konnte sie Hunderte von Gnomen, Borgs und skelfischen Nordleuten sehen. Sie stürmten über die Ebenen – hin zu den Festungsmauern. Hastig kletterten sie zu den Zinnen hinauf. Die Vilderonen begleiteten sie. Befehle wurden gebrüllt.

Gwynn strengte sich an, zu hören, was geschah, aber der Tumult vereitelte das.

»Da – ein gewaltiger Schlag!

Etwas zerbarst! Schreie gellten!

Das mußte das große Tor gewesen sein! Es war gefallen!

Eine ungeheuere Erschütterung ließ den Boden erzittern. Risse zeigten sich in den Wänden. Verwirrte Schreie gellten. Immer mehr wandelten sie sich in – Entsetzensschreie!

Ist es wahr! Ist es wirklich wahr? Sie wagte kaum zu glauben, daß es möglich sein konnte.

Torgons Streitkräfte hatten sich offensichtlich allesamt zum Südtor begeben. Die Umgegend des Gefängnistraktes lag verlassen im letzten Licht des Tages.

Alles, was Gwynn tun konnte, war warten.

Sie wünschte, Ferda wäre in ihrer Zelle gewesen, aber außer ihr waren alle Gefangenen im großen *Käfig* zusammengepfercht worden.

Sie hörte den schweren Schritt genagelter Stiefel.

Vilderonen näherten sich und sie blickte ihnen entgegen. Zwei waren es, und bei ihnen war der massige Bog Thog. Gwynn wich von der Zellentür zurück.

Sekundenbruchteile später erschien das finstere Gesicht eines Vilderonen am Gitter.

»Komm her, Elfin«, knurrte er, »es wurde nach dir geschickt.«

Gwynn berührte den Dolchgriff, den sie unter ihrer Kleidung verbarg, dann, als die Tür geöffnet wurde, setzte sie sich in Bewegung. Sie trat in den Korridor hinaus.

Der Kampflärm hatte zugenommen.

»Was ist denn da oben los«, fragte sie, ohne eine Antwort zu erwarten. Sie erhielt auch keine. Der Borg schlurfte davon.

»Binde ihre Handgelenke«, befahl der Vilderone, »und bring sie mit.«

Er ging voraus, offensichtlich in Eile. Sein Artgenosse ergriff Gwynn am Arm und drehte sie so, daß ihm ihr Rücken zugekehrt war. Er rasselte mit der Kette.

Da handelte Gwynn!

Sie griff unter ihr Gewand, umfaßte den Dolchgriff und federte herum!

Wie ein silberner Blitz fuhr die Klinge ins linke Auge des Vilderonen.

Er brüllte vor Qual, taumelte zurück und preßte seine Pranken aufs Gesicht. Blut spritzte zwischen seinen Fingern hindurch.

Gwynn verlor keine Zeit. Sie riß in derselben Bewegung die Kette hoch, mit der er sie hatte fesseln wollen.

Der Schrei hatte das andere Scheusal alarmiert. Mit großen Schritten hetzte es herbei.

Die Elfin schleuderte die kurze Kette. Wirbelnd flog sie davon. Dann krachte sie gegen das geschlossene Helmvisier des Vilderonen und warf ihn um.

Gwynn wirbelte wieder herum. Ihre Augen weiteten sich vor Schreck, als sie den fürchterlichen Todeskampf des verletzten Vilderonen gewahrte. Sie sprang ihn an, ihre rasiermesserscharfe Klinge zerschnitt das ledrige Fleisch seiner Kehle und beendete seine Leiden.

Sie preßte ihre Zähne aufeinander. Sie durfte jetzt nicht schwach werden!

Entschlossen beugte sie sich über den Leichnam und zog das Vilderonen-Schwert aus der Scheide.

Als sie sich umdrehte, kam das andere Scheusal gerade wieder taumelnd auf die Füße. Haßerfüllt brüllte es auf und stürmte los! Im Lauf zerrte es sein Schwert!

Gwynn trat ihm entgegen. Mit beiden Händen hielt sie die mächtige Vilderonen-Waffe.

Krachend trafen die Klingen gegeneinander.

Das Scheusal drängte voran, hieb nach dem Schädel der Elfin. Gewandt wich sie aus, parierte . . . Dann spürte sie die Korridorwand in ihrem Rücken. Sie warf sich zur Seite! Funkensprühend krachte das Schwert ihres Gegners dagegen.

Der vernichtende Schlag warf den Vilderonen vorwärts . . .

Das nützte Gwynn aus. Er hatte nicht damit gerechnet, daß sie noch ausweichen konnte . . . Jetzt war er völlig überrascht . . . Zu lange!

Sie rammte ihm ihre Klinge in den Leib. Er brach zusammen und rührte sich nicht mehr.

Gwynn stürmte an ihm vorbei, die Treppe hinunter, zum *Käfig*. Wild begannen die Sklaven zu jubeln, als sie in Sicht

kam. Sie rüttelten an den Gitterstäben, sie schrien, brüllten, lachten – mit Tränen in den Augen. Zahllose drängten sich gegen die Gitterstäbe und streckten ihre Hände aus, um sie zu berühren.

»He, Liebes!« rief eine krächzende Stimme, »was geht denn da oben vor sich?«

Ferda stand am unteren Ende des Käfigs, ihr Gesicht gegen die Stäbe gedrückt.

»Ailwon ist gekommen, Ferda!« rief Gwynn. »Er ist hier! *Ich weiß es!*« In ihrem Gesicht zuckte es. »Jetzt muß ich euch aber da herausbekommen . . . Ich werde eine Menge Hilfe brauchen, denn ich bin nun einmal nicht so groß wie ein Borg!«

Gwynn ergriff den Hebel, der das Fallgitter hob. Mit all ihrer Kraft zog sie daran.

Die Gefangenen brachen in gewaltigen Jubel aus! Der Hebel bewegte sich . . . bewegte sich – und schwang herum. Dann kam er wieder in Ruhestellung. Das Tor hatte sich einen Spalt weit gehoben!

Rissige, schwielige Hände ergriffen die Stäbe, harte Muskeln spannten sich, Schulter- und Rückenmuskeln, Unterarm- und Oberschenkelmuskeln. Schweiß floß in Strömen.

Schulter an Schulter hoben sie das Gitter an . . .

Azmurier und Nordleute, Zwerge, Weiße und Braune Elfen.

Dann war es geschafft! Kreischend fuhr das Gitter hoch. Sie waren frei! Endlich frei! Jubelnd, mit wild hämmernden Herzen, strömten sie aus dem *Käfig*!

Gwynn wurde ergriffen, gedrückt, umarmt, vorangedrängt, sie zu führen. Ihr Schwert schwingend stürmte sie los, zeigte ihnen den Weg zu den oberen Ebenen.

Ein Trupp Vilderonen versperrte ihnen den Weg – aber nur eine Sekunde lang. Die Scheusale wurden von der brüllenden, rufenden, schreienden Menge verschluckt und getötet.

Weiter und höher stürmten sie, nachdem sie dem schrecklichen Arsenal, das bislang nur mit ihrem Zorn und dem unbändigen Wunsch nach Freiheit bestückt war, die stählernen Waffen der überwundenen Vilderonen hinzugefügt hatten.

Wenig später erreichten sie das obere Ende der Rampe!

Die Kämpfer der vereinten Armeen waren in die Festung gestürmt, und der Kampf Mann gegen Mann tobte in blutiger Heftigkeit. Die Luft wurde erfüllt von den Kriegsschreien und Rufen kämpfender Krieger, vom Geklirr der Waffen, von den Schreien der Verwundeten und Sterbenden. Schon war die obere Ebene von reglosen Körpern übersät und glitschig vom Blut.

Die wilde Menge der von Gwynn befreiten Sklaven stürzte sich mitten ins Chaos hinein!

*

Gwynn kämpfte konzentriert. Blitzschnell war ihre Klinge. Sie schuf sich Luft. Sekundenlang wurde sie nicht bedrängt, fand sie Zeit, sich umzusehen.

Im ärgsten Schlachtgefühl blitzte das Strahlen des Schwertes Elfgard in der Luft, und sie konnte den Mann sehen, der es führte. Ailwon . . . Auf dem goldenen Hengst, verbissen kämpfend, angetan mit der schimmernden Rüstung und dem maskenhaften Kronhelm der Weißen Elfen . . . Der Sevena! Ailwon – ihr Ailwon!

Sie rief seinen Namen. Und irgendwie – trotz des heulenden, kreischenden, klirrenden, berstenden Tohuwabohus, hörte er sie.

Er kämpfte sich zu ihr durch.

Sie eilten sich entgegen.

Dann trafen sie zusammen, umarmten sich, drückten sich gegeneinander, und die Kraft ihrer Liebe strömte zwischen ihnen.

»Du mußt gehen«, rief Gwynn und löste sich von ihm. »Ich folge dir, so schnell ich kann . . . Dort hält er sich auf!«

Sie deutete über den Damm zum Turm hin.

Ailwon nickte grimmig. »Ich werde ihn finden.« Er beugte sich herab. Ihre Lippen trafen sich für den Bruchteil eines Augenblicks. Dann schwang sich Ailwon wieder in den Sattel und trieb seinen Hengst an. Wie ein Ungewitter bahnte er sich seinen Weg durch das Gewühl von Borgs und Gnomen.

Schließlich galoppierte er über den Damm, fegte jeden

Versuch, ihn aufzuhalten, beiseite, ritt in gerader Linie zum Turm des Todesherrn.

Drei tödlich entschlossene Gnome griffen Gwynn an. Sie riß ihre Blicke von Ailwon los und wehrte sich . . .

*

Im Strudel der Gewalttätigkeit in der Festung des Todesherrn war die Königin von Zan-Dura die Bösartigste aller Kämpfenden. Diejenigen von Torgons Mannen, die die Schlacht um Cryslandon überlebt hatten, hatten ihren Kameraden von der Grausamkeit der Amazonen berichtet. Keiner von ihnen war jedoch darauf vorbereitet, sich dem Ungestüm zu stellen, das ihnen in der Person der karmesinrot gekleideten Kriegerin gegenübertrat!

Unablässig, unermüdlich griff sie an, und bei jedem flirrenden Heben und Senken ihrer Klinge fiel einer aus den Reihen der Unheimlichen!

Zyra hatte Ailwon erblickt, als er sich über den Damm dem massigen Eisenturm näherte. Der Elfenkönig würde sie zu diesem Herrn des Todes führen, der für die Ermordung ihrer Königin und so vieler ihrer Schwestern verantwortlich war!

Rasend schaute sie umher, erspähte ein reiterloses azmurisches Pferd. Sie stürmte zu ihm, ergriff die Zügel und sprach ihm besänftigend zu, als es sich voller Angst aufbäumte. Sie sprang auf seinen Rücken, wandte es dem Turm zu, erzwang sich ihren Weg durch das Kampfgetümmel, dann galoppierte sie über den Damm.

Ein halbes Dutzend Scheusale versperrten ihr den Weg. Sie versuchten, sie aus dem Sattel zu zerren – aber das bereuten sie schnell. Zyra hieb mit solcher Grausamkeit nach ihnen, daß innerhalb eines Augenblicks die Hälfte von ihnen blutend am Boden lagen. Die anderen zogen sich zurück.

Zyra aber galoppierte weiter. Ailwon war nicht mehr zu sehen. Er mußte den Turm bereits betreten haben! Sie verfluchte ihr Pech und die Scheusale, die sie aufgehalten hatten.

Vor den großen, offenstehenden Flügeltüren des Turmes zügelte sie das Pferd und saß ab.

Mit blankgezogener Klinge hetzte sie los.

Nach wie vor war sie fest entschlossen, Torgon zu finden, koste es, was es wolle.

*

Tark-Volmar, der Nordmann, war in seinem Element!

Freudig ließ er seine lange angestaute Wut an den Scheusalen, den Borgs und – besonders – an den Abtrünnigen seiner eigenen Rasse, den Skelfen, aus. Die Gnome hielt Volmar eher für lästig, denn für gefährlich. Ein Schlag seiner großen Faust schickte drei, vier von ihnen purzelnd zu Boden.

Der rotbärtige Nordmann amüsierte sich köstlich.

Er blieb in unmittelbarer Nähe seiner Kampfgefährten, da er großes Vergnügen an ihren kämpferischen Fähigkeiten hatte. Er bewunderte die entschlossenen, unablässigen Angriffe Erbins und Evrawks. Gemeinsam waren die beiden dem furchtbarsten Gegner ebenbürtig. Der Kampfstil des Vandorers, der Kraft und Behendigkeit in seiner Schwertführung vereinte, zog ebenfalls immer wieder schnelle, bewundernde Blicke auf sich.

Volmars alter Widersacher, Ali Ben Kara . . . Auch ihn bewunderte er. Als der Shakin einen streitkolbenschwingenden Borg mit einem mächtigen Schwerthieb köpfte, brüllte Volmar lauten Beifall. Sein gratulierender Schulterschlag schickte den fürstlichen Azmurier beinahe zu Boden.

»Verdammt, Volmar!« rief Ben Kara. »Es ist wahrscheinlicher, daß ich durch deine Lobesbezeugungen zugrunde gehe, als durch den Hieb einer Feindeswaffe!«

Der Nordmann lachte schallend und wandte sich um. »Kommt schon, ihr finsteren Hunde!« brüllte er verwegen.

Durch das hin- und herwogende Leibermeer erspähte er plötzlich den Feind, nach dem er seit dem ersten Augenblick, in dem er in diese Festung hereingepoltert war, Ausschau gehalten hatte.

»Kolak!« brüllte er und bahnte sich brutal seinen Weg zu dem verhaßten Rivalen. »Eh! Kolak, du Kahlkopf!«

Ali Ben Kara beobachtete mit Besorgnis, wie unvorsichtig der breitschultrige Nordmann durch das Gedränge stürmte.

Dann entdeckte er aus einem Augenwinkel heraus den Schatten einer Bewegung – und duckte sich! Keine Sekunde zu früh! Die Klinge eines Breitschwertes, geführt von einem ungeschlachten Vilderonen-Scheusal, sauste an seinem Ohr und seiner Schulter vorbei. Ben Kara straffte sich und stellte sich der dunklen Gestalt, – instinktiv wissend, wie gefährlich gerade dieser Kerl war.

Das finstere Scheusal hatte im Verlauf dieser Schlacht bereits mehr als ein Dutzend seiner Leute getötet.

Der Shakin war auf der Hut und spielte seine ganze Kampfkunst aus.

Verbissen, wild, – aber kurz war der Kampf. Dann lag der Vilderone leblos zu seinen Füßen. Der Azmurier blickte einen langen Moment auf ihn nieder, – ohne zu wissen, daß er soeben den gefürchteten Sorkmun getötet hatte.

Tark-Volmar war bis auf Hörweite an seinen Rivalen Kolak herangekommen, und jetzt brüllte er wieder: »Kolak, du Verräter! Du kahlköpfiger Bastard!«

Kolak warf sich herum. Sein Gesicht war totenbleich ob der Beleidigung. Dann machte er Volmar aus und tappte los, halb wahnsinnig vor Haß und Flüche sprühend.

Die Giganten krachten zusammen. Ihre Streitäxte verhakten sich über ihren Köpfen. Mit einem gewaltigen Stoß riß der Skelf-Häuptling Tark-Volmar die Axt aus der Hand. Wummernd krachte sie zu Boden. Der tödliche Schlag war über Tark-Volmars Kopf erhoben, doch er wartete nicht, bis er vollendet wurde . . .

Er schoß nach vorn, rammte seinen Schädel in Kolaks Wanst. Der Kahle taumelte würgend zurück. Schon setzte Volmar nach. Seine mächtigen Pranken umklammerten den bulligen Hals des Gegners. Er drückte zu, preßte die Kehle mit der Kraft seiner dicken Daumen nach innen. Er hörte, wie Kolaks nutzlos gewordene Streitaxt hinter ihm niederfiel. Noch fester drückte er zu. Durch zusammengebissene Zähne knurrte er: »Verräter!«

Kolaks Gesicht verfärbte sich purpurrot, seine Augen traten aus den Höhlen. Dann rollten die Pupillen zurück und der Körper erschlaffte.

Volmar ließ ihn los. Schlaff, wie eine Puppe, sackte Kolak in sich zusammen. Sein prunkvoller, mit Gold verzierter Helm rollte ihm vom Schädel – und entblößte die Glatze.

Tark-Volmar stand schwer atmend über ihm. »Das ist der Lohn eines jeden Verräters«, sagte er. Aber es war kein Spott in seiner Stimme, auch kein Haß. Er wandte sich ab und nahm seine Axt wieder an sich.

Die verbündeten Armeen waren in der Minderzahl, aber das schien – wie bei der Schlacht um Cryslandon – kaum von Nachteil zu sein.

Vom ersten Augenblick des Nahkampfes an gab es wenig Zweifel über den schließlichen Ausgang. Gestärkt durch die erfreuliche Ankunft ihrer lange versklavten Landsleute gewannen die Verbündeten langsam, aber sicher Kontrolle

über das Schlachtgeschehen. Die stürmische Zuversicht, der sich Torgons Streitkräfte vor Beginn der Schlacht erfreut hatten, löste sich unter der rasenden Unerbittlichkeit der Verbündeten auf.

Niemand hatte erwartet, solch ungestümer Kampfpräzision zu begegnen, wie sie die Kriegerfrauen anwandten. Und auch die Versuche, es mit den disziplinierten Azmuriern aufzunehmen, die ihre Krummschwerter mit solch unvergleichlicher Geschicklichkeit schwangen, schien vergeblich . . .

Radikal verringerte sich der zahlenmäßige Vorteil der Barbaren-Horden. Schreiend und fluchend und geifernd fielen sie unter den blitzenden Klingen der Lejentors und den Speerspitzen der weißelfischen Fußsoldaten. Die Grausamkeit der tatkräftigen Nordleute schließlich zerstreute sie in alle Himmelsrichtungen. Und die Zwerge, die ihre Heugabeln, Sensen, Schaufeln und Äxte schwangen und von dem weißhaarigen Esrund in seiner uralten Rüstung geführt und angefeuert wurden, demoralisierten sie endgültig!

Barbaren, Skelfen – und sogar Vilderonen zogen sich zu Tausenden zurück. Die Verbündeten setzten ihnen nach und zwangen sie in den Krater des Todes hinab. Jetzt kämpften die Aggressoren um ihr Überleben! Unbarmherzig wurden sie von den Kämpfern der freien Völker bedrängt.

*

Hugh Oxhine und Oolu waren ins Innere des Turmes vorgedrungen.

Der Vandorer hatte Zyra hinter Ailwon herstürmen sehen, und im gleichen Moment ihre Absichten erkannt. Ihr Verstand war vom Fieber der Rache befallen, das wußte er, und er konnte sie gut verstehen.

Ihre Fähigkeit, sich verteidigen zu können, stellte er beileibe nicht in Frage, trotzdem war er besorgt. Allein das Fehlen ihres normalerweise kühlen Urteilsvermögens gefährdete sie . . . Und abgesehen davon – er liebte sie, und wenn sie entschlossen war, dem Todesherrn zu trotzen, so war er entschlossen, an ihrer Seite zu stehen, wenn sie das tat.

So schnell es ihm möglich gewesen war, war er ihr in den Turm gefolgt. Irgendwann war Oolu bei ihm gewesen. Hugh bemerkte ihn erst, als er den langen Damm fast überquert hatte. Er warnte den Gwarpy, sagte ihm, daß es gefährlich war, ihn zu begleiten. Oolu war jedem Angriff wehrlos ausgeliefert. Die Warnung hielt ihn jedoch nicht zurück. Grinsend trabte er an seiner Seite.

Dann betraten sie den unheimlichen Turm.

Vorhin hatten sie – aus einiger Entfernung – eine junge Elfin in dessen Eingang verschwinden sehen. Sie bezweifelten nicht, daß dies Gwynn gewesen war.

Jetzt war sie nirgends mehr zu sehen.

Eine massive Stahltür verhinderte, daß sie weiterhin dem Hauptgang folgen konnten. Sie traten durch ein Portal zu ihrer Linken. Der Korridor, der sich dahinter anschloß, wand sich in zahlreichen Biegungen dahin. Mehrere Seitengänge zweigten davon ab.

Hugh und Oolu folgten dem Gang, nur auf ihre Instinkte und ihr Glück vertrauend.

Die Gefährten passierten ein weiteres, dunkles Portal.

Da erfolgte der Angriff! Zwei grimmig aussehende Vilderonen warfen sich auf sie!

Hugh stieß Oolu hinter sich und zog gleichzeitig sein Schwert. Die Vilderonen waren – ihrer furchtbaren Erscheinung zum Trotz – keine besonders geschickten Schwertkämpfer. Bisher hatte ihm keiner von ihnen gefährlich werden können. Aber es mit zwei dieser Wahnsinnskreaturen aufzunehmen, das war schon wesentlich schwieriger. Sie nahmen ihn in die Zange. Hugh fand sich schnell an die Wand des Korridors zurückgedrängt. Hart und teuflisch gefährlich prasselten ihre Schwerthiebe gegen seine Klinge. Kalt blitzte der Stahl im diffusen Licht des Korridors.

Immer rücksichtsloser, immer brutaler griffen die Vilderonen an.

Noch konnte er ihre Schläge parieren. Noch . . .

Einen Augenblick lang wurde Oolu hinter seinem Beschützer hervorgezogen, und im gleichen Augenblick entschied einer der Vilderonen, daß der Gwarpy ein weit leichters Opfer darstellte als der Vandorer!

Er sprang vor, seine Klinge zum tödlichen Schlag erhoben.

Oolu zögerte nur eine Sekunde lang, dann flitzte er los. Der Vilderone fluchte und hetzte ihm nach.

Hugh wollte seinem kleinen Freund helfen, aber das verhinderte sein Gegner. Er versperrte ihm den Weg. Der Vandorer fluchte und griff ungestüm an. Funken stoben, als sich die Klingen kreuzten. Der Vilderone vernachlässigte eine Sekunde lang seine Deckung. Das sah Hugh – und er handelte!

Einen Herzschlag später lag das Scheusal mit dem Gesicht nach unten am Boden, eine Blutlache bildete sich unter ihm.

Hugh stürmte an ihm vorbei und rannte, so schnell er konnte, den dunklen, gewundenen Korridor entlang.

Noch konnte er nicht wissen, daß er Oolu trotz all seiner Bemühungen nicht mehr rechtzeitig finden würde . . .

*

Der Gwarpy rannte um sein Leben, – aber nicht nur. Er hatte erkannt, daß er Hughs Chancen verbesserte, wenn er einen seiner Gegner ablenkte.

Der Vilderone rannte fluchend und sein Schwert schwingend hinter ihm her. Oolu wußte, daß er ihm nicht wirklich gefährlich werden konnte. Es würde ihm keine sonderliche Mühe bereiten, ihm davonzulaufen, ganz gleich, wie hartnäckig er ihm auch folgte.

Aber es war ihm auch klar, daß er sich immer weiter von Hugh Oxhine entfernte . . .

*

Zyra hatte sich im dunklen Labyrinth des Turmes verirrt.

Die Kräfte ihrer Psyche waren fein entwickelt, und normalerweise hätte sie sich beileibe nicht in den Wirren dieses Irrgartens fangen lassen. Aber die Flammen ihres Hasses hatten die kühle Bewußtheit, die normalerweise ihre Handlungen leitete, aufgelöst. Je tiefer sie ins Innere des monströsen Bauwerks vordrang, desto deutlicher hörte sie das tiefe, allgegenwärtige Pochen, und das verlieh ihrer schwachen Hoffnung Auftrieb, daß es ihr doch noch gelingen könnte, Torgon aufzuspüren.

Als sie ihre mißliche Situation erkannte, wurde sie noch

wütender, und begegnete ihr ein Vilderonen-Wächter, so bekam er diesen Zorn zu spüren.

Doch mit jedem Kampf verringerte sich ihre Wut, und wie die Zeit in den düsteren Gängen weit von der Ekstase der Schlacht verging, so wurde die scharfe Klinge ihrer Wut immer stumpfer. Je länger sie damit zubrachte, die Dunkelheit zu durchforschen, um so unwichtiger wurde ihr Entschluß, den Tod ihrer Königin und ihrer Schwestern zu rächen. Sie verspürte kein Nachlassen in der Hingabe an das Angedenken Anziras, aber die Leidenschaft, um sich zu schlagen, zu töten und wieder zu töten, hatte ihre bittere Macht über sie verloren.

Während sie in der Dunkelheit herumtappte, fragte sie sich, ob es Hugh Oxhine ebenso ergangen war. Sie kannte seine Geschichte, wußte, daß er anfangs nur die Wesen hatte aufspüren und töten wollen, die seine Familie auf dem Gewissen hatten. Ihre Gedanken wanderten. Hatte sein Interesse an ihr irgend etwas mit seiner Wandlung zu tun? Denn daß sie dem Vandorer nicht gleichgültig war, dessen war sie sich brennend bewußt – war es von Anfang an gewesen. Aber ursprünglich hatte sie wenig mehr als Nachsicht für ihn empfunden, denn sie liebte nur die ihrer eigenen Rasse. Der Verlauf der Geschichte bewies, daß Außenstehende unzuverlässig waren. Und darüberhinaus hatte ihn sein dickköpfiges, fast brutales Wesen – trotz seiner angenehmen äußeren Erscheinung – wenig reizvoll erscheinen lassen. Doch in den letzten Tagen hatte sie die verblüffenden Veränderungen verspürt, die er durchmachte. Und im ersten Augenblick des Schocks, damals, als sie von Aziras Tod erfuhr, war sie fast soweit gewesen, seinen Trost zu suchen. Ganz deutlich hatte sie gesehen, was er für sie empfand – wie er mit ihr fühlte und sich sorgte. Jetzt – freimütig gestand sich Zyra das ein – wünschte sie, Hugh könnte bei ihr sein. Seine unerschütterliche Kaltblütigkeit war genau das, was man brauchte, um mit diesem Irrgarten fertig zu werden.

Zyra schalt sich eine Närrin. Die Enge und Düsternis dieser Korridore bedrückte sie. Ihr ganzes Leben hatte sie in freier Natur verbracht, und in weiten, hohen, hellen Räumen. Die klaustrophobische Wirkung dieser Gänge machte sich immer deutlicher und nachhaltiger bemerkbar.

Sie begann zu schwitzen.

Plötzlich entdeckte sie in den Schatten vor sich eine kaum merkliche Bewegung. Ihr geschmeidiger Körper spannte sich an. Mit gezücktem Schwert glitt sie vorwärts, die Augen starr auf die Stelle der potentiellen Gefahr gerichtet.

Die Vilderonen, die sich in der gegenüber liegenden Wandnische verbargen, bemerkte sie erst, als es zu spät war.

Es waren zwei! Wie hingezaubert tauchten sie hinter ihr auf und ergriffen sie, bevor sie Gelegenheit gefunden hatte, ihre tödlichen Fähigkeiten zu demonstrieren. Brutal wurde ihr die Klinge aus der Hand gewunden. Sie klirrte auf die Steinfliesen. Der harte Aufprall warf Echos durch die langen Korridore.

Mit eisernem Griff rissen die Scheusale Zyras Arme auf den Rücken. Jetzt war sie ihnen hilflos ausgeliefert.

Und darauf hatte der schwarz und weiß gekleidete Mann gewartet. Er trat aus den Schatten in das schwache Licht.

»Deciedon!« entfuhr es Zyra.

»Ja. Hier treffen wir uns also wieder. Mein Glück verwundert mich . . .« Er kam näher zu ihr heran. »Ich brauchte dringend eine Geisel – nachdem ich die, auf die ich mich verließ, offensichtlich verloren habe. Allerdings hätte ich mir nicht träumen lassen, daß ich sie gegen eine so schöne andere Geisel eintauschen würde.«

Er griff nach ihr. Schwer fiel seine Hand auf ihre Schulter nieder. Sie stieß sie herab, ihre Augen brannten.

Spöttisch schüttelte er den Kopf. »Ich verstehe das nicht. Bisher war noch jede Frau fasziniert von mir«, meinte er lächelnd. »Nun, das macht nichts. Du wirst dich später ändern, später, wenn wir diesen Ort längst hinter uns gelassen haben. Ich fürchte, daß sich das Blatt gewendet hat. Deshalb muß ich mir einen sicheren Aufenthaltsort suchen. Du sollst meine Versicherung dafür sein, daß ich einen solchen finde«, schloß er mit einem blitzenden Lächeln.

»Sie ist nicht zu unterschätzen«, sagte er zu den Scheusalen, die sie unerbittlich festhielten. »Bindet sie fest, dann bringt sie mit.«

Zyras Handgelenke wurden mit Lederschnüren auf dem Rücken zusammengebunden.

»Vorwärts!« knurrten die Vilderonen, nachdem sie ihr Werk vollendet hatten.

Sie waren erst ein paar Schritte weit gegangen, als sich Zyra instinktiv verkrampfte . . . Sie hörte das nahezu lautlose Heranzischen eines Pfeiles . . .

Dann den dumpfen Aufschlag!

Ein Vilderone stieß ein kurzes, ersticktes Husten aus, bevor er schwer hinfiel. Ein Pfeil hatte seinen Hals durchbohrt.

Der andere Vilderone fuhr herum, starrte in die Dunkelheit. Fahrig riß er sein Schwert aus der Scheide . . . Nur um gleich darauf ein ähnliches Schicksal zu erleiden, wie sein Artgenosse. Ein zweiter tödlicher Pfeil schlug in seine Brust und warf ihn zurück.

Nur zwanzig Schritte entfernt stand Hugh Oxhine. Mit unglaublicher Geschwindigkeit hatte er bereits einen dritten Pfeil auf die Sehne gelegt . . .

Trotzdem war er zu langsam.

Der weißelfische Verräter hatte sich fast ebenso schnell bewegt wie Hugh Oxhine. Noch während seine beiden Helfershelfer fielen, stürmte er vor, ergriff die Amazone von hinten und setzte die Spitze seins langen Dolches – desselben, der Shandar, den Propheten, getötet hatte – an ihre Kehle.

»Laß' deine Waffen fallen, Schütze!« rief er. »Laß sie fallen, sonst wird meine Klinge durch ihre liebliche Kehle fahren . . . Nein! Noch besser, du wirfst sie in einen dieser Luftschächte . . . Da, genau hinter dir . . . Ja, wunderbar«, lachte er, als Hugh seinem Befehl gehorchte. »Wirf sie alle hinein . . . jeden einzelnen Pfeil!«

»Nein!« rief Zyra dem Vandorer zu. »Du darfst dich nicht fügen! Du darfst keine Rücksicht auf mich nehmen! Bring diesen Kerl um . . . Denk nicht an die Folgen! Es ist gleichgültig, was mit mir geschieht!«

Deciedon lachte. »Das kann er nicht, meine Liebe«, versetzte er zuversichtlich. »Ich sehe ihm die Sorgen, die er um dich aussteht, verdammt deutlich an. Wahrscheinlich glaubt er, dich zu lieben.«

»Du hast recht, Deciedon«, erwiderte Hugh. Er sprach ruhig, doch seine Stimme war dennoch deutlich zu hören. »Ich liebe sie wirklich . . . und es spielt keine Rolle mehr, was sie mir gegenüber empfindet.« Er hatte seine Waffen in den Schacht geworfen. Jetzt näherte er sich langsam.

»Deciedon, laß Zyra gehen. Ich werde dir nicht folgen. Ich will mich nicht an dir rächen – und ich will dich nicht umbringen. Ich habe heute schon so oft getötet . . . Es ist genug. Ich verspüre keine Notwendigkeit, dich der Gerechtigkeit zu übergeben . . . Bitte – laß sie frei!«

»Entweder bist du naiver, als ich glaubte«, lachte der Verräter, »oder du glaubst, ich sei – Halt! Komm nicht mehr näher! Ich wollte mich soeben mit meiner schönen Geisel verabschieden . . .«

Schritt um Schritt wich er zurück, und mit ihm Zyra. Die Dolchspitze ritzte ihre Haut, so fest hielt er sie gegen ihren Hals gepreßt.

Er blickte zurück. Der Ausgang, den er suchte, war fast erreicht.

»Bitte!« rief Hugh noch einmal. »Bitte, laß sie frei!«

Zyras Augen füllten sich mit Tränen. »Hugh . . .«, flüsterte sie. Zum ersten Mal sprach sie seinen Namen aus.

Deciedons Stimme war spöttisch. »Wie rührend! Ich würde deiner Bitte gerne nachgeben, Vandorer, aber ich kann es nicht. Sieh dir deine Geliebte ein letztes Mal an . . .«

Die Tür war in Reichweite. Deciedon zerrte Zyra darauf zu.

Aus dem Schatten neben der Tür flog ein pelziges Wesen!

Es erwischte Deciedons rechten Arm! Die drohende Dolchklinge wurde von Zyras Kehle gerissen. Beinahe im gleichen Moment befreite sie sich aus dem Griff des Verräters und federte vorwärts.

Hugh schoß ebenfalls vor – auf den Weißelfen und den Gwarpy zu? Er kam eine Sekunde zu spät! Oolu wurde zu Boden geschleudert, der rasiermesserscharfe Dolch senkte sich in seine Brust!

Dann krachte der Vandorer gegen Deciedon und warf ihn zurück. Beide gingen zu Boden. Katzengewandt rollte Deciedon herum, kam auf die Füße. Breitbeinig, leicht vornübergebeugt blieb er stehen. Sein Dolch war in die Dunkelheit geflogen. Jetzt mußte er irgendwo hinter ihm auf dem Boden liegen. Zeit, ihn zu suchen und aufzuheben, blieb keine. Er zerrte sein Schwert aus der Scheide.

Hugh hatte sich auf ein Knie erhoben.

Deciedon warf sich vor, seine Klinge kam hoch . . . Aber sie senkte sich nicht!

Schneller – so schnell, daß der Verräter sie nicht einmal kommen sah – war Zyra. Wie eine große Raubkatze sprang sie ihn an. Deciedon wurde zu Boden gestreckt. Das entschied den Kampf. Geschmeidig kam Hugh hoch und sprang. Rittlings kam er über der Brust des hinterhältigen Kerls zu sitzen. Hart riß er ihn hoch und schmetterte ihm die Faust ins Gesicht. Der Schlag warf seinen Schädel zurück.

Hugh richtete sich auf, ergriff Deciedons Schwert. Dann sah er auf die erbärmliche, ausgestreckte Gestalt hinab. Deciedon kauerte sich wimmernd zusammen.

»Es ist nicht notwendig«, sagte der Vandorer – und dann ließ er das Schwert sinken und wandte sich ab.

Zyra kniete bereits neben dem stummen Körper Oolus. Ihre Augen waren ängstlich geweitet, als sie aufsah. »Er ist nicht tot«, flüsterte sie, »und doch mehr tot als lebendig. Wir müssen uns beeilen.«

Hugh bückte sich und schnitt ihre Fesseln durch, dann hob er Oolu vorsichtig hoch. Das Pelzgesicht war entspannt. Die Lider geschlossen. Hugh starrte auf seinen kleinen Freund, suchte nach einem Lebenszeichen. Zyra hielt das Schwert in der Hand und führte, als sie den Korridor entlang eilten.

Dieses Mal würde sie ihren Instinkten folgen, sie würden ihren Weg ins Freie finden.

Atemlos hetzten sie die gewundenen Gänge entlang.

*

Deciedon kauerte an der eisernen Wand, die Knie an die Brust gezogen, sein Gesicht zwischen den Armen vergraben. Er weinte bitterlich; die gesamte Fassade seines Lebens war in einem vernichtenden Augenblick weggewischt worden. In seiner Verzweiflung versunken, bemerkte er die sechs Vilderonen-Scheusale nicht, die in den Gang traten.

Es gab keinen einzigen Vilderonen, der den Weißelfen-Lejentor nicht kannte und insgeheim fürchtete. Aber als die

Scheusale Deciedon in diesem Zustand der Schwäche sahen, verwandelte sich ihre Furcht plötzlich in Haß.

Die Vilderonen wußten, daß dieser erbärmliche Elf ihren Herrn, Torgon, und Golgorath im Stich gelassen hatte. Und – sie fühlten, daß das Ende – ihr Ende – nahe war.

Vereint näherten sie sich dem Weißen Elfen. Langsam hoben sie die wuchtigen Breitschwerter . . .

*

Das geheimnisvolle Pochen wies Ailwon beständig den Weg. Er ließ seinen goldenen Hengst zurück und betrat den Turm. Furchtlos schritt er über die Schwelle in die schlierige Dunkelheit hinein.

Dann erwuchs tief aus dem Zentrum seines Gehirns kommend eine Stimme, ein fernes Flüstern, das ihn in die Tiefe lockte. Ohne nachzudenken, eilte er eine Wendeltreppe hinunter.

Das Flüstern schwoll zu einem beständigen, fast unerträglichen Lärmen an, je tiefer Ailwon hinabstieg.

Am Fuß der Treppe mündete ein riesiger Korridor, der in düstere Weiten davonführte. Ailwon folgte ihm. Er verlor jegliches Zeitempfinden. Unermüdlich setzte er Schritt vor Schritt.

Irgendwann endete der Gang vor einer wuchtigen fünfeckigen Stahltür.

Langsam hob er Elfgard. Tausend Jahre des Sehnens waren auf diesen Augenblick konzentriert. Die Schwertspitze berührte die Tür . . .

Im gleichen Sekundenbruchteil spritzten strahlende Lichtkaskaden auf! Das Lärmen in Ailwons Verstand verstummte schlagartig! Die große Tür wich polternd zurück.

Der König der Weißen Elfen betrat das düstere Herz Golgoraths.

Das allgegenwärtige Pochen zwang ihn, weiterzugehen. Er kämpfte gegen die Trägheit an, die es in seinem Verstand hervorrief. Der langsame Puls des Todes zog ihn ins Zentrum einer überdimensionalen Halle. Elfgard fest in der Hand haltend, bewegte er sich vorwärts.

Die Saat, die unzählige Jahrhunderte vor Ailwons Geburt ausgesät worden war, ging auf . . .

Als er die Mitte des Raumes erreicht hatte, bemerkte er, daß der Boden aus fünf Teilen zusammengefügt war. Er stand dort, wo sie zusammentrafen.

Und der Boden öffnete sich unter ihm!

Gedankenschnell federte Ailwon zur Seite. Das Loch wuchs weiter, weiter und weiter klaffte es auf. Der Boden glitt zurück – öffnete sich wie ein gefräßiges Titanenmaul!

Der Elf wich so weit zurück, bis er auf festen Steinfliesen stand und starrte in die brodelnde Schwärze hinab.

Am Kopfende der gegenüber liegenden Treppe polterte eine Tür auf!

Der Schattenriß Torgons, des Todesherrn von Golgorath, erschien in dem hellen Fünfeck. Er stand schweigend da.

Der Weiße Elf konnte kaum fassen, daß die ungeheuerliche Gestalt, die ihm in einiger Entfernung, jenseits der klaffenden Tiefe, gegenüberstand, Realität war – daß ihn eine Prophezeiung, die vor tausend Jahren ausgesprochen wurde, rechtzeitig zu diesem Augenblick geführt hatte, da er vor dem Todesherrn stand.

Torgon sprach, und seine Stimme schien aus unergründlicher Tiefe zu kommen: »Endlich! Endlich ist es so weit! Und jetzt werde ich das, was rechtmäßig mein ist, bekommen! Ich werde mir nehmen, was mir vorenthalten wurde – meine Krone und mein Schwert! Und Urshurak – Urshurak wird mir gehören!«

Einen Augenblick spielte Ailwon mit dem Gedanken, ein letztes Mal an die Vernunft zu appelieren, aber sein Verstand verspottete ihn der Absurdität wegen, solch eine Idee überhaupt zu hegen. Die unerschütterliche Entschlossenheit, die seit dem Verlassen Cryslandons seine Handlungen gekennzeichnet und bestimmt hatte, zerbröckelte in Gegenwart dieses uralten, abgrundtief bösen Wesens.

Torgon hob seinen Arm.

Ein großer, schrecklicher Streitkolben wurde unter dem schwarzen Umhang hervorgezogen. Der Elfenkönig bezweifelte keine Sekunde lang, daß er diese Waffe nicht einmal hätte hochheben können. Die Bewegung hatte Torgons Kutte geteilt und glänzendes Schwarz enthüllt: – wohl seine Rüstung.

Ailwon atmete tief durch. »Da es sein muß, Torgon, – bringen wir es zu Ende«, sagte er.

© HILDEBRANDT

Er setzte sich in Bewegung, umrundete das im Boden klaffende Pentagramm.

Torgon schritt ihm entgegen. Seine Augen leuchteten in fanatischem Haß.

Der Sevena der Weißen Elfen hatte gerade einen Teil der terrassenförmig in die Höhe führenden Stufen hinter sich gebracht, als Torgon angriff!

Die dunklen Schrecken eines Alptraums sprangen Ailwon an, krallten sich in seine Seele!

Der domartige Raum gab das Echo auf das krächzende Knurren wider, in dem sich Torgons Begierde äußerte, das Zischen und Krachen seiner wirbelnden Keule ließ bei jedem zermalmenden Schlag, dem Ailwon entgehen konnte, Funkenschauer und Metallsplitter vom Boden aufsprühen.

Zuerst war der Elfenkönig unfähig, auch nur einen einzigen angreifenden Stoß zu versuchen.

Er wurde zu ständigem Rückzug gezwungen. Windmühlenflügeln gleich wirbelte Torgons Keule.

Wieder duckte sich Ailwon, wich im letzten Augenblick einem mit vernichtender Wucht geführten Schlag aus . . .

Der nächste Schlag erfolgte viel zu schnell!

Er riß seinen Schild hoch, blockte damit ab . . _ Aber der Schutz war trügerisch! Der Schild wurde ihm aus der Hand gefetzt, wirbelte davon . . . Ailwon reagierte dennoch kaltblütig! Elfgard zuckte vor – klirrte gegen die Rüstung des Todesherrn und sandte einen Funkenregen empor.

Aber der Treffer war leicht, flüchtig gewesen. Er hatte Torgon nichts anhaben können.

Weiter wurde Ailwon an den gähnenden, pochenden, flüsternden Abgrund zurückgedrängt!

Plötzlich verlor er das Gleichgewicht . . . stolperte!

Voll Schrecken sah er, wie der dunkle Schatten des Streitkolbens auf ihn herab sauste! Er riß seinen Kopf zur Seite! Der mörderische Schlag traf trotzdem noch die Wölbung des Kronhelms!

Aber er brachte Ailwon nicht um!

Ohne den Helm wäre sein Schädel wie eine Eierschale zerschmettert worden!

Er taumelte ein halbes Dutzend Schritte seitwärts davon, benommen, halb ohnmächtig. Dann krachte er zu Boden.

Strahlende Helligkeit funkte auf. Sterne vollführten in seinem Gehirn einen teuflischen Reigen.

Aber er wußte, daß er dem sicheren Tod entgangen war.

Und daß ihm nicht viel Zeit blieb! Torgon stapfte heran ...

Ailwon versuchte, auf die Füße zu kommen. Er schaffte es nicht. Blut strömte aus der Kopfwunde. Der Sturz hatte ihm den Kronhelm vom Kopf gerissen. Er kullerte an den Rand des Abgrunds. Dort lieb er liegen.

Torgons kehliges Lachen erklang, wurde immer rauher und lauter, bis es vor Spott und Triumph triefte.

Aber Ailwon war nicht allein! In dieser Sekunde größter Not erklangen tief in ihm die klaren Stimmen des Propheten und des Zauberers – und die vereinigten Stimmen all derer, die er liebte – und die seine Liebe erwiderten.

Eine Flut von Kraft strömte in sein Ich – eine Flut, die nicht einzudämmen war!

Die schimmernde Klinge Elfgards lag neben ihm, und jetzt zuckte seine Rechte vor, den goldenen Griff zu erfassen.

Durch den scharlachroten Schleier seines Blutes sah er den riesigen Körper des Todesherrn ... Langsam stapfte er heran. Schritt für Schritt genoß er die Hilflosgkeit des Weißen Elfs.

Ailwon mühte sich auf die Füße.

Hockend beobachtete er seinen Gegner, sah, wie dieser den großen Streitkolben zum Todesschlag hob ...

JETZT!

Ailwon warf sich – Elfgard mit beiden Händen haltend – vorwärts, unter der herabwirbelnden Keule durch. Die Zauberklinge fraß sich in den schwammigen Leib Torgons. Blitze flackerten auf.

Der Herr des Todes taumelte. Der Streitkolben kam herunter. Ailwon drehte sich unter dem Schlag weg. Elfgard wurde ihm entrissen! In hohem Bogen flog das Schwert davon, schimmernd, glitzernd ...

Dann tauchte es in den Abgrund!

Endlos fiel es ...

Der Boden begann zu vibrieren. Zuerst ganz leicht, dann jedoch immer stärker werdend ... Unterirdisches Tosen und Brodeln schwoll an.

Noch immer mühte sich der Todesherr, sein Gleichgewicht zu behalten. Ailwon hatte ihn schwer verletzt. Er spürte, wie seine Kräfte versiegten . . . Wie ein betrunkener Bär tappte er herum . . . Immer näher kam er dem Abgrund. Er übersah den dort liegenden Kronhelm! Er trat darauf! Der Helm kullerte davon! Torgon torkelte vorwärts! Direkt in die flüsternde Schwärze hinein. Mit ihm fiel der Kronhelm . . .

Der Todesherr, Elfgard und der Helm – jetzt waren sie vereint. Die Weissagung hatte sich erfüllt.

Einen endlosen Augenblick lang stand der König der Weißen Elfen bewegungslos am Rande des Abgrunds und starrte in die bodenlose Tiefe hinunter.

Die flüsternden Stimmen darin verstummten, ebenso das Pochen.

Es wurde totenstill.

Dann erwuchs aus den Tiefen ein schreckliches Brausen. Die Heerscharen der Apokalypse schienen heranzujagen! Der Boden hob und senkte sich in konvulsivischen Zuckungen . . . Eine Flammensäule fauchte aus dem Abgrund empor!

Sie warf Ailwon wie eine leichte Strohpuppe gegen die Wand . . .

*

Die erste gewaltige Erschütterung schleuderte Gwynn brutal gegen die Wandung. Brennender Schmerz lohte durch ihre Schulter. Ein Teil des Korridors barst nach innen! Weißglühende Fragmente wirbelten über den Boden. Gespenstisches Licht erhellte die Szenerie.

Dann – Stille!

Eine Atempause für die Kräfte der Zerstörung.

Zwei Herzschläge darauf setzte das Beben ein . . . Der Boden zitterte, hob und senkte sich.

Gwynn rannte weiter.

Vor sich konnte sie das schwarze Pentagramm eines offenstehenden Portals sehen. Sie hielt darauf zu. Der Boden unter ihren Füßen glühte. Je näher sie dem Tor kam, desto deutlicher konnte sie das anschwellende Tosen und Prasseln und Brausen hören . . . Ein Unwetter schien aufzuziehen.

Sie verspürte einen kalten Luftzug, der den beißenden Gestank schwefliger Dämpfe aus dem Dunkel heranwehte.

Sie erreichte den Eingang . . .

Eine dunkle Gestalt wankte ihr entgegen . . . Die Düsternis vermochte das Weiß jedoch nicht ganz zu schlucken . . . Das Weiß der Silberrüstung!

Ailwon stand vor ihr!

Er lehnte sich an den eisernen Türrahmen, blickte auf seine blutbefleckten Hände, und seine Brust hob und senkte sich in krampfartigen Atemzügen. Aus einer tiefen, klaffenden Wunde unter seinem blonden Haaransatz strömte Blut. Es rann über sein Gesicht. Seine Rüstung und Tunika waren zerrissen, zerfetzt, seine linke Schulter hing schlaff herab.

Er sah Gwynn an, und seine Augen zeigten den ungläubigen Blick eines Kindes.

»Es – es ist vorbei«, hauchte er. »Endgültig vorbei.«

Er trat zu ihr, und sie umarmte ihn und küßte die Tränen fort, die über seine blutbeschmierten Wangen perlten.

»Wir müssen gehen«, flüsterte sie drängend. »Dieser schreckliche Ort . . . Er wird uns verschlingen wollen . . .«

Er nickte, und sie rannten los. Den Korridor entlang, zu der Wendeltreppe. Und hinter ihnen blähte sich das ärgerliche Wehklagen auf. Die zitternden Bewegungen des Bodens wurden härter, hartnäckiger, regelmäßiger.

Ailwon und Gwynn erreichten den oberen Saal des Todesturms.

Keinen Augenblick zu früh!

Die Druckwelle, die den Thron Torgons zerschmetterte und ihn in den ausbrechenden Abgrund stürzen ließ, hieb sie zu Boden. Gesteins- und Eisenbrocken prasselten hernieder. Lava quoll aus Ritzen und Spalten in der Decke.

Ailwon und Gwynn waren wie durch ein Wunder unverletzt geblieben. Sie rappelten sich auf die Füße und hetzten weiter – jetzt den Korridor aufwärts. Das Höllenbauwerk zuckte und bebte unter der Gewalt zahlloser Explosionen. Der Korridor wölbte sich, bog sich, riß auf!

Eine alptraumhafte, eiserne Schlange mit eigenem Leben!

Die Elfen sprangen über den klaffenden Spalt . . . Teuflisch brodelte es in der Tiefe.

Weiter rannten sie.

Das Portal mußte nahe sein. Sie konnten bereits die

Stimmen Tausender hören! Freund und Feind versuchte rasend, der Zerstörung des Todeskraters zu entkommen . . . Dann gingen die Stimmen in einem gewaltigen Ächzen und Krachen von Eisen und Stein verloren . . . Gwynn und Ailwon taumelten, von beißendem Rauch halb geblendet ins Freie. Der lange Damm, der über die Abgründe des Kraters führte, zerbarst, donnerte zweihundert Fuß in die Tiefe.

Wie erstarrt standen die beiden Weißen Elfen und starrten ungläubig auf das Chaos. Ringsum klafften steile Abgründe und schnitten ihnen jeden Fluchtweg ab.

Und der Untergang Golgoraths schritt voran . . .

Unter zornigen Explosionen und Eruptionen starb die verfluchte Feste, die Exkremente ihres Hasses wurden in Gestalt von brennenden Gasgeysiren in die Höhe gespien. Die großen Mauern stürzten ein. Die ungeheuerlichen, ringförmigen Terrassen brachen auf, neigten sich. Die in der Schlacht Getöteten glitten von den Rändern, stürzten in endlos tiefe Risse und Spalte.

Gwynn und Ailwon klammerten sich aneinander. Für sie gab es keine Hoffnung mehr.

Der sterbende Turm Golgoraths zog prasselnde Blitze auf sich. Ein gewaltiger Stoß fuhr, sich spaltend, herab. Das eiserne Monument des Todesherrn bebte, barst. Ein riesiges Stück brach los und stürzte in den brodelnden Abgrund.

Ailwon und Gwynn ergaben sich in ihr Schicksal.

Es war aus mit ihnen. Aus und vorbei.

»Oder . . .?

Da! – Durch Rauchwolken und schweflige Explosionen und gespenstische Leuchtererscheinungen raste eine schneeweiße Gestalt auf sie zu! Ein Wesen, dessen gewaltige Schwingen sich anmutig bewegten und den Pferdekörper mühelos vorantrugen: Der Pegasus! – *Elgan!* Die beiden Liebenden schrien voll Freude auf, als sich das fliegende Pferd herabsenkte . . .

*

Verzweifelt drängte Zyra die Zwerge: »Es gibt nichts mehr, was ihr noch tun könntet. Ihr müßt euch mit uns in Sicherheit bringen! Daß ihr euer eigenes Leben aufs Spiel setzt, wird sie auch nicht retten! – Außerdem: ihr wißt doch nicht einmal, ob sie nicht doch entkommen sind . . .«

»Nein!« rief Erbin unter Tränen. »Sie sind noch da drin! Ich weiß es!«

Die Zwerge – Elbin und Evrawk und Esrund, Wilda und Nolan und Ferda – waren mit den anderen geflohen, hinaus aus dem Krater, fort von den einstürzenden Wällen. Aber dann hatten sie angehalten, während die Mengen der anderen Flüchtenden an ihnen vorbei über die Ebene strömten und in die Sicherheit der felsigen Hänge flohen, die im Südosten aufragten. Die Zwerge hatten angehalten, gewartet, gehofft, daß Ailwon und Gwynn dank eines Wunders doch noch im letzten Augenblick aus dem sterbenden Krater entkommen konnten. Hier waren Zyra und Hugh – die den bewußtlosen Oolu trugen – zu ihnen gestoßen. Sie drängten sie, zu fliehen, bevor es zu spät war.

»Ich kann nicht länger warten!« rief der Vandorer ärgerlich. »Eucr Freund stirbt . . . Hört ihr! Oolu braucht Hilfe – und zwar verdammt schnell! Er wird uns alle brauchen!«

Er warf Zyra einen Blick zu und rannte los.

Die Amazone versuchte es ein letztes Mal. Sie beschwörte die Zwerge, ihnen zu folgen . . . Vergeblich. Zyra gab es auf. Sie wandte sich ab und stürmte Hugh nach.

Die Zwerge blickten sich voll Kummer an.

Der alte Esrund stellte die Frage: »Ailwon . . . Gwynn . . . Oolu . . . Shandar . . . die beiden Jungen – war es das wert?«

Niemand antwortete, und sie wandten sich traurig ab, um die Sicherheit des höhergelegenen Bodens aufzusuchen – alle außer einem!

Nolan hatte etwas entdeckt!

Etwas, das durch die feuerigen Nebelschwaden, durch den wogenden Rauch brach . . . Er rieb sein gesundes Auge und blinzelte.

Nein, es war keine Fata Morgana.

»Seht!« kreischte er völlig außer sich. »Seht! Es ist ein braunäugiges blutendes Wunder!«

»Du liebe Güte!« entfuhr es Evrawk.

»Mannomann!« riefen Erbin – und Esrund – und Wilda und Ferda und Nolan, der es zuerst entdeckt hatte.

Sie brüllten und winkten, als der Pegasus – seine wertvollen Reiter auf dem Rücken tragend – über ihnen dahinschwebte.

Ein neuer gewaltiger Ausbruch im Krater warf sie von den Füßen. Die Risse im Boden brachen weiter auf. Immer tiefer fetzten sich die zerklüfteten Wunden in das umliegende Land hinein. Die Zwerge rannten atemlos in die Sicherheit der Hügel.

Unweit vor ihnen mühten sich Tark-Volmar und Ali Ben Kara in dieselbe Sicherheit. Der Nordmann wurde von dem Azmurier gestützt.

»Hättest du dem fallenden Eisenbrocken nicht ausweichen können, Volmar?« keuchte Ben Kara, »du wiegst wahrhaftig eine Tonne!«

»Hätte ich dem verdammten Ding ausweichen können, so wäre ich ihm ausgewichen!« knurrte der Nordmann. »Aber ungeachtet dessen: Ich muß zugeben, daß ich ein paar von diesen Pfunden ablegen könnte . . . Ja, ich werde das Trinken aufgeben!« erklärte er entschlossen. In diesem Augenblick glitt das fliegende Pferd über sie dahin, und Ben Kara hob seinen Kopf. Sein Mund klappte auf, und er blieb auf der Stelle stehen. Tark-Volmar wurde aufmerksam, sah ebenfalls hoch.

»Beim Donner!« brüllte der nordmannische Häuptling. »Meine Wunde hat mich ins Delirium gebracht! – Beeil' dich, Ben Kara! Schnell – bring' mich irgendwohin, wo ich einen guten, harten Trunk bekommen kann!«

Hinter ihnen wallten wütende, dunkle Wolken. Blitze spalteten den Himmel und schmetterten immer wieder in den zerborstenen Turm des Todes. Der Boden bäumte sich auf, explodierte in einer letzten, verheerenden Wehe und legte das Innerste der Erde frei.

Die Verbündeten waren in der Sicherheit der Schwarzen Berge versammelt, und von dort aus konnten sie sehen, wie sich eine gigantische Flutwelle am Horizont auftürmte. Sie donnerte über den flammenden Abgrund und krachte gischtend gegen die Felsen unter ihnen.

Es dauerte Stunden, bis sich die tobende See und der Himmel beruhigten, bis ein Lichtstrahl auf die stillen Gewässer herniederfiel, die jetzt Golgorath bedeckten.

Da berührte Elgan die geschlossenen Augen des sterbenden Gwarpys und beschwor all seine verbliebene Kraft . . .

33

SIEGESFEIER

Das nachlassende Fallen des Frühlingsregens schaffte es keinen Augenblick lang, die Freude zu dämpfen, die zügellos durch ganz Cryslandon und die umliegenden Arbroischen Hügel wehte. Die frohe Botschaft von der Erfüllung der Weissagung war der Rückkehr der verbündeten Armeen vorausgeeilt, und als sie die Stadt der Weißen Elfen erreichten, waren Tausende zusammengekommen, um ihnen zuzujubeln.

Die Feier dauerte Tage – und ihren Höhepunkt fand sie an diesem letzten Abend.

Während des größten Teils des Tages hatte es leicht geregnet, doch am späten Nachmittag besserte sich das Wetter. Jetzt war der Abendhimmel erstaunlich klar und die Sterne glitzerten. Der Klang der Festlichkeiten reichte meilenweit. Er stieg auf von den Hügeln, wo das helle Orange kleiner Feuer die Lager von Zechern anzeigten, stieg auf beinahe überall innerhalb der halbzerstörten Stadtmauern, und er hallte wider in dem großen, kreisförmigen Hof, der den Turm der Erleuchtung umgab. Musiker aller Nationen Urshuraks spielten auf Instrumenten, die sie aus allen vier Himmelsrichtungen des Kontinents mitgebracht hatten. Es war ein Klang, wie er noch nie zuvor in Cryslandon gehört worden war!

Tänzer scharrten und stampften, sprangen und hüpften zu den Rhythmen der unermüdlich aufspielenden Musikern. Händehaltend und mit lachenden Gesichtern schlängelten sie sich zwischen den Reihen langer, hölzerner Tafeln entlang und an prasselnden Kochfeuern vorbei, angefeuert von ausgelassenen Zuschauern.

Waren die Tänzer erschöpft, so tauschten sie mit den Zuschauern die Plätze – und das Tanzen ging weiter. Der große Hof war ein lebender Gobelin aus Farbe und Licht und frohem Lärm.

Niemand war heiterer oder glücklicher als die jungen Liebenden Gwynn und Ailwon. Von Zeit zu Zeit wurden entweder er oder Gwynn gedrängt, eine mitreißende Rede zu halten oder einen sensationellen Bericht dessen zum Besten zu geben, was sie durchgemacht hatten. Doch jedesmal lehnten sie ab – wenn auch mit dem besten Humor.

Ailwon – der von Geburt an auf die härteste aller Aufgaben vorbereitet worden war – konzentrierte jetzt seine ganze Energie auf die Entwicklung der hohen Kunst des Feierns . . . während Gwynn entschlossen war, ihren Liebsten einen Schritt über das Feiern hinaus zu beeinflussen . . .

Allgegenwärtig und kaum zu übertreffen waren die Zwerge. Ihr geheiligtes Motto: FREIHEIT – SOLIDARITÄT – NARRETEI! gab ein deutliches Bild dessen, wie ernsthaft sie die freudige Aufgabe, Spaß zu haben, in Angriff nahmen. Wo immer ein Haufen von ihnen versammelt war, gab es Gelächter und gute Laune, lebhafte Spiele und scharfsinnige Possen, Tanz, Diskussion und Trinkerei.

Nolan mit der schwarzen Binde, die rothaarige Wilda und Ferda mit der rauhen Stimme widmeten sich einer endlosen Reihe von Trinksprüchen auf die Gesundheit und das Glück und – dementsprechend – dem endlosen Leeren und Nachfüllen ihrer Bierkrüge.

Erbin hingegen schien völlig damit zufrieden, das Gelage seiner Gefährten zu genießen. Lächelnd saß er da und machte sich seine Gedanken, die Füße aufgestützt, seine Hände hinter dem Kopf verschränkt – während seine Kiefer unablässig einen Priem aus Bobabo-Blättern bearbeiteten.

Mehrere Tische waren von Amazonen, Azmuriern und Nordleuten besetzt – von einem Völkergemisch, das früher mindestens Zank und Streit heraufbeschworen hätte. Aber jetzt bestanden die ernsthaften Konflikte im Austausch gutmütiger Sticheleien.

Ali Ben Kara stand auf und rief nach der Aufmerksamkeit derer, die ihn umgaben.

»Ich möchte einen Vortrag halten«, erklärte er. »Einen

Vortrag über etwas, das ich für einen großartigen ersten Schritt zur Kultiviertheit halte, und vielleicht für die Milderung einer oft unkontrollierten schlechten Laune.«

Tark-Volmar, der mit seiner Frau Asar neben Ben Kara saß, hielt mitten in der Vertilgung eines ungeheueren Fleischbrockens inne. Argwöhnisch spähte er zu dem azmurischen Shakin hoch.

Ben Kara fuhr ungerührt fort: »Dieser edle Häuptling neben mir, Tark-Volmar, hat sich als Gegenleistung für die tapfere Unterstützung, die sein Volk dem Kampf gegen Torgon angedeihen ließ, von mir die Garantie geben lassen, daß ich ihm beibringen werde, wie man – « Er machte eine wirkungsvolle Pause . . . « – Bilder malt!«

»Verdammt, Ben Kara!« donnerte Volmar in das unterdrückte Kichern und Gelächter seiner Landsleute, »du hast geschworen, daß du es nicht verrätst!«

»Das stimmt, mein Freund. Aber wie lange wolltest du es geheimhalten? Und außerdem glaube ich, du bist zum Scheitern verurteilt, wenn du weiterhin deine Beteiligung an einer Kunst als Herabsetzung deines robusten Ansehens betrachtest.«

Volmar dachte eine Minute darüber nach, knurrte und nickte dann zustimmend.

Seine Frau sah ihn bei der Enthüllung des Geheimnisses verwundert an, und sie tat es noch immer. Der aufbrausende Nordmann starrte zurück.

»Was ist daran so überraschend, Asar?« fragte er harmlos. »Was ist so verwunderlich, wenn ich ein wenig kultiviert und gebildet werden will?«

Er wandte sich wieder seinem dicken Bratenstück zu, fetzte den letzten Bissen Fleisch los und schleuderte den blankgenagten Knochen über seine Schulter.

Mit dem Handrücken wischte er sich die Lippen sauber. Dann nahm er einen gewaltigen Zug Bier, verschüttete eine Menge, und war sich – ohne es zugeben zu wollen – des nur schwach verhüllten Vergnügens seines azmurischen Freundes neben sich bewußt.

Die ruhigsten Feiernden waren die Andeluvier, und doch vergnügten auch sie sich – auf stille Art und Weise. Ihr König Zarin hatte einen neuen Freund gefunden: den Zwerg Esrund.

Die beiden weilten offensichtlich tief in einer philosophischen Diskussion über die Herausforderung, die eine Regentschaft des Friedens darstellte. Zarin, entspannt und gelassen, begleitete die Unterhaltung mit leichten Schlükken eines neu entdeckten Genusses: des schäumenden Biers aus Penderak. Esrund paffte zufrieden an seiner langstieligen schwarzen Pfeife.

Aus dem Turm der Erleuchtung nahten – anfangs von der fröhlichen Menge unbemerkt – zwei Gestalten. Die eine war groß und schlank, die andere klein und gedrungen, und ihre Säbelbeine waren noch ziemlich schwach. Dann trat das Paar ins Licht eines Kochfeuers, und donnernder Jubel stieg von den Anwesenden auf. Der Zauberer Elgan war gekommen, und mit ihm der heldenhafte Gwarpy Oolu! Im Nu war die Menge auf den Beinen, immer noch wie besessen jubelnd. Oolu, der ein wenig schüchtern lächelte, wurde zu einem Ehrenplatz geleitet. Es war das erste Mal, daß er an der seit Tagen anhaltenden Feier teilnehmen und, was am wichtigsten war, – wieder richtig essen konnte. Mehrere Tage lang war er nämlich nur von Elgans Kräutertrank ernährt worden. Jetzt stellte man eine riesige Platte, hoch behäuft mit dampfendem Gemüse, Wurzeln und Getreide vor ihm auf den Tisch, und der Gwarpy stürzte sich buchstäblich hinein! Er aß und aß und aß – und zwischendurch gluckste er immer wieder mit äußerster Zufriedenheit.

Irgendwann bat man Elgan, eine kleine Ansprache zu halten.

Der Zauberer erhob sich schweigend und ließ seine Blicke über die Anwesenden gleiten, – während Oolu neben ihm ohne Unterbrechung weiterschlemmerte, sein Glucksen jedoch aus Rücksicht auf die Botschaft des alten Mannes einschränkte.

Die Zecher wurden still.

»Zum Glück all jener, die heute hier versammelt sind«, begann Elgan mit fester Stimme, »habe ich nur eines hervorzuheben . . . Und es ist sowohl eine Mahnung für mich als auch für euch.

Die Weissagung hat sich erfüllt und so wird sich auch das Versprechen erfüllen, daß es keine Kriege mehr geben wird in Urshurak. Deshalb dürfen wir frohlocken. Ein neuer Tag der Freiheit hat begonnen. Aber die Helligkeit dieses Tages und seine Länge kann nur von uns bestimmt werden. An uns liegt es – an uns *allen*, meine lieben Freunde –, sicherzustellen, daß die Welt Urshurak ewiglich frei bleibt.«

Der alte Zauberer setzte sich.

Einen Augenblick herrschte Stille, dann erscholl das Tosen des Beifalls – und die Festlichkeiten nahmen ihren Verlauf.

Oolu aß und gluckste und aß und gluckste.

Und es gab auch einen letzten Konflikt zu lösen. Eine Menge Zwerge hatten sich versammelt, um Zeuge des Schauspiels zu sein.

Im Zentrum der Zuschauer waren Esrund aus dem Hause Uxmun und seine Frau Maude wieder einmal in einen langandauernden Zweikampf zur Feststellung der Überlegenheit im Armdrücken verwickelt. Beide waren übereingekommen, daß dies ihr letzter Wettkampf sein würde, da sie langsam aber sicher für die Weiterführung dieses Mumpitzes zu alt wurden.

Der letzte Kampf wurde verbissen geführt.

Ihre kurzen, dicken Arme schwollen unter der Anstrengung förmlich an. Ihre Gesichter röteten sich immer mehr. Keiner konnte die Hand des anderen vom Fleck bewegen.

Plötzlich weiteten sich Maudes Augen, ihr Blick ging am Gesicht ihres Mannes vorbei. »He!« rief sie entrüstet. »Du darfst dieses Bier nicht nehmen . . . Das gehört Esrund!«

Der alte Zwergenführer riß seinen Kopf herum, ließ in seiner Konzentration nach. Maude stieß einen triumphierenden Schrei aus, drückte zu und ließ Esrunds Handrücken auf den Tisch krachen.

»Da!« jubelte sie, »jetzt sind wir quitt! Und ich – ich bin die endgültige Siegerin!«

Sie stand auf und stolzierte laut kichernd davon. Esrund hinkte ihr fluchend nach und verlangte eine Revanche, um die Sache wirklich ein für alle Mal zur Entscheidung zu bringen . . .

Der Vandorer und die Amazonenkönigin verließen die Festlichkeiten sehr spät. Aber die letzten gemeinsamen Stunden wollten sie allein miteinander verbringen. Hand in Hand schlenderten sie durch die Stadt, über die Brücke und durch das südöstliche Torgebäude hinaus.

Ein grasbewachsener Hügel vor den Toren war ihr Ziel. Von hier aus vermochten sie die Stadt und den Ursprung des Garnon-Flusses zu übersehen. Schweigend standen sie unter einer großen Zypresse. Jeder von ihnen wollte dem Unvermeidlichen ausweichen.

Hugh wandte sich um und sah Zyra an. Das sanfte Licht der Sterne ließ ihre samtige Haut schimmern. Eine frische Brise bewegte ihr dunkles Haar und den roten Umhang. Von der Stadt wehte Musik zu ihnen herauf.

»Steht dein Entschluß wirklich fest, Zyra . . .? Müssen wir uns morgen trennen?«

»Nein, Hugh«, erwiderte sie, und wandte sich ihm rasch ebenfalls zu. »Es ist nicht mein – sondern *unser* Entschluß. Er fällt mir ebenso schwer wie dir. Die Tatsachen sind in den letzten paar Tagen viele Male festgestellt worden – von uns *beiden*. Keiner von uns ist bereit, das unmittelbar vor uns liegende zu opfern, damit wir zusammenbleiben können. Ich bin meinen Schwestern verpflichtet . . . und mir selbst. Ich bin nicht bereit, den Prüfstein preiszugeben, den mir die Vorsehung in den Weg gelegt hat. Ich bin nicht bereit, mein Volk aufzugeben. Die Gefühle, die ich dir entgegenbringe, sind völlig neu für mich. In keiner Weise war und bin ich darauf vorbereitet, alles, was ich gewesen bin, hinter mir zu lassen, um mit dir umherzuziehen, wenn du auf die Suche nach dem Urshurak gehst, das sich vor dir aufgetan hat.

Ich sage dies, obwohl es so viel gibt, was ich sehen möchte . . . Und – obwohl ich dich liebe . . . Sehr liebe.« Sie lächelte, während sie letzteres sagte, hob ihre Hand und berührte seine Wange.

»Ich weiß«, versetzte er bedrückt. »Nichts davon braucht wiederholt zu werden. Aber irgendwie glaubte ich, daß es leichter wird, wenn man noch einmal darüber spricht . . . wenn man versucht, es logisch zu erfassen.« Tränen glänzten in seinen Augen. »Aber – mein Herz hat meine Logik wieder einmal verschmäht.«

»Hugh«, flüsterte sie, »ich wollte dir von einem Entschluß erzählen . . . Wie lange ist es her, seit du das letzte Mal geweint hast?«

»Ich weiß es nicht mehr . . . Nicht mehr, seit ich ein kleiner Junge war, nehme ich an«, erwiderte er leise, und

Zyra hielt ihn in ihren Armen. »Bitte, – erzähle mir von deinem Entschluß.«

»Ich wollte dir sagen, daß Zan-Dura nie wieder so sein wird wie früher. Es wird nicht mehr abgeschlossen sein – abgetrennt vom Rest des Kontinents. Die Traditionen, an denen wir jahrhundertelang festgehalten haben, werden überprüft – alle. Ich wollte dir sagen, daß ich beschlossen habe, unseren heiligen Gesang neu zu formulieren. Er wird sich jetzt folgendermaßen anhören . . .« Ihre Stimme war mild, als sie sang: »Lorin–tor–est–oh–vel–oh!«

Sie sah zu Hugh auf, und ihre Augen schimmerten dunkel und sanft. »Es bedeutet: ›In der Liebe aller Menschen liegt die vollendete Liebe . . .‹ – Eines Tages vielleicht . . . vielleicht . . .«

Sie brachte den Satz nicht zu Ende, und es war auch nicht nötig.

Hugh beugte sich zu ihr hinab, um sie zu küssen, und dann sanken sie in die kühle Feuchtigkeit des Grases nieder.

34

URSHURAK

Hugh war überrascht und enttäuscht, zu erfahren, daß der Zauberer die Stadt bereits verlassen hatte. Man hatte ihm versichert, daß Elgan bei den anderen sein würde, um ihm Lebewohl zu sagen, wenn er an diesem Morgen aufbrach.

Der Vandorer war noch vor den ersten Spuren des Tagesanbruchs erwacht und hatte sich angekleidet. Rasch hatte er eine einfache Mahlzeit zu sich genommen und war gegangen, Santor zu holen. Nachdem er den großen Hengst gesattelt und sein Bettzeug auf den Sattel gebunden hatte, war er mit ihm in den Hof des Turms der Erleuchtung gekommen.

Jene, die während der Zeit des Kampfes seine engen Freunde geworden waren, erwarteten ihn dort.

Zyra war nicht bei ihnen. Sie war nach jener Nacht, in der sie ihre bevorstehende Trennung in bittersüßer Wonne auf dem kleinen Hügel über Cryslandon besiegelt hatten, abgereist. Und jetzt stellte er fest, daß Elgan ebenfalls aufgebrochen war.

»Der Zauberer bat, dir zu sagen, er werde dich in allernächster Zeit wiedersehen«, erklärte Erbin.

»Ich weiß nicht, wie das geschehen wird«, meinte Hugh ein wenig traurig. »Aber er hatte wohl seine Gründe, abzureisen, ohne Lebewohl zu sagen. Nun, vielleicht sehe ich ihn tatsächlich wieder – irgendwann.« Er sah jeden von ihnen an. Sie standen in einem Halbkreis vor ihm.

»Nun«, sagte er unbeholfen, »ich schätze, wir brauchen das nicht länger hinzuziehen. Ich werde mich jetzt verabschieden.«

Tark-Volmar war der erste, der vortrat. »Ich habe immer wieder gehört«, sagte er, »daß die Vandorer beschissene Kämpfer seien, aber wenn du ein typischer Vertreter deines Volkes bist, dann war das, was ich da gehört habe, der schlimmste Haufen Lügen, der je verbreitet wurde!« Er drückte Hughs Hand und schüttelte sie. »Ich werde dich vermissen, Hugh!«

»Ich dich ebenso, Tark-Volmar. Ich freue mich mächtig, dich als Freund zu kennen!«

Ali Ben Kara war der nächste. »Du bist eine Huldigung an die Weisheit des geliebten Shandar. Zeuge deiner verblüffenden Veränderung geworden zu sein, heißt, die Wahrheit verstanden zu haben. Alle streben danach, über ihre gegenwärtige Gestalt hinauszuwachsen – und manchmal gelingt es einem.« Der Azmurier und der Vandorer umarmten sich.

»Du hast meinen ersten Versuch, dir meine Dankbarkeit zu beweisen, zurückgewiesen«, sagte Ailwon, der neben Gwynn stand. »Aber ich will sie erneut schenken . . . Denn ohne dich, mein Freund, wäre nichts von alledem möglich gewesen.«

»Und ich möchte hinzufügen«, ergänzte Gwynn lächelnd, »daß ich Königin Zyras Entschluß, mit ihren Schwestern nach Zan-Dura zurückzukehren, verstehen kann. – Aber zugleich kann ich mir keine schwierigere Entscheidung vorstellen als die, vor der sie gestanden hat.«

Hugh lachte leise. »Ich danke euch beiden für euren Edelmut.« Er schüttelte auch ihnen die Hand. »Ich wünsche euch alles Glück dieser Welt – bis wir uns wiedersehen.«

Er wandte sich den Zwergen zu. »Bis wir uns wiedersehen, wird wohl nicht viel Zeit vergehen, denn ich brenne schon darauf, Penderak zu besuchen und mit euch einen Abend im Wirtshaus-Treff zu verbringen, von dem ich so viel gehört habe.«

»Wir warten bestimmt auf dich, Hugh«, erklärte Evrawk.

»Und, bei Gawl«, sagte Erbin, »ich warte immer noch darauf, die Erzählungen von den Schlachten am Paß von Camen und die Heldentaten Rolmars zu hören.«

»Und der alte Hugh darf nicht vergessen, daß er dem alten Oolu versprochen hat, daß er den alten Oolu im kommenden nächsten Frühjahr zum Ritus der Bobabos besuchen wird . . . Jawohl!«

Hugh lachte. »Nun, bei den großen Namen Rolmars und Dunstans, ihr werdet mich in Kürze in Penderak finden . . . und im nächsten Frühjahr in Lehmende.« Er beugte sich hinunter. Die Zwerge und der Gwarpy hielten sich an seinen breiten Schultern fest, während der Geist ihrer Freundschaft zwischen ihnen floß.

Hugh richtete sich auf. »Bis ich euch wiedersehe«, sagte er rauh, »werde ich euch alle vermissen.«

Damit drehte er sich rasch um, schwang sich in den Sattel und ohne noch einmal zurückzublicken, trieb er Santor zum Trab.

Hugh war jetzt daran gelegen, unterwegs zu sein.

Bald überquerte er das blaue Gewässer, das vom Gorheim-See ausging. Das Licht des gedeihenden Tages tanzte auf dem leicht gekräuselten Wasser. Eine kühle Brise hielt weiterhin die Hitze der ersten Sommertage zurück. Der Morgen drang vor, frisch und klar.

Hugh ließ Santor durch Felder und Wiesen traben, die reich waren vom Leben, das ihnen die vergangenen Regentage gebracht hatten. Eine unendlich große Zahl von Insekten schwirrte schon durch das nasse Grün hoher Gräser. Kleine Vögel zwitscherten von den Zweigen vereinzelt stehender Bäume oder flatterten zwischen ihnen hin und her. Libellen summten über den Vandorer, während er der gewundenen, unbefestigten Straße nach Westen folgte.

Er erreichte die Ausläufer der Hügel, kam an mehreren Lagerstellen vorbei. Nach den Tagen der Zecherei lagen sie nun einsam und verlassen. – Meistens . . . Manchmal jedoch trug die klare Luft reichhaltige Frühstücksdüfte von kleinen Kochfeuern herbei.

Die Straße führte Hugh in ein kleines, mit Pappeln und Ahorn bewaldetes Gebiet, in die zarten Schatten des frühen Sommers. Die unbefestigte Straße wandelte sich endgültig zu einem Pfad, der auf- und niederstieg, so wie sich das bewaldete Land neigte und anstieg. Der Vandorer hatte an Santors langsamen Schrittempo nichts auszusetzen, da er die Schönheit der Landschaft genießen wollte. Er hatte es nicht eilig.

Ein kleiner, lebhafter Fluß kam in Sicht. Hugh trieb sein Pferd durch das Wasser, ans andere Ufer hinüber. Dort ließ er es anhalten und saufen.

Der Vandorer lauschte der Musik des schnellfließenden Wassers, wie es über die großen Steine plätscherte und die Zweige umtanzte, die ein gestürzter Baum in den Bach tauchte.

»Scheint der Bach nicht erfreut, so reichlich vom Regen der letzten Tage genährt worden zu sein?«

Die Stimme – vor dem stillen Hintergrund des Waldlandes – erschreckte Hugh. Santor blieb unbeeindruckt und soff weiter.

Der Zauberer saß auf dem moosbedeckten Baumstamm, dessen Zweige ins Wasser hingen, und der Vandorer fragte sich, wie es möglich gewesen war, daß er den alten Mann vorhin nicht gesehen hatte.

»Ich nehme an, das ist eine rein zufällige Begegnung?« fragte er lächelnd.

»Nein, nicht ganz. Ich – ich hatte das Gefühl, daß du möglicherweise hier vorbeikommen könntest. Sicher, es gibt noch andere Wege, aber dieser hier sah ganz so aus wie einer, den du wählen würdest. Ich hatte, wie du, das Bedürfnis, unterwegs zu sein, daher entschloß ich mich, dir hier draußen Lebewohl zu sagen.«

Er kicherte, stand auf und streckte sich, dann hob er seinen Wanderstab auf. »Komm«, sagte er, »ich kann ein kurzes Stück Wegs mit dir gehen, wenn du willst.«

Hugh trieb sein Pferd aus dem Wasser, stieg ab, und sie gingen gemeinsam weiter.

Bald ließen sie das Wäldchen hinter sich und traten ins Licht der höhersteigenden Sonne hinaus.

»Ah«, sagte Elgan, »nie fühlte sich mein Körper so leicht wie heute. Ich glaube, die Erfüllung ist endlich gekommen.«

»Ich habe gehört, daß du nach Modra zurückkehren wirst. Und dann? Was wirst du dann tun? – Du bist ein Mensch, der die Gesellschaft anderer sehr genießt. Wirst du allein gut zurechtkommen?«

»Oh, das werde ich. Gelegentlich werden mich alte Freunde besuchen – und daraus werde ich das beste machen. Aber du hast recht, Hugh, ich genieße die Gesellschaft anderer tatsächlich ungeheuer. Aber, wie bei so vielen Dingen, ist das Gegenteil ebenso wahr, und so werde ich auch meine Einsamkeit genießen, während ich meine letzten Jahre durchlebe.«

Er hielt an, und Santor blieb ohne jeden Befehl hinter ihm stehen. Elgan zeigte nach Süden, dorthin, wo – nicht allzu weit entfernt – der große Wald seine Kräfte zu sammeln begann.

»Ich werde dich in ein oder zwei Augenblicken verlassen . . .«, kündigte er an. Er sah wieder ins Gesicht des Vandorers. »Ich muß auch sagen, daß ich nicht glaube, je wieder vollkommen allein zu sein. Und das ist für ein betagtes Wesen wie mich ein höchst beruhigendes Gefühl. In Modra werde ich das lebendige Bewußtsein und die Gelassenheit erfahren können . . . und zugleich die liebende Gegenwart eines anderen erleben.« Die Augen des Zauberers funkelten, und sein Gesicht spiegelte die Freude in seinen Worten: »Shandar – mein alter Freund – hat mir das größte Geschenk vermacht, dessen er fähig war. Er hinterließ mir seine nie endende Liebe. Die Berührung seiner Hand ist überall zu erkennen. Er ist jetzt lebendiger als je zuvor . . .«

Der Zauberer deutete auf den Wald, wo jener mit dem offenen Gelände verschmolz. »Ich kann seine Liebe sehen, wie sie aus dem sanften Schatten in das Sonnenlicht herausschreitet. Und ich kann spüren, wie ihre Wärme meine Haut berührt. Ich kann die Liebe in der Sanftheit dieser Brise fühlen. Und wenn es stürmt, dann fühle ich seine Liebe in der Kraft des Windes. Ich werde sie in der Feuchtigkeit des Regens fühlen, in der frischen Kälte des Schnees . . .«

Elgan deutete voraus. »Kannst du die Liebe und die Kraft sehen, in der Art, wie sich dieser Weg über das Land zieht? Im Purpur der fernen Berge mit dem Licht der aufgehenden Sonne darauf?

Überall ist die Liebe, die Shandar ist – überall um uns – in der unglaublichen Vielfalt, die gemeinsam die wunderbare Einheit von Leben und Tod erschafft . . . Die ewige Wirklichkeit des Wesens liegt darin, das mein Freund war – und noch ist.« Er hielt einen Augenblick inne. »Ich weiß jetzt, daß sein gesamtes Leben zugleich die Erfüllung seiner Geburt und die Vorbereitung auf seinen Tod war. Und er konnte so freudig sterben, weil er merkte, daß er in all dem hier wiedergeboren werden sollte.«

Elgans Augen glitten über die Landschaft, dann seufzte er gelassen und begann, in den Taschen seines abgenutzten

Gewands nach seiner Pfeife zu suchen. Er fand sie schließlich, zog sie hervor und stopfte sie.

Hugh beobachtete ihn. Elgan nahm sich Zeit, die Pfeife anzuzünden. In diesen Augenblicken erfaßte der Vandorer die Bedeutung von Elgans Worten.

»Ich kann sehen«, sagte er, »daß du wirklich außerordentlich gut zurechtkommen wirst. Und natürlich bleibt dir immer noch deine Zauberei, um dich zu unterhalten, sollte dich jemals die Langeweile heimsuchen.«

Elgan paffte weiter, und aus dem Pfcifenkopf kräuselte sich der Rauch und stieg auf.

»Nein«, sagte er kopfschüttelnd, »das ist vorbei. Meine Magie ist von mir gegangen. Sie war mir für einen bestimmten Zweck gegeben, und jetzt ist sie verschwunden – wie der Kronhelm und Elfgard und wie die Notwendigkeit, Rüstungen herzustellen und Kriege zu führen. Meine Tage als Zauberer sind vorbei.«

Gegen seinen Willen hörte sich das wehmütig an. Elgan paffte energisch an der Pfeife, offensichtlich verlegen über ein so unziemliches Gefühl. Die Rauchwölkchen, die er produzierte, nahmen immer fantastischere Formen an: geflügelte Einhörner wurden daraus, Greife und andere Fabelwesen. Groß wurden sie, und sie bewegten sich in die verschiedensten Richtungen davon, vollführten einen prächtigen Reigen in der klaren Stille der Luft. Der Vandorer lachte, aber Elgan sah sie mit schierer Verwunderung an.

»Das«, sagte er, »beweist nur die Richtigkeit dessen, was mir ein sehr weises Wesen dereinst sagte: ›Trotz all unserer Weisheit und unseres Wissens und der Fähigkeit, Dinge zu ersinnen und logische Entscheidungen zu treffen, ist es immer noch eine Tatsache, daß wir niemals genau wissen, was *wirklich* geschehen wird!‹«

Er bückte sich, nahm eine Handvoll schwarzer Erde auf, zerbröckelte sie in seiner Hand und rieb dann seine Handflächen gegeneinander.

»In Zan-Dura begegnete ich einer jungen Frau, die einen großen Teil ihrer Zeit damit verbrachte, sich am Gefühl der Erde zu freuen . . . So, wie du das gerade getan hast.«

»Ja, ich weiß. Oolu hat mir von ihr erzählt. Sie ist offensichtlich eine sehr weise und intuitive Person. Weshalb ich es tat?« überlegte der alte Mann. »Nun, ich glaube, ich wollte, daß du den Teil von mir verspürst, der in dieser Erde weilt – wenn wir uns zum Abschied die Hände reichen . . .«

Hugh ergriff die dargebotene Rechte des Zauberers.

»Lebe wohl, Freund Hugh!«

»Lebe wohl.«

Elgan wandte sich ab und schritt langsam – seinen langen Wanderstab bedächtig aufsetzend – auf den Wald zu, während Rauchwölkchen über ihm dahinwehten. Nach ein paar Schritten blieb er stehen, und drehte sich noch einmal um.

»Vielleicht besuchst du mich eines Tages . . . Vielleicht auf deinem Weg nach Zan-Dura.« Er wandte sich wieder ab, vor Zufriedenheit glucksend.

Hugh lächelte und sah dem Zauberer nach. Er sah ihm nach, bis er in den Schatten des Waldes verschwand.

Der Vandorer stieg auf und flüsterte Santor etwas zu. Das Pferd setzte sich in Bewegung, hin zu der Straße, die sich nach Westen hin krümmte. Das Land wellte sich hellgrün bis zu den Hügeln, und dahinter erhob sich das zarte Blau ferner Berge. Über ihm spannte sich ein fast völlig klarer Himmel. Ein Habicht schwebte träge dahin. Große, weiße Wolkenhaufen ballten sich über den Bergen.

Hugh drehte sich im Sattel um. Hinter ihm – im Osten – lag Cryslandon und das Weiß und Gold ihrer Gebäude schimmerte unter der Berührung der Sonnenstrahlen.

Der Vandorer wandte sich wieder um, ließ die Zügel Santors Hals berühren. Der prächtige Hengst beschleunigte seinen Gang. Hugh ließ ihm die Zügel. Santor streckte sich in umgestümem Galopp und trug ihn in die ungeheuere Weite von Urshurak hinaus.

ENDE

Marion
Zimmer Bradley
Das Haus
zwischen
den Welten
BASTEI
LÜBBE

BASTEI LÜBBE Paperback

Stephen King

Cujo

Band 28109

Cujo, ein zwei Zentner schwerer Bernhardiner, ist der Liebling von ganz Castle Rock, einer verträumten Kleinstadt im Süden der USA. Er ist der beste Freund des zehnjährigen Brett Camber und seiner Eltern Joe und Charity.
Eines Tages jagt Cujo ein Wildkaninchen, das sich in einem versteckten Erdloch in Sicherheit bringt. In blindem Jagdeifer will der Hund seine Beute verfolgen und scheucht einige Fledermäuse auf, die mit einem teuflichen Virus infiziert sind. Von da ab verwandelt sich die Idylle von Castle Rock nach und nach in eine Hölle, die von einem vierbeinigen, mordgierigen Monster beherrscht wird...
Mit Cujo, seinem neuesten und wahrscheinlich spannendsten Werk, beweist Stephen King wieder einmal seine souveräne Meisterschaft als literarischer Komponist psychologisch ausgefeilter Horroropern.

Carrie

Band 28111

Als Dreijährige läßt sie einen Steinregen auf ihr Elternhaus niedergehen, weil ihre Mutter ihr in einem Anfall religiösen Wahns nach dem Leben trachtet.
Als Sechszehnjährige muß sie einen Augenblick tiefster Demütigung erleben. Schon immer von ihren Mitschülerinnen wegen ihrer scheuen, zurückhaltenden Art gehänselt, wird sie auf dem Abschlußball der Schule das Opfer eines bösen Streichs. Schmerz, Enttäuschung, Wut treiben sie zum Äußersten: Mit der schieren Kraft ihres Willens entfesselt sie ein Inferno, gegen das die Hölle eines Dante ein lieblicher Garten Eden ist.
Das ist Carrie – beseelt, besessen von einer unheimlichen Gabe von ungeheuerer Tragweite und furchtbaren Folgen: Telekinese, der Fähigkeit, durch gedankliche Anstrengung Gegenstände in Bewegung zu setzen.